DU MÊME AUTEUR

Aux Éditions Gallimard

LA VILLE ET LES CHIENS

LA MAISON VERTE

CONVERSATION À LA CATEDRAL

LES CHIOTS, *suivi de* LES CAÏDS

PANTALÉON ET LES VISITEUSES

L'ORGIE PERPÉTUELLE. Flaubert et *Madame Bovary*

LA TANTE JULIA ET LE SCRIBOUILLARD

LA DEMOISELLE DE TACNA

LA GUERRE DE LA FIN DU MONDE

HISTOIRE DE MAYTA

QUI A TUÉ PALOMINO MOLERO ?

KATHIE ET L'HIPPOPOTAME, *suivi de* LA CHUNGA

L'HOMME QUI PARLE

CONTRE VENTS ET MARÉES

ÉLOGE DE LA MARÂTRE

LE FOU DES BALCONS

LE POISSON DANS L'EAU

LITUMA DANS LES ANDES

EN SELLE AVEC TIRANT LE BLANC

LES ENJEUX DE LA LIBERTÉ

UN BARBARE CHEZ LES CIVILISÉS

LES CAHIERS DE DON RIGOBERTO

L'UTOPIE ARCHAÏQUE. José María Arguedas et les fictions de l'indigénisme

JOLIS YEUX, VILAINS TABLEAUX

LETTRES À UN JEUNE ROMANCIER

LA FÊTE AU BOUC

LE PARADIS – UN PEU PLUS LOIN

Suite des œuvres de Mario Vargas Llosa en fin de volume

Du monde entier

MARIO VARGAS LLOSA

TEMPS SAUVAGES

roman

Traduit de l'espagnol (Pérou)
par Albert Bensoussan et Daniel Lefort

nrf

GALLIMARD

Titre original :

TIEMPOS RECIOS

« C'étaient des temps sauvages ! »

sainte Thérèse d'Ávila

À trois amis :

Soledad Álvarez
Tony Raful et
Bernardo Vega

I'd never heard of this bloody place Guatemala until I was in my seventy-ninth year.

Winston Churchill

AVANT

Inconnus du grand public et, par ailleurs, peu présents dans les livres d'histoire, les deux hommes qui ont eu probablement le plus d'influence sur le destin du Guatemala et, d'une certaine façon, sur celui de toute l'Amérique centrale au XXe siècle furent Edward L. Bernays et Sam Zemurray, deux personnages qui ne pouvaient être plus différents de par leur origine, leur personnalité et leur vocation.

Zemurray naquit en 1877, non loin de la mer Noire, et, étant juif à une époque de terribles pogroms sur les territoires russes, s'enfuit aux États-Unis, où il débarqua, accroché à la main de sa tante, avant l'âge de quinze ans. Ils trouvèrent refuge chez des parents à Selma, dans l'Alabama. Edward L. Bernays appartenait lui aussi à une famille d'émigrants juifs, mais d'un niveau social et économique élevé, avec, de surcroît, un illustre personnage dans sa lignée : son oncle Sigmund Freud. Si leur trait commun était d'être juifs, bien que peu pratiquants au demeurant, ils étaient en effet fort dissemblables. Edward L. Bernays se flattait d'être en quelque sorte le père des relations publiques, une spécialité qu'il n'avait pas inventée, mais qu'il porterait (aux dépens du Guatemala) à une hauteur inégalée jusqu'à la transformer en l'arme politique, sociale et économique majeure du XXe siècle. Cela deviendrait un fait d'évidence, même si, parfois, l'egolâtrie du personnage pousserait la revendication de cette paternité à des extrêmes pathologiques. Leur première rencontre avait eu lieu en 1948, année où ils commencèrent à travailler ensemble. Sam Zemurray avait sollicité un rendez-vous et Bernays le reçut dans le petit bureau qu'il avait alors au cœur de Manhattan. Il est probable que ce Bernays à la mise élégante et à la parole mesurée, aux manières aristocratiques et parfumé à la lavande Yardley ait été peu impressionné par le mastard énorme et mal attifé, sans cravate, pas rasé, vêtu d'une veste élimée et chaussé de godillots de paysan.

— J'ai essayé de lire votre livre, *Propaganda*, et je n'y ai pas compris grand-chose, dit Zemurray au publicitaire en guise de présentation.

Il parlait un anglais laborieux, comme s'il doutait de chaque mot.

— Pourtant, il est écrit dans un langage élémentaire, à la portée de n'importe quelle personne alphabétisée, se justifia Bernays.

— Possible que ce soit ma faute, reconnut le mastard, sans se démonter le moins du monde. En vérité, je ne suis en rien un lecteur. Je suis à peine passé par l'école dans mon enfance là-bas, en Russie, et je n'ai jamais bien appris l'anglais, comme vous pouvez voir. Et c'est pire quand j'écris des lettres, bourrées de fautes d'orthographe. L'action m'intéresse plus que la vie intellectuelle.

— Bon, s'il en est ainsi, je ne sais en quoi je pourrais vous être utile, monsieur Zemurray, dit Bernays, faisant mine de se lever.

— Je ne vous ferai pas perdre beaucoup de temps, le retint l'autre. Je dirige une société qui importe des bananes aux États-Unis depuis l'Amérique centrale.

— L'United Fruit ? demanda Bernays surpris, examinant avec plus d'attention son visiteur miteux.

— Nous avons, semble-t-il, une très mauvaise réputation, aussi bien aux États-Unis qu'en Amérique centrale, c'est-à-dire dans les pays où nous opérons, poursuivit Zemurray en haussant les épaules. Et, à ce que je vois, vous êtes la personne qui pourrait arranger ça. Je viens vous engager comme directeur des relations publiques de l'entreprise. Bon, donnez-vous le titre qui vous plaît le mieux. Et pour gagner du temps, fixez vous-même votre salaire.

Ainsi avait commencé la relation entre ces deux hommes si dissemblables, le publiciste raffiné qui se prenait pour un universitaire et un intellectuel, et le grossier Sam Zemurray, un homme qui s'était forgé lui-même, un entrepreneur audacieux qui avait commencé avec cent cinquante dollars d'économies et monté une société qui – même si son apparence ne le révélait pas – l'avait transformé en millionnaire. Il n'avait pas inventé la banane, bien sûr, mais grâce à lui, aux États-Unis où peu de gens auparavant avaient mangé de ce fruit exotique, elle faisait désormais partie de l'alimentation de millions de gens et commençait à se populariser en Europe et dans d'autres régions du monde. Comment y était-il parvenu ? Il était difficile de le savoir objectivement parce que la vie de Sam Zemurray se confondait avec les mythes et les légendes. Cet entrepreneur primitif avait davantage l'air de sortir d'un livre d'aventures que du monde industriel américain. De plus, lui qui, au contraire de Bernays, était tout sauf vaniteux avait l'habitude de ne jamais faire état de sa personne.

Au cours de ses voyages, Zemurray avait découvert la banane dans les forêts d'Amérique centrale et, avec une heureuse intuition du profit commercial qu'il pourrait tirer de ce fruit, il commença à l'exporter par bateau vers La Nouvelle-Orléans et d'autres villes d'Amérique du Nord. Dès le départ, elle fut fort appréciée. Tant et si bien que la demande croissante le conduisit à se convertir, de simple commerçant, en agriculteur et producteur international de bananes. Voilà comment avait commencé l'United Fruit, une société qui, au début des années 50, étendait ses réseaux au Honduras, au Guatemala, au Nicaragua, au Salvador, au Costa Rica, en Colombie et dans plusieurs îles des Caraïbes, et générait plus de dollars que l'immense majorité des entreprises des États-Unis, et même du reste du monde. Cet empire était, sans aucun doute, l'œuvre d'un seul homme : Sam Zemurray. Maintenant, des centaines de personnes dépendaient de lui.

Il avait travaillé pour la compagnie du matin au soir et du soir au matin, voyagé à travers toute l'Amérique centrale et les Caraïbes dans des conditions héroïques, disputé le terrain à la pointe du pistolet et du couteau à d'autres aventuriers comme lui, dormi en pleine brousse des centaines de fois, dévoré par les moustiques et contractant des fièvres paludéennes qui le martyrisaient de temps à autre. Il avait suborné les autorités, trompé des indigènes et des paysans ignorants et négocié avec des dictateurs corrompus grâce auxquels – profitant de leur convoitise ou de leur stupidité – il avait acquis peu à peu des propriétés qui comptaient maintenant plus d'hectares qu'un pays européen de bonne taille, créant des milliers d'emplois, construisant des voies ferrées, ouvrant des ports et alliant la barbarie à la civilisation. C'était du moins ce que Sam

Zemurray disait quand il devait se défendre des attaques que subissait l'United Fruit – qu'on appelait la Fruitière et surnommait la Pieuvre dans toute l'Amérique centrale –, non seulement de la part des envieux, mais aussi des concurrents nord-américains qu'en vérité il n'avait jamais autorisés à rivaliser avec son entreprise à la loyale dans une région où elle exerçait un monopole tyrannique sur toute la production et la commercialisation de la banane. Pour cela, au Guatemala par exemple, Zemurray s'était assuré le contrôle absolu de l'unique port du pays dans les Caraïbes – Puerto Barrios –, de l'électricité et du chemin de fer qui traversait le pays d'un océan à l'autre et appartenait aussi à sa compagnie.

Bien qu'aux antipodes l'un de l'autre, les deux hommes formèrent une bonne équipe. Sans aucun doute, Bernays aida grandement à améliorer l'image de la société aux États-Unis, à rendre celle-ci présentable devant les hautes sphères politiques de Washington et à la mettre en relation avec des millionnaires à Boston, qui se flattaient d'être des aristocrates. Il était arrivé à la publicité de manière indirecte grâce à ses bonnes relations avec toutes sortes de gens, surtout des diplomates, des politiciens, des patrons de presse, radio et télévision, des chefs d'entreprise et de riches banquiers. C'était un homme intelligent, sympathique, gros bûcheur, et l'un de ses premiers succès fut d'organiser la tournée de Caruso, le célèbre chanteur italien, aux États-Unis. Ses manières ouvertes et raffinées, sa culture, son affabilité, séduisaient les gens, car il donnait l'impression d'être plus important et influent qu'il ne l'était en réalité. La publicité et les relations publiques existaient avant sa naissance, bien entendu, mais Bernays avait élevé cette pratique, tenue pour mineure par toutes les entreprises qui y recouraient, au rang de discipline intellectuelle de haut vol, participant de la sociologie, de l'économie et de la politique. Il donnait des conférences et des cours dans de prestigieuses universités, publiait livres et articles en présentant sa profession comme la plus emblématique du XXe siècle, synonyme de prospérité et de progrès. Dans son livre *Propaganda* (1928), il avait écrit cette phrase prophétique qui le ferait passer, d'une certaine manière, à la postérité : « La manipulation consciente et intelligente des comportements constitués et de l'opinion des masses est un élément important de la société démocratique. Ceux qui manipulent ce mécanisme méconnu de la société constituent un gouvernement invisible qui est le pouvoir véritable dans notre pays... La minorité intelligente a besoin de faire un usage continu et systématique de la propagande. »

Cette thèse, que certains critiques avaient considérée comme la négation même de la démocratie, Bernays aurait l'occasion de la mettre en œuvre avec beaucoup d'efficacité dans le cas du Guatemala dix ans après avoir commencé à travailler comme conseiller publicitaire de l'United Fruit.

Ses conseils contribuèrent énormément à conforter l'image de la compagnie et à lui assurer appuis et influence dans la sphère politique. La Pieuvre ne s'était jamais souciée de présenter son remarquable travail industriel et commercial comme profitable à la société en général et, tout spécialement, aux « pays barbares » où elle opérait ; et qu'elle aidait – selon la définition de Bernays – à sortir de la sauvagerie en créant des emplois pour des milliers de citoyens dont elle élevait ainsi le niveau de vie en les intégrant à la modernité, au progrès, au XXe siècle et à la civilisation. Bernays convainquit Zemurray de faire construire par la compagnie quelques écoles sur ses domaines, d'envoyer des curés catholiques et des pasteurs protestants dans les plantations, de bâtir des dispensaires de premiers soins et d'autres établissements de même nature, d'accorder des bourses et des allocations aux étudiants et aux professeurs, idées qu'il présentait comme une preuve indubitable du travail de modernisation qu'elle réalisait. En même temps, selon une planification rigoureuse, avec l'aide de scientifiques et de techniciens, il lançait la consommation de la banane au petit déjeuner et à toute heure du jour comme quelque chose d'indispensable à la santé et à la formation de citoyens sains et sportifs. C'est lui qui fit venir aux États-Unis la chanteuse et danseuse brésilienne Carmen Miranda (Chiquita Banana au cinéma et au music-hall). Elle rencontrerait un immense succès avec ses chapeaux faits en régimes de bananes et, grâce à ses chansons, elle assurerait avec une efficacité extraordinaire la promotion de ce fruit qui, la publicité aidant, intégrerait bientôt les foyers américains.

Bernays réussit également à rapprocher l'United Fruit du monde aristocratique de Boston et des sphères du pouvoir politique – chose qui jusqu'alors n'était jamais venue à l'esprit de Sam Zemurray. Les plus riches des richards de Boston ne possédaient pas seulement argent et pouvoir, ils avaient aussi des préjugés et ils étaient en général antisémites. De fait, ce ne fut pas tâche aisée pour Bernays d'obtenir, par exemple, que Henry Cabot Lodge acceptât de faire partie du directoire de l'United Fruit, ni que les frères John Foster et Allen Dulles, membres de l'important cabinet d'avocats Sullivan & Cromwell de New York, consentissent à être les fondés de pouvoir de la compagnie.

Bernays savait que l'argent ouvre toutes les portes et que pas même les préjugés raciaux ne lui résistent. Il réussit, de la sorte, à nouer ce lien difficile après ce qu'on a appelé la Révolution d'octobre au Guatemala en 1944, quand l'United Fruit commença à se sentir menacée. Les idées et les relations de Bernays se révéleraient d'une très grande utilité pour renverser le prétendu « gouvernement communiste » guatémaltèque et le remplacer par un autre plus démocratique, autrement dit plus docile à ses intérêts.

C'est pendant la période du gouvernement de Juan José Arévalo (1945-1950) que les inquiétudes commencèrent. Non que le professeur Arévalo, qui défendait un « socialisme spirituel », confusément idéaliste, se fût engagé contre l'United Fruit. Mais il avait fait approuver une loi du travail qui permettait aux ouvriers et aux paysans de former des syndicats ou de s'y affilier, ce qui sur les terres de la compagnie n'était pas permis jusqu'alors. Cela fit dresser l'oreille de Zemurray et des autres dirigeants. Lors d'une session houleuse du directoire, tenue à Boston, on convint qu'Edward L. Bernays voyagerait au Guatemala, qu'il évaluerait la situation et les perspectives futures et qu'il verrait si les choses qui s'y passaient, sous le premier gouvernement issu d'élections vraiment libres dans l'histoire de ce pays, étaient dangereuses pour la compagnie.

Bernays passa deux semaines au Guatemala, installé à l'hôtel Panamerican dans le centre-ville, à quelques pas du palais du Gouvernement. Avec l'aide de traducteurs, car il ne parlait pas l'espagnol, il s'entretint avec des fermiers, des militaires, des banquiers, des parlementaires, des policiers, des étrangers installés dans le pays depuis des années, des leaders syndicaux, des journalistes et, bien évidemment, avec des fonctionnaires de l'ambassade des

États-Unis et des dirigeants de l'United Fruit. Bien qu'il ait beaucoup souffert de la chaleur et des piqûres de moustiques, il accomplit un excellent travail.

Lors d'une nouvelle réunion du directoire à Boston, il exposa son impression personnelle de ce qui, à son sens, survenait au Guatemala. Il fit son rapport à base de notes avec l'aisance d'un bon professionnel et sans la moindre trace de cynisme :

— Le danger que le Guatemala devienne communiste et soit une tête de pont pour que l'Union soviétique s'infiltre en Amérique centrale et menace le canal de Panama est éloigné, et je dirais même que, pour le moment, il n'existe pas, les rassura-t-il. Fort peu de gens au Guatemala savent ce que sont le marxisme et le communisme, pas même les deux ou trois pelés qui se déclarent communistes et qui ont créé l'école Claridad pour diffuser des idées révolutionnaires. Ce péril est irréel, bien qu'il nous convienne que l'on croie qu'il existe, surtout aux États-Unis. Le vrai péril est d'une autre nature. J'ai parlé avec le président Arévalo en personne et avec ses plus proches collaborateurs. Lui est aussi anticommuniste que vous et moi. La preuve en est que le président et ses partisans insistent pour que la nouvelle constitution du Guatemala interdise l'existence de partis politiques ayant des connexions internationales. Ils auraient, de même, déclaré à plusieurs reprises que « le communisme est le plus grand danger qu'affrontent les démocraties » et fini par fermer l'école Claridad tout en déportant ses fondateurs. Mais, aussi paradoxal que cela paraisse, son amour sans mesure pour la démocratie représente une sérieuse menace pour l'United Fruit. Messieurs, il est bon de le savoir, pas de le dire.

Bernays sourit et jeta un regard théâtral à la ronde :

quelques-uns des membres du directoire sourirent par politesse. Après une brève pause, il poursuivit :

— Arévalo voudrait faire du Guatemala une démocratie à l'exemple des États-Unis, pays qu'il admire et qu'il prend pour modèle. Les rêveurs sont dangereux en général, et en ce sens le docteur Arévalo l'est certainement. Son projet n'a pas la moindre chance de se réaliser. Comment transformer en démocratie moderne un pays de trois millions d'habitants dont soixante-dix pour cent sont des Indiens analphabètes à peine sortis du paganisme ou qui y sont encore, et où il doit y avoir trois ou quatre chamans pour un médecin ? Un pays où, par ailleurs, la minorité blanche, composée de grands propriétaires terriens racistes et exploiteurs, méprise les Indiens et les traite comme des esclaves ? Les militaires avec qui je me suis entretenu semblent vivre aussi en plein XIXe siècle et pourraient faire un coup d'État à tout moment. Le président Arévalo a essuyé plusieurs rébellions de l'armée et a réussi à les écraser. Soyons clairs : bien que ses efforts pour faire de son pays une démocratie moderne me paraissent vains, toute avancée sur ce terrain, que l'on ne s'y trompe pas, nous causerait un grave préjudice.

« Vous vous en rendez compte, n'est-ce pas ? poursuivit-il, après une nouvelle pause prolongée qu'il mit à profit pour boire quelques gorgées d'eau. Prenons quelques exemples. Arévalo a approuvé une loi du travail qui permet de constituer des syndicats dans les entreprises et les domaines agricoles ; elle autorise les ouvriers et les paysans à s'y affilier. Et il a édicté une loi contre les monopoles calquée sur celle des États-Unis. Vous pouvez imaginer ce que signifierait pour l'United Fruit l'application d'une telle mesure pour garantir la libre concurrence : sinon la ruine, du moins une chute sérieuse des bénéfices. Ceux-ci ne proviennent pas seulement de l'efficience de notre travail, des efforts et des dépenses que nous faisons pour combattre les déprédateurs, assainir les sols que nous gagnons sur la forêt pour produire plus de bananes, mais aussi du monopole – qui éloigne de nos territoires des concurrents potentiels – et des conditions vraiment privilégiées dans lesquelles nous travaillons : exonérés d'impôts, sans syndicats et à l'abri des risques et périls que tout cela entraîne. Le problème n'est pas seulement le Guatemala, petite partie du théâtre de nos opérations. C'est la contagion aux autres pays centraméricains et à la Colombie si l'idée de se transformer en « démocraties modernes » s'implantait chez eux. L'United Fruit devrait affronter les syndicats, la concurrence internationale, payer des impôts, garantir les soins médicaux et la retraite des travailleurs et de leur famille, être la cible de la haine et de l'envie qui menacent en permanence les entreprises prospères et efficaces dans les pays pauvres, et a fortiori si elles sont américaines. Le danger, Messieurs, c'est le mauvais exemple. La démocratisation du Guatemala, bien plus que le communisme. Même si, probablement, cela ne réussira pas à se concrétiser, les avancées dans cette direction signifieraient pour nous un recul et une perte.

Il se tut et passa en revue les regards perplexes ou inquisiteurs des membres du directoire. Sam Zemurray, le seul à ne pas porter de cravate et qui détonnait, par sa tenue informelle, parmi les messieurs élégants qui partageaient la longue table où ils étaient assis, prit la parole :

— Bien, voilà le diagnostic. Quel est le traitement qui permet de guérir la maladie ?

— Je voulais vous laisser respirer avant de continuer,

plaisanta Bernays en prenant un autre verre d'eau. Maintenant, passons aux remèdes, Sam. Ce sera long, compliqué et coûteux. Mais le mal sera coupé à la racine. Et cela donnera à l'United Fruit encore cinquante années de croissance, de bénéfices et de tranquillité.

Edward L. Bernays savait ce qu'il disait. Le traitement consisterait à agir simultanément sur le gouvernement des États-Unis et sur l'opinion publique américaine. Ni l'un ni l'autre n'avaient la moindre idée de l'existence du Guatemala, et encore moins qu'il constituerait un problème. C'était une bonne chose, en principe. « C'est nous qui devons informer le gouvernement et l'opinion publique à propos du Guatemala, et le faire de telle sorte qu'ils soient convaincus que le problème est si important, si grave, qu'il faut le conjurer immédiatement. Comment ? Avec subtilité et opportunisme. En organisant les choses de façon que l'opinion publique, décisive dans une démocratie, fasse pression sur le gouvernement pour qu'il agisse afin de mettre un frein à une menace sérieuse. Laquelle ? Ce que n'est pas le Guatemala, comme je vous l'ai expliqué : le cheval de Troie de l'Union soviétique infiltré dans l'arrière-cour des États-Unis. Comment convaincre l'opinion publique que le Guatemala se transforme en un pays où le communisme est déjà une réalité vivante et que, sans une action énergique de Washington, il pourrait être le premier satellite de l'Union soviétique dans le Nouveau Monde ? Au moyen de la presse, de la radio et de la télévision, sources principales d'information et d'orientation pour les citoyens, aussi bien dans un pays libre que dans un pays esclave. Nous devons ouvrir les yeux de la presse sur le danger en marche à moins de deux heures de vol des États-Unis et à deux pas du canal de Panama.

« Il convient que tout se passe de manière naturelle, ni planifiée, ni téléguidée par personne, et encore moins par nous, trop intéressés à cette affaire. L'idée que le Guatemala soit sur le point de passer aux mains des Soviétiques ne doit pas venir de la presse républicaine et de la droite aux États-Unis, mais plutôt de la presse progressiste, celle que lisent et écoutent les démocrates, c'est-à-dire le centre et la gauche. C'est celle qui touche le public le plus nombreux. Pour donner la plus grande vraisemblance à cette idée, tout doit être l'œuvre de la presse libérale. »

Sam Zemurray l'interrompit pour lui poser une question :

— Et qu'est-ce qu'on va faire pour convaincre cette presse qui est une pure merde ?

Bernays sourit et fit une nouvelle pause. En acteur accompli, il promena un regard grave sur tous les membres du directoire :

— C'est pour cela qu'existe le roi des relations publiques, c'est-à-dire moi-même, plaisanta-t-il, sans aucune modestie, comme s'il perdait son temps à rappeler à ce groupe de messieurs que la Terre est ronde. C'est pour cela, Messieurs, que j'ai tant d'amis parmi les propriétaires et les directeurs de journaux, de radios et de télévisions aux États-Unis.

Il faudrait travailler avec prudence et habileté pour que les médias ne se sentent pas manipulés. Tout devait se dérouler avec la spontanéité que met la nature dans ses merveilleuses transformations, faire en sorte que cela constitue des « scoops » que la presse libre et progressiste découvrirait et révélerait au monde. Il fallait caresser dans le sens du poil l'ego des journalistes, qui était, en général, surdimensionné.

Quand Bernays eut fini de parler, Sam Zemurray redemanda la parole :

— S'il te plaît, ne nous dis pas combien va nous coûter cette plaisanterie que tu as décrite avec tant de détails. Cela fait trop de chocs pour une seule journée.

— Je ne vous dirai rien de plus pour le moment, acquiesça Bernays. Il importe que vous vous souveniez d'une chose : la compagnie gagnera beaucoup plus que tout ce qu'elle pourra dépenser dans cette opération si nous obtenons que le Guatemala ne devienne pas la démocratie moderne dont rêve le président Arévalo pour le prochain demi-siècle.

Les dires d'Edward L. Bernays lors de cette mémorable séance du directoire de l'United Fruit à Boston s'accomplirent au pied de la lettre, confirmant, soit dit en passant, la thèse qu'il avait exposée selon laquelle le XXe siècle serait celui de l'avènement de la publicité comme outil principal du pouvoir et de la manipulation de l'opinion publique dans les sociétés aussi bien démocratiques qu'autoritaires.

Peu à peu, vers la fin de la présidence de Juan José Arévalo, mais surtout pendant celle du colonel Jacobo Árbenz Guzmán, commencèrent de paraître dans la presse des États-Unis des reportages qui, dans le *New York Times*, le *Washington Post* ou l'hebdomadaire *Time*, signalaient le danger croissant que représentait pour le monde libre l'influence acquise par l'Union soviétique au Guatemala par le biais de gouvernements qui, bien que cherchant à afficher leur caractère démocratique, étaient en réalité infiltrés par des communistes, des compagnons de route, des crétins utiles, car ils prenaient des mesures en contradiction avec la légalité, le panaméricanisme, la propriété privée, le marché libre, et ils favorisaient la lutte des classes, la haine de l'inégalité sociale, ainsi que l'hostilité envers les entreprises privées.

Des magazines et des revues nord-américains qui ne s'étaient jamais intéressés auparavant ni au Guatemala, ni à l'Amérique centrale, ni même à l'Amérique latine, commencèrent, grâce aux habiles démarches et aux relations de Bernays, à envoyer des correspondants au Guatemala. On les logeait à l'hôtel Panamerican, dont le bar deviendrait guère moins qu'un centre de presse international, où ils recevaient des dossiers parfaitement documentés sur les faits qui corroboraient ces indices – l'adhésion syndicale comme arme de combat et la destruction progressive de la propriété privée – et obtenaient des interviews, programmées ou suggérées par Bernays, avec des fermiers, des entrepreneurs, des chefs religieux (parfois l'archevêque lui-même), des journalistes, des leaders politiques de l'opposition, des pasteurs et des professionnels qui confirmaient avec force détails les craintes que le pays se transforme peu à peu en un satellite soviétique grâce auquel le communisme international pourrait miner l'influence et les intérêts des États-Unis dans toute l'Amérique latine.

À un moment donné – précisément alors que le gouvernement de Jacobo Árbenz lançait la réforme agraire dans le pays –, les démarches de Bernays auprès des propriétaires et directeurs de magazines et de revues ne furent plus nécessaires : une véritable inquiétude – c'était l'époque de la guerre froide – s'était fait jour dans les cercles politiques, économiques et culturels aux États-Unis, et les médias eux-mêmes s'empressaient d'envoyer des correspondants pour vérifier sur le terrain la situation de cette minuscule nation infiltrée par le communisme. L'apothéose fut la publication d'une dépêche de l'United Press, écrite par le journaliste britannique Kenneth de Courcy, qui annonçait que l'Union soviétique avait l'intention de construire une base de sous-marins au Guatemala. *Life Magazine, The Herald Tribune,* l'*Evening Standard* de Londres, le *Harper's Magazine, The Chicago Tribune,* la revue *Visión* (en espagnol), *The Christian Science Monitor,* entre autres, consacrèrent de nombreuses pages à montrer, au travers de faits et de témoignages concrets, la soumission graduelle du Guatemala au communisme et à l'Union soviétique. Il ne s'agissait pas d'une conjuration : la propagande avait superposé une aimable fiction à la réalité et c'est sur cette base que les journalistes américains, mal préparés, écrivaient leurs chroniques sans se rendre compte, pour la plupart, qu'ils étaient les pantins d'un génial marionnettiste. Ainsi s'explique qu'une personnalité de la gauche libérale aussi prestigieuse que Flora Lewis ait couvert d'éloges disproportionnés l'ambassadeur américain au Guatemala, John Emil Peurifoy. Le fait que ces années furent les pires du maccarthysme et de la guerre froide entre les États-Unis et l'Union soviétique contribua fortement à faire de cette fiction une réalité.

Quand Sam Zemurray mourut, en novembre 1961, il allait avoir quatre-vingt-quatre ans. Retiré des affaires en Louisiane, croulant sous les millions, il ne lui entrait toujours pas dans la tête que ce qu'avait planifié Edward L. Bernays lors de cette lointaine réunion du directoire de l'United Fruit à Boston s'était accompli au pied de la lettre. Il ne soupçonnait pas non plus que la Fruitière, bien qu'elle ait gagné cette guerre, avait déjà commencé à se désintégrer et que dans peu d'années son président se suiciderait, la compagnie disparaîtrait et qu'il en resterait seulement de mauvais et abominables souvenirs.

I

La mère de miss Guatemala appartenait à une famille d'émigrants italiens, les Parravicini. Après deux générations, le nom avait été raccourci et hispanisé. Quand Arturo Borrero Lamas, jeune juriste, professeur de droit et avocat en exercice, demanda la main de la jeune Marta Parra, cela fit jaser toute la société guatémaltèque parce que, de toute évidence, la fille des cavistes, boulangers et pâtissiers d'origine italienne n'était pas du même rang social que cet élégant monsieur convoité par toutes les jeunes filles à marier de la haute société, lui qui avait un nom, de la fortune et un prestige professionnel. Les commérages finirent par cesser et la plupart des gens assistèrent, les uns en tant qu'invités, les autres en spectateurs, au mariage qui fut célébré à la cathédrale par l'archevêque de la ville. Le général Jorge Ubico Castañeda, éternel président, en fut aussi, donnant le bras à son aimable épouse, vêtu d'un élégant uniforme constellé de médailles ; et, sous les applaudissements de la foule, ils se firent tirer le portrait sous le porche avec les mariés.

Ce mariage ne fut pas une réussite du côté du lignage. Marta Parra tombait enceinte tous les ans et, malgré toutes ses précautions, elle accouchait de garçons squelettiques à moitié morts et qui décédaient au bout de quelques jours ou de quelques semaines en dépit des efforts des infirmières, des gynécologues et même des sorciers et sorcières de la ville. Après cinq années d'échecs répétés, Martita Borrero Parra vint au monde et se montra très vite si belle, si vive et si éveillée qu'on la surnomma miss Guatemala. Contrairement à ses frères, elle survécut. Et comment !

Elle était née maigrichonne, la peau sur les os. Ce qui frappait depuis cette époque où les gens faisaient dire des messes pour que la drôlesse n'ait pas la malchance de ses frères, c'était la finesse de sa peau, ses traits délicats, ses yeux immenses et ce regard paisible, fixe, pénétrant, qui se posait sur les gens et les choses comme si elle s'efforçait de les graver dans sa mémoire pour l'éternité. Un regard qui déconcertait et faisait peur. Símula, l'Indienne maya-quiché qui serait sa nourrice, prédisait : « Cette gamine aura des pouvoirs ! »

La mère de miss Guatemala, Marta Parra de Borrero, ne put guère profiter de cette fille unique qui avait survécu. Non qu'elle mourût – elle vécut jusqu'à quatre-vingt-dix ans passés et décéda dans un asile de vieillards sans bien se rendre compte de ce qui se passait autour d'elle – mais à la suite de la naissance de la fillette elle se trouva épuisée, silencieuse, déprimée et (comme on disait à l'époque, par euphémisme, pour désigner les fous) dans la lune. Elle restait chez elle à longueur de journée, immobile, sans parler ; ses bonnes, Patrocinio et Juana, lui donnaient à manger à la cuillère et lui faisaient des massages pour empêcher ses jambes de s'atrophier ; seules des crises de larmes qui la plongeaient dans une somnolence hébétée la tiraient de son étrange mutisme. Símula était la seule avec qui elle s'entendait, ou peut-être la servante devinait-elle ses caprices. Le docteur Borrero Lamas finit par oublier qu'il avait une femme ; les jours et les semaines passaient sans qu'il entre dans la chambre déposer un baiser sur le front de son épouse, et il consacrait tout le temps qu'il ne passait pas dans son bureau – plaidant au tribunal ou donnant des cours à l'université de San Carlos – à Martita, qu'il cajolait et adorait depuis sa naissance. La fillette grandit collée à son père. Ce dernier laissait Martita gambader parmi les visiteurs, quand le week-end sa maison coloniale se remplissait de ses amis d'âge mûr – juges, fermiers, politiciens, diplomates – qui venaient jouer à l'anachronique vingt-et-un. Le père s'amusait du regard qu'elle portait sur ses amis avec ses grands yeux gris-vert comme si elle voulait leur arracher leurs secrets. Elle se laissait câliner par tous mais, hormis avec son père, était très peu encline à répondre à ces marques de tendresse.

Des années plus tard, en évoquant cette première époque de sa vie, Martita se souviendrait à peine, comme des flammes s'allumant et s'éteignant, du grand trouble politique qui, soudain, commença à meubler les conversations de ces notables venus les fins de semaine jouer ces parties de cartes d'antan. Elle les entendait vaguement dire, vers 1944, que le général Jorge Ubico Castañeda, ce monsieur couvert de galons et de médailles, était devenu brusquement si impopulaire qu'il y avait eu des mouvements de troupe et de civils ainsi que des grèves d'étudiants pour tenter de le renverser. Ils y réussirent la même année avec la fameuse Révolution d'octobre, quand surgit une nouvelle junte militaire présidée par le général

Federico Ponce Vaides, qui fut elle aussi renversée par les manifestants. Enfin il y eut des élections. Les vieux messieurs du vingt-et-un avaient une peur panique de voir le professeur Juan José Arévalo, qui venait de rentrer de son exil en Argentine, l'emporter car, disaient-ils, son « socialisme spirituel » (qu'est-ce que cela voulait dire ?) attirerait la catastrophe sur le Guatemala : les Indiens relèveraient la tête et se mettraient à tuer les bonnes gens, les communistes à s'approprier les terres des grands propriétaires et à envoyer les enfants de bonne famille en Russie pour les vendre comme esclaves. Quand ils parlaient de ces choses-là, Martita attendait toujours la réaction d'un de ces messieurs qui participaient à ces week-ends de parties de cartes et de commérages politiques, le docteur Efrén García Ardiles. C'était un bel homme, yeux clairs et cheveux longs, qui se moquait régulièrement des invités en les désignant comme des paranoïaques des cavernes car, selon lui, le professeur Arévalo était plus anticommuniste que tous réunis et son « socialisme spirituel » rien d'autre qu'une manière symbolique de dire qu'il voulait faire du Guatemala un pays moderne et démocratique en le soustrayant à la pauvreté et au féodalisme primitif dans lequel il vivait. Martita se souvenait des disputes qui éclataient : les vieux messieurs accablaient le docteur García Ardiles en le traitant de Rouge, d'anarchiste et de communiste. Et quand elle demandait à son papa pourquoi cet homme bataillait toujours seul contre tous, son père répondait : « Efrén est un bon médecin et un excellent ami. Dommage qu'il soit si fou et tellement de gauche ! » Martita fut piquée par la curiosité et décida de demander un rendez-vous au docteur García Ardiles pour qu'il lui explique ce qu'étaient la gauche et le communisme.

À cette époque, elle était déjà entrée au collège belgo-guatémaltèque (de la congrégation de la Sainte Famille d'Helmet) tenu par des religieuses flamandes, que fréquentaient toutes les filles de bonne famille du Guatemala ; et elle avait commencé à rafler les prix d'excellence et à décrocher de brillantes notes aux examens. Cela ne lui coûtait pas beaucoup d'efforts, il lui suffisait de mobiliser un peu de cette intelligence naturelle dont elle débordait et de savoir qu'elle ferait un immense plaisir à son père avec les excellentes appréciations de son carnet de notes. Quel bonheur éprouvait le docteur Borrero Lamas le jour de la fin des classes, quand sa fille montait sur l'estrade recevoir son diplôme pour son application à l'étude et sa parfaite conduite ! Et avec quels applaudissements les bonnes sœurs et l'auditoire félicitaient la fillette !

Martita eut-elle une enfance heureuse ? Elle se le demanderait souvent les années suivantes et répondrait que oui, si ce mot signifiait une vie tranquille, ordonnée, sans soubresauts, d'enfant entourée de domestiques, gâtée et protégée par son père. Mais n'avoir jamais connu la tendresse d'une mère l'attristait. Elle rendait visite une seule fois par jour – le moment le plus difficile de la journée – à cette dame toujours alitée qui, tout en étant sa mère, ne lui portait aucune attention. Símula l'emmenait lui donner un baiser avant d'aller dormir. Elle n'aimait pas cette visite, car cette dame paraissait plus morte que vive ; elle la regardait avec indifférence et se laissait embrasser sans lui rendre sa tendresse, quelquefois en bâillant. Elle ne s'amusait pas plus avec ses petites amies dans les fêtes d'anniversaire où elle se rendait avec Símula en guise de chaperon, pas même à ses premiers bals quand elle était déjà dans le secondaire, que les gars se mettaient à courtiser les filles, à leur adresser des mots doux, et que les couples commençaient à se former. Martita s'amusait plus durant les longues veillées du week-end avec les bonshommes du vingt-et-un. Et surtout lors des apartés qu'elle avait avec le docteur Efrén García Ardiles qu'elle accablait de questions sur la politique. Il lui expliquait qu'en dépit des lamentations de ces messieurs, Juan José Arévalo manœuvrait bien, essayant enfin d'introduire un peu de justice dans ce pays, surtout pour les Indiens, c'est-à-dire la grande majorité des trois millions de Guatémaltèques. Grâce au président Arévalo, disait-il, le Guatemala allait se transformer enfin en démocratie.

La vie de Martita prit un tour extraordinaire le jour de ses quinze ans, à la fin de 1949. Tout le vieux quartier de San Sebastián, où se trouvait sa maison, vécut de quelque manière cette célébration. Son père lui offrit la quinceañera, fête par laquelle les bonnes familles du Guatemala célébraient les quinze ans de leurs filles, une fête qui signifiait leur entrée dans la société. Son père, en même temps qu'il l'emplit de lumières, fit décorer de fleurs et de guirlandes la maison au vaste vestibule, aux fenêtres à grilles et au jardin luxuriant qui se situait au cœur du quartier colonial. Il y eut une messe à la cathédrale célébrée par l'archevêque lui-même, à laquelle Martita assista vêtue d'une robe blanche pleine de dentelles, avec dans les mains un bouquet de fleurs d'oranger, toute la famille présente, y compris des oncles, tantes, cousins et cousines qu'elle voyait pour la première fois. Il y eut des feux d'artifice dans la rue et une grande piñata pleine de bonbons et de fruits confits que se disputèrent avec bonheur les jeunes invités. Les domestiques et les garçons servaient en costume traditionnel, les femmes avec le huipil plein de couleurs et de formes géométriques, les jupes à volants et les ceintures noires, les hommes avec le pantalon blanc, la chemise de couleur et le chapeau de paille. Le Club hippique se chargea du banquet et on engagea deux orchestres, l'un traditionnel avec neuf joueurs de marimba, l'autre plus moderne formé de douze professeurs qui interprétèrent les danses à la mode : bamba, valse, blues, tango, corrido, guaracha, rumba et boléro. Au beau milieu du bal, Martita, la reine de la fête, qui dansait avec le fils de l'ambassadeur des États-Unis, Richard Patterson Jr., perdit connaissance. On la porta jusqu'à sa chambre et le docteur Galván, qui était présent en tant que chaperon de sa fille Dolores, amie de Martita, l'examina, prit sa température et sa tension et la frictionna avec de l'alcool. Elle reprit rapidement ses esprits. Ce n'était rien, expliqua le vieux médecin, une légère chute de tension à cause des émotions de la journée. Martita se rétablit et revint au bal. Mais elle passa le reste de la soirée tristounette et comme ailleurs.

Quand tous les invités furent partis, la nuit étant bien avancée, Símula s'approcha du docteur Borrero. Elle murmura qu'elle souhaitait le voir seule à seul. Il la conduisit à la bibliothèque. « Le docteur Galván se trompe, lui dit la nourrice. Chute de tension ! Mon œil ! Je suis désolée, docteur, mais je vous le dis tout net : votre fille est enceinte. » Ce fut au tour du maître de maison d'avoir des vapeurs. Il se laissa tomber dans le fauteuil ; le monde, les étagères remplies de livres tournaient autour de lui comme un manège.

Bien que son père la priât, la suppliât, la menaçât des pires châtiments, Martita manifesta la force de son caractère et combien elle irait loin dans la vie en refusant sans appel de révéler qui était le père du bébé en train de prendre forme dans son ventre. Le docteur Borrero Lamas fut sur le point de perdre la raison. Il était très catholique, une vraie grenouille de bénitier, pourtant il en vint à envisager l'avortement quand Símula, le voyant fou de désespoir, lui dit qu'elle pourrait conduire la demoiselle chez une « faiseuse d'anges ». Mais, après avoir tourné et retourné la question dans sa tête et surtout après avoir consulté son confesseur et ami, le père jésuite Ulloa, il décida de ne pas exposer sa fille à un risque aussi grand et qu'elle n'irait pas en enfer pour avoir commis ce péché mortel.

Savoir que sa fille avait gâché sa vie lui déchirait le cœur. Il dut la retirer du collège belgo-guatémaltèque car la grossesse la faisait vomir et s'évanouir à tout moment et les bonnes sœurs auraient découvert son état, et le scandale n'aurait pas manqué. L'éminent juriste souffrait terriblement de ce que sa fille ne ferait pas un beau mariage à cause de cette folie. Quel jeune homme sérieux, de bonne famille et à l'avenir assuré donnerait son nom à une dévoyée ? Négligeant son cabinet et ses cours, il consacra tous les jours et toutes les nuits qui suivirent la révélation que la prunelle de ses yeux était enceinte à chercher à découvrir qui pouvait être le père. Martita n'avait eu aucun prétendant. Elle ne semblait pas même intéressée, comme les autres filles de son âge, à flirter avec les jeunes gens tant elle était accaparée par ses études. N'était-ce pas extrêmement étrange ? Martita n'avait jamais eu d'amoureux. Le docteur surveillait toutes ses sorties en dehors des heures de cours. Et qui, comment, où l'avait-on mise enceinte ? Ce qui d'abord lui avait paru impossible se fraya un chemin dans sa tête et, rongé par le doute, il décida d'en avoir le cœur net. Il chargea de cinq balles le vieux revolver Smith & Wesson qu'il avait peu utilisé, s'exerçant au tir au Club des Chasseurs, ou lors de parties de chasse où l'entraînaient ses amis dudit cercle et où il s'ennuyait profondément.

Il se présenta à l'improviste chez le docteur Efrén García Ardiles, qui vivait avec sa mère fort âgée dans le quartier voisin de San Francisco. Son vieil ami, qui venait de rentrer du cabinet où il passait ses après-midi – il travaillait le matin à l'hôpital général San Juan de Dios – le reçut aussitôt. Il le conduisit à un petit salon où se trouvaient sur des étagères des livres et des objets primitifs maya-quiché, des masques et des urnes funéraires.

— Toi, tu vas répondre à ma question, Efrén – le docteur Borrero Lamas parlait très lentement, comme s'il lui fallait s'arracher les mots de la bouche. Nous sommes allés ensemble au collège des frères maristes et, en dépit de tes absurdes idées politiques, je te considère comme mon meilleur ami. J'espère qu'au nom de cette longue amitié, tu ne me mentiras pas. C'est toi qui as mis ma fille enceinte ?

Il vit le docteur Efrén García Ardiles devenir blanc comme un linge. Ce dernier ouvrit et ferma la bouche à plusieurs reprises avant de lui répondre. Il parla enfin, en bégayant, les mains tremblantes :

— Arturo, je ne savais pas qu'elle était enceinte. Oui, c'est moi. C'est la pire chose que j'ai faite dans ma vie. Jamais je n'aurai fini de m'en repentir, je te le jure.

— Je suis venu te tuer, fils de pute, mais tu me dégoûtes tellement que je ne peux même pas.

Et il éclata en sanglots qui lui secouaient la poitrine et baignaient son visage de larmes. Ils restèrent près d'une heure ensemble, et quand ils se séparèrent à la porte, ils ne se serrèrent pas la main ni ne se donnèrent les habituelles tapes dans le dos.

En arrivant chez lui, le docteur Borrero Lamas gagna directement la chambre où sa fille s'était enfermée à clé depuis le jour de son évanouissement.

Son père lui parla depuis la porte, sans s'asseoir, toujours debout, d'un ton qui n'admettait aucune réplique :

— J'ai parlé avec Efrén et nous sommes arrivés à un accord. Il se mariera avec toi pour que cet enfant ne naisse pas comme ces petits que les chiennes mettent bas dans la rue et qu'il puisse avoir un nom. Le mariage sera célébré dans la propriété de Chichicastenango. Je parlerai au père Ulloa pour qu'il vous marie. Il n'y aura aucun invité. On l'annoncera dans le journal puis on enverra les faire-part. Jusqu'à ce moment-là, nous continuerons à faire semblant d'être une famille unie. Après ton mariage avec Efrén, je ne te reverrai ni ne m'occuperai de toi, et je chercherai le moyen de te déshériter. D'ici là, tu resteras enfermée dans cette chambre, sans sortir.

Ainsi fut fait. Les noces soudaines du docteur Efrén García Ardiles avec une fille de quinze ans, vingt-huit de moins que lui, donnèrent lieu à papotages et commérages qui firent le tour de la ville de Guatemala et la tinrent en haleine. Tout le monde sut que Martita Borrero Parra se mariait de cette façon parce que ce docteur l'avait mise enceinte, ce qui n'était pas surprenant de la part d'un type avec de telles idées révolutionnaires, et tout le monde plaignit le probe docteur Borrero Lamas qu'à partir de ce moment personne ne vit plus sourire, ni participer aux fêtes, ni jouer au vingt-et-un.

Le mariage eut lieu dans la lointaine propriété du père

de la mariée, aux environs de Chichicastenango, là où l'on cultivait le café, et il fut lui-même l'un des témoins ; les autres étaient des employés de la ferme, analphabètes, qui durent signer avec des croix et des bâtons avant de recevoir pour ça quelques quetzals. Il n'y eut pas même un verre de vin pour trinquer au bonheur des nouveaux mariés.

Les époux revinrent à la ville de Guatemala directement au domicile d'Efrén et de sa mère, et toutes les bonnes familles surent que le docteur Borrero, tenant sa promesse, ne verrait plus jamais sa fille.

Martita accoucha au milieu de 1950 d'un enfant qui, officiellement du moins, était un prématuré de sept mois.

II

— La nervosité, n'importe comment il faut la combattre, dit Enrique en se frottant les mains. Avant toute mise à exécution, ces choses-là me mettent les nerfs en pelote. Puis, le moment venu, mes nerfs se relâchent et j'y vais sans problème. Est-ce que c'est pareil pour toi ?

— Moi, c'est l'inverse, dit le Dominicain en faisant non de la tête. Je me réveille, je m'endors, je me lève toujours sur les nerfs. Et j'ai les nerfs à vif quand je dois agir. Les nerfs à fleur de peau, voilà mon état normal.

Ils se trouvaient au bureau de la direction générale de la Sécurité, qui occupait une aile du palais du Gouvernement, et de ses fenêtres ils apercevaient le Parc central avec ses frondaisons et la façade de la cathédrale de la ville de Guatemala. C'était un jour ensoleillé et encore sans nuages, mais la pluie s'inviterait probablement en soirée et, la nuit venue, peuplerait les rues de mares et de ruisselets, comme cela avait été le cas toute la semaine.

— Cette fois la décision est prise, les plans établis sont confirmés, et les gens qu'il faut engagés. Tu as déjà en poche, pour toi et la doña, les laissez-passer et les visas. Qu'est-ce qui pourrait foirer ? dit l'autre, à voix très basse maintenant. Et souriant, bien que sans une once d'humour, il changea de sujet : tu connais le meilleur truc pour calmer les nerfs, dis ?

— Un bon coup de rhum sec, sourit le Dominicain. Mais mieux vaut écluser au bordel, pas dans ce bureau sinistre, où les murs ont des oreilles, comme on dit dans ton pays de mouchards. Des oreilles ! Pas mal trouvé, hein ! Allons plutôt dans le quartier de Gerona, chez la gringa aux cheveux teints.

Enrique regarda sa montre :

— Il n'est que quatre heures, fit-il tristement. Ça sera fermé, c'est encore trop tôt.

— S'il le faut, on va l'ouvrir à coups de pied, proféra le Dominicain en se levant. Non mais des fois, ce qui est dit est dit. On va vider quelques verres histoire de tuer le temps. C'est moi qui paie.

Ils sortirent et traversèrent la salle de travail où tout aussitôt civils et militaires se mirent au garde-à-vous les uns après les autres pour saluer Enrique. Comme il était en civil, ce dernier se bornait, sans s'arrêter, à incliner la tête. Dans la rue, la voiture, avec au volant le chauffeur le plus laid au monde, les attendait devant une porte latérale de l'édifice. Il les conduisit rapidement où ils voulaient et, en effet, le bordel de la Ricaine était encore fermé. Un balayeur solitaire et boiteux leur fit remarquer que ça n'ouvrait qu'« à la tombée de la nuit et de la pluie ». C'est égal, ils cognèrent à la porte à coups redoublés et de plus en plus fort jusqu'à ce qu'enfin, après un bruit de clés et de chaînes, elle s'entrouvrît.

— À cette heure, Messieurs ? s'alarma en les reconnaissant la femme aux cheveux platinés, tout ébouriffée – elle s'appelait Miriam Ritcher et elle forçait quelque peu son accent pour paraître étrangère. Les filles dorment encore ou prennent leur petit déjeuner…

— On n'est pas venus pour les filles, Miriam, mais pour boire un coup, la coupa rudement Enrique. On peut entrer, oui ou non ?

— Pour vous, c'est toujours ouvert, fit la Ricaine, résignée, en haussant les épaules. (Elle ouvrit pour de bon la porte, se rangea de côté pour qu'ils puissent passer et leur fit une courbette de politesse.) Je vous en prie, Messieurs.

À cette heure, sans lumière ni clients, le petit salon du bar avait l'air plus misérable et plus triste que toutes lumières allumées, dans le brouhaha des clients et avec la musique à plein volume. En guise de tableaux, les murs étaient ornés d'affiches publicitaires vantant des boissons et le chemin de fer de la Côte. Les amis allèrent s'asseoir sur deux hauts tabourets, devant le zinc, et allumèrent des cigarettes.

— Je vous sers pareil que d'habitude ? leur demanda la femme.

Elle avait passé un peignoir et des mules. Mal attifée et sans maquillage, elle avait l'air centenaire.

— Pareil que d'habitude, dit le Dominicain, goguenard. Et puis, si c'est possible, une chatte savoureuse à lécher.

— Vous devriez savoir que je n'aime pas les grossièretés, ronchonna la patronne, tandis qu'elle remplissait leurs verres.

— Moi non plus, dit Enrique à son ami. Un peu plus de respect quand tu ouvres la bouche, voyons !

Ils restèrent silencieux un moment puis, soudain, Enrique lui demanda :

— Et comment ça se fait que tu es Rose-Croix ? Qu'est-ce que c'est que cette religion qui permet de dire de telles grossièretés devant les dames ?

— Que tu dises dames, ça me plaît beaucoup, dit la femme qui s'en retournait sans les regarder, et elle disparut derrière une porte.

Le Dominicain réfléchit un peu et haussa les épaules :

— Je ne suis même pas sûr que ce soit une religion ; peut-être seulement une philosophie. J'ai connu un sage dont on disait qu'il était Rose-Croix. Là-bas à Mexico, peu après mon arrivée. Frère Cristóbal. Il dégageait un sentiment de paix que je n'ai plus jamais ressenti de ma vie. Il parlait fort posément, lentement. Et il semblait inspiré par les anges.

— Comment ça, inspiré ? dit Enrique. Tu veux dire un de ces illuminés à moitié fous qui vont dans les rues en parlant tout seuls ?

— C'était un sage, pas un fou, affirma le Dominicain. Il ne disait jamais Rose-Croix mais « l'Ancien et Mystique Ordre de la Rose-Croix ». Il inspirait beaucoup de respect. Il disait que cet ordre était né dans l'ancienne Égypte, au temps des pharaons, comme une confrérie secrète, hermétique, et qui avait survécu, cachée du grand public, au long des siècles. Elle est très répandue en Orient et en Europe, semble-t-il. Ici personne ne sait ce que c'est. En République dominicaine non plus.

— Et alors, comment peux-tu être Rose-Croix, toi ?

— Je ne sais même pas si je le suis, dit le Dominicain, attristé. Je n'ai pas eu le temps d'apprendre. Je n'ai vu frère Cristóbal que deux ou trois fois. Mais il m'a marqué. D'après ce que j'ai entendu, il m'a semblé que cette religion ou philosophie était ce qui me convenait le mieux. Elle te donnait une grande paix et ne touchait en rien à la vie privée des gens. Et, quand il parlait, c'est ce qu'il te transmettait : la tranquillité.

— C'est vrai que tu es un peu bizarre, toi, décréta Enrique. Et je ne parle pas seulement de tes vices.

— Du moins pour ce qui est de la religion et de l'âme, oui, je l'avoue, dit le Dominicain. Un homme pas comme les autres, voilà ce que je suis, et j'en suis fier.

III

« Il faut que je boive », pensa-t-il. Et, s'arrachant aux embrassades, les oreilles rebattues par les vivats et les mégaphones qui, à l'unisson, répercutaient son nom, il murmura à María Vilanova « Je dois aller aux toilettes » et il joua presque des coudes pour s'échapper du balcon et rentrer à l'intérieur du palais. Il courut s'enfermer dans le bureau qui avait été le sien quand il était ministre de la Défense du président Arévalo. Il entra, ferma la porte de l'intérieur et se précipita pour ouvrir le réduit qu'il tenait toujours fermé à clé derrière son bureau. C'est là que se trouvait la bouteille de whisky. D'un geste mal assuré, il la déboucha et se servit un verre jusqu'à la moitié. Tout son corps tremblait, ses mains surtout. Il dut saisir le verre des dix doigts pour qu'il ne se renverse pas et ne mouille pas son pantalon. « Tu es devenu alcoolique, pensa-t-il, effrayé. Tu es en train de te tuer, tu finiras comme ton père. Ce n'est pas possible. »

Pour Jacobo Árbenz Guzmán, le suicide de son père, pharmacien suisse installé à Quetzaltenango, dans la région montagneuse de l'altiplano occidental du Guatemala où il était né le 14 septembre 1913, fut un mystère insondable. Pourquoi ? La pharmacie allait-elle mal ? Avait-il des dettes ? Était-il en faillite ? Le père était un immigrant installé sur ces hauteurs empreintes de l'héritage maya, où il s'était marié avec une institutrice locale, doña Octavia Guzmán Caballeros, qui cacha toujours à son fils le motif pour lequel son mari s'était supprimé (peut-être ne le savait-elle pas elle-même). Bien des années plus tard, Árbenz découvrit que son père, un homme impénétrable, souffrait d'un ulcère duodénal et se piquait à la morphine pour combattre la douleur.

Pourquoi ne buvait-il pas ce verre de whisky qu'il avait tant désiré et qu'il tenait serré entre ses mains ? Il était épouvanté d'avoir été obsédé par la boisson pendant toute la manifestation qui célébrait sa victoire. « Suis-je déjà devenu alcoolique ? » pensa-t-il de nouveau. Avec l'immense tâche qui l'attendait ! Avec tout l'espoir qu'avaient placé en lui tant de Guatémaltèques ! Allait-il les tromper pour cette misérable addiction à l'alcool ? Et pourtant, il ne se résignait ni à jeter dans l'évier le whisky qu'il balançait légèrement entre ses mains, ni à le boire.

Pendant son enfance et son adolescence, Jacobo avait vécu sur ces terres où les masses indiennes croupissaient dans la pauvreté, exploitées sans pitié par les propriétaires terriens, ce qui fit que, très tôt, il sut qu'au Guatemala il y avait un grave problème social lié aux inégalités, à l'exploitation et à la misère, même si, ensuite, il se dirait que c'était grâce à sa femme, la Salvadorienne María Cristina Vilanova, qu'il était devenu un homme de gauche.

Tout jeune, il se passionna pour le sport. Il pratiqua l'athlétisme, la natation, le football, l'équitation, et ce fut probablement pour cette raison qu'il embrassa la carrière militaire. La situation économique difficile où se trouva sa famille après la mort tragique de son père dut également jouer un rôle important.

Il se fit remarquer dès sa plus tendre enfance par sa prestance, son excellence dans les études et ses réussites sportives. Aussi pour ses longs silences et sa manière d'être héritée de son père, peu communicative, farouche et austère. Quand il entra major à Polytechnique, l'École militaire du Guatemala, au milieu de l'année 1932, on parla de lui comme d'un jeune homme de grand avenir. Les cadets montaient en grade pendant leurs années d'études ; Árbenz obtint le plus élevé de toute l'histoire de l'École militaire : celui de sergent-chef. Il fut aussi porte-drapeau de la compagnie des cadets et champion de boxe.

Est-ce là qu'il contracta cette addiction à l'alcool ? Il se souvenait que c'était le divertissement le plus répandu chez les cadets, de même que chez les officiers et sous-officiers. Ce qui donnait le plus de prestige à ses compagnons et à ses chefs n'était pas d'obtenir de bonnes notes ni d'avoir des états de service impeccables, mais plutôt de savoir lever le coude. « Crétins ! » pensa-t-il.

Il connut la belle et intelligente María Cristina Vilanova alors qu'il était encore cadet. Elle était venue en visite au Guatemala et on les présenta pendant une fête qu'on célébrait tous les 11 novembre en hommage au dictateur régnant, le général Jorge Ubico Castañeda. Ce jour-là, le jeune homme était tout pâle car il venait de sortir de l'hôpital à la suite d'un accident de moto. Ils se plurent mutuellement, et quand la fille retourna au Salvador, ils échangèrent des lettres d'amour enfiévrées. Dans sa courte autobiographie, elle raconte qu'étant fiancés, ils parlaient de sujets romantiques, mais aussi de choses plus sérieuses « comme la chimie et la physique ». María Cristina, née en 1915, appartenait à l'une des « quatorze familles » du Salvador, elle avait étudié aux États-Unis, au Notre Dame de Namur College à Belmont, Californie, elle parlait l'anglais et le français et elle aurait suivi une carrière universitaire si on le lui avait permis, mais cela lui fut défendu car, selon les préjugés de l'époque, une fille de bonne famille ne faisait pas ce genre de choses. La lecture suppléa aux études, de même que sa passion pour la littérature, la politique et les arts. C'était une jeune fille curieuse, aux idées avancées, inquiète de la situation économique et sociale en Amérique centrale, qui consacrait son temps libre à la peinture. En dépit de la résistance de la famille de María Cristina, les jeunes gens décidèrent de se marier et ils le firent dès que Jacobo Árbenz fut reçu sous-lieutenant.

Ils se marièrent à l'église en mars 1939, et lui, pour cela, dut se confesser et faire sa première communion car il avait reçu jusqu'à ce jour une éducation laïque. Comme cadeau de mariage, le couple reçut de la famille de María une propriété au Guatemala, El Cajón, située dans la municipalité de Santa Lucía Corzumalguapa, département d'Escuintla. C'est María Vilanova, bien entendu, qui la première s'aperçut que ce qui avait commencé comme un simple penchant s'était transformé en vice. Combien de fois entendit-il sa femme dire : « Ça suffit, Jacobo, tu as déjà la langue pâteuse, arrête de boire ! » Et il lui obéissait toujours.

Le mariage fut heureux, et bien grande l'influence que la culture et la sensibilité de María Cristina exercèrent sur le jeune officier. Elle le mit en relation avec des intellectuels, des écrivains, des journalistes qu'il n'aurait jamais fréquentés, tant au Guatemala que dans le reste de l'Amérique centrale. Parmi eux abondaient ceux qu'on appelait socialistes et radicaux, pestant contre les dictatures militaires (comme celle du général Ubico) qui proliféraient dans les pays centraméricains et souhaitant pour le Guatemala une démocratie avec des élections libres, une presse et des partis politiques libres, ainsi que des réformes pour que les Indiens échappent à la condition servile à laquelle ils étaient soumis depuis l'époque coloniale. Le problème avec ces artistes et ces intellectuels, pensa-t-il, était que tous avaient comme lui un penchant pour la boisson ; les réunions avec eux, au cours desquelles il apprenait tant, s'achevaient presque toujours en beuveries. Il continuait à regarder, hypnotisé, le liquide légèrement ambré qu'il tenait entre ses mains.

María Cristina serait très critiquée plus tard pour avoir fréquenté, quand elles vinrent au Guatemala, deux étrangères réputées communistes : la Chilienne Virginia Bravo Letelier, qui deviendrait sa secrétaire, et la Salvadorienne Matilde Elena López. Mais la femme d'Árbenz ne se laissait pas intimider par les critiques, elle agissait à sa guise sans accorder d'importance au qu'en-dira-t-on et c'est ce trait de caractère que son mari admirait le plus. Il n'avait pas encore jeté son whisky et ne l'avait pas bu non plus. Il pensait à autre chose mais ne le quittait pas des yeux. Au-dehors, là-bas, dans le Parc central, les acclamations et les mégaphones le célébraient.

Jacobo Árbenz et son épouse eurent trois enfants, deux filles et un garçon : Arabella, née en 1940, María Leonora en 1942 et Juan Jacobo en 1946. María Vilanova suivit son mari dans son parcours d'officier dans les enceintes militaires où il servit comme San Juan Sacatepéquez et le fort de San José, en ces années où son prestige et son charisme augmentèrent parmi ses compagnons d'armes. María

Cristina fut encore plus heureuse quand son mari fut détaché dans la capitale auprès de la Glorieuse et Centenaire École polytechnique en tant que capitaine de la compagnie des cadets, puis comme professeur de sciences et d'histoire.

Ils vécurent longtemps dans des pensions car ses modestes revenus (soixante-dix dollars par mois) n'étaient pas suffisants pour louer un appartement, jusqu'à ce que, enfin, grâce aux promotions, ils puissent s'installer dans la maison de Pomona, au coin de l'avenue Reforma et de la rue Montúfar, entourée d'un jardin planté de grands arbres qui faisaient croire à ses habitants qu'ils étaient à la campagne. Là, ils continuèrent à se réunir avec artistes et intellectuels dont beaucoup avaient enduré des persécutions, y compris la prison ou l'exil, pour leurs idées politiques, comme Carlos Manuel Pellecer, qui passa par l'École militaire et fut emprisonné et exilé au Mexique en raison de son opposition au gouvernement d'Ubico, et José Manuel Fortuny, normalien, journaliste et politicien qui deviendrait d'abord dirigeant du PAR (Parti d'action révolutionnaire), mouvement démocratique de gauche, puis l'un des fondateurs du Parti guatémaltèque du travail (communiste).

« Mais jamais je ne me suis saoulé, jamais je n'ai vomi ni provoqué ces scandales que faisaient nombre de camarades nullards quand ils levaient trop le coude », pensa-t-il. En tout cas, jamais il n'avait l'air bourré. Il le cachait bien et s'arrêtait de boire quand il sentait la tête lui picoter et qu'il ne pouvait prononcer les mots sans avaler une lettre ou sans traîner sur les voyelles. Il devenait muet et attendait tranquillement, sans bouger ni participer aux discussions, jusqu'à ce que le picotement importun se dissipe.

Le général Jorge Ubico Castañeda resta treize ans au pouvoir, jusqu'en 1944. Avant la Seconde Guerre mondiale, il avait clairement manifesté sa sympathie pour Hitler et les nazis. Il reconnut le gouvernement de Franco en pleine guerre civile espagnole et assista un jour aux manifestations qu'organisaient les groupes phalangistes, en chemise bleue et faisant le salut fasciste, devant l'ambassade d'Espagne au Guatemala. Mais, par prudence et opportunisme, Ubico fut l'un des premiers, quand éclata la Seconde Guerre mondiale, à rompre les relations avec l'Allemagne et, pour complaire aux États-Unis, à lui déclarer la guerre.

En 1944, les manifestations contre la dictature commencèrent au Guatemala. Les premiers à se mobiliser furent les étudiants de la très ancienne université de San Carlos, suivis très rapidement par une grande partie de l'opinion publique : les employés, les ouvriers, et surtout les jeunes. Jacobo Árbenz, alors capitaine, fut un des militaires qui firent le plus pour pousser l'armée à demander la démission du dictateur. Puis, quand Ubico démissionna et laissa le gouvernement entre les mains d'un autre militaire, le général Federico Ponce Vaides, qui menaçait de suivre ses traces, Árbenz fut l'un des premiers à s'en alarmer. À la suite de grandes manifestations populaires hostiles à cette forme de continuité et à une participation affirmée de l'armée, les deux officiers, le major Francisco Javier Arana et le capitaine Jacobo Árbenz, prirent le parti d'appuyer le soulèvement contre la dictature, et Ponce Vaides démissionna. Une junte s'installa alors, constituée par ces deux militaires – Árbenz et Arana – et un civil, le commerçant Jorge Toriello. Celle-ci, conformément à ce qui avait été convenu, convoqua une Assemblée constituante et appela à des élections à la présidence et au Parlement. Ce furent les premières élections véritablement démocratiques de toute l'histoire du Guatemala. Le mouvement populaire qui les rendit possibles serait considéré plus tard comme la Révolution d'octobre, laquelle inaugura une époque nouvelle dans le pays. Ces élections furent gagnées par un instituteur et intellectuel distingué (bien que très vaniteux), Juan José Arévalo. Il avait vécu exilé en Argentine et son retour au Guatemala le 3 septembre 1944 pour être candidat donna lieu à un accueil gigantesque. Son triomphe contre le général Federico Ponce Vaides fut écrasant : quatre-vingt-cinq pour cent des électeurs votèrent pour lui.

Promoteur enthousiaste de la candidature d'Arévalo, Jacobo Árbenz devint son ministre de la Défense et fut élevé au grade de major. Il joua un rôle décisif pour qu'Arévalo accomplisse son mandat de quatre ans et conduise les réformes politiques et sociales qu'il souhaitait mener. On dit qu'il dut faire face à une trentaine de tentatives de coup d'État qui, en grande partie grâce à l'énergie et à l'ascendant d'Árbenz sur ses compagnons d'armes, furent maîtrisées à temps ou déjouées par des actions militaires. L'une d'elles fut dirigée par le lieutenant-colonel Carlos Castillo Armas, surnommé Face de hache, un officier de la génération d'Árbenz. Ce dernier se souvenait à peine de lui, comme d'une figure effacée qui était passée sans gloire ni prestige par l'École militaire. En dépit de son insignifiance, ce tenace adversaire deviendrait son ennemi mortel.

Combien de temps s'était-il écoulé depuis qu'il s'était enfermé dans son bureau du Palais ? Au moins dix minutes, et pourtant le verre de whisky se balançait toujours entre ses mains. Il était trempé de sueur. Comme d'habitude, avant et après avoir bu, il se sentait honteux et dégoûté. Il l'était déjà en ce moment, bien qu'il n'ait pas bu et qu'il ne pensât pas le faire.

Comme il fallait s'y attendre, la collaboration entre María Cristina Vilanova et son mari continua très étroitement pendant ses années comme ministre de la Défense d'Arévalo. Elle n'était en aucun cas une figurante comme l'avaient été, traditionnellement et par obligation, les femmes de présidents et de ministres. Elle fut la principale conseillère de son mari et son jugement, selon le témoignage d'Árbenz lui-même et de ceux qui les fréquentaient, était écouté et prévalait très souvent sur celui des autres conseillers.

Pendant le mandat d'Arévalo, une profonde rivalité se fit jour entre Jacobo Árbenz et le colonel Francisco Javier Arana, chef des forces armées, qui aspirait à lui succéder à la présidence. Intelligent, sympathique et issu du peuple – il avait été simple soldat et il était arrivé au grade d'officier sans passer par l'École militaire –, Arana avait joué lui aussi un rôle décisif dans la chute du dictateur Ubico. C'est pourquoi il avait reçu la promesse des deux partis politiques qui s'identifiaient avec le gouvernement – le Front populaire de libération et Rénovation nationale, qui fusionneraient ensuite en PAR – de soutenir sa candidature à la présidence lors des élections de 1950. Quand Juan Arévalo assuma la conduite de l'État, Arana essaya de modérer certaines réformes et de maintenir la politique économique du régime démocratique dans une ligne prudente, freinant les mesures qui généraient la controverse. Selon des rumeurs répandues par ses adversaires et démenties par ses partisans, le colonel Arana commença à conspirer contre le gouvernement et à préparer un coup d'État qui, même s'il ne déposait pas Juan José Arévalo, le transformerait en potiche, sans pouvoir réel. Le gouvernement s'aperçut, grâce à des militaires qui lui étaient fidèles, que le colonel Arana plaçait à des postes-clés ses partisans tels que Face de hache, chef de la 4e zone militaire. En réunion de Conseil des ministres et en présence du président du Congrès, l'écrivain Mario Monteforte Toledo, la décision fut prise de le mettre aux arrêts.

Le 18 juillet 1949, le colonel Arana se présenta au palais du Gouvernement et demanda au président Juan José Arévalo de remettre à l'armée une cargaison d'armes que la Légion des Caraïbes – des volontaires qui avaient porté José Figueres au pouvoir au Costa Rica et tenté un débarquement infructueux contre Trujillo en République dominicaine – avait rendue au gouvernement d'Arévalo mais qui n'avait pas encore été mise à disposition des troupes. Les rumeurs hostiles au gouvernement soutenaient qu'Arévalo prétendait donner ces armes à de prétendues milices populaires. Le président informa Arana qu'elles se trouvaient dans une propriété du gouvernement connue sous le nom d'El Morlón, ancienne résidence de week-end d'Ubico et, à cette époque, Club des officiers de l'armée. Elle était située dans les environs du lac Amatitlán, à quelque trente kilomètres de la ville de Guatemala. Le colonel Arana sortit du palais accompagné du chef d'état-major, chargé par le président Arévalo de remettre l'armement entre les mains de l'armée. Dans la foulée, un groupe de policiers et de soldats commandés par le major Enrique Blanco, de la sous-direction de la garde civile, partit à sa suite avec l'ordre d'arrêter le colonel Arana à son retour.

Le chef de l'armée fit l'objet d'une embuscade à un petit croisement nommé Puente de la Gloria, sur la rivière Michatoya, où éclata une fusillade entre les deux groupes pendant laquelle furent tués et Arana et le major Blanco. La mort du premier serait attribuée par l'opposition au colonel Árbenz qui, du haut d'une colline, le belvédère du parc de las Naciones, aurait suivi cet événement avec des jumelles. Les historiens disputent encore de la véracité de cet épisode, un mystère de plus parmi ceux qui remplissent l'histoire politique du Guatemala. Cette mort, accidentelle ou délibérée, allait peser comme un boulet sur la vie publique du colonel Árbenz dans les années suivantes, car ses adversaires l'accuseraient d'avoir planifié cet assassinat pour éliminer un rival. Ce serait aussi le principal prétexte utilisé par le colonel Castillo Armas, qui se considérait comme le disciple d'Arana, pour se soulever à nouveau contre le gouvernement d'Arévalo, qu'il accuserait d'agir secrètement en fonction d'un programme communiste.

La vérité est que cette même nuit du 18 juillet 1949 où Arana trouva la mort, un soulèvement militaire eut lieu qui fit trembler le gouvernement d'Arévalo et, pendant quelques heures, parut sur le point de le renverser. Le régiment appelé Garde d'honneur, l'aviation et la 4e zone, dirigée par le colonel Castillo Armas, se mobilisèrent contre les principaux sites du gouvernement alors que d'autres casernes et d'autres forces armées gardèrent leur fidélité au ministre de la Défense, Jacobo Árbenz, qui dirigea la résistance contre cette tentative factieuse. Il y eut des échanges de tirs, des morts, et le sort de la bataille resta incertain une partie de la nuit. Carlos Manuel Pellecer, qui avait été chef des Missions itinérantes de la culture dans le gouvernement d'Arévalo, mit en place des groupes de civils qui aidèrent les militaires à combattre le soulèvement des partisans d'Arana dirigés par Mario Méndez Montenegro. À l'aube, les forces rebelles se rendirent, leurs principaux chefs militaires se réfugièrent dans des ambassades étrangères et le coup d'État fut annihilé.

Alors que tout cela prenait fin, Árbenz s'était enfermé comme maintenant, à boire seul dans ce même bureau. Il se rappela combien il était épuisé : il avait bu verre sur verre jusqu'à sentir ce picotement dans la tête. Un picotement plus intense que d'habitude et, à un moment donné, il avait eu des haut-le-cœur et avait dû courir vomir dans les toilettes. À présent, son verre était proche de sa bouche et ses lèvres s'humectaient, mais, cette fois, il ne but pas même une goutte. Il ressentait un profond dégoût de soi.

Ce fut durant les années du gouvernement d'Arévalo que se forgea une collaboration assez étroite entre Árbenz et l'avocat José Manuel Fortuny, dirigeant du Parti d'action révolutionnaire qui porta Árbenz à la présidence et qui, depuis l'époque où il était étudiant, avait travaillé avec acharnement à la chute d'Ubico. Il deviendrait l'un de ses conseillers les plus écoutés. En ce temps-là, Fortuny s'était éloigné du PAR et concentré sur le Parti guatémaltèque du travail. Ce dernier n'arriva jamais à se développer et on ne put prouver qu'il recevait un appui ou qu'il était financé par l'Union soviétique mais, malgré cela, ce fut un des thèmes les plus utilisés par la presse locale et étrangère comme preuve des penchants communistes d'Árbenz. En vérité, on ne prouva jamais leur existence. Et Fortuny lui-même, dans les Mémoires qu'il dicta plus tard, raconte qu'à cette époque les dirigeants du Parti guatémaltèque du travail eux-mêmes ne connaissaient presque rien du marxisme, pas plus que lui. Árbenz et Fortuny, malgré leurs éventuels désaccords politiques, collaborèrent quand celui-là fut président, surtout sur la loi de réforme agraire (n° 900). Fortuny raconte qu'il écrivit tous les discours d'Árbenz, y compris celui de sa démission, bien que ce dernier point soit discutable. On accuserait également le président d'avoir eu comme conseillers Carlos Manuel Pellecer et Víctor Manuel Gutiérrez au gouvernement, tous deux taxés de révolutionnaires en raison de leurs efforts pour organiser syndicats et fédérations d'ouvriers et de paysans.

En 1950, à la fin du mandat de Juan José Arévalo, Jacobo Árbenz reçut, pour lui succéder, l'appui de tous les partis et groupements sociaux qui avaient soutenu le précédent gouvernement. Son triomphe électoral fut sans conteste : soixante-quinze pour cent des votes pour les neuf candidats à la présidence allèrent en sa faveur. Son programme électoral comprenait cinq points forts : une route vers l'Atlantique, le port de Santo Tomás sur la Caraïbe, l'usine hydro-électrique Jurún-Marinalá, une raffinerie pour le pétrole d'importation et, surtout, la réforme agraire.

On était le 15 mars 1951 et il tenait encore son verre de whisky à la main. Là-bas, au-dehors, dans le Parc central, des milliers de Guatémaltèques continuaient à célébrer sa victoire. Il n'allait pas les décevoir. Il se leva, alla aux toilettes, jeta son whisky dans la cuvette et tira la chasse. Il avait décidé que, tant qu'il serait chef de l'État du Guatemala, il ne boirait pas une goutte d'alcool de plus. Il respecta rigoureusement sa promesse jusqu'au jour de sa démission.

IV

— Ce que je ne comprends pas c'est ton entêtement, dit Enrique. Que tu veuilles tirer la doña de cette embrouille et l'emmener avec toi à San Salvador. Pourquoi ?

On n'entendait aucun bruit dans la rue, parce qu'il n'y avait pas de voitures ou parce que la musique des boléros étouffait les moteurs et les klaxons.

— J'ai mes raisons, rétorqua le Dominicain, l'air mauvais. Respecte-les.

— Je les respecte mais je ne les comprends pas, bien que j'aie déjà fait tout ce que tu m'as demandé, lui rappela Enrique. Par exemple, retirer à la doña les gardes de sa maison ce soir, à partir de sept heures. Essaie de le comprendre. Il serait bon de la mouiller elle aussi, cela nous conviendrait de mettre un peu plus de confusion dans cette affaire. Par ailleurs, ne te fais pas d'illusions : dans cette guéguerre civile qui s'est déclarée après le scandale du président et de sa maîtresse, toute la société guatémaltèque est du côté de madame Palomo, pas de la doña. Ici, nous sommes tous très cathos. Ce n'est pas comme dans ton pays où Trujillo peut mettre dans son lit toutes celles qu'il veut sans faire de vagues.

Tous deux grillaient cigarette sur cigarette et le cendrier devant eux était plein de mégots. Un nuage de fumée planait sur leurs têtes.

— Je le sais très bien, dit le Dominicain. Ici les gens n'aiment pas qu'un président ait des maîtresses, surtout les bonnes épouses. C'est pour ça que les femmes guatémaltèques font si mal le signe de croix ?

— Cesse de bavasser et réponds-moi. Pourquoi veux-tu l'emmener avec toi ? insista Enrique. Ce qui nous convient c'est de l'impliquer dans l'affaire, accroître la confusion qui ne manquera pas de se produire quand cela éclatera au grand jour. N'oublie pas que toi tu t'en vas, mais que moi, je reste ici. Je dois prendre mes précautions.

Ils avaient déjà éclusé deux verres de rhum chacun et le bordel était toujours aussi triste et vide. Miriam, la patronne aux longs cheveux platinés, s'était éclipsée ; un Indien silencieux balayait la sciure éparpillée sur le sol du local et la ramassait de ses mains pour la fourrer dans un sac en plastique. C'était un homme petit et rachitique qui ne s'était pas retourné une seule fois pour les regarder. Il était pieds nus et sa chemise de coton, déchirée et reprisée, laissait voir ici et là sa peau sombre. La maîtresse de maison avait mis à disposition une pile de disques, une collection de boléros chantés par Leo Marini.

— Tout est parfaitement planifié, tu as tout ce qu'il faut pour faire de cette affaire un sac de nœuds. Tu sais parfaitement que le scandale éclatera dès qu'on apprendra la nouvelle, affirma le Dominicain. Pourquoi t'obstiner alors à mêler cette pauvre fille à ce traquenard ?

— Cette pauvre fille ? rétorqua Enrique en éclatant de rire. On t'a roulé dans la farine. Telle que tu la vois, sous son visage de petite fille innocente, c'est une vipère et une sorcière. La dame en question, sans avoir l'air d'y toucher, est capable du pire. Sinon, elle ne serait jamais arrivée là où elle est.

— Tu ne me convaincras jamais, dit le Dominicain. C'est inutile. Le plan est le plan. Il faut aller jusqu'au bout comme convenu. N'oublie pas qu'il y a beaucoup de gens engagés.

— Cela me faciliterait grandement la tâche, mon vieux, insista l'autre comme s'il ne l'avait pas entendu. C'est une affaire très sérieuse, c'est pourquoi il est indispensable que, lorsqu'on cherchera des coupables, il règne une gigantesque confusion. Il nous faut ouvrir toutes sortes de pistes qui ne mènent nulle part. Pour confondre les gens. Réfléchis à deux fois.

— J'y ai beaucoup réfléchi, mais là, je ne peux pas te suivre, dit le Dominicain. Non, c'est non, mon pote.

— On peut savoir pourquoi ?

— On peut, dit le Dominicain après un moment, avec humeur – puis, prenant son élan, il lâcha : Parce que cette chatte-là, j'en ai envie depuis longtemps. Depuis le premier jour où j'ai vu cette femme. D'après toi, c'est une raison suffisante ou tu en veux une autre ?

Au lieu de lui répondre, Enrique, qui le regardait en ouvrant de grands yeux, lança un autre éclat de rire. Quand il s'arrêta, il lui décocha :

— Je ne m'y attendais pas, vrai de vrai – et, haussant les épaules en guise de conclusion, il affirma : Le vice c'est une chose, une autre le devoir. C'est mauvais de mélanger le travail et le plaisir, tu sais !

V

Le colonel Carlos Castillo Armas, Face de hache pour les intimes, sut que les mercenaires de l'Armée de libération avaient commencé à rejoindre Tegucigalpa à cause des rixes qu'ils fomentaient dans les bordels, les bars, les fumeries et autres tripots de la ville. Les scandales de ces Cubains, Salvadoriens, Guatémaltèques, Nicaraguayens, Colombiens et même quelques « hispanos » des États-Unis sortaient dans la presse et à la radio de la capitale hondurienne et donnaient une image déplorable de la force qui prétendait sauver le Guatemala du régime communiste de Jacobo Árbenz. Quand Howard Hunt, son contact en Floride, lui reprocha ce barouf, Castillo Armas demanda à se rendre à Miami et à rencontrer à Opa-locka les gens de la CIA qui avaient recruté ces « soldats » sans contrôler soigneusement leurs antécédents, mais Hunt, toujours fuyant et mystérieux, lui dit qu'il n'était pas opportun qu'on le voie là-bas. Le colonel soulagea sa mauvaise humeur en jurant comme un charretier sur tous ceux qui lui tombaient sous la main dans la maison où se trouvait son quartier général, dans la banlieue de la capitale du Honduras. Il avait toujours eu très mauvais caractère. Tout jeune, quand ses camarades de l'École militaire commencèrent à le surnommer Caca par ses initiales, il prit l'habitude d'affubler de surnoms baroques et urticants (qui étaient ordinairement des insultes) les personnes qui lui mettaient le poil en aigrette. Il décida d'appeler ces mercenaires à scandale les « pouilleux ». Il donna immédiatement instruction à la poignée de militaires guatémaltèques qui avaient déserté pour le soutenir de mettre à l'amende tous les auteurs de désordres et, dans les cas graves, de résilier leur contrat. Mais comme c'était la CIA – la Marâtre – et non eux qui se chargeait de la paye des soldats de l'Armée de libération, ses ordres furent obéis seulement au compte-gouttes.

Il était vraiment dommage que cela se produise à ce moment-là alors qu'après l'élection d'Eisenhower comme président en janvier 1953, les États-Unis s'étaient enfin décidés à déboulonner Árbenz, non par des manœuvres politiques, mais par les armes comme le réclamait Face de hache. Sous le gouvernement de Truman, il avait été impossible de convaincre les gringos que seule une action militaire – comme celle orchestrée peu de temps auparavant par la CIA en Iran pour liquider le régime du Premier ministre Mohammed Mossadegh – pouvait mettre fin à la croissance de l'influence communiste au Guatemala. Enfin, grâce surtout au nouveau secrétaire d'État, John Foster Dulles, et au nouveau chef de la CIA, Allen Dulles, son frère, anciens fondés de pouvoir de l'United Fruit, les Américains avaient décidé de soutenir l'invasion armée comme le leur demandait Castillo Armas depuis qu'il s'était évadé du vieux et sinistre pénitencier de Guatemala-ville et avait pu s'exiler au Honduras. Et justement, la CIA (la Marâtre) avait chargé Howard Hunt, entre autres, d'appuyer sur le terrain l'opération Succès (PBSuccess) – comme ils la nommèrent – qu'elle patronnait depuis le début. C'est à ce moment-là, alors que l'Armée de libération était en train de se constituer, que les mercenaires vinrent provoquer des scandales au Honduras où, de surcroît, le président Juan Manuel Gálvez (le Dégueulasse) avait été tellement réticent à soutenir ces plans. Il avait cédé seulement sous la forte pression du gouvernement américain et de l'United Fruit qui était, au Honduras, encore plus puissante qu'au Guatemala. Castillo Armas était certain que la solution interviendrait une fois que les gringos se seraient mis d'accord avec le président Anastasio Somoza pour commencer l'entraînement des mercenaires sur le territoire nicaraguayen. Mais pour quelle satanée raison les négociations tardaient-elles tant? Il avait parlé avec Somoza et constaté la bonne volonté du général pour soutenir l'invasion.

« C'est la faute des gringos si tout va si lentement », pensa-t-il. De son bureau, il pouvait voir un bout de campagne avec des arbres et des pâturages, le profil de l'une de ces collines mordorées qui entouraient Tegucigalpa et quelques paysans au loin, coiffés de chapeaux de paille, penchés sur des semis. Il ne pouvait pas se plaindre de cette petite maison que lui avait installée l'United Fruit, qui payait aussi les employés, la cuisinière et se chargeait des frais d'entretien, y compris le chauffeur et le jardinier. C'était une bonne chose que les gringos soient décidés à agir, mais qu'ils ne le fassent pas tout seuls, en le marginalisant, lui qui avait risqué sa peau en dénonçant la pénétration communiste au Guatemala depuis l'assassinat du colonel Francisco Javier Arana et tout au long des trois années de la présidence d'Árbenz. Il s'était plaint auprès des directeurs de l'United Fruit, mais ceux-ci avaient essayé de le raisonner : il valait mieux qu'il se tienne à distance du gouvernement américain, que la presse à la solde d'Árbenz n'aille pas l'accuser d'être un simple instrument de la Marâtre. Un argument qui ne le convainquait pas parce que, tenu si éloigné des décisions importantes, il se sentait un pantin de Washington et de la CIA. « Fils de garce ! pensa-t-il. Puritains ! » Il ferma les yeux, respira profondément et essaya de calmer sa mauvaise humeur en pensant que bientôt il déboulonnerait – et tuerait peut-être – Jacobo Árbenz (le Muet). Il le détestait depuis qu'ils avaient été cadets ensemble à l'École polytechnique. À cette époque, pour des raisons intimes : l'autre était blanc, élégant et homme à succès, et lui, au contraire, humble, bâtard, pauvre et à face d'Indien. Plus tard, parce qu'Árbenz se maria avec María Vilanova, une belle et riche Salvadorienne, et lui avec Odilia Palomo, une institutrice peu avenante et aussi fauchée que lui. Et puis, surtout, pour des raisons politiques.

Ne pas pouvoir communiquer directement avec la CIA et son intermédiaire, Howard Hunt, qui disparaissait pendant de longues périodes – il restait des mois sans rien savoir de lui – et sans donner aucune information sur son point de chute, ni non plus avec le département d'État qui avait la haute main sur les préparatifs de l'invasion, le mettait hors de lui. Il se sentait humilié, vexé, dépassé sur des questions cruciales pour son propre pays. Pendant longtemps, avant qu'apparaisse Howard Hunt, son seul contact avait été Kevin L. Smith, le directeur de l'United Fruit au Honduras. C'est lui qui l'avait informé qu'« ils » l'avaient finalement choisi pour prendre la tête de l'Armée de libération. Smith lui-même l'emmena dans son avion personnel en Floride où la base d'Opa-locka avait été installée à dix-neuf kilomètres au nord de Miami, sur un ancien terrain de l'aéronavale, pour conduire l'opération PBSuccess. C'est là que le colonel fit la connaissance de Frank Wisner, sous-directeur de la planification de la CIA, missionné par Allen Dulles pour conduire le projet visant à dégommer Árbenz et, d'après ce qu'il comprit, chef direct de Howard Hunt. Wisner lui confirma que c'était lui qui avait été choisi contre le général Miguel Ydígoras Fuentes (la Sangsue) et l'avocat producteur de café Juan Córdova Cerna afin de prendre la tête des opérations pour la libération du Guatemala. Mais Howard Hunt ne lui avoua pas avec quels arguments il avait défendu sa candidature : « Parce que Mister Caca est à moitié indien et que, sachez-le, la grande majorité des Guatémaltèques sont des Indiens. Ils seront heureux de l'avoir ! »

L'euphorie que lui fit éprouver son élection diminua rapidement en raison des infinies précautions que les gringos prenaient avant d'avancer d'un pas. Ils voulaient sauver les apparences afin qu'on ne puisse accuser les États-Unis à l'ONU d'être les véritables artisans (et surtout les financiers) de la future guerre de libération de la première République communiste à la botte de Moscou en Amérique latine. Comme si l'on pouvait cacher le soleil derrière son petit doigt ! Castillo Armas associait ces scrupules des gringos à leur puritanisme religieux. Il le disait souvent à ses officiers, dans toutes les réunions qui se tenaient dans ce bureau : « Les gringos bloquent tout et avancent avec des semelles de plomb à cause de leur maudit puritanisme. » Il ne savait pas bien ce qu'il voulait dire par là, mais le dire le rendait satisfait de lui-même : ça lui semblait une insulte profonde et philosophique.

En revanche, sa gratitude envers le président du Nicaragua, Anastasio Somoza, ne connaissait aucune limite. En voilà un qui était un allié généreux, conscient des enjeux. Il avait accepté que les soldats de l'Armée de libération s'entraînent dans son pays – il avait même offert pour ça l'un de ses domaines, El Tamarindo, ainsi que l'île de Momotombito sur le lac de Managua – et autorisé les vols de la CIA depuis les aéroports nicaraguayens pour lancer des tracts sur les villes du Guatemala et bombarder des objectifs stratégiques une fois les hostilités engagées. De même pour que fonctionne le commandement opérationnel de la campagne militaire depuis Managua. La CIA avait déjà installé ses aviateurs et les militaires américains qui auraient le commandement stratégique de l'opération. Somoza avait nommé son fils Tachito agent de liaison entre son gouvernement et les fonctionnaires des États-Unis chargés de planifier sabotages et embuscades. Bien qu'il se fût montré généreux envers lui, tant en armement qu'en argent, Castillo Armas se méfiait du généralissime Trujillo (l'Araignée). Il y avait chez le puissant et arrogant caudillo dominicain quelque chose qui lui inspirait de la méfiance, et même de la crainte. Son flair lui disait que s'il dépendait trop de Trujillo pour sa guerre de libération – il lui avait remis personnellement soixante mille dollars et, de surcroît, lui avait fait passer par des intermédiaires deux livraisons d'argent et d'armes –, cette aide pourrait lui coûter trop cher quand il serait au pouvoir. Lors du seul entretien qu'il eut avec lui à Trujillo-ville, il lui déplut fortement que, d'une manière insidieuse, Trujillo lui posât des conditions une fois la victoire acquise. Par ailleurs, il savait bien que le candidat du généralissime pour présider aux destinées futures du Guatemala était son ami et compère Miguel Ydígoras Fuentes (la Sangsue).

Même si tout était déjà en marche, Face de hache n'était pas au courant de grand-chose. Il avait la désagréable impression que les gringos lui cachaient leurs plans à dessein car ils ne lui faisaient pas confiance ou, tout simplement, ne le respectaient pas. Frank Wisner s'était permis de lui remonter les bretelles parce qu'il avait gonflé le nombre des volontaires recrutés au Guatemala pour l'Armée de libération : il en avait promis un demi-millier et n'avait réussi à en réunir qu'un peu plus de deux cents. C'est pourquoi la CIA avait commencé à recruter les « pouilleux » de divers pays centraméricains. C'étaient eux qui provoquaient des désordres à Tegucigalpa. Le mieux serait de les emmener immédiatement à Nueva Ocotepeque jusqu'à ce qu'ils puissent commencer leur entraînement au Nicaragua. Il appela Brodfrost, colonel de l'US Army et adjoint de Frank Wisner, qui était son nouveau contact à Managua, et ce dernier lui assura que l'entraînement commencerait le lundi suivant dans le domaine et sur la petite île de Somoza, et que cet après-midi même débuterait le transfert des soldats de l'Armée de libération au Nicaragua. Quant à Howard Hunt, la CIA l'avait envoyé exécuter une nouvelle mission à l'étranger, de sorte qu'il ne le verrait plus pour les versements. Enfin, pour qu'il ne dérange plus Wisner, Brodfrost lui indiqua qu'à partir de maintenant il serait son unique interlocuteur.

Radio Liberación, la station clandestine, avait été un autre gros casse-tête. Les gringos avaient acheté un puissant émetteur qui permettait à cette station de couvrir toutes les régions du Guatemala bien qu'elle émît ses programmes depuis Nueva Ocotepeque, une ville hondurienne située à proximité de la frontière. Quand Castillo Armas prétendit nommer le directeur de la station, Brodfrost l'informa que la CIA avait déjà désigné un gringo nommé David Atlee Phillips (l'Invisible) pour la diriger. Castillo Armas ne put jamais parler avec ce monsieur, alors que Radio Liberación, dont il était le porte-parole, devait coordonner ses émissions avec l'Armée de libération. Les problèmes surgirent dès la première émission clandestine, le samedi 1er mai 1954. En contradiction avec les propos du colonel, qui lui avait affirmé que les programmes seraient enregistrés au Guatemala, on l'informa qu'ils le seraient sur le canal de Panama, au sein de France Field, installations militaires appartenant aux États-Unis, où la CIA avait mis en place un « centre logistique » chargé exclusivement de l'invasion du Guatemala. De là partiraient les armes et aussi les bandes enregistrées, ces dernières étant envoyées directement à Nueva Ocotepeque avec le feu vert de David Atlee Phillips (l'Invisible). Le colonel écouta cette première émission et en fut horrifié : un seul des locuteurs avait l'accent guatémaltèque ; les autres (une présentatrice en particulier) étaient nicaraguayens ou panaméens, comme le trahissaient leur prononciation et leurs idiotismes. Les protestations de Castillo Armas arrivèrent jusqu'au commandement central, mais on rectifia le tir seulement le quatrième ou cinquième jour, de sorte que de nombreux Guatémaltèques et le gouvernement d'Árbenz surent dès le début que ces émissions de Radio Liberación ne provenaient pas d'un « endroit quelconque » des forêts du Guatemala, comme le prétendait la station, mais plutôt de l'étranger et qu'elles avaient été produites par des étrangers. Et qui pouvait être derrière tout ça sinon les Américains eux-mêmes ?

Ce qui avait très bien marché, c'est la campagne à la radio et dans la presse écrite accusant le gouvernement d'Árbenz d'avoir transformé le Guatemala en tête de pont de l'Union soviétique et de planifier la prise du canal de Panama. Pourtant, cela ne venait ni du gouvernement des États-Unis ni de la CIA, mais bien de l'United Fruit et de son génie publicitaire, le sieur Edward L. Bernays. Castillo Armas était resté bouche bée en l'écoutant expliquer comment la publicité pouvait instiller dans la société des idées d'orientation distincte, des craintes ou des espoirs. Cela avait parfaitement fonctionné dans le cas présent. Monsieur Bernays et l'argent de l'United Fruit avaient réussi à convaincre la société américaine et le gouvernement de Washington lui-même que le Guatemala était déjà la proie du communisme, et qu'Árbenz en personne était à la manœuvre. C'est pourquoi le colonel Castillo Armas pensait que si tout avait dépendu uniquement de l'United Fruit, les choses seraient allées beaucoup mieux. Mais, hélas ! il n'y avait pas moyen – comme l'avait dit le généralissime Trujillo naguère – d'éviter d'en passer par la Marâtre et par Washington. Quel dommage !

Castillo Armas trouvait inutiles toutes les précautions que prenaient la CIA et le département d'État pour qu'on n'accuse pas les États-Unis d'être derrière l'invasion qui se préparait. Árbenz et son ministre des Affaires étrangères, Guillermo Toriello, les mettraient en accusation aux Nations unies avec ou sans preuves. Pourquoi perdre tellement de temps avec ces précautions qui retardaient les préparatifs et permettaient des gaffes comme celles de Radio Liberación ? Cela prenait des jours et des jours d'envoyer les cassettes de Panama à Nueva Ocotepeque. Soudain, le président du Honduras, Juan Manuel Gálvez, déclara que la station avait été repérée et qu'il fallait la fermer ou la sortir du pays. La CIA décida de la déplacer à Managua, à quoi Somoza ne souleva aucune objection et alla jusqu'à mettre un local à sa disposition. Quelque temps après, sans donner la moindre explication à Face de hache, la CIA décida un nouveau déménagement et Radio Liberación commença à émettre ses émissions clandestines à destination du Guatemala depuis Key West, en Floride.

L'armement destiné à l'Armée de libération suivait lui aussi une trajectoire sinueuse avant d'atteindre le territoire hondurien, d'où l'invasion devait démarrer. Il était concentré sur la base militaire américaine du canal de Panama et, de là, les avions que la CIA avait achetés pour l'Armée de libération le transporteraient vers divers points de la frontière hondurienne d'où partiraient les forces expéditionnaires ; certaines armes et certains explosifs étaient parachutés sur des villages guatémaltèques de la frontière où, plus en théorie qu'en pratique, des groupes clandestins de sabotage et de démolition avaient été constitués. De nombreux problèmes surgirent, touchant l'aviation de l'Armée de libération. Castillo Armas avait toujours imaginé que ces avions seraient ceux des forces aériennes guatémaltèques, qui déserteraient leur base et se joindraient à lui. Mais Brodfrost, enthousiaste, lui communiqua un jour la nouvelle qu'Allen Dulles, avec l'accord de son frère John Foster Dulles et peut-être même du président Eisenhower, avait autorisé l'achat de trois avions Douglas C-124C sur le marché international pour l'opération PBSuccess. Ils serviraient à lancer des tracts, à préparer la population civile en vue de l'invasion et, au début, à approvisionner les forces de libération en armes, nourriture et médicaments et à bombarder l'ennemi. Comme cela était le cas pour tous les préparatifs, les gringos n'autorisèrent pas Castillo Armas à envoyer un seul de ses pilotes pour intégrer l'équipe chargée de l'achat des avions, et encore moins de la recherche d'équipages. Le colonel avala encore une couleuvre quand il apprit qu'un des pilotes engagés pour piloter les avions de l'Armée de libération était un aventurier psychopathe, Jerry Fred DeLarm (le Cinglé), bon pilote mais connu dans toute l'Amérique centrale comme contrebandier et faux jeton. Il avait l'habitude de se vanter à cor et à cri de ses vols pirates quand il était saoul, assurant qu'il pouvait décoller et atterrir là où ça lui chantait, quelle que soit la façon dont ces pays protégeaient leur espace aérien.

Les impolitesses des gringos n'irritaient pas seulement Mister Caca, mais aussi le petit groupe d'officiers de l'armée du Guatemala qui, par amitié pour le colonel ou mis en colère par les réformes d'Árbenz, avaient déserté et constituaient son état-major. En refoulant sa bile, il leur expliquait que la prudence des « gringos puritains » était due à la position diplomatique inconfortable où se trouverait Washington si on l'accusait aux Nations unies, avec des preuves flagrantes, d'envahir un petit pays comme le Guatemala et de dégommer un gouvernement issu d'élections régulières. De plus, comme on le savait, les gringos étaient des ploucs par nature. Et surtout, qu'ils n'aillent pas oublier que ces « ploucs » leur avaient fourni les armes, les avions et l'argent sans lesquels aucune invasion n'était possible. Tout en leur donnant ces arguments, auxquels lui-même ne croyait pas, Castillo Armas partageait le scepticisme et la frustration de ses officiers.

Comme si tout cela ne suffisait pas, les soucis du colonel

augmentèrent de manière dramatique avec le témoignage du colonel Rodolfo Mendoza Azurdia, chef des forces aériennes, dernier officier de rang élevé et haut responsable du gouvernement d'Árbenz à rejoindre l'Armée de libération. Castillo Armas lui-même était allé l'accueillir et l'embrasser à l'aéroport de Tegucigalpa et dut écouter celui qui était encore la veille vice-ministre de la Défense du gouvernement d'Árbenz se vanter des subterfuges compliqués qu'il avait dû déployer pour s'enfuir du Guatemala et venir se joindre aux forces de la liberté.

Mendoza Azurdia et Castillo Armas avaient été ensemble à l'École militaire, mais sans devenir amis. Détachés dans des garnisons différentes, ils s'étaient peu vus et avaient fait carrière séparément. Mendoza ne s'était pas joint aux deux tentatives de soulèvement de Face de hache contre les gouvernements d'Arévalo et d'Árbenz. C'est pourquoi il était surprenant que ce chef de la minuscule aviation militaire guatémaltèque, que l'on considérait proche d'Árbenz, lui envoie un discret émissaire pour lui faire savoir qu'il songeait à quitter le gouvernement et à fuir du Guatemala : serait-il le bienvenu dans les rangs libérationnistes ? Castillo Armas lui répondit qu'il était attendu les bras ouverts. Et à l'aéroport de Tegucigalpa, devant les journalistes, il félicita Mendoza Azurdia pour son courage et son patriotisme. Les attaques de la presse à la solde du gouvernement, lui dit-il, seraient son meilleur atout dans le Guatemala de demain.

Mais quand le colonel Mendoza commença à révéler les dessous de la politique d'Árbenz devant Castillo Armas entouré de son état-major, ce dernier vit rouge. Maintenant, les coups de poignard venaient de qui on pouvait le moins les attendre ! Du nouvel ambassadeur des États-Unis au Guatemala, John Emil Peurifoy (le Cow-boy), dont il avait célébré la nomination parce que la CIA lui avait fait savoir que John Foster Dulles l'avait choisi en tant que « dur ». Il avait accompli une superbe mission en Grèce, où sa contribution à l'écrasement de la subversion par les militaires monarchistes avait été décisive et où pour cette même raison il avait mérité le surnom de Boucher de la Grèce. Et encore plus en apprenant qu'après avoir présenté ses lettres de créance au président Árbenz, Peurifoy lui avait remis une liste de quarante communistes ayant des responsabilités dans l'administration guatémaltèque, en exigeant qu'ils soient chassés de leur poste et envoyés en prison ou fusillés. Ce qui, à première vue, provoqua un incident diplomatique. À partir de ce moment, toute la presse de gauche attaqua l'ambassadeur Peurifoy, qu'elle appelait le Vice-roi ou le Proconsul. Personne ne savait qu'en son for intérieur, le chef des libérationnistes le surnommait le Cow-boy.

Ce qui alarma le plus Castillo Armas fut que, d'après le colonel Mendoza, Peurifoy s'était employé immédiatement à conspirer avec les officiers de l'armée qu'il invitait à l'ambassade des États-Unis ou qu'il voyait au Club militaire, au Club hippique ou chez des particuliers. Il exigeait un « coup d'État institutionnel » pour déposer Árbenz ou exiger sa démission et jeter en prison tous les communistes qui transformaient le pays en un satellite de l'Union soviétique, ni plus ni moins que ce qui s'était produit en Grèce. D'après Mendoza Azurdia, l'ambassadeur Peurifoy ne croyait pas en l'invasion que préparait Castillo Armas et pensait qu'une guerre civile pourrait entraîner des conséquences néfastes car, une fois les opérations militaires engagées, le triomphe des libérationnistes n'était pas évident. D'après lui, de nombreux impondérables faisaient obstacle et l'invasion pouvait échouer. Il était plus sûr, lui semblait-il, de circonvenir l'armée et de la pousser à faire un coup d'État. Lors de la dernière réunion de l'ambassadeur gringo avec les chefs militaires guatémaltèques, ces derniers, par la voix du chef de l'armée, le colonel Carlos Enrique Díaz (le Schlass), lui avaient dit qu'ils acceptaient dans son principe l'idée de « coup institutionnel », mais à deux conditions : que Castillo Armas se rende d'abord, qu'il mette fin à ses préparatifs militaires et s'engage à n'occuper aucun poste dans le gouvernement qui succéderait à celui d'Árbenz. L'ambassadeur Peurifoy donnait l'impression d'être d'accord avec ce plan et envoyait de longs télégrammes chiffrés à monsieur Allen Dulles et au secrétaire d'État John Foster Dulles pour qu'ils approuvent sa stratégie. Castillo Armas sentit que ce qu'il avait péniblement construit ces dernières années s'écroulait. Si l'ambassadeur imposait son plan, lui-même deviendrait la cinquième roue du carrosse. Il commença alors à détester le Cow-boy presque autant que le Muet.

Alors que ces dernières nouvelles l'avaient rempli d'angoisse, la CIA, par la voix du colonel Brodfrost, lui redonna courage : l'invasion passerait la frontière guatémaltèque et déclencherait les hostilités contre Árbenz à l'aube du 18 juin 1954.

VI

— Ils finissent tous par parler, dit le Dominicain. Si cette nuit ça capotait et qu'on nous prenne au collet, toi et moi aussi on se mettrait à table.

— Moi je ne parlerais pas, affirma fortement Enrique en frappant sur le zinc. Tu sais pourquoi ? Parce que cela ne servirait à rien. On nous tuerait de toute façon. Dans ce cas-là, il vaut mieux tout nier ou se taire jusqu'à la fin. Ce serait le moindre mal.

— Je n'ai pas autant d'expérience que toi, dit le Dominicain en marquant une pause. Mais quand j'étais au Mexique à suivre ces cours de police dont je t'ai parlé, on m'a offert un livre. Et sais-tu comment il s'appelait ?

Enrique se tourna pour le regarder et attendit, sans rien dire.

— *Tortures chinoises*, dit le Dominicain. Les Chinois sont célèbres comme commerçants et pour avoir construit la Grande Muraille. Mais en réalité leur véritable génie a été la torture. Personne comme eux n'en a inventé autant ni de plus terribles. Quand je te disais que tous finissent par parler, je pensais à ce livre des Chinois.

Les boléros de Leo Marini s'étaient terminés et l'Indien

avait fini de balayer la sciure du bordel de Miriam la gringa qui, sans les avoir regardés une seule fois, venait de s'éclipser. Ils étaient seigneurs et maîtres du local. Maintenant, sans la musique, on entendait parfois passer au loin une voiture. Le Dominicain pensa alors qu'il s'était mis à pleuvoir. Il n'aimait pas la pluie, plutôt les arcs-en-ciel qui, après l'orage, emplissaient de couleurs le ciel de Guatemala-ville.

— À la tienne, dit Enrique. À la santé des Chinois.

— Santé, dit le Dominicain. Je bois aux tortures qui délient les langues.

Ils burent un coup de rhum et Enrique se rappela :

— J'ai vu résister aux pires tortures des gens qui préféraient mourir que de livrer des noms, des adresses ou accuser leurs camarades. Il est vrai que certains devenaient fous avant. Alors je te dis ça en connaissance de cause.

— Ce n'est pas que je ne te croie pas, lui répondit le Dominicain. Je t'assure seulement que si tu avais eu entre les mains ce livre, *Tortures chinoises*, ces héros qui sont restés bouche cousue auraient parlé et dit ce qu'ils savaient, et même ce qu'ils ne savaient pas.

— Rien à faire pour te changer, toi, dit Enrique en riant. Toujours à parler de tortures, de la chatte de celles que tu as léchées ou que tu aimerais lécher, et des Rose-Croix dont personne ne sait ce qu'ils sont. Tu sais ce que tu es, toi ? Un obsédé. Pour ne pas dire un pervers.

— C'est peut-être vrai, fit le Dominicain en haussant les épaules. Tu veux que je te raconte quelque chose ? Chaque fois que j'ai dû faire parler un gars, en lui appliquant la torture, il m'est venu l'envie de chanter. Ou de réciter des poèmes d'Amado Nervo, qui plaisaient tellement à ma mère. Normalement, je ne le fais pas. Chanter, réciter. Ça ne me vient jamais à l'idée. Sauf quand je dois faire mal à quelqu'un pour qu'il se mette à table. Ce livre des *Tortures chinoises* m'a turlupiné je ne sais combien de temps. Je le lisais et le relisais, j'en rêvais et je me rappelle même très clairement ses illustrations. Je pourrais les reproduire. Alors, je te jure, aucun de ces héros ne serait resté silencieux si tu avais eu entre les mains mes *Tortures chinoises.*

— La prochaine fois je te l'emprunterai, fit Enrique en souriant – et il ajouta en regardant sa montre : Il suffit que tu poireautes, tu vois, pour que le temps ne passe pas.

— Bois encore un coup et ne regarde plus ta montre, dit le Dominicain en levant son verre. Nous avons encore un bon moment devant nous.

— À la santé des Chinois et de leurs tortures, s'écria Enrique en levant aussi son verre, découragé, sans quitter sa montre du regard.

VII

Ce matin-là, le généralissime Trujillo regarda sa montre : six heures moins quatre. Johnny Abbes García se présenterait à six heures pile au rendez-vous qu'il lui avait fixé. Il faisait sans doute antichambre depuis un bon moment. Il le ferait entrer tout de suite ? Non, il valait mieux attendre six heures pile. Le généralissime Rafael Leonidas Trujillo n'était pas seulement un maniaque de la ponctualité, mais aussi de la symétrie : six heures, c'était six heures, pas six heures moins quatre.

Avait-il bien fait quand il avait accordé une bourse à ce journaliste hippique aux chairs molles, ventru, myope, à la démarche de chameau, pour suivre cet enseignement farfelu de sciences policières au Mexique ? Il avait vérifié auparavant plusieurs détails : son père était un honorable comptable et lui, un journaliste de rencontre, un peu bohème, spécialiste des chevaux. Il avait une petite émission hippique à la radio et se joignait à des poétaillons, des scribouillards, des artistes et des gens de la bohème (sans doute antitrujillistes) à la pharmacie Gómez, dans la rue El Conde de la ville coloniale de Trujillo. On l'entendait parfois se vanter d'être rosicrucien. On le voyait de temps en temps dans les bordels où il demandait une réduction aux prostituées pour qu'elles s'abandonnent aux cochonneries qui lui plaisaient, et il était ponctuel à l'hippodrome Perla Antillana les jours de courses. Quand le généralissime reçut une lettre de lui par laquelle il lui demandait son aide pour aller à Mexico suivre ce cours de police, il eut un coup au cœur. Il lui donna rendez-vous, il le vit, l'écouta et, sans hésiter, décida de le soutenir, avec la vague intuition que, dans cette difformité adipeuse, il y avait quelqu'un, quelque chose, qu'il pourrait mettre à profit. Il avait vu juste. Tout en lui versant une mensualité, au travers de l'ambassade, pour manger, dormir et assister aux cours de police, il le chargea de l'informer sur les exilés dominicains au Mexique. Abbes García remplit sa mission à merveille, vérifiant ce qu'ils faisaient, où ils se réunissaient, quel était le degré de dangerosité de chacun. Il se fit leur ami et alla jusqu'à se saouler avec eux pour mieux les trahir. Et il avait trouvé deux fripouilles venues de Cuba, Carlos Gacel Castro – « l'homme le plus laid du monde vous salue », avait-il coutume de se présenter – et Ricardo Bonachea León, qui lui donnaient un coup de main quand le généralissime décidait que les gens vraiment dangereux devaient avoir un accident ou mourir dans un guet-apens présumé. Abbes García, Gacel et Bonachea collaboraient à la perfection, donnant des adresses et suggérant le lieu et l'heure propices pour simuler un accident ou liquider purement et simplement le dangereux exilé dans une embuscade. La mission que le généralissime allait maintenant confier à l'ancien journaliste était plus délicate. Serait-il à la hauteur ?

Il suffit que, par cette voie indirecte, il pense au colonel Carlos Castillo Armas, président du Guatemala, pour sentir son sang commencer à bouillir et sa bouche s'emplir d'écume. Cela lui arrivait depuis sa jeunesse : sous le coup de la colère, sa salive augmentait et il devait la cracher, mais comme là il n'avait rien sous la main, il l'avala. « Il faut que je commande un crachoir », pensa-t-il. Il avait proposé à Castillo Armas de célébrer ensemble la victoire des libérationnistes au Stade national du Guatemala, construit par l'ex-président Juan José Arévalo dans le soi-disant village olympique. Le pauvre imbécile refusa, expliquant que « le moment n'était pas propice à ce genre de spectacle ». Et il lui avait même envoyé son ministre des Affaires étrangères, Skinner-Klee, et son chef du protocole pour lui expliquer pourquoi un acte de cette nature n'était pas opportun. Trujillo ne les laissa même pas s'exprimer et leur donna vingt-quatre heures pour quitter la République dominicaine. Le généralissime avait des haut-le-cœur au seul souvenir de la couardise de Castillo Armas, cet idiot, cet ingrat.

— Bonjour, Excellence, dit le minable, gringalet colonel, et il se mit au garde-à-vous, claquant les talons et levant la main à hauteur de la tête pour faire le salut militaire, bien qu'il fût vêtu en civil.

Il était clair que le nouveau venu se sentait mal à l'aise.

— Bonjour, colonel – le généralissime lui tendit une main et désigna un fauteuil. Asseyez-vous, nous parlerons plus commodément ici. Et d'abord, bienvenue en République dominicaine.

Le généralissime s'était trompé sur le compte de ce foutriquet de Castillo Armas, il n'en avait plus le moindre doute. Il n'avait rien fait des trois choses qu'il lui avait demandées et, en plus, cette crevure de colonel efflanqué et à moitié tubard, avec sa petite moustache à la Hitler et sa boule à zéro, non content de balayer ses propositions, avait maintenant l'audace de dénigrer sa famille. Le rapport de l'ambassadeur dominicain au Guatemala, le psychiatre Gilberto Morillo Soto, était clair et détaillé : « Le président Castillo Armas, assez aviné, s'est permis de faire rire l'assistance en se moquant de votre fils, le général Ramfis, disant littéralement (je vous prie d'excuser la crudité, Excellence) : "Quel mérite peut-il avoir à sauter Zsa Zsa Gabor ou Kim Novak s'il leur offre d'abord une Cadillac, un bracelet de diamants et un manteau de vison ? À ce prix-là, n'importe qui est un don Juan !" Au lieu de me retirer, je suis resté seulement pour voir s'il continuait à se moquer de votre digne famille. Et en effet, Excellence, le président a continué le reste de la soirée. »

Le généralissime sentit une de ces bouffées de rage qui lui venaient chaque fois qu'il apprenait que quelqu'un dénigrait ses enfants, ses frères ou son épouse, sans parler de sa mère. Pour lui, la famille était sacrée ; celui qui l'insultait le payait. « Tu le paieras, avorton, pensa-t-il. Le général Miguel Ydígoras Fuentes prendra ta place. »

— Je viens vous demander de l'aide, Excellence – le colonel Castillo Armas avait une petite voix désaccordée ; il était malingre, souffreteux, grand et un peu contrefait, la négation du port militaire. J'ai les hommes, l'appui des États-Unis et des exilés guatémaltèques. Et, bien entendu, l'armée n'attend que mon soulèvement pour s'associer à la libération.

— N'oubliez pas l'appui de l'United Fruit et de Somoza, qui compte aussi, lui rappela le généralissime avec un sourire. Pourquoi avez-vous besoin du mien, en plus ?

— Parce que vous êtes l'aval le plus important pour la CIA et le département d'État, Excellence, lui répondit sur-le-champ avec componction l'obséquieux colonel. Ils me l'ont dit eux-mêmes : « Allez voir Trujillo. C'est l'anticommuniste numéro un en Amérique latine. S'il vous appuie, nous vous appuierons aussi. »

— Ils me l'ont déjà demandé à plusieurs reprises, lui répondit le généralissime, toujours souriant. (Mais il reprit aussitôt son sérieux.) Je vous aiderai, c'est entendu. Il faut en finir au plus tôt avec Árbenz le communiste. Il aurait été préférable d'en terminer avec son prédécesseur, cet Arévalo, le supersavant, encore un communiste. J'ai averti les gringos mais ils ne m'ont pas cru. En général, ils sont naïfs, et parfois même bornés, mais il n'y a rien à faire, on a besoin d'eux. Ils s'en sont mordu les doigts, j'imagine.

Désormais, il était bien six heures pile et, au même moment, on frappa respectueusement à la porte du bureau. La tête chenue et le petit sourire servile de Crisóstomo, un des aides de camp de Trujillo, apparurent.

— Abbes García ? dit le généralissime. Fais-le entrer, Crisóstomo.

Un moment après, ce dernier entrait dans son bureau de ce pas étrange et désarticulé qui menaçait de le faire s'écrouler à chaque mouvement. Il portait une veste à carreaux, une cravate rouge un tantinet ridicule et des souliers marron. Un individu auquel il faudrait apprendre à mieux s'habiller.

— Bonjour, Excellence.

— Assieds-toi, lui ordonna Trujillo en allant droit au but. Je t'ai appelé parce que je vais te confier une tâche très importante.

— Toujours à vos ordres, Excellence.

Abbes García parlait d'une petite voix vicieusement parfaite : c'était le fruit de son passé de journaliste ? Problablement. Une autre chose que savait sur lui le généralissime était que, pendant un certain temps, il avait été présentateur et commentateur des actualités dans une radio pourrie. Il était vraiment rosicrucien ? Qu'est-ce que cela voulait dire, être rosicrucien ? On disait que ce mouchoir rouge avec lequel il se mouchait bruyamment était un des symboles de cette religion.

— Tout a bien avancé, Excellence, dit le colonel Castillo Armas. Il ne nous manque que les instructions de Washington pour démarrer. J'ai recruté une grande partie des hommes. Nous les entraînerons dans une propriété du président Somoza au Nicaragua, ainsi que dans un îlot. Également au Honduras. Nous voulions le faire aussi au Salvador, mais le président Óscar Osorio a des scrupules et ne nous y autorise pas encore. Pourtant, les gringos font pression sur lui. Ce qui nous manque, c'est un peu de cash. Sur ce point, ces puritains de gringos sont un peu regardants.

Il rit, et Trujillo remarqua que le Guatémaltèque riait sans bruit, en fronçant légèrement la bouche et en montrant ses dents. Une petite lumière rieuse éclairait ses yeux de souris.

— Il s'agit de ce fils de pute de Castillo Armas, dit Trujillo, avec ce regard glacial qu'il avait quand il se référait à un ennemi. Cela fait plus de deux ans qu'il est au pouvoir, grâce à moi, et il n'a rien fait de ce qu'il m'avait promis.

— Vous commandez et j'obéis, Excellence, dit Abbes García en inclinant la tête. Ce qu'il faut faire sera fait. Je vous le promets.

— Tu pars pour le Guatemala, comme attaché militaire, dit Trujillo en le regardant dans les yeux.

— Attaché militaire ? s'étonna Abbes García. Je ne suis pas militaire, Excellence.

— Tu l'es depuis le début de l'année, dit Trujillo. Je t'ai incorporé dans l'armée avec le grade de lieutenant-colonel. Voilà tes papiers. Notre ambassadeur là-bas, Morillo Soto, est déjà au courant. Il t'attend.

Il vit dans le regard d'Abbes García une surprise qui devenait joie, satisfaction, éblouissement. Et la gratitude du chien. Pour couronner le tout, le pauvre diable portait des chaussettes bleues. Ce serait ça aussi, être Rose-Croix ? Mélanger dans ses vêtements toutes les couleurs de l'arc-en-ciel ?

— Vous aurez les armes qui vous manquent, dit Trujillo au Guatémaltèque, comme si cela avait beaucoup d'importance. Et aussi le cash nécessaire. Comme je le savais déjà, voilà une petite avance de soixante mille dollars dans cette bourse. Et j'y ajoute un conseil, colonel.

— Oui, oui, bien sûr. Je vous écoute, Excellence.

— Arrêtez de vous chamailler avec le général Ydígoras Fuentes. Vous devez vous entendre. Vous êtes du même bord, ne l'oubliez pas.

— Je ne sais comment vous remercier, Excellence, flûta le colonel Castillo Armas, émerveillé que tout se passe aussi facilement.

Il avait cru qu'il devrait lui dorer la pilule, négocier, faire pression, implorer. Et il lui colla sur-le-champ l'étiquette : l'Araignée.

— Je sais que vous êtes amis. Le problème est que le général Ydígoras ne joue pas toujours franc-jeu avec moi. Mais on finira bien par s'entendre, je vous l'assure.

Le généralissime souriait, satisfait d'avoir tellement impressionné le militaire guatémaltèque.

— Je vais seulement vous demander trois choses, une fois que vous aurez pris le pouvoir, ajouta-t-il en observant les vêtements civils du colonel qui pendaient lamentablement.

— C'est comme si c'était fait, Excellence, l'interrompit Castillo Armas en gesticulant comme s'il prononçait une harangue. Au nom du Guatemala et de notre croisade libérationniste, je vous remercie de tout cœur pour votre générosité.

— À peine sorti d'ici, je ferai mes valises, Excellence, dit Abbes García. J'ai été au Guatemala et j'y ai quelques relations. Carlos Gacel entre autres, ce Cubain qui nous a tellement aidés, là-bas, au Mexique. Vous vous souvenez ?

— Essaie de parvenir jusqu'au président, présente-lui mes salutations. L'idéal serait que tu puisses faire ami-ami avec lui. Pour y arriver, rien de mieux que de passer par sa femme, et encore mieux par sa maîtresse, dit le généralissime. J'ai les informations que m'envoie Morillo. Je ne sais pas si c'est un bon diplomate, mais c'est un informateur de première. Il paraît que le président s'est collé avec une chérie plutôt jeune, une certaine Marta Borrero. Belle et effrontée, à ce qu'on dit. Il semble que ses partisans soient divisés à cause de Martita, presque une guerre civile entre les soutiens de la femme officielle, Odilia Palomo, et ceux de la maîtresse, miss Guatemala. C'est comme ça qu'ils l'appellent. Essaie de l'approcher. En général, les maîtresses ont plus d'influence que les épouses légitimes.

Il rit, et Johnny Abbes rit de même. Il avait commencé à prendre des notes dans un petit carnet et Trujillo s'aperçut que, comme son corps et sa figure, le tout nouveau colonel de l'armée dominicaine avait de gros doigts tordus, noueux comme ceux d'un vieillard. Mais c'était un homme jeune, il n'avait pas passé les quarante ans.

— La première chose que je vous demande est de mettre en prison le général Miguel Ángel Ramírez Alcántara, dit Trujillo. Je suppose que vous le connaissez. Il a commandé la Légion des Caraïbes qui a tenté d'envahir la République dominicaine. Envoyée par ce fils de pute de Juan José Arévalo. Non content de rompre les relations avec l'Espagne de Franco, le Nicaragua de Somoza, le Pérou d'Odría, le Venezuela de Pérez Jiménez et moi-même, il a voulu en plus nous envahir. Nous avons tué un bon nombre des envahisseurs, mais Ramírez Alcántara nous a échappé. Et maintenant, il est là, au Guatemala, protégé par le président Árbenz.

— Bien sûr, Excellence. Je le connais très bien. C'est la première chose que je ferai en accédant au pouvoir, c'est clair. Je l'enverrai ici, enveloppé dans du papier cellophane.

Trujillo ne rit pas, il avait fermé les yeux à demi et regardait dans le vide tout en parlant comme à lui-même :

— Il est au Guatemala, libre, à se vanter de ses aventures, répéta-t-il, pris d'une colère froide. Une invasion qui a échoué et que nous avons fait payer cher, par la mort, à beaucoup de ces canailles. Mais comme le général Ramírez Alcántara a réussi à s'enfuir, maintenant il doit payer ses fautes, n'est-ce pas ?

— Bien entendu, Excellence, affirma Castillo Armas en hochant la tête. Je sais très bien qui est le général Ramírez Alcántara. Tenez son arrestation pour acquise. Ne vous en faites pas pour lui.

— Je le veux vivant, le coupa Trujillo. Que personne ne

touche un de ses cheveux. Frais comme un gardon. Vous me répondez de sa vie.

— Bien entendu, Excellence, les maîtresses sont toujours des femmes très utiles, reprit Abbes García avec un rire forcé. Je l'ai appris dans ces cours de police que j'ai suivis à Mexico et dont vous vous moquez tant.

— Sain et sauf, cela va de soi, ajouta Castillo Armas. Et quelles sont les deux autres conditions, Excellence ?

— Ce ne sont pas des conditions, mais des demandes, précisa Trujillo en fronçant les sourcils. Entre amis, on ne pose pas de conditions. On demande et on reçoit des faveurs, plutôt. Et maintenant, nous sommes des amis, vous et moi, n'est-ce pas ?

— Bien sûr, bien sûr, s'empressa de lui faire écho son visiteur.

— Je lui ai demandé de me remettre Ramírez Alcántara, ajouta Trujillo, en colère. Et quand la révolution libérationniste a triomphé et qu'on l'a arrêté, j'ai cru qu'il allait le faire. Mais ce fils de pute de Castillo Armas m'a fait poireauter, il m'a mené en bateau. Et maintenant, le comble, il l'a libéré. Lui, rien moins que le chef de la Légion des Caraïbes. Il est devenu un des hommes du régime de Castillo Armas. Un chien qui a essayé de me dégommer ! As-tu jamais vu une trahison plus grande ?

— Dites-moi quelles sont les deux autres, reprit le colonel Castillo Armas en arborant une tête de suppliant qui faisait rire le généralissime. La première chose que je ferai, c'est vous satisfaire, Excellence. Parole d'honneur.

— Une invitation officielle, aussitôt après avoir rétabli les relations diplomatiques entre nos deux pays, dit Trujillo avec douceur. N'oubliez pas que c'est le gouvernement d'Arévalo qui les a rompues. Je n'ai jamais mis les pieds au Guatemala. J'aimerais beaucoup connaître votre pays. Et la médaille de l'ordre du Quetzal, si possible. Somoza l'a déjà, non ?

— Ces choses-là, ce n'est même pas la peine d'en parler, Excellence, affirma le colonel Castillo Armas. C'est ce que j'aurais fait de toute manière : rétablir les relations que les communistes ont rompues, vous inviter dans notre pays, vous décorer de l'ordre du Quetzal au grade le plus élevé. Quelle gloire pour le Guatemala que de vous recevoir avec tous les honneurs !

— Il n'a rien fait de tout cela, murmura le généralissime en claquant la langue. Quand il a triomphé, je lui ai proposé une grande cérémonie, dans le Stade national du Guatemala, ensemble, lui et moi, pour célébrer sa victoire. Il a cherché des prétextes stupides pour s'y soustraire.

— Il est jaloux de vous, Chef, conclut Abbes García. C'est ça l'explication. C'est un ingrat et un salopard, il en a tout l'air.

Le généralissime le regardait de cette manière inquisitrice qui mettait toujours ses interlocuteurs mal à l'aise. Il l'examina de nouveau de la tête aux pieds.

— Tu dois te faire faire des uniformes, dit-il enfin. Deux tout de suite : un de service et un de parade. Je te donnerai l'adresse de mon tailleur, don Anastasio Cabrera, dans la vieille ville. Il te les fera en deux jours si tu lui dis que c'est urgent. Dis-lui que tu viens de ma part et qu'il m'envoie la facture ici, au Palais.

— Et les armes, Excellence ? insinua le Guatémaltèque. Pouvons-nous en parler maintenant ?

— Je t'enverrai un bateau chargé de tout l'équipement dont tu as besoin, répliqua le généralissime. Mitraillettes, fusils, revolvers, grenades, bazookas, armes lourdes. Et même des hommes, si nécessaire. Dès que tu m'auras fait savoir dans quel port sûr il pourra accoster au Honduras. Quand tu sortiras d'ici, tu pourras immédiatement présenter ta demande d'armement aux militaires de confiance qui t'attendent.

Le colonel Castillo Armas n'en revenait pas. Il était bouche bée et ses petits yeux étrécis brillaient de plaisir et de gratitude.

— Votre générosité et votre efficacité m'émerveillent, Excellence, murmura-t-il. En vérité, les mots me manquent pour vous remercier de tout ce que vous faites pour nous. Pour le peuple guatémaltèque, je veux dire.

Trujillo se sentait satisfait. Ce petit bonhomme lui était acquis.

— Et en plus, ce traître de Castillo Armas se met à déblatérer sur ma famille quand il se saoule, s'exclama-t-il, furieux. Tu te rends compte ? C'était un moins que rien et grâce aux gringos et à moi il est maintenant au pouvoir. Ça lui est monté à la tête. Il se permet d'amuser son auditoire en se moquant de ma famille, surtout de Ramfis. Ça ne peut pas en rester là.

— Bien entendu, Excellence, dit Abbes García en se levant.

Trujillo souriait en l'examinant : oui, sans aucun doute, le tout nouveau colonel de l'armée dominicaine n'avait pas l'ombre d'une allure militaire. Et en cela, Castillo Armas et lui se ressemblaient vraiment.

— On m'a dit que tu étais rosicrucien, dit le généralissime. C'est vrai, ça ?

— Eh bien oui, Excellence, c'est vrai, admit Abbes García, mal à l'aise. Je n'en sais pas beaucoup, mais j'aime ce que sont les Rose-Croix. Il vaudrait mieux dire, peut-être, que cela me convient. Plus qu'une religion, c'est une philosophie de la vie. J'y ai été initié par un sage, là-bas, au Mexique.

— Tu m'expliqueras ça une autre fois, quand on aura le temps, le coupa Trujillo en lui indiquant la porte. En échange, moi, je te ferai un cours sur comment t'habiller de façon moins tocarde.

— Que Dieu vous garde en bonne santé, Excellence, dit Castillo Armas en se retirant et en renouvelant le salut militaire depuis la porte du bureau.

VIII

— Il est près de six heures, dit le Dominicain. Comme j'ai déjà quitté mon hôtel, la Mansión de San Francisco, mes valises sont dans la voiture. Je pourrais rester un peu chez toi ?

— Chez moi, je ne pense pas, mon vieux, dit Enrique en secouant la tête. Ce serait très imprudent. Il aurait mieux valu conserver ta chambre d'hôtel jusqu'au soir.

— Ne t'inquiète pas. Je vais faire un tour en ville pour tuer le temps, en restant dans le centre, qui est le seul attrait de cette horrible ville. On revoit encore une fois l'agenda de la chose ?

— Ce n'est pas nécessaire, affirma Enrique – et pourtant, en fermant les yeux, il fit comme s'il récitait : Ce matin, le président a parfaitement respecté son programme. Il a reçu en audience l'ambassadeur des États-Unis et ensuite une commission des indigènes du Petén. Il a dicté des lettres, lu un discours à l'ambassade du Mexique et déjeuné avec sa maîtresse. Cet après-midi, il aura une réunion au Palais avec les chefs d'entreprise pour les inciter à rapatrier le fric qu'ils ont planqué à l'étranger au temps d'Árbenz et à l'investir au pays.

— La fête d'anniversaire de ton frère, le ministre de la Défense…, commença le Dominicain.

— Elle reste à l'ordre du jour et elle va occuper tout le cabinet, ne t'en fais pas pour ça, l'interrompit Enrique. Tout se déroulera à la perfection. À moins que…

— À moins que quoi ? s'inquiéta l'autre.

— À moins d'un miracle, dit Enrique en riant d'un petit rire forcé.

— Bon, heureusement que je ne crois pas aux miracles, soupira le Dominicain, soulagé.

— Moi non plus, dit Enrique. Je disais ça seulement pour t'emmerder, vieux, et me calmer les nerfs, que j'ai à vif.

— Eh bien, allons-y une bonne fois.

Le Dominicain laissa quelques billets près de la bouteille de rhum qu'ils avaient presque descendue le temps qu'ils étaient restés là. Le bordel était toujours aussi vide et triste. Miriam la gringa n'avait pas reparu et s'attardait sûrement à son maquillage pour paraître moins défraîchie la nuit venue, quand la boîte se remplirait de bruit, de musique et de clients.

Une fois dehors – il tombait du ciel de plomb un crachin invisible et l'on entendait gronder le tonnerre tout là-bas, sur la cordillère – ils virent qu'il y avait maintenant deux voitures qui les attendaient, chauffeur au volant. Le conducteur qui était venu rejoindre l'homme le plus laid du monde était aussi cubain et s'appelait Ricardo Bonachea León. Il était arrivé depuis peu du Mexique, où il avait été un bon collaborateur du Dominicain et travaillait déjà, comme ce dernier, pour les services de la Sécurité d'État guatémaltèque.

Enrique et le Dominicain se dirent au revoir d'un mouvement de tête, sans se tendre la main. Le premier monta dans la voiture conduite par le chauffeur le plus laid du monde et le second dans l'autre. Le Dominicain ordonna au nouveau venu :

— Ricardito, fais quelques tours dans le centre, sans suivre deux fois le même parcours. Je dois être à sept heures pile à la porte de la cathédrale.

IX

Bien plus tard, lorsque, dans son exil itinérant, sa mémoire passait en revue ces quelque trois ans et demi au pouvoir, Jacobo Árbenz Guzmán se souviendrait, comme l'expérience la plus importante de son mandat, de ces semaines d'avril-mai 1952, pendant lesquelles il présenta au Conseil des ministres son avant-projet de réforme agraire pour ensuite le soumettre au Congrès de la République. Il savait parfaitement combien il était important – capital, même – pour l'avenir du Guatemala et il voulut, avant de boucler ce processus, que ses partisans et ses adversaires l'analysent en audiences publiques. La presse le divulgua dans tous ses détails. Ces discussions eurent lieu au palais du Gouvernement et furent commentées par la radio aux quatre coins du pays.

Le thème passionnait ses amis et ses ennemis, et lui-même sans doute plus que tout autre. Ce fut la question sur laquelle il se concentra le plus, qu'il étudia à fond et qu'il s'efforça de concrétiser le mieux possible – selon ses mots – « en une loi impeccable, sans aspérités, parfaite et indiscutable ». Comment aurait-il pu imaginer qu'à cause de cette loi son gouvernement tomberait, des centaines de

Guatémaltèques mourraient, d'autres subiraient la prison et le déracinement, et que lui-même et sa famille, à partir de ce moment, devraient connaître un pénible exil !

Il y eut trois audiences publiques, chacune dura de nombreuses heures, la troisième s'étirant jusqu'à minuit passé. Les participants observaient une petite pause à midi pour avaler une tortilla ou un sandwich avec une boisson sans alcool, puis continuaient jusqu'à épuisement de l'ordre du jour. Y assistèrent non seulement les partisans, mais aussi, et surtout, les adversaires. Le président avait été catégorique : « Qu'ils viennent tous. À commencer par les avocats de l'United Fruit, les dirigeants de l'Association générale des agriculteurs (AGA), les représentants des grands propriétaires et aussi, bien sûr, de la Confédération nationale paysanne. De même que les journalistes de la presse écrite et de la radio, y compris les correspondants étrangers. » Tous. C'est ce qu'il exigea de ses propres partisans dont certains, comme Víctor Manuel Gutiérrez, secrétaire général de la Confédération des syndicats ouvriers et paysans, auraient préféré ne pas exposer la loi à tant de controverses, car ils craignaient que les ennemis du gouvernement ne profitent de ces débats pour dynamiter l'avant-projet. Árbenz ne céda pas d'un pouce : « Nous devons écouter tous les points de vue, pour ou contre. Les critiques nous aideront à l'améliorer. »

Il pratiquait l'autocritique et n'avait pas pour habitude de chercher des excuses à ses erreurs. Au contraire, il était prêt à les rectifier si on le convainquait d'en avoir fait. Il agit toujours de manière à ce que ses propres insuffisances n'aient aucune incidence sur ses actes de gouvernement mais, avec le recul, il admettait qu'il s'était trompé dans bien des cas. Pourtant, il était fier de son comportement dans ces débats, de la manière dont il avait défendu tous les articles du projet et répondu aux objections. Les prétendus experts et techniciens voulaient dénaturer la loi en l'affadissant par des exceptions, des exclusions et des compromis qui auraient laissé la propriété de la terre telle qu'elle existait au Guatemala depuis des siècles. Mais il ne le permit pas. Malheureusement, cette fermeté ne lui avait servi à rien et avait plutôt exaspéré ses ennemis.

Árbenz était persuadé que la réforme agraire changerait radicalement la situation économique et sociale du Guatemala en jetant les bases d'une nouvelle société, que le capitalisme et la démocratie conduiraient vers la justice et la modernité. « Elle permettra de donner leur chance à tous les Guatémaltèques et pas seulement à une minorité insignifiante comme maintenant », répétait-il sans cesse dans ces discussions. Ce fut l'une des rares fois où María, sa femme, sévère critique de tout ce qu'il disait et faisait, le félicita elle aussi, émue, avec des larmes dans les yeux, en lui serrant le bras : « Tu as été très bien, Jacobo. » Tous ses ministres et ses amis parlementaires furent d'accord avec elle : on ne le vit jamais plus éloquent que dans ces débats. Mais il ne convainquit pas ses adversaires : à partir de ce moment, l'opposition des fermiers fut encore plus enragée et acharnée.

Dans sa jeunesse, Árbenz avait rarement pensé aux problèmes sociaux de son pays : la situation des Indiens par exemple, la petite poignée de riches et la multitude de pauvres, la vie marginale, végétative que menaient les trois quarts de la population, la distance astronomique entre la vie des indigènes et celle des gens aisés, des professionnels, des grands propriétaires, de ceux qui étaient à la tête de commerces et de sociétés. Il avait mis du temps à comprendre que seule une poignée de ses compatriotes profitait des privilèges de la civilisation, et qu'il fallait aller à la racine du problème social pour que cette situation change et que les privilèges de la minorité s'étendent à tous les Guatémaltèques. La clé, c'était la réforme agraire.

Il n'avait pas honte de dire qu'il n'avait enfin compris dans quel pays il vivait – un très beau pays, avec une très riche histoire, mais rempli d'injustices terribles – que grâce à María Vilanova, cette femme dont il était tombé amoureux au premier regard pour sa beauté et son élégance. Mais il en deviendrait encore plus amoureux en découvrant combien était intelligente et sensible cette demoiselle aux yeux vifs, à la taille svelte et au nez fin. Et pourquoi, tout en faisant partie d'une famille salvadorienne aisée, elle avait pris conscience toute jeune de l'arriération des pays centraméricains, du bandeau qui leur dissimilait, à lui et tant d'autres, les problèmes sociaux.

María Vilanova lui fit découvrir, avant même qu'il fût reçu sous-lieutenant à l'École militaire, tout ce qu'il ignorait, confiné comme il avait été jusque-là dans un monde d'armes, de consignes, de stratégies, de codes, de héros, de batailles, de même que ses camarades, complètement en marge de cette société remplie de préjugés racistes qui, non seulement ignorait, mais méprisait ces millions d'Indiens qu'on tenait à l'écart de la civilisation.

Grâce à María Vilanova, un monde méconnu d'injustices séculaires, de préjugés et d'aveuglement s'était ouvert à lui, un monde raciste, mais aussi plein d'une force cachée qui, éveillé et mobilisé, pouvait révolutionner le Guatemala, le Salvador et toute l'Amérique centrale. Elle lui raconta comment elle avait appris, pendant ses études aux États-Unis, le retard qu'avaient pris les pays d'Amérique latine, les énormes disparités sociales et économiques qui séparaient les différentes classes et les opportunités infimes – pour ne pas dire nulles – qu'avaient les pauvres de sortir de l'indigence et d'accéder à une éducation qui leur permettrait de progresser dans la vie. C'était ça la grande différence avec une démocratie moderne, comme les États-Unis. Grâce à elle, Árbenz put surmonter ces préjugés exacerbés qui gouvernaient les comportements et les relations sociales au Guatemala, où les Blancs – ceux qui se croyaient blancs – considéraient les Indiens comme des animaux. À partir de ce moment-là, alors que María et lui étaient encore fiancés, il essaya de surmonter son ignorance, de se débarrasser des lieux communs et commença à étudier la sociologie, les théories politiques et l'économie et à se mettre à penser à ce qu'il pourrait faire pour sortir son pays – et l'Amérique centrale – du trou où il était enfoncé afin de le transformer et qu'il puisse un jour être comme cette démocratie des États-Unis qui avait ouvert les yeux de María Cristina et lui avait ôté ses préjugés.

Depuis ces années-là, ses premières comme officier, Jacobo Árbenz, tout comme María Cristina et un groupe d'amis civils qu'il fréquenta grâce à elle, était arrivé à la conclusion que la clé du changement, l'instrument indispensable pour entamer la transformation de la société guatémaltèque, était la réforme agraire. Il fallait changer la structure féodale qui régnait dans les campagnes où l'immense majorité des Guatémaltèques, les paysans, manquaient de terres et travaillaient seulement pour les fermiers blancs et retors en recevant des salaires de misère, alors que les grands propriétaires vivaient comme les maîtres de l'époque coloniale, jouissant de tous les avantages de la modernité.

Que faire de l'United Fruit, la Fruitière, la fameuse Pieuvre ? Il s'agissait d'une gigantesque compagnie qui, bien entendu, avait obtenu, grâce à la corruption des gouvernements du Guatemala – surtout les dictateurs – des contrats léonins qu'aucune démocratie moderne n'accepterait. Par exemple, qu'elle soit exonérée d'impôts. Contrairement à nombre de ses amis extrémistes, Jacobo Árbenz avait la conviction que la Pieuvre ne devait en aucun cas être expulsée du Guatemala. Au contraire, il fallait inscrire la Fruitière dans le cadre de la loi, lui faire payer des impôts, respecter les ouvriers, accepter la formation de syndicats. Et la transformer en un modèle afin d'attirer d'autres entreprises, américaines et européennes, indispensables au développement industriel du pays.

Árbenz se souviendrait toujours des discussions sans fin qu'il avait eues avec ces amis qu'il s'était faits grâce à María Vilanova. Ils se réunissaient au moins une fois par semaine, parfois deux, le samedi en général, chez eux ou dans les pensions où vivaient Jacobo et María. Ils discutaient et écoutaient des discours, commentaient des livres ou des événements politiques tout en mangeant et buvant. C'étaient des gens de diverses professions – journalistes, artistes, professeurs, politiciens – qu'Árbenz n'avait jamais fréquentés auparavant. Ils lui révélèrent des aspects inconnus de la vie du pays, les problèmes sociaux et politiques, les méfaits des guerres civiles et des dictatures – comme celle du général Jorge Ubico Castañeda –, l'idée de la démocratie, des élections libres, de la presse indépendante et critique, du socialisme. Il discutait âprement avec eux, s'opposant au communisme et défendant la démocratie capitaliste. « Comme celle des États-Unis, avait-il l'habitude de répéter. C'est ce dont nous avons besoin ici. »

Les peintres, musiciens et poètes, bohèmes sans le sou pour qui María avait une faiblesse, n'intéressaient pas Árbenz outre mesure. En tout cas moins que les journalistes et les universitaires, par exemple, avec qui il discutait de politique. Et parmi eux Carlos Manuel Pellecer et José Manuel Fortuny, de qui il devint l'ami, si tant est que Jacobo Árbenz, si réservé et d'un mutisme obstiné, réussît quelquefois à avoir un ami intime. Mais il se sentait des affinités, des préoccupations communes avec Fortuny et Pellecer ; il avait de la sympathie pour leur franchise, leur détachement des choses matérielles et, peut-être aussi, pour le laisser-aller et le désordre dans lesquels ils vivaient habituellement (« Il est vrai que les contraires s'attirent », pensa-t-il très souvent). Árbenz ne se considéra jamais comme socialiste et il jugeait avec ironie les efforts de Fortuny pour se former intellectuellement en lisant des penseurs marxistes (des livres qu'il ne trouvait jamais au Guatemala et qu'il devait commander au Mexique, dépensant l'argent qui lui suffisait à peine pour manger) et pour fonder, un jour, un parti communiste au Guatemala. Mais en vérité, bien qu'en désaccord avec lui sur ce point, les conseils, les idées et la vaste culture politique de Fortuny, supérieure à la sienne, lui servirent énormément dans l'exercice du pouvoir.

Il fit la connaissance de Fortuny pendant la Révolution d'octobre, en 1944. Ce dernier, un peu moins âgé que lui, avait dans les vingt-cinq ans. Il était alors reporter au *Diario del aire*, une émission de radio que dirigeait l'écrivain Miguel Ángel Asturias, et il avait une réputation de bohème turbulent, astucieux et courageux. Il était entré à la prestigieuse École normale à douze ans, mais il ne persévéra pas dans son projet d'être professeur et il n'acheva pas plus ses études de droit à l'université de San Carlos, qu'il abandonna pour le journalisme, plus conforme à sa nature assez dissolue. Il écrivait dans plusieurs journaux et revues, et ses activités politiques contre la dictature d'Ubico lui avaient attiré des ennuis avec le régime, ce qui fit qu'il dut s'exiler pour quelque temps au Salvador voisin. Là, il continua à exercer le journalisme.

De son côté, Pellecer, qui avait été son élève lors de son passage à l'École militaire, fut exilé au Mexique. À son retour au Guatemala, il s'employa à former syndicats et coopératives et collabora étroitement avec le gouvernement de Juan José Arévalo en organisant des programmes culturels dans les campagnes. Il connaissait très bien le problème agraire et il aida Árbenz à se familiariser avec celui-ci. (Des années plus tard, il deviendrait un anticommuniste acharné et irait jusqu'à se mettre au service de dictatures militaires.)

En écoutant ses amis, Jacobo Árbenz découvrait tout ce qu'il ignorait. Comme lui, Fortuny et Pellecer croyaient que la réforme agraire constituait le premier pas indispensable pour sortir le Guatemala du marasme et le transformer en société démocratique. Ainsi disparaîtraient les violences et la discrimination. Grâce à la réforme agraire, les campagnes se couvriraient d'écoles et les garçons et filles indigènes apprendraient à lire, auraient l'eau courante, l'électricité, des routes et, grâce à des emplois dignes et des salaires décents, ils mangeraient et se vêtiraient mieux. Était-ce un rêve impossible ? Non, non, se disait-il au commencement de son mandat : c'est parfaitement possible avec du courage, du travail et de la volonté. Deux ans plus tard, il commencerait à se demander s'il n'avait pas été trop optimiste.

Árbenz appréciait en Fortuny ce qu'il n'était pas lui-même : son esprit bohème et indiscipliné, son brio, son papillonnement incessant sur tous les thèmes de la culture, ses enthousiasmes romanesques pour des auteurs, des penseurs, des films et des chanteurs, et aussi son grand appétit et la joie qu'il avait à lever le coude. Il était comme l'envers d'Árbenz, si ordonné, ponctuel, discipliné et rigoureux. Ils avaient tous deux de longues discussions dans lesquelles María intervenait pour calmer les esprits, particulièrement quand ils s'échauffaient. Ils étaient souvent en désaccord, surtout quand Fortuny parlait de socialisme et disait que, s'il devait choisir entre les États-Unis et l'Union soviétique, il choisirait cette dernière. En revanche, Jacobo et María penchaient pour les États-Unis parce que, selon eux, avec tous ses défauts, c'était un pays libre et prospère alors que l'Union soviétique était une dictature, même si elle avait été du côté des Alliés durant la guerre contre le nazisme.

Quand arriva la Révolution d'octobre, le mouvement qui fit tomber Ubico et Federico Ponce Vaides – le général à qui Ubico voulait laisser sa place – et qui mena Juan José Arévalo au pouvoir avec Árbenz comme ministre de la Défense, ce dernier dut interrompre ses études d'économie – surtout pour ce qui touchait à la réforme agraire – car sa fonction lui prenait tout son temps. Sa tâche essentielle consistait à éviter que l'armée se divise pour des raisons politiques et rejoigne ceux qui conspiraient : sempiternelle histoire centraméricaine. Il se réunissait avec ses camarades militaires, visitait les casernes, expliquait l'importance capitale des réformes et des mesures du président Arévalo et écartait du commandement des troupes les officiers qui donnaient des signes de rébellion. Toutefois, même pendant ces années, Fortuny et Pellecer le suivirent en lui donnant un coup de main depuis le Congrès où ils avaient tous deux été élus députés. En privé, même pour un court moment, ils échangeaient des idées, et, de plus, Fortuny écrivait ses discours et le conseillait sur tous les sujets brûlants. Il avait assumé la direction des deux partis qui soutenaient Arévalo, le Front populaire de libération et Rénovation nationale, quand ils décidèrent de se réunir en un seul parti, le PAR.

Que Fortuny fût quelqu'un de réaliste et pragmatique en dépit de son inclination pour le communisme, Árbenz le vérifia durant la féroce polémique déclenchée par la réforme agraire. Le journaliste lui apporta un soutien intellectuel sans faille, non seulement contre les avocats enragés de l'AGA (Association générale des agriculteurs), mais aussi contre les extrémistes de gauche qui voulaient collectiviser toutes les terres en les arrachant à leurs propriétaires par la force pour les distribuer en fermes d'État comme l'Union soviétique l'avait fait. Fortuny convint avec Árbenz que cette mesure était une bêtise car elle provoquerait une énorme opposition dans le pays et à l'étranger, surtout aux États-Unis. Il n'était même pas sûr que cela fonctionne. Ils avaient aussi étudié ensemble la réforme agraire réalisée en Bolivie par le président Paz Estenssoro, qu'Árbenz critiquait durement, justement parce qu'il lui semblait qu'elle tendait à concéder l'initiative à l'État et non aux paysans. En revanche, Árbenz s'était beaucoup intéressé à la résolution du problème de la terre à Taïwan, où le régime de Tchang Kaï-chek l'avait distribuée en petits lots en respectant le système capitaliste que lui aussi voulait promouvoir chez les paysans guatémaltèques.

Jamais Árbenz ne parla autant que dans ces discussions

publiques, au palais du Gouvernement, en avril 1952. Ceux qui le fréquentaient et qui connaissaient sa manière d'être si réservée, son habituel mutisme, étaient stupéfaits de le voir défendre son projet avec tant d'enthousiasme, expliquant que seules les terres agricoles en friche des grands propriétaires seraient saisies et confiées aux paysans en usufruit, non en pleine propriété afin de les empêcher de les revendre aux fermiers. En même temps, l'État offrirait aux paysans un appui technique et financier de manière à ce qu'ils puissent acheter des machines et mettre la production agricole en marche. Les terres saisies seraient payées à leurs propriétaires en fonction de leur valeur déclarée.

Fortuny l'aida beaucoup au Congrès quand la loi fut discutée et finit par être promulguée avec quelques amendements le 17 juin 1952. Ce jour-là, de grandes célébrations eurent lieu dans tout le pays et, bien que ses amis aient essayé de le faire trinquer, Árbenz ne rompit pas sa promesse de ne jamais boire une goutte d'alcool tant qu'il serait au pouvoir et il célébra l'événement à l'eau et aux jus de fruits.

Le malheur que Jacobo Árbenz n'avait pas vu venir fut l'occupation des terres, l'invasion de fermes et de terrains, surtout de propriétés que la loi exemptait parce qu'elles étaient correctement exploitées par leurs propriétaires. La presse, presque entièrement d'opposition, et en particulier *La Hora* et *El Imparcial*, se déchaînait contre ces invasions en exagérant le plus souvent les violences commises et en accusant le gouvernement, de même que la presse américaine, d'imiter le modèle de l'Union soviétique et d'obéir à ses ordres. Les intéressés recouraient aux tribunaux, qui rendaient souvent des sentences au détriment du gouvernement, en exigeant qu'il chasse les envahisseurs par la force et qu'il indemnise les victimes. Dans certains cas, la violence des incursions illégales avait fait des morts et des blessés. Víctor Manuel Gutiérrez, secrétaire général de la Confédération des syndicats ouvriers et paysans, assurait à Árbenz que ni lui ni personne de la direction de l'institution ne favorisait ces incursions, mais des rapports de la police et du renseignement militaire lui confirmaient que c'étaient les propres dirigeants des organisations paysannes qui incitaient les Indiens à envahir les propriétés et qui, de plus, leur fournissaient des bâtons, des piques et même des armes à feu, surtout dans les régions très peuplées où les terres en friche étaient rares et où de nombreux paysans étaient pauvres et sans travail. Les journaux et les radios donnaient un grand retentissement à tout cela, en dramatisant les événements et en les présentant comme des preuves irréfutables du caractère communiste de cette loi sur la réforme agraire qui déjà générait la violence sociale et pouvait déboucher sur des massacres de fermiers et la disparition de la propriété privée. Árbenz s'exprima très souvent à la radio et dans divers lieux du pays pour condamner les occupations de terres en expliquant qu'elles étaient irresponsables et contre-productives, que les réformes devaient s'opérer dans le cadre de la légalité, sans léser ceux qui respectaient les lois, et en indiquant que tous ceux qui participeraient aux invasions seraient traînés devant les tribunaux et sanctionnés par les juges. Mais les choses ne se passaient pas toujours ainsi, et parfois les meilleures intentions se heurtaient à une réalité plus complexe.

Árbenz se rappellerait sa stupéfaction, en mai 1951, quand l'opposition réussit à réunir près de quatre-vingt mille personnes dans une manifestation de protestation contre la décision de son gouvernement de remplacer par des travailleurs sociaux et des institutrices les « petites sœurs de la Charité » qui œuvraient à l'Hôpital national des orphelins. Et par ailleurs, au début, les accusations selon lesquelles son gouvernement jetait en prison des opposants sans ordre des juges, puis faisait battre et torturer les prisonniers, le faisaient sortir de ses gonds. Il avait donné des instructions très précises au major Jaime Rosemberg, chef de la police judiciaire, et à Rogelio Cruz Wer, commandant la garde civile, pour qu'on ne commette aucune bavure et qu'on n'utilise jamais la violence contre quelque prisonnier que ce fût. Mais à la longue, cela s'était produit, et plus tard, quand la menace d'une invasion de Castillo Armas, soutenue par les États-Unis, pointa à l'horizon, les droits de l'homme et la liberté d'expression et de critique devinrent moins importants dans sa conscience que la survie de son gouvernement.

Une nuit, alors qu'ils étaient au lit, Jacobo et María Vilanova bavardaient dans l'obscurité. Soudain, celui-ci entendit sa femme dire : « Quand on lance une boulette du haut de la montagne, cela peut se terminer en avalanche. »

Oui, c'était vraiment comme ça. Les Indiens s'étaient enfin réveillés, mais ils étaient impatients et voulaient que toutes les réformes fussent réalisées dans l'instant. Mais étaient-ce vraiment les Indiens, la masse paysanne, ou de petits groupes d'agitateurs urbains, ceux qui provoquaient les invasions ? Ou les propriétaires eux-mêmes et la Fruitière étaient-ils derrière pour pouvoir ensuite accuser le gouvernement d'être extrémiste ?

Ses amis l'avaient félicité pour la manière dont il avait défendu son projet lors de ces trois audiences. Même la presse adverse reconnut le courage et le sérieux avec lesquels il avait répondu à ses ennemis, pourtant *El Imparcial*, *La Hora* et d'autres journaux continuaient à soutenir que cette loi serait le début de la révolution communiste au Guatemala.

Mais peut-être que la plus grande surprise d'Árbenz durant ces jours exaltants, quand, après avoir été approuvé avec de légers amendements par le Congrès, le décret 900 – comme on le désignait familièrement – commença à être appliqué, lui fut apportée par les attaques de la presse étrangère, des États-Unis surtout, qui accusait son gouvernement d'être à la solde de l'Union soviétique et de conspirer avec elle pour créer une cinquième colonne communiste en Amérique centrale, grâce à quoi l'Union soviétique pourrait menacer le canal de Panama, centre stratégique pour la navigation et le libre commerce au sein du continent américain.

Sa surprise était pleine de questions sans réponses : comment était-ce possible ? La presse de ce pays n'était-elle pas libre ? Comment pouvait-elle être à l'unisson dans cette façon de déformer et caricaturer ce que faisait son gouvernement ? N'était-ce pas, par hasard, le modèle démocratique des États-Unis qu'il essayait de mettre en pratique ? Le féodalisme existait-il, par hasard, aux États-Unis ? N'était-ce pas l'esprit d'entreprise, la libre concurrence et la propriété privée que la réforme agraire voulait promouvoir ? Et lui, l'innocent, qui avait toujours cru que le meilleur appui à sa politique lui viendrait des États-Unis pour moderniser et sortir le Guatemala des cavernes !

Quand il fut convaincu qu'il n'y avait rien à faire, que les démentis, les déclarations faites par ses ministres et lui-même ne servaient à rien, que cette campagne de désinformation s'était imposée à la réalité, Árbenz commença à s'inquiéter d'un autre problème : l'armée. Cette propagande devait être efficace pour que les ennemis de l'intérieur en viennent à séduire l'armée, à saper sa loyauté envers le gouvernement, à conspirer pour provoquer un coup d'État. Il serait dirigé par le pauvre Face de hache ? Impossible. Personne ne le respectait parmi les forces armées, il avait toujours été un officier falot, sans prestige, sans charisme, un fou extrémiste que les fermiers et la Pieuvre utilisaient comme un bélier contre son régime. Le colonel Carlos Enrique Díaz, chef des forces armées, un ami qui avait sa confiance, lui assura que l'armée restait loyale. Mais les choses commencèrent à changer parmi ses collègues militaires quand un nouvel ambassadeur des États-Unis arriva au Guatemala tel un cyclone ravageur pour remplacer Mr. Patterson, un homme lisse et distingué, et Rudolf E. Schoenfeld. Il se nommait John Emil Peurifoy et venait – comme il le disait lui-même sans la moindre gêne – en terminer avec la menace communiste que représentait le gouvernement de Jacobo Árbenz pour les Amériques.

X

À sept heures moins le quart, Ricardo Bonachea León le laissa à la porte de la cathédrale. Il commençait à faire nuit et les pâles lampadaires du Parc central venaient de s'allumer. Il y avait peu de gens sous les hauts manguiers, les jacarandas et les palmiers ; les cireurs de chaussures et les vendeurs ambulants de bouffe et de babioles commençaient à plier bagage.

Le Dominicain songea qu'il n'était jamais entré dans la cathédrale de Guatemala-ville et, comme elle était ouverte, il décida de profiter du quart d'heure qu'il lui restait pour la visiter. Elle était immense et sans caractère, plus grande mais moins chaleureuse et familière que celle de Trujillo-ville. Ses nombreux autels étaient mieux éclairés que le Parc central. Il vit dans une petite chapelle la reproduction du Christ noir d'Esquipulas que, comme on n'avait pu lui prêter l'original, l'archevêque Mariano Rossell y Arellano avait fait sculpter et promené à travers tout le pays dans sa croisade anticommuniste contre le gouvernement d'Árbenz. Cet archevêque était un grand bonhomme qui avait mérité à juste titre la décoration officielle que lui avait décernée le président Castillo Armas.

Était-il vrai que ce dernier avait aussi nommé « général de l'Armée de libération nationale » le Christ noir d'Esquipulas et qu'on l'avait revêtu pour l'occasion de l'uniforme militaire ? Il se passait tant de choses bizarres dans ce pays.

Il y avait peu de gens en prière sur les bancs de la cathédrale. À combien de séismes cette église avait-elle résisté ? Plusieurs, sans doute, parce que le Guatemala était secoué par les volcans, les tremblements de terre et les séismes. Il se souvenait que, peu après son arrivée, alors qu'il visitait ce petit joyau colonial qu'était Antigua, la première capitale du pays qui, en raison d'un tremblement de terre, avait été déplacée à cet endroit, il avait senti une secousse. Il se rappela la soudaine impression d'insécurité à voir ses pieds glisser, le sol bouger et à entendre ce petit bruit sourd et menaçant qui montait des entrailles de la terre. Autour de lui, les gens continuaient à bavarder et à marcher comme si de rien n'était. En effet, la secousse dura fort peu et il sentit très vite le sol plus ferme sous ses pieds. Il poussa un soupir de soulagement, car il avait eu très peur. Il croyait revivre ici ce séisme qui, en 1946, avait à moitié détruit Trujillo-ville et provoqué un raz-de-marée qui avait laissé vingt mille Dominicains sans foyer. Est-ce que l'affaire de cette nuit aurait une fin heureuse ? Oui, elle était bien planifiée, tout irait comme sur des roulettes. Il se sentait tranquille. Ce n'est que bien après, quand tout cela serait déjà passé, qu'il se rendrait compte qu'il s'était pissé dessus sans le vouloir et avait mouillé son pantalon.

Il fit le tour de toutes les chapelles et, dans la dernière, un groupe de fidèles à genoux priait à haute voix, la tête baissée et le visage triste. Il y avait une odeur d'encens. Décidément, comparé à la République dominicaine, le Guatemala était un pays assez lugubre.

Quand il revint à l'entrée de la cathédrale, il y trouva Enrique, en uniforme, qui l'attendait.

— Bonsoir, mon colonel, le salua-t-il en se moquant et en portant la main droite à son béret.

Ils traversèrent le Parc central, maintenant tout à fait désert, sans échanger un mot. Ils voyaient là, devant eux, l'énorme Palais national qu'avait fait construire le dictateur Jorge Ubico dans sa pire folie des grandeurs : lourdes colonnes, lampes par centaines, cascades, fresque murale dédiée au frère Bartolomé de las Casas, et il y avait encore beaucoup d'espace inoccupé bien que presque tous les ministères et la direction générale de la Sécurité y fussent réunis.

— Je suppose qu'on ne va pas entrer par la porte principale, dit le Dominicain en manière de plaisanterie, afin d'alléger quelque peu la tension qui montait en eux.

Au fur et à mesure qu'ils avançaient, ils se détournaient sur la gauche pour prendre la 6e Avenue, longeant le palais où, quelques mètres plus loin, sur le trottoir de gauche, se trouvait l'ambassade du Mexique, une grande bâtisse coloniale également plongée, à cette heure, dans l'obscurité. Ils furent tous les deux surpris de ne voir ni soldats ni gardes à ses portes. Ils continuèrent d'avancer en silence, dans une obscurité presque totale, jusqu'au coin de rue où, en prenant à droite, on arrivait à l'entrée de la Maison présidentielle, résidence de Castillo Armas, tout près de l'ancien temple évangéliste. Là, Enrique stoppa et fit un geste pour que le Dominicain s'arrête aussi. Il tira une clé de sa poche et l'autre vit son compagnon tâter le mur en cherchant une petite porte à moitié dissimulée par la peinture verdâtre du crépi. À présent Enrique, toujours à l'aveuglette, tentait de localiser la serrure. Quand il la trouva, il força un peu et la porte s'ouvrit. Ils se trouvaient dans un garage. Enrique referma la porte et la verrouilla. Levant une main, il fit signe à l'autre de le suivre.

« Nous voilà à l'intérieur, pensa le Dominicain. On ne peut plus reculer. » Il était excité et nerveux, comme en d'autres occasions extrêmes, et pour se rassurer, il caressa la crosse du revolver qu'il portait à sa ceinture.

Enrique le guida dans des couloirs obscurs et déserts, et ils traversèrent une petite cour avec un seul acacia et un jardinet contigu. Ils ne trouvèrent aucune patrouille de garde. L'ordre avait donc fonctionné. Soudain, Enrique s'arrêta et tendit un bras pour que le Dominicain l'imite.

— C'est par ici que doit être ce pauvre petit soldat, murmura-t-il.

Le Dominicain trouva que l'expression « pauvre petit » était une plaisanterie de mauvais goût.

XI

Elle sortit en cachette, sans être entendue des servantes, enveloppée dans une couverture qui lui donnait une apparence informe. Cela, bien sûr, sans même emporter une aiguille de la maison qu'elle fuyait et où elle s'était juré de ne jamais revenir. Elle sentait quelque remords à abandonner l'enfant ainsi, mais elle était décidée et tâchait de ne pas y penser. Elle en aurait le temps.

Il faisait nuit noire. Comme il tombait une petite pluie fine, invisible mais persistante, il n'y avait quasiment personne dans les rues du centre de la ville de Guatemala. Elle savait très bien où elle voulait aller. Douze blocs seulement séparaient le quartier de San Sebastián de celui de San Francisco. Elle les longea d'un pas pressé, enveloppée dans cette couverture qui lui donnait l'apparence d'un de ces fantômes qui, dans les légendes des communautés indiennes, peuplaient les nuits guatémaltèques. Les rares passants qu'elle rencontra sur son chemin ne l'inquiétèrent pas. Au contraire, ces silhouettes ou ces ombres, effrayées, s'écartaient d'elle sur son passage. Seul un chien errant l'affronta sur le trottoir, sans aboyer mais en lui montrant les dents.

Quand elle arriva devant la porte cloutée de la demeure coloniale dépourvue de sonnette, elle frappa fortement d'un air décidé deux ou trois fois avec le heurtoir de bronze. On tarda, mais elle avait de la chance car ce fut Símula qui lui ouvrit. Son ancienne nourrice la reconnut à l'instant. Elle la fit entrer dans le grand vestibule aux vieux murs de pierre et au plafond à caissons profonds rempli d'échos et, sans un mot, la prit dans ses bras et lui donna un baiser. Martita sentit les larmes de la servante lui mouiller le visage. Pendant que Símula la caressait dans la lumière sourde du vestibule, Marta lui disait, submergée par l'angoisse :

— Mon père est là ? Je veux le voir. Dis-lui que je vais lui demander pardon à genoux. Je ferai tout ce qu'il m'ordonnera, le temps qu'il voudra. Qu'il m'écoute, par pitié, par charité, par tous les saints. Dis-lui que je l'implore.

Símula secouait la tête, essayait de la dissuader, mais après un moment, en la voyant si désespérée, elle prit un air sérieux et accepta en se signant.

— C'est bon, petite, je vais le prévenir. Asseyez-vous là. Que Dieu, que le Christ noir d'Esquipulas, que la Vierge de Guadalupe fassent ce miracle.

Marta s'assit sur le banc de pierre qui entourait le vestibule et attendit le retour de Símula avec fébrilité. Elle se rappela qu'elle avait abandonné son enfant endormi et que probablement elle ne le reverrait jamais. Que deviendrait-il plus tard ? Quel serait son sort ? Elle sentit un frisson lui parcourir tout le corps, mais il était trop tard pour se repentir. Elle apercevait dans l'ombre le jardin orné de statues de son ancienne maison, les jacarandas, las acacias, le manguier touffu, et devinait, derrière les chambres de service, la cuisine, la buanderie, la niche du chien qu'on avait déjà enfermé, la dépense bourrée de provisions. Son père lui pardonnerait-il ? Reviendrait-elle vivre ici ? Son cœur se serrait de tristesse.

Enfin Símula revint. Son silence, ses yeux mouillés, son visage décomposé firent savoir à Martita que la réponse du docteur Arturo Borrero Lamas à ses suppliques avait été négative.

— Il m'a dit de vous dire qu'il n'a plus de fille, balbutia-t-elle d'une voix rauque. Que celle qu'il a eue est morte et qu'elle est enterrée à côté de ses petits frères. Que si elle ne s'en allait pas tout de suite, il ordonnerait à ses valets de la chasser à coups de bâton. Que tous les saints vous protègent, petite Marta !

Símula eut un sanglot et se signa. Puis, en la prenant par le bras, elle la conduisit à la porte de la rue. Tout en ouvrant le vieux portail, elle balbutia :

— Allez-vous-en, petite. Que le saint Christ vous protège, de même que votre petit, pauvre créature. Je vous promets que j'irai le voir de temps en temps.

Elle se signa à nouveau et fit le signe de la croix sur le front de miss Guatemala.

Quand le portail se referma derrière elle, Marta sentit que la pluie était plus dense. Maintenant, de grosses gouttes tombaient sur son visage et elle entendait des coups de tonnerre au loin, sur la cordillère. Elle resta immobile, mouillée, sans savoir quoi faire, où aller. Reviendrait-elle à la maison de son mari ? Non, jamais : elle n'avait aucun doute là-dessus. Elle se tuerait ? Non plus, elle n'accepterait jamais la défaite. Elle serra les poings. Impossible de revenir en arrière. Obéissant à une impulsion soudaine, elle se mit à marcher. Elle était trempée, mais résolue.

Quinze minutes plus tard, elle passa devant l'énorme

Palais national, le contourna et prit la 6ᵉ Avenue vers la Résidence présidentielle. Elle était trempée de la tête aux pieds et claquait des dents en passant en face de l'église évangéliste. Mais en arrivant là où elle voulait, elle recouvra la sérénité. Sans hésiter, elle s'approcha du piquet de soldats qui montaient la garde à l'entrée de la vaste demeure entourée de grilles derrière lesquelles on apercevait un haut mur avec de nombreuses fenêtres dans l'ombre. Elle fit face à la poignée de soldats qui tous avaient les yeux fixés sur elle :

— Qui est votre chef ?

Les soldats se regardaient entre eux et l'examinaient de la tête aux pieds.

— Qu'est-ce que tu veux ? demanda enfin l'un d'entre eux avec brusquerie. Tu ne sais pas, toi, qu'il est interdit de s'arrêter ?

— Je dois parler au président de la République, répondit-elle à voix haute.

Elle entendit des ricanements et le soldat qui lui avait parlé auparavant fit un pas vers elle.

— Passe ton chemin, jeune fille – sa voix s'était faite menaçante. Va dormir, tu pourrais attraper froid avec cette pluie.

— Je suis la fille du docteur Arturo Borrero Lamas et la femme du docteur Efrén García Ardiles, deux amis du président. Va lui dire que je veux lui parler. Et ne recommence pas à me tutoyer car cela pourrait te coûter cher.

Les rires s'évanouirent complètement. Maintenant, dans la demi-obscurité, les yeux des soldats trahissaient surprise et inquiétude. Ils devaient se demander si elle était ce qu'elle disait ou si elle était irrémédiablement folle.

— Attendez là, Madame, dit enfin le soldat qui l'avait tutoyée. Je vais appeler le chef des gardes.

Un temps interminable s'écoula, les soldats du barrage la scrutant en permanence. Certains le faisaient à la dérobée, d'autres avec grossièreté. La pluie redoublait et de temps en temps une vieille guimbarde aux phares allumés pétaradait au carrefour. Enfin, le soldat revint avec un autre homme ; c'était sans doute un officier car il portait un uniforme différent.

— Bonsoir, lui dit-il en s'approchant d'elle et portant sa main à sa visière. Que voulez-vous ?

— Parler au président, dit-elle, d'une voix qui manifestait une assurance qu'elle ne possédait pas. Dites-lui que je suis Marta Borrero Parra, fille d'Arturo Borrero Lamas et épouse de son ami Efrén García Ardiles. Je sais qu'il est tard. Je ne le dérangerais pas à cette heure si ce n'était pas si urgent.

L'officier resta un moment en silence, tout en l'examinant.

— Le président ne reçoit jamais personne sans rendez-vous, marmonna-t-il enfin. Mais bon, on verra. Je vais me renseigner. Attendez là.

Il s'écoula un temps si long que Marta pensa que l'officier ne reviendrait jamais. L'eau avait déjà traversé la couverture qui l'enveloppait. Elle sentait des frissons.

Quand l'officier revint enfin, il lui fit signe de le suivre. Marta respira, soulagée.

Ils entrèrent dans un couloir à peine éclairé par des lampes falotes. Dans une pièce se tenait un homme en civil en train de fumer qui la regarda de haut en bas. L'officier lui précisa :

— Désolé, je dois vérifier que vous ne portez pas d'arme.

Elle consentit. L'officier lui passa les mains par tout le corps en prenant son temps pour la palper. Le civil qui fumait, plus indien que métis, gardait la cigarette à la bouche, aspirant et rejetant la fumée, avec un sourire moqueur et une excitation dans les yeux.

— Venez avec moi, dit l'officier.

Encore une trotte à travers des salons déserts, un petit patio avec des jardinières et du lierre où elle vit un chat se prélasser. Là, elle s'aperçut que, soudain, il avait cessé de pleuvoir. L'officier ouvrit une porte, la pièce était pleine de lumière. Elle aperçut le colonel Carlos Castillo Armas, assis à son bureau. En la voyant entrer, il se leva et vint à sa rencontre. C'était un homme pas très grand, aux cheveux très courts, aux grandes oreilles pointues et si maigre qu'on lui voyait les os du visage et des bras. Il avait de petits yeux de souris et une moustache en brosse à dents un peu ridicule. Il portait un pantalon kaki et une chemisette qui découvrait ses bras glabres. Marta sentit le regard fureteur qui l'examinait, s'arrêtant un moment sur la couverture qui l'enveloppait.

— C'est vrai que tu es la fille d'Arturo et la femme d'Efrén ? lui demanda-t-il, debout à un mètre d'elle.

Marta acquiesça et, comme en réponse à une question secrète, elle ajouta en lui montrant l'alliance qu'elle portait à l'annulaire :

— Nous nous sommes mariés il y a cinq ans.

— On peut savoir ce que tu fais là à cette heure de la nuit et sans avoir demandé rendez-vous ?

— Je ne savais pas où aller, avoua miss Guatemala.

Elle sentit ses larmes jaillir mais elle se dit : « Je ne vais pas pleurer. » Elle n'offrirait pas ce spectacle de femme faible et désemparée. Et en effet, elle ne le donna pas.

Elle commença à parler d'une voix tremblante, puis plus ferme, décidée qu'elle était à tout lui raconter.

— Je me suis enfuie de la maison d'Efrén. Mon père nous a mariés de force parce qu'Efrén m'avait mise enceinte. Je ne supporte plus de vivre avec lui. Je me suis échappée sans être vue. Je suis allée à la maison de mon père, mais il m'a repoussée. Il m'a fait dire que son unique fille était morte et que si je ne débarrassais pas le plancher, il me ferait chasser à coups de bâton par ses valets. Je ne savais ni n'avais aucun endroit où aller. Alors, j'ai eu l'idée de venir ici et de vous raconter mon histoire.

Le colonel Castillo Armas resta un bon moment à la regarder de ses petits yeux fureteurs de souris. Il semblait déconcerté, se demandant s'il avait bien entendu. Enfin, il fit un pas vers elle et la prit par le bras :

— Assieds-toi, tu dois être fatiguée, dit-il, d'un ton plus cordial. (Quelque chose en lui s'était radouci. Croyait-il tout ce qu'elle lui avait dit ?) Viens ici.

Il lui montra un sofa. Martita se laissa tomber sur les coussins, et ce fut seulement à ce moment qu'elle comprit qu'elle était exténuée et que si elle était restée debout, elle se serait écroulée. De temps en temps, le froid la faisait frissonner. Castillo Armas s'assit à côté d'elle. Était-il habillé en civil ou en militaire ? Le pantalon kaki et les brodequins noirs semblaient ceux d'un uniforme de campagne, mais pas la chemisette brune. Ses petits yeux inquiets, grisâtres, l'examinaient avec curiosité.

— Tu ne m'as toujours pas dit pourquoi tu es venue ici, pourquoi chez moi. Tu t'appelles Marta, non ?

— Moi non plus, je ne sais pas ce que je fais ici, confessa-t-elle en remarquant qu'elle balbutiait. J'ai cru que mon père me pardonnerait. Quand il m'a envoyé dire que j'étais morte, le ciel m'est tombé sur la tête. Je ne retournerai pas chez Efrén. Notre mariage a été un mensonge, conclu seulement pour complaire à mon père et sauver les apparences, et pour moi, un cauchemar pendant cinq ans. Je ne savais pas où aller et, soudain, j'ai eu l'idée de venir ici. J'ai souvent entendu dire qu'Efrén et vous aviez été amis.

Le président acquiesça.

— Tout jeunes, nous jouions au football, dit-il de sa petite voix aiguë, un peu criarde. Pour autant que je m'en souvienne, Efrén n'était pas communiste alors ; très catholique au contraire. Comme ton père. Raconte-moi tout depuis le début, cela vaudra mieux.

C'est ce que fit Martita, longtemps, en se frottant les bras quand elle avait des frissons, sans cesser de parler. Elle lui raconta comment, durant ces week-ends dédiés au vingt-et-un auxquels son père la laissait assister, surprise par l'hostilité qu'éveillaient les convictions politiques du docteur Efrén García Ardiles, ce médecin si sérieux, elle avait commencé à se rapprocher de lui en lui posant des questions sur la politique et se rendant compte en même temps que cet ami de son papa, aux idées si « récalcitrantes » (c'est ce que disait le docteur Barrero), s'était bientôt mis à la regarder – à la dérobée pour que les autres messieurs du vingt-et-un ne le remarquent pas – non pas comme une fillette curieuse, mais plutôt comme une jeune femme en puissance. Et aussi comment s'était produit ce qui l'avait laissée enceinte.

— Si tu veux, Martita, comme tu es si inquiète, si curieuse de la politique, tu pourrais de temps en temps venir chez moi. À la sortie du lycée, par exemple. Là-bas, mieux qu'ici, je pourrais te mettre au courant de tout ce que tu voudrais savoir. Je me suis déjà rendu compte de ta grande curiosité.

— Mais mon père ne me donnera jamais la permission d'aller chez vous, docteur.

— Tu n'as pas besoin de le lui dire – Efrén baissa la voix jusqu'au murmure en regardant, inquiet, autour de lui. Tu pourrais venir après le lycée et dire à Arturo que tu vas étudier et faire tes devoirs chez une camarade, par exemple. Qu'en dis tu ?

Elle accepta ce petit jeu, moins par curiosité politique que pour le risque qu'il comportait, chose qui lui plaisait encore plus que la politique et qui serait – bien qu'elle ne le sût pas encore – l'alpha et l'oméga de sa vie : prendre des risques.

Ainsi fut fait. Quand elle raconta à Castillo Armas le mensonge qu'elle avait dit à son père, qu'elle allait faire les devoirs que lui donnaient les sœurs du Collège belgo-guatémaltèque chez son amie Dorotea Cifuentes, et qu'elle se rendait en réalité chez le docteur Efrén García Ardiles qui la faisait entrer dans son cabinet, elle vit que s'allumait dans les mirettes du colonel une petite lumière particulière, un petit sourire curieux, comme si son histoire avait éveillé chez lui d'intenses désirs d'en savoir plus, de connaître tout ça en détail.

— Dis-moi *tu*, Martita, lui dit Efrén un de ces après-midi. Ou est-ce que je te semble trop vieux ?

Ils étaient dans le petit bureau bourré de livres et de revues médicales. Ils venaient de terminer un goûter avec des tasses de chocolat et des douceurs. Sur le tapis, il y avait de petites pierres peintes. García Ardiles lui expliqua qu'il les avait lui-même déterrées, bien des années auparavant, lors d'une expédition archéologique dans les forêts du Petén et qu'il les conservait non pour des raisons historiques, mais esthétiques.

— Non, docteur, ce n'est pas ça. Mais cela me fait honte. Je n'ai pas encore assez confiance en vous pour vous tutoyer.

— Quelle innocente tu fais, miss Guatemala, lui répondit le docteur Efrén en lui caressant le visage, les yeux chavirés. Sais-tu ce qui me plaît le plus chez toi ? Ce regard fixe et profond qui semble fouiller l'intimité pour en arracher les secrets.

À un moment de sa longue confession, Marta s'aperçut que Castillo Armas lui souriait avec sympathie, et même affectueusement ; et à un autre moment que, l'air de ne pas y toucher, il avait mis sa main sur son genou et commencé à le tripoter, tout doucement. C'est alors que Martita sut que ce pari téméraire qu'elle avait fait en venant à la résidence officielle du chef de l'État et en demandant, non sans audace, à la garde de l'entrée qu'on la laisse parler avec le président, elle l'avait gagné.

XII

Soudain, dans l'ombre de ce couloir, il y eut un bruit : quelqu'un descendait les escaliers. C'était un soldat, un fusil à la main.

Enrique vint à sa rencontre et, en voyant son uniforme avec les galons de lieutenant-colonel, le soldat se mit au garde-à-vous et salua, fort surpris.

— Qui êtes-vous ? l'interrogea Enrique, d'une voix forte.

— Soldat Romeo Vásquez Sánchez, à vos ordres, fit le garçon en claquant des talons, au garde-à-vous et regardant droit devant lui.

Dans l'ombre, le Dominicain vit qu'il s'agissait d'un très jeune homme, un adolescent qui devait avoir à peine l'âge de la conscription.

— Je suis de garde ici, sur la terrasse, mon colonel, dit-il, intimidé, bien que plus tranquille maintenant, car il avait reconnu son supérieur et il lui expliqua : Je descendais voir si les autres soldats étaient arrivés. Ils ne sont pas encore là. C'est très étrange, mon colonel, la relève de la garde s'est faite à sept heures, comme toujours. Mais ils ne sont pas venus et, à part moi, il n'y a personne d'autre dans la résidence. Je veux dire en dehors de la cuisinière et des domestiques. Et de la sentinelle à l'entrée, dans la rue.

— Oui, c'est bizarre, je vais voir immédiatement ce qui s'est passé, dit Enrique. La maison du président ne peut rester une seule minute sans protection.

— Ça ne s'est jamais produit avant, mon colonel, ajouta le soldat, toujours au garde-à-vous. C'est pour ça que je suis descendu voir.

— Je m'en occuperai, dit Enrique. Retournez à votre poste et n'en bougez pas. Vous êtes sur la terrasse en haut, n'est-ce pas ?

— Oui, mon colonel, et il répéta, déconcerté : Cela ne s'est jamais produit avant, mon colonel.

Il salua, fit un demi-tour et commença à remonter l'escalier, suivi d'Enrique. Le Dominicain resta caché dans l'ombre du couloir. Il tendit l'oreille pour écouter ce qui se passait au-dessus, mais sans pouvoir rien entendre. Ce n'est qu'un moment plus tard qu'il perçut un coup sec, comme de quelqu'un qui tombe à terre. Un long silence s'ensuivit et il lui sembla sentir les battements de son cœur. Enfin il vit Enrique descendre l'escalier, le fusil du soldat entre les mains.

— Tout est prêt, l'entendit-il dire tandis qu'il lui tendait l'arme. Il ne s'est rendu compte de rien.

— Je n'ai pas entendu le coup de feu, murmura le Dominicain.

— Mon pistolet est armé d'un silencieux, expliqua l'autre. (Il alluma son briquet pour regarder l'heure à sa montre.) Je ne crois pas qu'ils tardent beaucoup.

Puis le Dominicain le vit allumer calmement une cigarette et faire des ronds de fumée. Il avait un air des plus tranquilles.

XIII

« Non seulement le Guatemala est devenu fou, pensa le docteur Efrén García Ardiles. Non seulement moi-même et tous mes compatriotes sommes cinglés, mais le monde entier est devenu comme ça. Surtout les États-Unis. » Il éteignit la radio, le défilé venait de s'achever et, d'après le présentateur, des milliers d'Américains avaient ovationné le colonel Carlos Castillo Armas qui, ému, se confondait en remerciements là-bas, à New York, sous la pluie de confettis et de paperoles, debout dans la voiture décapotable où se trouvait aussi son épouse, la distinguée matrone doña Odilia Palomo de Castillo Armas…

Les nuits étaient fraîches en ce début du mois de novembre 1955. Pendant la journée, des bourrasques soufflaient certains après-midi et faisaient fuir les oiseaux qui descendaient boire dans les ruisseaux et les flaques d'eau de la vieille ville de Guatemala. Mais ce n'étaient pas les inclémences du temps qui démoralisaient le docteur García Ardiles, ni sa situation familiale, ni que sa femme l'eût abandonné depuis huit mois et qu'elle fût maintenant la chérie du président Castillo Armas. Ni même les pleurs dans la pièce voisine de cet enfant d'à peine cinq ans qui portait son nom et son prénom et qui, selon toute vraisemblance, était son fils. Pas plus sa bibliothèque dévastée par les nouveaux inquisiteurs : trois policiers, deux en civil et un en uniforme, étaient venus l'expurger. Ils lui avaient expliqué que son nom figurait sur une des « listes noires » et qu'ils avaient l'ordre de fouiller sa maison. Les livres qu'ils avaient emportés formaient un mélange absurde qui dénotait l'ignorance de ces pauvres types et la stupidité de leurs chefs. Ce qui l'avait plongé dans le découragement, c'était le grand succès de la tournée du président Castillo Armas aux États-Unis comme il venait de l'entendre à la radio.

Quand la révolution libérationniste triompha, à la fin de l'année 1954, le docteur García Ardiles fut emprisonné quinze jours dans une caserne et, auparavant, deux jours dans un camp d'internement où, par miracle (ou sur ordre de Castillo Armas lui-même ?), il échappa aux coups de pied et à la gégène avec laquelle les libérationnistes faisaient hurler ou électrocutaient les dirigeants syndicaux et les paysans analphabètes qui ne comprenaient rien à ce qui leur arrivait. Au fort de San José de Buena Vista on ne torturait pas, on fusillait. Durant les deux semaines qu'il y passa, Efrén ne compta pas moins d'une demi-douzaine d'exécutions. Ou bien étaient-ce des simulacres pour terroriser les prisonniers politiques ? Sa femme, Marta, le salua à peine quand il revint à la maison. Planifiait-elle déjà sa fuite qu'elle mettrait à exécution des mois plus tard ?

En deux mois seulement, le Guatemala avait changé de peau. Toute trace du régime de Jacobo Árbenz semblait avoir disparu et, à sa place, avait surgi un pays saisi de frénésie où la chasse aux communistes, réels ou supposés, était devenue l'obsession nationale. Combien de personnes s'étaient réfugiées dans les ambassades latino-américaines ? Des centaines, voire des milliers. Et pendant près de trois mois, sous la pression de la CIA, disait-on, le gouvernement avait refusé de délivrer des sauf-conduits aux réfugiés sous prétexte qu'ils étaient « des assassins et des agents communistes susceptibles d'emporter avec eux des documents compromettants prouvant les intentions de l'Union soviétique de faire du Guatemala un satellite ». Jour après jour, semaine après semaine, les vendeuses du marché, sous la conduite de Concha Estevéz qui avait soutenu Árbenz et qui maintenant était une partisane fanatique de Castillo Armas, avaient manifesté en face des ambassades du Mexique, du Chili et du Brésil, exigeant qu'elles remettent les centaines de réfugiés à la police afin qu'ils soient jugés au Guatemala pour leurs crimes. La nonciature apostolique annonça qu'elle remettrait ses réfugiés mais, semble-t-il, elle y renonça devant les protestations des ambassadeurs du Mexique, du Brésil, du Chili et de l'Uruguay. On disait aussi que des centaines ou des milliers de personnes avaient fui à travers champs ou se cachaient dans des maisons amies ou dans la forêt, en attendant que cette hystérie s'apaise. Le *Diario de Centroamérica* annonça le 24 juin que plusieurs membres des comités agraires avaient été assassinés à Chiquimula, Zacapa et Izabal, et le Comité national de défense contre le communisme publia à la fin de 1954 une liste de soixante-douze mille individus qui, assurait-il, travaillaient au Guatemala pour l'Union soviétique et annonça que cette liste pourrait s'allonger jusqu'à approcher les deux cent mille. L'ambassadeur du Mexique, Primo Villa Michel, éleva une protestation parce que, lorsqu'il était venu réclamer quelques réfugiés, le tout nouveau ministre de l'Éducation du gouvernement du colonel Castillo Armas, Jorge del Valle Matheu, lui avait lancé avec insolence : « Nous sommes une dictature et nous faisons ce qu'il nous plaît. »

Il courait toutes sortes de rumeurs invérifiables, par exemple que le gouvernement avait distribué des mitraillettes aux fermiers pour qu'ils se fassent justice eux-mêmes si les paysans persistaient à occuper les terres de la réforme agraire, en dépit de l'abolition de toutes les expropriations et répartitions. Qu'étaient devenus ces milliers de Guatémaltèques qui, voici seulement quelques semaines, remplissaient le Parc central aux cris de Vive Jacobo Árbenz et la Révolution d'octobre ? Comment le sentiment de tout un peuple pouvait-il changer autant ? García Ardiles n'y comprenait rien.

Peu après sa prise de pouvoir, le colonel Castillo Armas avait créé le Comité national de défense contre le communisme et placé à sa direction José Bernabé Linares, assassin et tortionnaire qui avait dirigé la police secrète durant les treize années de la dictature du général Jorge Ubico Castañeda, un personnage dont le seul nom donnait des sueurs froides aux Guatémaltèques d'un certain âge. Ce comité lança la mode de brûler les livres dans la rue, qui gagna tout le pays comme une épidémie. On aurait dit que l'époque coloniale renaissait, quand l'Inquisition veillait à l'orthodoxie religieuse à feu et à sang. Toutes les bibliothèques publiques, et quelques-unes privées comme la sienne, avaient été expurgées des manuels marxistes, des livres anticatholiques et pornographiques (on lui avait confisqué tous ses romans en français, au cas où), de même que des poèmes de Rubén Darío et des histoires de Miguel Ángel Asturias et de Vargas Vila. Au fort de San José de

Buena Vista, García Ardiles fut interrogé jour et nuit par de jeunes officiers qui voulaient savoir quels contacts il avait eus avec le communisme athée et avec la Russie. «Je n'ai jamais connu un seul communiste de ma vie, répéta-t-il des dizaines de fois durant ces deux semaines. Ni, pour autant que je me souvienne, le moindre Russe.» Ils finirent par le croire, ou peut-être pas, mais ils le libérèrent, sans doute sur ordre d'en haut. Venait-il de Castillo Armas lui-même, son ancien camarade de foot? L'anticommunisme qui s'était emparé du pays ressemblait à l'un de ces fléaux qui rendaient les villes d'Europe folles d'épouvante au Moyen Âge. Il s'était même intensifié quand Efrén sortit de la caserne.

Le nouveau gouvernement avait déjà rendu à l'United Fruit les terres en friche que la loi de la réforme agraire avait nationalisées sous Árbenz, et aboli l'impôt pour les propriétaires de grands domaines, nationaux ou étrangers. La police et l'armée récupéraient, au besoin par la force, les propriétés qui avaient été données à un demi-million de paysans et l'on supprima les coopératives agricoles, les ligues paysannes et même – ce qui était une absurdité – un bon nombre de confréries chargées de veiller sur les saints patrons des villages, fondées dans les dix dernières années. On avait décoré l'archevêque Mariano Rossell y Arellano pour son appui à la révolution libérationniste et proclamé le Christ d'Esquipulas «général de l'Armée de libération nationale» avec tous ses galons. Au Guatemala, l'histoire rétrogradait à toute vitesse vers le tribal et le ridicule. «Va-t-on bientôt rétablir l'esclavage?» se demandait le docteur Efrén García Ardiles. Mais cette blague ne le fit pas rire du tout. La persécution de ceux qui avaient collaboré d'une manière ou d'une autre avec les gouvernements de

Juan José Arévalo et de Jacobo Árbenz tournait à plein régime, même si, dans les mois suivants, le premier s'éloignerait discrètement, et de plus en plus, du second. À l'étranger, sur instruction des États-Unis, le harcèlement des exilés guatémaltèques, à commencer par l'ancien président Jacobo Árbenz, s'était renforcé. De nombreux gouvernements refusaient de donner un permis de travail aux expatriés et, par ailleurs, le gouvernement de Castillo Armas multipliait les demandes d'extradition des exilés qu'il accusait de crimes et de vols.

Le docteur García Ardiles avait perdu son poste à l'hôpital général San Juan de Dios et son cabinet privé s'était vidé de ses patients. Il avait déjà mauvaise réputation auparavant à cause de ses idées, mais après son passage en prison, il se trouva totalement discrédité. Il ne fut plus jamais invité dans les bonnes familles guatémaltèques. Ou était-ce son mariage en catimini et à la sauvette avec Marta, la fille du docteur Borrero Lamas, qui avait fait de lui un pestiféré ? Les deux, sans doute. Il essaya de travailler à l'hôpital Roosevelt tout neuf, mais sans succès. Cela faisait un an qu'il pratiquait uniquement la médecine gratuite pour les pauvres et les insolvables. Il vivait de ses économies en vendant les quelques objets de valeur qui se trouvaient encore chez lui. Heureusement que sa mère était dans un état mental qui ne lui permettait déjà plus de réaliser ce qui se passait autour d'elle.

Tout jeune, Efrén avait été un catholique pratiquant et il avait fait plusieurs retraites spirituelles au séminaire des frères maristes. Mais, depuis un an et quelques mois, exactement depuis le 18 juin 1954, jour où les forces de l'Armée de libération de Castillo Armas envahirent le Guatemala en traversant la frontière hondurienne et en attaquant les petites garnisons de l'est, en même temps qu'en provenance du Nicaragua les « sulfateuses », les avions de l'Armée de libération bombardaient les troupes et la ville de Guatemala, Efrén avait cessé de se confesser et de communier. Et depuis que sa jeune épouse l'avait abandonné, il avait aussi cessé de croire en Dieu. Il était dégoûté par la manière féroce, effroyable, dont l'Église catholique, et surtout l'archevêque Rossell y Arellano, avait appuyé cette croisade par ses publications et les sermons dans toutes les paroisses. Il avait été épouvanté par ce qu'avait fait l'archevêque avec le Christ noir d'Esquipulas. Et, bien entendu, l'Église célébra la fermeture de la Grande Loge maçonnique du Guatemala par le gouvernement de Castillo Armas avec force déploiements militaires. Maintenant, Efrén ne savait même pas s'il croyait ou ne croyait pas en quelque chose. Dans ses heures libres, au lieu de lire saint Augustin et saint Thomas d'Aquin comme autrefois, il se plongeait dans Nietzsche, un des auteurs qui, étrangement, avaient été épargnés par l'autodafé. « Nous sommes tous fous », répétait-il de temps en temps. Comment était-il possible que les gouvernements de Juan José Arévalo et de Jacobo Árbenz, acharnés à mettre fin au féodalisme au Guatemala et à convertir le pays en une démocratie libérale et capitaliste, aient provoqué semblable hystérie chez l'United Fruit et aux États-Unis ? Que les propriétaires terriens guatémaltèques s'indignent, il pouvait le comprendre, c'étaient des gens confits dans le passé. Il comprenait aussi l'United Fruit, bien sûr, qui n'avait jamais payé d'impôts auparavant. Mais à Washington ! C'était ça la démocratie que voulaient les gringos pour l'Amérique latine ? Cette démocratie qu'avait postulée Roosevelt dans ses discours sur le « bon voisinage » avec l'Amérique latine ? Une dictature militaire au service d'une poignée de grands propriétaires rapaces et racistes et d'une grande entreprise amerloque ? Pour ça que les sulfateuses avaient bombardé la ville de Guatemala en tuant et blessant des dizaines d'innocents ?

Tout cela avait mis sa vie en lambeaux, balayé ses illusions et sa foi. Ou bien cela avait-il commencé avant, par cette malheureuse aventure avec la fille de son camarade d'études et ami de longue date ? Oui, cela avait bien été le commencement de la fin. La faute lui revenait-elle, ou bien avait-il été la victime de l'inconsciente lascivité de cette enfant qui lui avait fait perdre la tête ? Miss Guatemala était-elle une innocente fillette ou un être diabolique ? Parfois, il se faisait honte à chercher des excuses à ce qui avait été purement et simplement l'abus d'une enfant par un adulte libidineux. Il était alors bourrelé de remords. Il n'avait pas revu le docteur Arturo Borrero Lamas depuis cette parodie de mariage dans la propriété de Chichicastenango. Mais il savait que son ancien ami s'était emmuré et qu'il avait même fermé son cabinet. Il conservait seulement ses cours de droit à l'université de San Carlos. On ne le voyait presque plus dans les réunions mondaines et, bien entendu, il avait mis fin aux séances de vingt-et-un qui remplissaient d'amis sa maison le samedi après-midi. Jusqu'à la fuite de Marta, l'abandonnant lui et leur enfant, Efrén et sa femme dormaient dans des chambres séparées et ils n'avaient plus jamais fait l'amour depuis que le père Ulloa les avait mariés. C'était ça, un couple ?

Sa mauvaise humeur et son découragement s'étaient approfondis ces derniers jours en raison du voyage officiel que faisait en ce moment aux États-Unis le président de la

République, le colonel Carlos Castillo Armas. La presse et la radio locales transmettaient matin et soir cette tournée tel un événement mondial. Cela l'avait-il plongé dans le désespoir ? Pourquoi ? Quel nerf ce fait précis avait-il touché dans son âme ? N'y en avait-il pas d'autrement plus graves dans le monde ? Il avait suivi l'extraordinaire réception à la radio et dans les journaux. Non seulement le Guatemala s'était affolé, mais les États-Unis également. Ou était-ce seulement lui qui avait perdu le jugement et qui ne comprenait pas ce qui se passait, de même que le demi-million d'Indiens auxquels Árbenz avait donné des terres et à qui maintenant on les reprenait à coups de fusil ? Comme le président Eisenhower avait eu un infarctus et se trouvait à l'hôpital, ce fut le vice-président Richard Nixon, entouré de dignitaires du gouvernement américain, qui reçut Castillo Armas et son épouse à l'aéroport de Washington. Le mandataire guatémaltèque avait été salué par les vingt et un coups de canon réglementaires et un défilé militaire très suivi. Tant dans les discours que dans les journaux – y compris *The New York Times* ! – on parlait de Castillo Armas comme d'un héros, rempart de la liberté en Amérique centrale, un exemple pour le monde. C'était ce que disaient tous les discours de bienvenue dans le grand pays du nord. Lors de ses bains de foule, Castillo Armas était applaudi, on lui demandait des autographes, on le prenait en photo, les gens comme tout le monde le remerciaient d'avoir libéré sa patrie. De quoi ? De qui ? Une espèce de vertige obligea le docteur García Ardiles à fermer les yeux. Comment était-il possible que cet homoncule insignifiant et sa soi-disant révolution libérationniste impressionnent à ce point les États-Unis ? Et pas seulement le gouvernement. On venait de le faire docteur honoris causa d'universités prestigieuses comme Fordham et Columbia et, pendant ces deux semaines de visite officielle, on l'avait conduit au Colorado pour que, à l'hôpital militaire Fitzsimons, le président Eisenhower lui-même l'embrasse et le félicite d'avoir arraché le Guatemala aux griffes de l'ours russe. Combien de communistes y avait-il au Guatemala à part les quatre chats pelés du Parti guatémaltèque du travail dans ce Congrès qui en comptait soixante et qui avait été fermé quand la révolution avait triomphé ? Si peu. Lui-même ne savait pas combien, mais ce ne pouvait être qu'une poignée insignifiante. Le docteur García Ardiles avait en mémoire le discours de Richard Nixon au dîner officiel où il avait salué « le valeureux soldat » qui avait dirigé le soulèvement de son pays contre « une dictature communiste bidonnée et corrompue ». Quel soulèvement ? Quel peuple s'était soulevé ? Castillo Armas avait été reçu au Congrès à Washington et applaudi à tout rompre par les sénateurs et les représentants des États-Unis réunis en session plénière.

Cette fantastique distorsion de la réalité, cette conversion des faits réels et concrets en mythe, en fiction, était-elle de l'Histoire ? C'était ça l'Histoire que nous lisions et que nous étudiions ? Les héros que nous admirions ? Un amalgame de mensonges transformés en vérités par de gigantesques conspirations des puissants contre les pauvres diables comme lui et comme Face de hache ? Les clowns de ce cirque étaient les héros que les peuples révéraient ? Il ressentait comme un vertige et il lui semblait que sa tête allait exploser. « Peut-être es-tu injuste envers Castillo Armas, rectifia-t-il, dans le brouillard. Si c'est lui qui t'a sauvé la vie et t'a sorti de cette caserne où tu aurais pu laisser tes os, tu es un ingrat. Tu te venges de tes échecs, de tes frustrations professionnelles et familiales en insultant ton vieux pote du football du samedi. Tu ne serais pas jaloux, des fois? Non, ce n'était pas de la jalousie. Car parmi ses défauts, nombreux sans doute, il n'y avait jamais eu d'envie envers les succès des autres.

Le docteur Efrén García Ardiles entendit à nouveau cet enfant qui portait son nom dans la pièce d'à côté. C'était bien son fils? Officiellement, oui. Par son nom et parce qu'il était le fils de Martita Borrero Parra, aujourd'hui devenue Marta de García Ardiles, cette gamine avec qui il avait couché quand il n'aurait pas dû, une faute dont il était sûr qu'il paierait les conséquences pour le restant de ses jours. Mais c'était lui, vraiment lui, qui avait été coupable? Encore cette maudite façon de chercher des prétextes pour rejeter sur cette pauvre fille la responsabilité de ses propres fautes. Il avait reconnu ce marmot parce qu'il était un homme comme il faut, bien qu'avoir mis enceinte une fille de quinze ans signifiât le contraire et le désignât au monde comme un vil abuseur, un méprisable pédophile. Toute sa vie était-elle une farce semblable à celle de Castillo Armas? Il avait envie de pleurer, comme ce petit que la bonne essayait de faire taire dans la pièce d'à côté. C'était un enfant plutôt normal, qui allait sur ses six ans. Il rapportait de bonnes appréciations de l'école maternelle et il s'amusait tout seul, en jouant surtout aux quilles et en faisant tourner sa toupie. Ils ne l'avaient même pas baptisé. Il l'avait déclaré à la mairie sous le prénom d'Efrén, mais Símula, qui venait le voir de temps en temps, l'appelait toujours P'tit train.

Le petit bureau où il passait le plus clair de sa journée était rempli de livres, malgré la purge des libérationnistes, non seulement de médecine, mais aussi de philosophie, une passion parallèle depuis ses années d'étudiant.

Maintenant, c'était à peine s'il pouvait lire. Il essayait, mais il n'avait ni la concentration suffisante ni les illusions d'antan, quand il croyait que la lecture de bons livres, outre le plaisir qu'ils procuraient, enrichirait ses connaissances, sa sensibilité, et ferait de lui un homme plus complet. Le voyage officiel de Castillo Armas aux États-Unis l'avait enfoncé encore davantage dans la névrose où avait dévié sa vie depuis le moment où, pour son malheur, il avait commencé à répondre aux questions sur la politique de la belle miss Guatemala pendant ces week-ends de vingt-et-un chez son ancien ami Arturo. Qu'elle l'eût abandonné lui importait peu. Il ne l'avait jamais aimée. « Pas plus qu'elle ne m'a aimé », pensa-t-il. Mais ce qui était arrivé, par sa faute ou non, avait été le début de sa ruine, la chute dans l'abîme d'où – il en était sûr – il ne sortirait jamais.

Carlos Castillo Armas et lui devaient avoir le même âge ou, en tout cas, ils étaient de la même génération. Efrén l'avait connu quand ils étaient encore au collège, même s'ils ne fréquentaient pas le même. Parce que Arturo et lui étudiaient chez les frères maristes, au collège San José de los Infantes qui, comme tous les collèges catholiques que fréquentaient les fils de bonne famille du Guatemala, n'admettait pas les enfants nés hors mariage, c'est-à-dire les bâtards comme ce garçon consciencieux, maigre et tristounet qui rôdait, les samedis et dimanches, dans les parages du terrain de foot des frères maristes. Carlos lui avait lui-même raconté son histoire, en lui expliquant que son père et sa mère n'étaient pas mariés, que ce père avait une autre famille, une vraie, et que lui et sa mère étaient seulement ses « protégés ». Son père avait essayé de l'inscrire chez les maristes mais ceux-ci l'avaient refusé parce qu'il était un enfant du péché. C'est pourquoi il étudiait dans un collège public. Il en parlait naturellement, sans complexes ni ressentiment. Efrén se prit de sympathie pour lui et obtint que ses camarades le laissent jouer au foot avec eux pendant ces week-ends consacrés au sport. « Peut-être que je suis vivant grâce à cette action, pensa-t-il. Voilà la preuve que tu n'étais pas aussi mauvais qu'on le croit, surtout Arturo. »

Le Carlos d'alors paraissait un bon bougre, se souvint Efrén. Il souffrait de le voir marginalisé par une société injuste et regrettait que, par la faute de ses parents (« vois qui parle, Efrén »), il soit destiné à être toujours au second rang, un marginal, sans aucun droit sur l'héritage des terres familiales qui iraient toutes entre les mains de ses frères légitimes. Avec son corps souffreteux et ses manières si peu sportives, il semblait à l'opposé de la carrière militaire. Efrén, qui le voyait dans la rue – ils allaient au cinéma, au Lux, au Capitol ou au Variedades, voir des films mexicains de charros ou avec María Félix, Elsa Aguirre et Libertad Lamarque, de même qu'aux matchs du championnat national de football –, fut surpris quand Carlos lui annonça qu'il allait se présenter à l'École polytechnique. Cadet, lui ? Il l'aurait décidé pour des raisons pratiques. Dans cette société guatémaltèque pleine de préjugés et confite en dévotion, il n'aurait jamais pu s'ouvrir un chemin et réussir en étant marginalisé par toutes les familles fortunées parce qu'il était un enfant illégitime. Toutes les portes se seraient fermées. À l'École militaire, il fut le camarade de Jacobo Árbenz, rien moins que le président qu'il renversa et à qui, après l'avoir forcé à se réfugier pendant près de trois mois à l'ambassade du Mexique, il avait infligé l'humiliation de se faire déshabiller à l'aéroport et photographier ainsi à son départ en exil

« pour vérifier qu'il n'emmenait aucun objet de valeur », comme le disait la presse officielle qui était devenue celle du pays tout entier. Ensuite, il l'avait exproprié de tous ses biens, y compris de la propriété d'El Cajón, et même de ses comptes d'épargne.

Quand il était cadet, Carlos et lui se voyaient rarement. De temps en temps, lorsqu'il était de sortie, il appelait Efrén, très occupé par ses études de médecine, et ils se réunissaient pour boire une bière et bavarder au bar Granada s'ils avaient de l'argent, et sinon, dans un troquet voisin du Marché central. Ils entretenaient une amitié distante et occasionnelle. Efrén savait que Carlos avait fait une carrière plutôt médiocre dans l'armée. Il l'invita à sa remise de diplôme et, ce jour-là, Efrén fit la connaissance de la mère de Carlos, Josefina Castillo, une humble femme vêtue d'un huipil brodé d'un quetzal et d'une jupe longue maintenue par une ceinture paysanne, qui pleura quand on remit à son fils l'épée de sous-lieutenant. Bien entendu, son père n'assista pas à la cérémonie.

Ils cessèrent de se voir et Efrén sut bien plus tard que Carlos, à l'époque de la Révolution d'octobre 1944 qui prit fin avec les premières élections libres au Guatemala et quand le professeur Juan José Arévalo arriva au pouvoir, avait passé huit mois aux États-Unis dans le US Army Command and General Staff College de Fort Leavenworth au Kansas, pour y apprendre les tactiques de la lutte anti-subversive. Il le reverrait un bon moment après son retour au Guatemala où on l'avait nommé directeur de l'École polytechnique. Dès lors, ils se croisèrent parfois dans des réunions mondaines, ils se saluaient, se racontaient rapidement leur vie, faisaient quelques blagues et se promettaient de s'appeler, mais ils ne le firent jamais. Quand

Carlos se maria avec Odilia, Efrén reçut le faire-part d'invitation et leur envoya un beau cadeau. Quelle avait été la trajectoire de Carlos dans l'armée ? Assez obscure, allant de caserne en caserne dans tout le pays et avançant peu à peu à l'ancienneté, sans guère d'éclat ; une carrière très différente de celle de ses camarades de promotion, comme Jacobo Árbenz ou Francisco Javier Arana, dont on parlait déjà à l'époque comme de leaders de l'institution et futurs présidentiables.

Efrén entendit à nouveau parler de Carlos quand ce dernier, lors de l'affrontement entre Árbenz et Arana, prit ouvertement parti pour le second qui l'avait protégé dans l'armée. Et quand on assassina le colonel Francisco Javier Arana lors de cette étrange embuscade du 18 juillet 1949 au Puente de la Gloria, Carlos, qui était déjà lieutenant-colonel et chef de la garnison de Mazatenango, accusa le gouvernement, et surtout Jacobo Árbenz, de complicité avec les assassins. Quelque temps après, il connut une brève célébrité en conduisant l'assaut d'une garnison à La Aurora le 5 novembre 1950. La tentative échoua, il y eut des morts et le caudillo reçut une vilaine blessure. Il échappa par miracle à un enterrement tout vif. Comme on le croyait mort, on allait le jeter dans une fosse déjà creusée et pleine de cadavres quand Castillo Armas poussa un gémissement qui révéla aux soldats qu'il était vivant. (« Il aurait mieux valu qu'on l'enterre », pensa le docteur García Ardiles. Mais il se reprit aussitôt : « Mais alors tu serais probablement mort ou en prison Dieu sait pour encore combien de temps. ») On le sauva, mais le gouvernement de Juan José Arévalo l'expulsa de l'armée et les juges le condamnèrent à mort, sentence qui fut différée à plusieurs reprises. Sa fuite du pénitencier, le

11 juin 1951, le rendit célèbre dans tout le pays. Il existait deux versions à ce sujet. Ses partisans disaient que ses camarades et lui avaient presque vécu les aventures du comte de Montecristo en creusant un long tunnel secret qui les avait conduits vers la liberté. Ses ennemis soutenaient que les fugueurs avaient acheté les gardiens avec des quetzals et qu'ils étaient sortis de la prison par la grande porte sans courir aucun risque. Il se réfugia en Colombie et passa ensuite au Honduras où il se consacra corps et âme à conspirer contre le gouvernement de Jacobo Árbenz. C'est là qu'il fonda le Mouvement de libération nationale et qu'il signa un triple pacte avec le général Ydígoras Fuentes et un civil qui avait de la jugeote, le docteur Córdova Cerna, ancien avocat de la Fruitière et à la fois collaborateur et ministre d'Arévalo qui, disait-on, avait changé d'idéologie sous le coup de la douleur qu'avait provoquée chez lui la mort tragique de son fils lors d'une manifestation de l'opposition. Il semblait que les États-Unis, ou pour mieux dire le secrétaire d'État du président Eisenhower, John Foster Dulles, et son frère Allen, chef de la CIA, avaient choisi Castillo Armas pour diriger la révolution parce qu'il n'était pas un aristocrate comme Ydígoras Fuentes et parce qu'on avait découvert dans le même temps que le seul qui avait quelque chose dans la tête, des idées et du prestige, Córdova Cerna, souffrait d'un cancer de la gorge. Et peut-être aussi parce qu'ils croyaient qu'il était le plus docile et le plus manipulable du trio, en plus de paraître, par la couleur de sa peau et les traits de son visage, plus indien que métis. Devait-il pour autant devenir président de la République du Guatemala et héros du monde libre ? Et se trouver en ce moment même aux États-Unis à recevoir décorations,

applaudissements, et être désigné par les journaux les plus prestigieux comme un exemple pour le reste de l'Amérique latine ?

L'enfant s'était enfin calmé et il régnait maintenant une paix insolite dans l'insignifiante petite maison du quartier de San Francisco où le docteur Efrén García Ardiles cuvait son pessimisme et sa névrose. Muni d'un pardessus et de son parapluie, il sortit faire un tour au centre-ville. Il en reviendrait fatigué, trempé, mais peut-être apaisé.

XIV

Le couloir était sombre et désert, n'était cette petite lueur au fond où, selon ce qu'Enrique avait expliqué au Dominicain, se trouvaient la cuisine et la salle à manger.

— Ils tardent un peu, dit Enrique en consultant à nouveau sa montre à l'aide du briquet.

Le Dominicain ne lui répondit pas. Il transpirait, bien qu'il ne fasse pas si chaud. Il ne s'était pas trouvé dans cet état d'effervescence et d'expectative, d'exacerbation nerveuse, depuis les années mexicaines, quand il avait dû participer à l'un de ces assassinats camouflés en accidents sur ordre du généralissime Trujillo. Mais il avait l'absolue certitude que ce qui l'occupait à présent était bien plus important que tout ce qu'il avait fait jusqu'alors pour satisfaire le chef. Encore heureux que la collaboration d'Enrique ait été décisive. Les choses tourneraient-elles comme ce dernier le pensait ? C'était extrêmement ambitieux car il imaginait que, dans le vide que cela entraînerait, son rêve – accéder à la présidence de la République – deviendrait réalité. Il avait des raisons d'en douter, et Mike Laporta aussi. Mais enfin, rien n'était impossible dans cette vie. Était-ce vrai que le président

Castillo Armas lui avait donné ce surnom horrible : le Butor ?

— Les voilà, entendit-il Enrique murmurer.

En effet, à leur droite une porte venait de s'ouvrir et un jet de lumière éclaira le jardinet et son acacia solitaire. Un couple avait surgi et, à pas lents, venait maintenant vers eux. S'ils allaient à la salle à manger, ils devraient passer devant eux, presque à les toucher.

— Donne-moi le fusil, entendit-il dire Enrique.

— C'est moi qui le ferai, rétorqua aussitôt le Dominicain, pensant ainsi mieux obéir aux ordres du généralissime, et il répéta comme pour se donner du courage : Moi.

— Alors enlève le cran de sûreté, dit Enrique, en se penchant pour le faire lui-même. Voilà.

Les deux hommes traversaient maintenant le minuscule jardin et le Dominicain entendit la femme s'exclamer avec une surprise mêlée d'indignation :

— Pourquoi n'ont-ils pas allumé les lampes ? Et où sont les domestiques ?

— Et la garde ? s'écria l'homme.

Ils s'étaient arrêtés net. Ils regardaient de tous côtés. Lui s'était retourné et semblait décidé à rejoindre l'intérieur de la maison d'où ils étaient sortis. Dans l'obscurité, le Dominicain le visa et tira. Le coup de feu résonna très fort dans le couloir. Il tira une seconde fois et aussitôt éclata le cri, le sanglot hystérique de la femme, qui s'était laissée tomber par terre, près de l'homme étendu.

— Partons, partons, vite, dit Enrique en prenant son compagnon par le bras et en l'entraînant.

Ce dernier laissa le fusil par terre et se laissa conduire. D'un pas très rapide, en courant presque, ils rebroussèrent chemin jusqu'à l'entrée de la Maison présidentielle.

Quand Enrique ouvrit la petite porte dissimulée dans le mur à cet angle de la 6e Avenue, ils virent que la voiture noire conduite par le Cubain Ricardo Bonachea León était là.

— Ta bagnole est là, dit Enrique. Je te donne une heure pour tirer la doña d'ici. Pas une minute de plus. Dans une heure pile je la ferai arrêter.

XV

Le tout récent colonel Johnny Abbes García, nouvel attaché militaire dominicain au Guatemala, arriva dans ce pays presque clandestinement. Il n'avait pas prévenu son ambassadeur de son arrivée. Il prit un taxi à l'aéroport de La Aurora et ordonna au chauffeur de le conduire jusqu'à la 6e Avenue, à la Mansión de San Francisco, un petit hôtel médiocre qu'il transformerait bientôt en centre d'opérations. Il demanda au réceptionniste s'il y avait dans la ville un temple de la Rose-Croix et, comme ce dernier, déconcerté, le regardait sans comprendre, il lui dit : « Aucune importance, laissez tomber. »

Après avoir sorti de sa valise le peu de vêtements qu'il y transportait et les avoir suspendus dans la vieille armoire de sa chambre, il téléphona à Carlos Gacel Castro, craignant que la seule personne qu'il connaissait dans le pays soit absente. Mais il eut de la chance. Gacel répondit lui-même au téléphone. Il fut fort étonné de la présence d'Abbes García au Guatemala et il accepta d'emblée son invitation à dîner. Il viendrait le chercher à la Mansión de San Francisco à huit heures du soir.

Carlos Gacel Castro n'était pas guatémaltèque mais

cubain. Abbes García l'avait connu au Mexique quand, doté d'une bourse par Trujillo, il avait suivi des cours de police et espionné les exilés dominicains en terre aztèque pour le compte du généralissime. Gacel Castro, exilé lui aussi, les connaissait et les fréquentait.

Comme Carlos se vantait d'être l'homme le plus laid du monde, il avait plu à Abbes García dès le premier jour. Comparé à ce monstre, n'importe qui, même lui, devenait présentable. Gacel était grand, massif, la peau laiteuse, avec une trogne énorme et disproportionnée, la peau grêlée de variole, les oreilles, un nez et une bouche démesurés, des paluches et des guibolles d'orang-outang qui, ajoutés à ses frusques tropicales m'as-tu-vu, faisaient de lui un personnage tape-à-l'œil et repoussant. Le pire de tout était ses yeux froids et jaunâtres qui scrutaient les gens, surtout les femmes, avec une impertinence agressive. Il marchait d'un air bravache en roulant des mécaniques et il mettait des pantalons ajustés qui lui faisaient bomber le cul. Il avait zoné dans La Havane et, comme il avait du sang sur les mains, il avait dû fuir son pays pour ne pas retourner en prison, où il avait déjà passé plusieurs mois. Mais Abbes García n'avait pas voulu en savoir beaucoup plus quand il avait fait sa connaissance à Mexico et commencé à se servir de lui. Comme il était toujours à court d'argent, il obtint de Trujillo une petite mensualité, ainsi qu'un cadeau spécial quand, en plus de ses informations, il menait une action violente contre un exilé sans laisser de traces. Ensuite, il avait dû s'enfuir lui aussi du Mexique parce que le gouvernement était sur le point de l'extrader vers Cuba, dont la justice le réclamait. C'est pour ça que Johnny Abbes avait son numéro. Gacel s'était procuré ici un petit boulot d'indic et d'homme de main à la

Sécurité d'État que dirigeait le lieutenant-colonel Enrique Trinidad Oliva.

Gacel vint le chercher à huit heures pile ; ils allèrent dîner dans une petite gargote où, avant les tortillas et le poulet rôti sauce piquante, ils éclusèrent quelques bières. Quand le Cubain sut que son ami était maintenant lieutenant-colonel et allait être attaché militaire de son pays au Guatemala, ses yeux s'allumèrent. Il lui donna une embrassade pour le féliciter.

— Si je peux t'être utile en quoi que ce soit, je suis à tes ordres, petit, lui dit-il.

— Bien sûr que tu peux, lui répondit Johnny Abbes. Je te filerai deux cents dollars par mois, en dehors des tâches spéciales que je te paierai davantage. Et maintenant, allons là où l'on prend le mieux le pouls d'un pays.

— Tu n'as pas perdu tes habitudes, mon pote, remarqua Gacel. Mais ne te fais pas d'illusions. Ici, les maisons de passe sont à crever.

Les bordels étaient le gros point faible de l'ancien journaliste hippique. Il s'y rendait souvent et il y récoltait de nombreuses informations pour se faire une idée de la façon dont allaient les choses en ville. Il se sentait bien, à son aise et à sa façon dans ces antres enfumés, puant l'alcool et la sueur, au milieu d'hommes agressifs, à moitié saouls, et de femmes avec lesquelles il ne fallait pas faire semblant, mais commander : « Allez poufiasse, ouvre tes cuisses et ta chatte et laisse-moi jouir. » Il n'était pas très facile de se faire sucer la bite par les putes, il fallait négocier chaque fois, et souvent elles ne voulaient pas. En revanche, aucune ne faisait la dégoûtée s'il leur léchouillait la chatte. C'était son vice. Un vice dangereux, évidemment, on l'avait prévenu très souvent : « Elles peuvent te filer la syphilis ou n'importe quelle autre infection. Presque toutes ces pouffes sont cramées. » Mais il s'en foutait. Il aimait le risque, tous les risques, et surtout celui-là qui le faisait jouir.

Gacel connaissait sur le bout des doigts les bordels de Guatemala-ville, dont la majorité étaient dispersés dans le quartier chaud de Gerona. Ils n'étaient pas animés et violents comme ceux de Mexico, et ils se situaient à des années-lumière de ceux de Trujillo-ville avec leurs joyeux merengues, leur musique assourdissante et les langues bien pendues, effrontées et rieuses des putains dominicaines. Celles d'ici étaient plutôt bourrues, distantes, et il y avait parmi elles quelques Indiennes qui parlaient dans leur dialecte et baragouinaient à peine l'espagnol. Gacel emmena Abbes dans un bar-maison close, au fond d'une ruelle de Gerona, que régentait une madame appelée Miriam aux cheveux teints en roux ou en blond platiné, selon les circonstances. Il emmena au lit une petite négresse de Belize qui mêlait l'espagnol à un anglais très mâché. Elle lui ouvrit ses jambes avec plaisir et lui permit de mettre sa langue dans cette cavité rougeâtre et humide, d'une exquise puanteur.

Quand Gacel le déposa à la Mansión de San Francisco à l'aube, Abbes García avait appris deux choses sur le Guatemala : tout le monde disait pis que pendre du président Castillo Armas et, parmi tous les racontars politiques qui circulaient, personne ne misait un quetzal sur sa vie. Et aussi que, bien que les putains guatémaltèques laissent beaucoup à désirer, le rhum Zacapa était aussi bon que le dominicain.

Il laissa passer encore deux jours avant de se présenter à l'ambassade. Mais il ne perdit pas son temps durant ces quarante-huit heures. Il travaillait à prendre le pouls de cette ville inconnue et de sa population. Il lisait tous les journaux de bout en bout, depuis *El Imparcial* jusqu'au *Diario de Centro América* en passant par *Prensa libre* et *La Hora*, écoutait les nouvelles à Radio Nacional, à la TGW et à Radio Morse et arpentait sans cesse les rues, les places, les parcs, se plongeant ici et là dans les cafés et les gargotes qu'il trouvait sur son passage. Il engageait la conversation avec les gens et, bien que ce ne fût pas facile – beaucoup le regardaient avec méfiance en entendant son accent étranger –, il leur arrachait quelques informations. Il rentrait à son hôtel au coucher du soleil, harassé et convaincu de ce qu'il avait remarqué la première nuit lors de ses conversations avec Carlos Gacel Castro : personne n'aimait Castillo Armas, beaucoup pensaient que c'était un homoncule dépourvu de caractère et d'autorité, un médiocre sans circonstances atténuantes que seule une petite poignée d'intimes – généralement des opportunistes et des crétins – respectait. Ses convictions anticommunistes n'étaient pas si fortes que ça car maintenant, semblait-il, il allait même jusqu'à parler de rendre certaines des terres arrachées aux Indiens. Il ne l'avait pas encore fait, mais la rumeur grossissait, sans doute propagée par ses ennemis. Et tout le monde disait qu'il était embobiné par sa chérie et que c'était Marta qui faisait et défaisait les décisions du gouvernement, y compris les plus hautes. Quelle différence avec le généralissime Trujillo ! Qui, en République dominicaine, oserait mal parler de lui comme on le faisait ici de Castillo Armas, y compris dans les gargotes ! C'est pour ça qu'il y avait tant de désordre, tant d'incertitude dans la ville de Guatemala, c'est pour ça que personne ne semblait penser que les choses pourraient continuer ainsi indéfiniment.

Il se présenta le troisième jour à l'ambassade dominicaine. Sa présence surprit tout le monde, à commencer par l'ambassadeur Gilberto Morillo Soto, un psychiatre de renom dans son pays, qui avait eu connaissance de sa nomination. Ils l'attendaient et seraient allés le chercher à l'aéroport s'ils avaient su son heure d'arrivée.

— Ne vous tracassez pas, Monsieur l'ambassadeur, lui répondit Abbes García. Je voulais jeter un coup d'œil à la ville et prendre quelques contacts avant de me mettre au travail.

Morillo Soto lui montra le bureau qu'il lui avait préparé dans les locaux de l'ambassade. Abbes García l'en remercia, tout en lui indiquant qu'il n'y viendrait pas souvent car la mission qu'on lui avait confiée lui ferait passer le plus clair de son temps dans la rue ou à voyager à l'intérieur du pays. Et dans la foulée, il demanda qu'on lui obtienne des entretiens avec deux hauts fonctionnaires du gouvernement guatémaltèque qu'il souhaitait saluer personnellement : Carlos Lemus, chef civil de la sécurité urbaine, et le lieutenant-colonel Enrique Trinidad Oliva, chargé de tous les organismes d'ordre public et de la protection du régime.

Les deux fonctionnaires lui donnèrent rendez-vous presque aussitôt. Alors que l'entretien avec Carlos Lemus le laissa sur sa faim – il lui apparut comme un bureaucrate incapable de penser par lui-même, tellement prudent qu'il n'osait donner aucune opinion personnelle sur rien et qu'il ne répondait à ses questions que par des généralités et des lieux communs –, Abbes García fut enchanté par le lieutenant-colonel Enrique Trinidad Oliva. C'était un homme mince et longiligne, de peau assez mate, avec une bouche énorme de crocodile, par quoi on reconnaissait à l'instant un homme d'action, un ambitieux résolu qui répondait clairement car il avait une pensée à lui et, comme Abbes García lui-même, il osait parler sans ambages en prenant des risques.

Il lui avait apporté une bouteille de rhum dominicain – « pour que vous voyiez, mon colonel, qu'il est aussi bon que le meilleur des rhums Zacapa » – et il lui fit ouvrir aussitôt le flacon. Bien qu'il ne fût pas encore midi, ils trinquèrent et burent deux ou trois verres chacun au cours de la conversation. Ensuite, Trinidad Oliva l'invita à déjeuner à El Lagar, un restaurant à la cuisine typiquement guatémaltèque.

Trinidad était un grand admirateur du généralissime Trujillo et il reconnaissait, pour avoir séjourné là-bas, qu'il avait transformé la République dominicaine en un pays moderne et prospère, doté des meilleures forces armées de toute la Caraïbe. « Parce que votre chef est un homme de caractère, affirma-t-il. Un grand patriote. Et, en plus, il a des couilles d'éléphant. » Il fit une pause et, baissant un peu la voix, il ajouta : « C'est ce qui manque ici. » Abbes García rit et Trinidad Oliva aussi. Il fut clair à partir de ce moment qu'ils étaient devenus amis, et peut-être complices.

Ils se virent la semaine suivante, puis la suivante encore et, très vite, non contents de boire des verres et de manger ensemble, ils allèrent voir les putes dans des bordels bien meilleurs que ceux que fréquentait Carlos Gacel Castro. Abbes García tira de toutes ces sorties conjointes des conclusions qu'il communiqua au généralissime par des rapports détaillés : le lieutenant-colonel Trinidad Oliva était un homme qui visait haut. Il se sentait injustement relégué par le gouvernement. Il avait été mis en prison à l'époque de Jacobo Árbenz pour avoir conspiré contre le régime et il n'avait pas la moindre sympathie envers Castillo Armas, de sorte qu'il pouvait être un élément-clé pour le projet. D'un autre côté, il était difficile de savoir quel était son ascendant au sein des forces armées, une institution qui, à première vue, était très divisée en groupes qui conspiraient les uns contre les autres. Cela faisait que le gouvernement de Castillo Armas était instable, pendu à un fil, et qu'il pouvait s'écrouler à tout moment par une action extérieure ou par décomposition interne. Autre détail important : celle qui possédait un immense pouvoir sur Castillo Armas était, en effet, sa maîtresse, Marta Borrero Parra, surnommée miss Guatemala, une femme jeune et très belle qui, semblait-il, avait ensorcelé le président. Ce dernier l'avait dotée d'une maison et, disait-on, la consultait à tout propos, y compris sur les affaires du gouvernement. C'est pourquoi Abbes García s'arrangerait pour faire sa connaissance rapidement et établir avec elle une relation utile à sa mission diplomatique au Guatemala. Quant au reste, c'était un fait que la principale division qui affectait le gouvernement se situait – chose incroyable ! – entre les partisans de l'épouse légitime, doña Odilia Palomo, et ceux de la maîtresse. Peut-être que cette rivalité créerait des conditions favorables à l'affaire. Johnny Abbes envoyait tous ses rapports au généralissime par messages chiffrés.

Dans ses pérégrinations au sein de la ville et par la vérification permanente de ses informations, le lieutenant-colonel découvrit qu'un autre sujet d'actualité faisait débat : le gouvernement avait annoncé l'ouverture de casinos pour promouvoir le tourisme et l'Église catholique s'y montrait opposée. L'archevêque lui-même, Mariano

Rossell y Arellano, s'était prononcé contre cette pratique qui, selon lui, pouvait développer la corruption, le vice et la délinquance en attirant gangsters et mafieux au Guatemala, comme cela s'était produit à La Havane, car Cuba, ce pays frère, s'était, depuis qu'il y avait des casinos, transformé en un gigantesque bordel et en un repaire de truands et de hors-la-loi venus d'Amérique du Nord.

Abbes García était dans cette agitation quand Gacel Castro lui annonça que le Cubain Ricardo Bonachea León, fuyant le Mexique, était arrivé au Guatemala et qu'il avait besoin de son aide car il était entré clandestinement dans le pays. Bonachea León était un pistolero exilé au Mexique où il avait collaboré de temps à autre avec Abbes García et Gacel Castro pour espionner les exilés dominicains. Sur ordre de Trujillo, ce dernier l'avait chargé de liquider l'un d'entre eux, Tancredo Martínez, ancien consul dominicain à Miami qui avait fui au Mexique et demandé l'asile politique. Bonachea León avait mal travaillé. Il était allé le chercher à la compagnie d'assurances où il était employé et lui avait tiré une balle dans la figure : il l'avait explosée mais sans le tuer. C'est pourquoi il s'était échappé au Guatemala et il leur demandait de lui donner un coup de main. Abbes García parla avec le lieutenant-colonel Trinidad Oliva et celui-ci, en plus de mettre ses papiers en règle, dit qu'il pouvait donner au Cubain des petits boulots particuliers qui lui permettraient de vivre, comme ceux qu'exécutait Carlos Gacel Castro.

Lors d'un de ces déjeuners qu'ils avaient chaque semaine, le Dominicain fit une proposition audacieuse au Guatémaltèque : ouvrir un casino. Déconcerté, l'obscur et longiligne officier le regarda longuement.

— Toi et moi à parts égales, expliqua Abbes García. Je

suis certain que c'est une bonne affaire, où on gagne un bon paquet de fric.

— Tu as vu la polémique qu'il y a au Guatemala sur la question des casinos ? dit Trinidad Oliva en mesurant ses paroles. Castillo Armas a fait fermer le Beach and Tennis Club et expulse ses propriétaires, deux gringos, du pays. Et l'archevêque s'oppose à mort à la création d'autres casinos.

— C'est ce qui m'a donné l'idée, admit Abbes García. En dernier lieu, ce pourrait être des casinos seulement pour étrangers, si cela rassure l'archevêque. Que les touristes aillent en enfer, pas les nationaux : c'est comme ça que raisonnent beaucoup de curés. De qui dépendent les permis pour ouvrir un casino ? De toi, n'est-ce pas ?

— C'est trop délicat, dit avec sérieux Trinidad Oliva. Je devrais en parler au président.

— Parle-lui-en, pas de problème. Et puis, même en étant les propriétaires, on n'aurait pas à apparaître, ni toi, ni moi. Tu ne connais pas quelqu'un qui pourrait nous servir de prête-nom ?

Le lieutenant-colonel réfléchit un instant.

— J'ai quelqu'un de parfait pour ça, dit-il. Ahmed Kurony, le Turc. Il s'occupe de bijoux, de pierres précieuses et d'affaires louches. On dit qu'il est contrebandier, et à moitié gangster, bien entendu.

— Eh bien ça y est, ça a l'air d'être l'homme qu'il nous faut.

Pourtant, l'opération échoua et elle eut plutôt pour effet d'approfondir l'inimitié entre Castillo Armas et Enrique Trinidad Oliva. Quand le Butor dit au président qu'il allait autoriser l'ouverture d'un casino par le mercanti Ahmed Kurony, dit le Turc, celui-ci refusa résolument l'autorisation. Il lui expliqua qu'il avait déjà assez de problèmes avec l'Église catholique, à cause des casinos et d'autres choses – de nombreux curés, poussés par l'archevêque, avaient prêché en chaire contre « les hommes qui se disent catholiques et ont des concubines » –, et il venait d'apprendre que dans la cathédrale commencerait bientôt une semaine de prières pour que le diable ne prenne pas possession de la ville au moyen des casinos, ce qui fait qu'il n'admettrait pas l'ouverture d'une nouvelle maison de jeu, et encore moins si elle devait être dirigée par un contrebandier et un voleur réputé comme ce Turc. Ahmed Kurony n'avait-il pas une réputation sinistre ? C'est pourquoi le lieutenant-colonel Trinidad Oliva prévint Abbes García :

— Oublions ce projet pour aujourd'hui. On verra plus tard.

Arriver jusqu'à miss Guatemala ne fut pas si facile. La célèbre Marta ne sortait presque jamais dans la rue et fréquentait encore moins les cocktails et les réunions mondaines : elle voyait seulement des amies de confiance et Abbes García n'était pas invité à ces rendez-vous. Jusqu'à ce qu'un jour, lors d'un thé à l'ambassade de Colombie, il eût la chance de s'y trouver en même temps qu'elle. Dès qu'il la vit, il fut convaincu que l'intuition du généralissime Trujillo était exacte : cette femme serait la clé pour ce qu'il venait faire au Guatemala.

Par ailleurs, le lieutenant-colonel sentit, à la voir, que c'était une femme qu'il aurait aimée comme compagne. Elle était encore plus belle que dans les légendes qui couraient sur la maîtresse du chef de l'État. Très jeune, elle avait l'air de sortir à peine de l'adolescence. Pas très grande mais proportionnée à merveille, avec une coquetterie naturelle dans sa manière de s'habiller – elle portait une jupe ondulante qui découvrait ses jambes et ses chevilles bien prises, des petites sandales et un chemisier qui soulignait ses seins galbés –, quand elle marchait, elle bougeait les épaules avec assurance, accentuant sa démarche de légers mouvements de ses fesses et de ses seins. Mais ce qui attirait le plus chez elle était cette façon de regarder, étrange et calme, qui obligeait ses interlocuteurs à baisser le regard comme si, en résistant à la douce insolence de ces yeux pers si pénétrants, ils perdaient leurs forces et s'avouaient vaincus. Abbes García fit l'impossible pour s'attirer sa sympathie et engager une amitié avec elle. Il la félicita, la complimenta, lui demanda s'il pourrait lui rendre visite ; elle lui dit que oui, et lui fixa même une date : jeudi prochain dans l'après-midi ; vers cinq heures, à l'heure du thé. Cette nuit-là, au bordel, Abbes García, tout en s'excitant et en éjaculant sur une petite pute de bas étage, gardait les yeux fermés et rêvait qu'il mettait à poil et faisait ce qu'il voulait de miss Guatemala.

Cette première visite du lieutenant-colonel à la maison que Castillo Armas avait mise à la disposition de sa maîtresse, non loin de la Maison présidentielle, scella l'amitié de miss Guatemala avec Johnny Abbes García. Un étrange courant de sympathie réciproque s'établit entre Marta et le Dominicain. Ce dernier lui apportait des cadeaux, lui envoyait des fleurs, en la remerciant vivement de l'avoir reçu. Il lui dit que, depuis qu'il était arrivé au Guatemala, on lui avait dit partout qu'elle avait un grand ascendant sur le président et qu'on devait à ses conseils les meilleures choses qu'avait faites le colonel Castillo Armas pour son pays. Tout en prenant le thé, il lui parlait des merveilles que Trujillo avait réalisées en République dominicaine et il l'invitait à s'y rendre quand elle voudrait les connaître de près : elle avait une invitation permanente du généralissime. Elle jouirait de ses plages, de sa musique, de sa tranquillité et, quand elle aurait appris à le danser, elle découvrirait que le merengue était la musique la plus gaie du monde.

À la suite de cette visite, il écrivit un rapport détaillé pour son chef sur ses relations avec miss Guatemala, qui comprenait une description enthousiaste de ses charmes physiques. Il lui disait en même temps : « Mais ce n'est pas le seul attrait de sa personne ; malgré sa jeunesse, elle possède une intelligence lumineuse, ainsi que beaucoup de curiosité et d'intuition en politique. » Dans sa réponse, le généralissime Trujillo lui dit que cette relation était tout à fait opportune et qu'il fallait la poursuivre. Mais que, maintenant, il fallait qu'il entre en contact avec l'homme de la CIA au Guatemala. C'était un gringo qui se faisait appeler Mike et qui était plus ou moins associé à l'ambassade yankee. Qu'il le cherche là-bas ou qu'il lui fasse connaître son nom et son adresse.

Abbes García habitait toujours à la Mansión de San Francisco, ce petit hôtel médiocre où il était descendu. Il déjeunait et dînait dehors et la nuit, s'il n'avait pas d'autre engagement, il allait au bordel avec Gacel et Bonachea León. Une vie de routine, en apparence, mais au fond, toute son énergie et ses activités n'avaient pas d'autre but que ce dont l'avait chargé Trujillo.

Alors qu'Abbes García se demandait comment faire pour prendre contact avec le gringo qui ne s'appelait probablement pas Mike, il reçut (non pas au travers de l'ambassade américaine, mais par le petit hôtel où il vivait et dont seul Gacel connaissait l'adresse) une invitation à déjeuner à l'hôtel Panamerican pour le surlendemain de la part d'un monsieur dont la carte de visite affichait :

« Mike Laporta. Spécialiste des climats, de la biogéographie et de l'environnement. Ambassade des États-Unis, Guatemala ». Comment diable avait-il eu son adresse ? Preuve, sans doute, que la CIA fonctionnait comme il fallait.

Mike Laporta ne pouvait pas avoir l'air plus gringo bien qu'il parlât très bien l'espagnol, avec un léger accent mexicain. Il devait avoir dans les quarante ou cinquante ans ; il était blond, un peu chauve, massif, musclé, avec des poils roux sur les bras et la poitrine. Il portait des lunettes contre une myopie qui brouillait son regard. Il était naturel, sympathique, et semblait tout connaître du Guatemala et, en général, de l'Amérique centrale. Mais il ne s'en vantait pas et adoptait plutôt une posture timide et discrète. Abbes García lui demanda combien d'années il avait passées dans cette contrée et lui se contenta de dire, tout en faisant un large mouvement du bras : « Pas mal. »

Ils burent de la bière glacée en déjeunant puis, après le dessert et le café, trinquèrent avec un petit verre de rhum vieux.

Mike confirma ce qu'Abbes García savait à grands traits, mais il lui donna beaucoup de nouveaux détails sur les diverses factions qui divisaient l'armée où, effectivement, plusieurs conspirations étaient en cours. Pourtant, il le surprit en lui disant que celui qui était probablement le mieux placé, parmi les successeurs éventuels de Castillo Armas, était le général Miguel Ydígoras Fuentes. Il vivait maintenant à l'étranger et on le disait interdit de retour sur instructions de Castillo Armas, qui le craignait. Bien qu'il soit à la retraite, il conservait de nombreux partisans parmi les officiers et les soldats, et le peuple guatémaltèque reconnaissait son impétuosité, son énergie et la force de son caractère. C'est pourquoi Castillo Armas ne le laissait pas revenir au pays.

— C'est-à-dire qu'il possède tout ce qui manque à ce président, conclut Mike. J'imagine que le généralissime Trujillo sera content.

— En effet, il a une très bonne opinion du général Ydígoras Fuentes, ils sont amis, acquiesça Abbes García. Mais dans tous les cas, ce qui intéresse Trujillo est ce qui convient le mieux aux Guatémaltèques.

— Bien entendu, dit Mike avec un petit rire légèrement moqueur. Et je remarque que le général Ydígoras a aussi beaucoup d'admiration pour Trujillo. Il le considère comme son modèle.

Ils bavardèrent de choses et d'autres, et alors que le Dominicain avouait au Ricain que, malgré plusieurs mois passés au Guatemala, il n'avait pas encore pu avoir un entretien en tête à tête avec le président Castillo Armas, soudain Mike, comme s'il se souvenait de quelque chose, dit à Abbes García qu'il voulait lui demander une grande faveur. Laquelle ? Qu'il le présente à Martita, miss Guatemala, la chérie du président.

— Oui, bien sûr, avec plaisir, dit le Dominicain. Bizarre que vous ne la connaissiez pas encore.

— Ce n'est pas du tout facile, lui expliqua Mike. Le président est très jaloux et ne la laisse pas sortir seule. Toujours avec lui, dans les réceptions et les dîners, ce qui, à ce qu'il paraît, se produit très rarement. Ou, comme on dit ici, à la mort de l'évêque.

— C'est-à-dire que le vrai pouvoir est détenu par elle, dit Abbes. Pas par Odilia Palomo.

— C'est évident, affirma Mike. Mais il ajouta aussitôt : C'est du moins ce que disent les gens.

— Je vous la présenterai avec plaisir, dit Abbes. Nous pouvons aller lui rendre visite un de ces après-midi. Elle est très belle, vous verrez.

— Pourvu qu'elle nous reçoive, murmura Mike. Toutes mes tentatives ont échoué jusqu'à présent.

Effectivement, elle les reçut chez elle et leur offrit une tasse de thé avec des petits gâteaux faits par les sœurs clarisses. Martita fut un peu surprise en lisant la carte de visite de Mike ; ce dernier lui expliqua sa profession et ses fonctions à l'ambassade : il conseillait le Service de la météorologie nationale sur les dernières avancées en matière de prévision du temps et aussi sur la politique la plus adaptée pour protéger les villes contre les mouvements sismiques, si fréquents sur ces terres volcaniques.

Au moment de partir, Mike demanda à miss Guatemala s'il pouvait revenir, lui aussi, lui rendre visite.

— Seulement de temps en temps, répondit-elle avec franchise. Carlos est très jaloux, il est ringard. Quand il n'est pas là, il n'aime pas que je reçoive des hommes, même accompagnés de leur femme.

Ils rirent, et elle ajouta avec un sourire plein de coquetterie :

— Si vous veniez ensemble, ce serait mieux.

Ainsi fut fait. Toutes les deux ou trois semaines, Johnny Abbes García et l'homme qui ne s'appelait pas Mike et n'était probablement pas météorologue venaient chez la maîtresse du président, avec des bouquets de fleurs et des boîtes de chocolats, prendre le thé en mangeant les petits fours des clarisses. Les conversations, anodines au début, devinrent peu à peu davantage politiques.

Abbes García s'aperçut que Mike, l'air de ne pas y toucher, à chaque visite et de manière assez subtile, soutirait des informations à la donzelle. S'en rendait-elle compte ? Bien sûr que oui. Abbes García le découvrit un après-midi, au moment où Mike les laissa seuls un instant pour aller aux toilettes. Baissant la voix et signalant celui qui s'éloignait, Marta lui dit :

— Ce gringo est de la CIA, n'est-ce pas ?

— Je ne le lui ai pas demandé, dit Abbes. En tout cas, s'il en était, jamais il ne le reconnaîtrait.

— Il essaie de me tirer les vers du nez, comme si j'étais une idiote et que je ne m'en rendais pas compte, dit Martita.

En sortant de chez miss Guatemala, Abbes García pensa qu'il devait prévenir Mike et il lui raconta ce que lui avait dit Marta. Le gringo acquiesça.

— Bien sûr qu'elle s'est rendu compte pour qui je travaille, dit-il avec son petit rire. Elle m'a même demandé de l'argent en échange de ses informations. Elle et moi avons fait un pacte. Mais il serait bon pour le moment que nous ne parlions pas de ces questions délicates.

— Compris, dit Abbes García.

Et il fit le signe de croix sur sa bouche.

Ils allèrent au Cine Variedades voir un western, genre dont raffolait le gringo. Il était lent, avec la belle Ava Gardner, et plein de coups de feu. En sortant, ils dînèrent dans un petit restaurant italien. Ils prirent un verre de rhum et, au moment de le boire, Abbes García commit l'imprudence de proposer à Mike de terminer la soirée dans un bordel.

Le visage de Mike s'empourpra. Il le regarda sévèrement.

— Je regrette, je ne vais jamais dans ces endroits, affirma-t-il avec dégoût, en faisant une grimace. Je suis fidèle à mon épouse et à ma religion.

XVI

— Je dois téléphoner, dit le Dominicain. Allons d'abord à l'hôtel Panamerican.

Il était à deux pas et Ricardo Bonachea León fit un petit tour dans les rues désertes du centre avant d'arrêter la voiture face au bar de l'hôtel principal de Guatemala-ville. Tout était parfaitement calme dans les rues et le Dominicain imaginait le grand tumulte qui éclaterait dès qu'on apprendrait la nouvelle, les coups de téléphone, les rumeurs, les patrouilles militaires qui sillonneraient les rues, procédant partout à des arrestations. Le bureau d'Enrique au palais du Gouvernement serait le centre de toute cette agitation fébrile. Pourvu que les choses se passent comme il le voulait ; il avait une véritable estime pour le Guatémaltèque, bien que son petit doigt lui dise qu'il serait bien difficile qu'il devienne président.

L'intérieur du bar était presque vide, avec seulement deux tables occupées et un homme assis au zinc, qui fumait en buvant une bière. La radio diffusait un air de marimba. Le Dominicain fit signe au barman de lui donner un jeton de téléphone et de lui servir un rhum. Il s'enferma dans la cabine et appela. C'était occupé. Il coupa, attendit et rappela. C'était toujours occupé. Il rappela deux autres fois, et toujours occupé. Cette fois il ne transpirait pas seulement des mains, mais aussi du front et du cou, et il sentait dans son dos la sueur tremper sa chemise. Il rappela pour la cinquième fois, en pensant « Il ne manquerait plus que son téléphone soit en dérangement ». Mais finalement, à la seconde sonnerie, il entendit la voix de Mike.

— C'est fait, lui dit-il en tâchant de parler sur un ton naturel, sans y parvenir. Je te prie d'appeler Marta au plus vite. Elle doit prendre la voiture sur-le-champ. Gacel doit être déjà à la porte de chez elle.

Il y eut un long silence.

— Tout s'est bien passé ? demanda enfin Mike.

— Oui, très bien. Passe l'information une bonne fois.

— C'est sûr qu'on a retiré les gardes du corps ?

— Sûr et certain, s'impatienta le Dominicain. Dans trois quarts d'heure, Enrique donnera l'ordre de l'arrêter. Alors elle doit partir tout de suite si elle ne veut pas finir en prison. Dis-le-lui.

— Je lui ai parlé au téléphone cet après-midi et je l'ai préparée, dit Mike. T'en fais pas. Bonne chance.

Le Dominicain sortit de la cabine et s'arrêta au bar pour avaler son rhum d'un trait. Le barman le regardait, comme hésitant entre lui dire quelque chose et se taire. Mais finalement il s'enhardit :

— Excusez-moi, Monsieur, dit-il – et il baissa la voix en lui signalant sa braguette : Vous avez mouillé votre pantalon.

— Ah oui, je le vois bien, balbutia-t-il, déconcerté, en regardant la tache. Merci.

Il paya et sortit.

— C'est bon, Ricardito, dit-il en entrant dans la voiture qui l'attendait devant la porte de l'hôtel Panamerican. Vas-y à fond la caisse et ne t'arrête pas jusqu'à San Salvador.

XVII

Miss Guatemala se tortilla avec délices sous les draps de fil de son grand lit colonial et, d'un œil, regarda le réveil sur la table de chevet à travers la gaze blanche de la moustiquaire : sept heures du matin. En général, Carlos se réveillait à six heures mais la veille au soir, il avait déboulé très tard dans l'alcôve, après une journée de travail intense, et il l'avait réveillée, survolté, pour lui faire l'amour. Puis ils avaient batifolé un bon moment en se caressant pendant qu'elle l'écoutait se plaindre et protester en jurant (« Ces fils de sac à puces, tu te rends compte ») contre les intrigues et les traquenards qu'il croyait découvrir à chaque instant parmi ses collaborateurs qu'il supposait les plus intimes et les plus loyaux. À présent, il avait même des soupçons au sujet du lieutenant-colonel Enrique Trinidad Oliva (le Butor), son directeur général de la Sécurité.

Martita se retourna à nouveau dans son lit, prise d'une délicieuse somnolence. Elle n'avait pas remis sa chemise de nuit et se trouvait en tenue d'Ève. Le frottement des draps provoquait sur son corps une sensation de fraîcheur et de soudaines décharges électriques. Comment l'attaché militaire dominicain, cette chiffe molle enflée de partout, faisait-il l'amour ? Elle n'avait jamais vu un être humain aussi peu fringant que Johnny Abbes García mais, même comme ça, ou peut-être à cause de ça, le personnage ne laissait pas de l'intriguer ; depuis qu'elle le connaissait, elle pensait fréquemment à lui. Pourquoi ? Qu'y avait-il chez ce Dominicain qui méritât la curiosité qu'il éveillait en elle ? Sa laideur physique ? « Serais-tu perverse ? » se demanda-t-elle. « Il a mauvaise réputation, d'après ce que j'ai entendu, lui avait dit Carlos le jour où il avait réussi à obtenir cette audience. Il fait des affaires à moitié louches avec Trinidad Oliva. Le Butor m'a demandé l'autorisation d'ouvrir un casino, pour accroître le tourisme : balivernes ! Je la lui ai refusée, et voilà maintenant que de toute façon il l'a ouvert lui-même, avec l'attaché militaire comme associé, en se réclamant d'un prête-nom de très mauvaise réputation, Ahmed Kurony, un Turc contrebandier. Bande de salopards. Ils ne s'en tireront pas comme ça, je te le garantis. »

Des affaires louches de casinos ? Associé et copain de Trinidad Oliva, le chef de la Sécurité de Carlos ? Qu'est-ce que tout ça voulait dire ? Abbes García était un type mystérieux, il mûrissait un plan caché, quelque chose de mauvais guidait ses pas, ses initiatives, ses actions : Martita en était pour le moins convaincue. Mais que voulait-il exactement ? Quelles motivations y avait-il derrière ces intentions obscures ? Politiques, économiques ? Appartenait-il lui aussi à la CIA, comme Mike ? Avait-il réussi à l'approcher et à faire ami-ami avec elle seulement pour qu'elle lui obtienne ce rendez-vous avec le président qu'il aurait ce matin même ? Non, ça ne pouvait être seulement pour ça. Peut-être que toutes ces visites qu'il lui faisait et ces cadeaux qu'il lui apportait – fleurs, parfums, objets folkloriques – signifiaient tout simplement qu'elle lui plaisait, qu'il rêvait de faire l'amour avec elle. N'est-ce pas ce qui se passait avec beaucoup de ceux qui papillonnaient autour d'elle ? Malgré la jalousie de Carlos ! Miss Guatemala se toucha là, en bas, entre les jambes, et sentit qu'elle était mouillée. Le souvenir de ce monstre humain l'excitait-il ? Elle se moqua d'elle-même un instant, en silence. Elle avait le temps. Abbes García viendrait à neuf heures et demie car le rendez-vous avec le président était à dix heures. Elle le conduirait personnellement au bureau de Carlos. Le palais du Gouvernement était à moins de dix minutes à pied de la petite maison que Castillo Armas lui avait aménagée depuis cette nuit où, en un geste audacieux dicté par le désespoir, elle était allée implorer son secours et où il avait fait d'elle sa maîtresse.

En vérité, le dirigeant s'était bien conduit envers elle, Marta ne pouvait pas se plaindre. En un rien de temps, il l'avait divorcée de son mari. Elle n'avait pas revu Efrén García Ardiles et savait seulement qu'il vivait à moitié caché et déprimé, sans travail, démoralisé après son abandon et la mort de sa mère, sans exercer la médecine et prenant garde que le gouvernement ne le remette pas en prison. Símula lui raconta qu'Efrén donnait maintenant des cours dans un collège et qu'il s'était pris d'affection pour P'tit train, l'enfant qui portait son nom. Leur fils à tous deux. Martita n'aimait pas se souvenir de cet enfant qu'elle avait abandonné. Peu à peu, elle l'avait écarté de son esprit, et quand, malgré tout, il s'introduisait dans sa conscience, elle ne pensait pas à lui comme à son fils, seulement comme à celui de son ancien mari. Elle sourit en se rappelant la tête qu'avait fait le ministre de la Justice, surpris, quand il avait reçu l'ordre du président de « divorcer cette femme dans le délai imposé par l'éloignement », de la délivrer de ce mariage abusif que son père, l'orgueilleux Arturo Borrero Lamas, encore un qui avait sombré et disparu de la vie publique, avait infligé à Marta. Et le ministre l'avait fait sans qu'elle eût à mobiliser ni juge, ni notaire, ni avocat. En moins d'une semaine, le juge avait dissous les liens du mariage et l'avait ramenée au célibat. En un clin d'œil. Carlos avait-il donné ces ordres parce qu'il pensait l'épouser ? Marta était certaine que oui, s'il réussissait à divorcer de sa femme. Mais ça ne serait pas facile. Odilia Palomo de Castillo Armas se présentait comme très catholique et avait l'appui de l'archevêque et des curés qui, pour l'heure, contrôlaient tout. Cette Odilia était un fauve. Elle défendait bec et ongles ce qu'elle considérait comme ses droits. Martita pouffa de rire, le visage collé contre l'oreiller de plumes. Il y avait une guerre civile au Guatemala entre les partisans de l'épouse, Odilia Palomo, et ceux de Martita Borrero, la maîtresse. Qui l'emporterait ? D'un coup, miss Guatemala reprit son sérieux : elle, bien sûr. Elle contempla ses ongles, qu'elle aurait aimé planter dans la gorge de sa rivale. Elle était maintenant tout à fait réveillée et il était l'heure de se lever. Elle appela Símula – elle l'avait fait venir pour travailler chez elle et son père ne s'y était pas opposé – pour lui demander son petit déjeuner et de lui préparer son bain chaud bien mousseux.

Une demi-heure après avoir déjeuné, lavée et habillée, elle parcourait les journaux du matin. La politique l'avait toujours intéressée – n'était-ce pas cela qui l'avait rapprochée de son ancien mari quand elle était encore une enfant ? – mais encore plus depuis qu'elle était avec Castillo Armas. Tous consacraient leur une à la devise nationale de la révolution libératrice : « Dieu, Patrie et Liberté ». La politique était devenue le centre de sa vie. Elle savait pertinemment que son statut économique et social dépendait d'elle. Grâce à la politique, elle avait obtenu le pouvoir dont elle jouissait. Et la politique déciderait si cela continuerait ou se dissoudrait comme un mirage. Maintenant, il lui suffisait d'appeler un ministre ou un colonel pour que ses recommandations soient acceptées immédiatement. Si bien que – la nuée de ses courtisans était venue le lui rapporter – on disait ici, et pas seulement les communistes et les libérationnistes, que Castillo Armas n'était qu'un guignol amoureux et que le vrai pouvoir derrière le trône était détenu par sa maîtresse, que miss Guatemala prenait les décisions importantes grâce à l'influence qu'elle avait acquise au moyen des cochoncetés perverses qu'elle faisait au petit colonel la nuit au lit. Elle l'avait soumis par sa sensualité et ses maléfices de sorcière. Au fond de son cœur, elle savourait ces rumeurs et ces médisances, bien que cette histoire de femme fatale et madame je-sais-tout ne soit pas véridique.

Et si c'était vrai qu'elle avait un tel pouvoir sur Carlos ? Sinon, l'attaché militaire de la République dominicaine, Abbes García, ne serait sans doute pas passé par elle pour obtenir un rendez-vous avec le président. Il aurait utilisé le Butor, le lieutenant-colonel Enrique Trinidad Oliva chargé de la Sécurité. N'était-il pas son ami ? Carlos disait qu'ils étaient complices et que ce casino qu'ils possédaient ensemble leur faisait gagner beaucoup d'argent. Pourtant, il ne s'était pas servi de lui pour ce rendez-vous, mais d'elle. S'il était vrai qu'elle avait tant de pouvoir, elle devait l'exploiter pour préserver son avenir. C'était un sujet qui l'angoissait, en dépit de sa grande confiance en elle-même. Son avenir n'était pas garanti, car seul l'argent donnait cette assurance et elle n'en avait pas, bien que Carlos soit généreux et lui fasse mener la belle vie. Mais si sa relation avec Castillo Armas prenait fin, elle n'aurait que son ridicule petit pécule à la banque. Et les modestes enveloppes de Mike ne la tireraient pas de la pauvreté non plus.

À l'heure pile, neuf heures et demie, Símula vint lui dire que l'attaché militaire de l'ambassade dominicaine était à sa porte. Elle le fit entrer.

— Quelle ponctualité, le salua-t-elle en lui tendant la main avec sa coquetterie habituelle.

Abbes García avait ôté son képi, sa tête allongée brillait sous la gomina, il s'inclina pour lui baiser la main, un geste qui la choquait car personne au Guatemala ne baisait la main des dames.

— On ne fait pas attendre une dame, lui sourit le lieutenant-colonel. Encore moins un président de la République. Vous ne savez pas combien je vous remercie de m'avoir obtenu ce rendez-vous, doña Marta.

— Je suis trop jeune pour que vous m'appeliez doña, lui sourit-elle en battant des cils. Vous pouvez m'appeler simplement Marta, je vous l'ai déjà dit.

Le lieutenant-colonel avait loué une limousine avec chauffeur en uniforme pour les conduire au Palais, bien qu'il fût si proche que le trajet aurait pu se faire à pied. Martita fit signe aux deux gardes du corps qui la protégeaient de l'attendre aux portes du Palais. Quand ils y arrivèrent, Martita vit qu'on avait remplacé par une pancarte plus grande celle qui était là auparavant. Celle-ci disait aussi : « Dieu, Patrie et Liberté » comme les innombrables affiches qui, depuis le triomphe de la révolution libérationniste, apparaissaient partout dans la ville. Le lieutenant-colonel se rappela que cette devise du Mouvement de libération nationale de Castillo Armas était aussi celle qu'avait adoptée la République dominicaine quand, sous la direction de Juan Pablo Duarte, celle-ci luttait pour se libérer de l'occupation haïtienne.

En reconnaissant Marta, les gardes les firent entrer à l'instant, sans les soumettre au contrôle habituel. À l'intérieur, l'aide de camp, un jeune lieutenant, les salua en claquant des talons et en levant la main à hauteur de la casquette. Il les conduisit jusqu'au bureau présidentiel. Il leur ouvrit lui-même la porte.

Castillo Armas se leva de son bureau dès qu'il les vit entrer.

— Bien, dit Martita. Je vous laisse, pour que vous puissiez bavarder.

— Non, ne t'en va pas, reste, dit le président en retenant miss Guatemala. Entre toi et moi, il n'y a pas de secrets, n'est-ce pas ?

Il se retourna pour serrer la main d'Abbes García :

— Enchanté, colonel. Nous n'avons pas pu nous voir jusqu'à présent. Vous imaginez tout le travail que me donne ce bureau en permanence.

— Excellence, je vous transmets un salut très affectueux de la part du généralissime Trujillo, dit Abbes García en tendant sa main molle et charnue et en faisant une courbette courtisanesque au dirigeant guatémaltèque.

Ce dernier conduisit les deux visiteurs jusqu'aux fauteuils de velours rouge qui occupaient tout un angle de son bureau. Un garçon à veste blanche était entré et Castillo Armas leur offrit du café, des rafraîchissements et de l'eau glacée.

— Comment se porte son Excellence le généralissime ? demanda Castillo Armas. Comme vous le savez, j'ai beaucoup d'admiration pour lui. Trujillo est un maître et un exemple pour nous tous en Amérique latine. Pas seulement parce qu'il a su vaincre tant de conspirations communistes visant à le déposer. Surtout parce qu'il a mis en ordre et développé la République dominicaine d'une manière si remarquable.

— L'admiration est réciproque, Excellence, dit Abbes García en faisant une nouvelle courbette. Le généralissime apprécie beaucoup votre croisade libératrice. Vous avez empêché le Guatemala de devenir une colonie soviétique.

Martita commençait à s'ennuyer des amabilités qu'échangeaient les deux officiers. « On dirait des Japonais, pensa-t-elle. C'est pour ça qu'Abbes García a tellement insisté pour que je lui obtienne ce rendez-vous ? Pour échanger des compliments avec Carlos ? »

Comme s'il avait deviné ses pensées, le lieutenant-colonel dominicain devint très sérieux et, en s'inclinant un peu vers le président, murmura :

— Excellence, je sais que vous êtes un homme très occupé et je ne veux pas vous faire perdre votre temps. Je vous ai demandé ce rendez-vous parce que je suis chargé de vous transmettre un message du généralissime Trujillo. Comme il s'agit d'une affaire très grave, il m'a demandé de le faire de vive voix et en personne.

Marta, qui était en train de contempler un tableau de pyramides mayas autour d'un lac, se figea. Toute son attention était concentrée sur ce qu'allait dire le Dominicain. Castillo Armas, très sérieux lui aussi, se rapprocha de son invité :

— Oui, oui, vous pouvez parler en toute confiance. Ne soyez pas gêné par la présence de Marta. Elle est comme moi-même. C'est une tombe quand il le faut.

Abbes García acquiesça. Quand il commença à parler, il avait tellement baissé la voix qu'il semblait chuchoter. Ses yeux dansaient et une petite veine qui lui coupait le front en deux s'était gonflée :

— Le Service de renseignements du généralissime a découvert une conspiration pour vous assassiner, Excellence. Elle se prépare depuis quelque temps, sur instruction et avec l'argent de Moscou.

Martita vit que le visage de Castillo Armas ne bougeait pas, ne pâlissait même pas.

— Encore une ? murmura-t-il en ébauchant un sourire. Tous les jours, le Butor, je veux dire le lieutenant-colonel Trinidad Oliva, qui est votre ami, n'est-ce pas ?, du Service de renseignements en découvre une nouvelle.

— Une conspiration internationale, continua Abbes García, comme s'il ne l'avait pas entendu. Naturellement, l'opération est dirigée par les anciens présidents Arévalo et Árbenz. Mais le montage du complot et les exécutants, probablement, ont été choisis par les Russes eux-mêmes. Ils ont le soutien du communisme international. Et de l'or de Moscou.

Il y eut une pause durant laquelle Castillo Armas but lentement une gorgée d'eau.

— Il y a des preuves ? demanda-t-il.

— Bien sûr, Excellence. Trujillo ne vous enverrait jamais une information qui n'aurait pas été vérifiée à fond. Notre Service de renseignements suit pas à pas toutes les étapes de cette conjuration, en toute logique.

— Je sais parfaitement qu'ils veulent me tuer, et depuis longtemps, haussa les épaules Castillo Armas. On leur a pris le pouvoir et ça, les Rouges ne le pardonnent pas facilement. Sauf qu'il reste à voir qui en finira avec qui.

— Justement, l'interrompit Abbes García en levant les mains. Le généralissime m'envoie aussi vous dire autre chose. Qu'il a les moyens de mettre fin immédiatement à cette affaire.

— On peut savoir comment ? demanda le dirigeant guatémaltèque, surpris.

— En coupant le problème à la racine, dit Abbes García. Il fit une brève pause et ajouta, en regardant fixement le président : En liquidant Arévalo et Árbenz avant qu'ils ne vous liquident.

Oui, à ce moment-là miss Guatemala eut un coup au cœur et crut qu'il s'était arrêté. Ses mains avaient commencé à transpirer. Non pas en raison de ce que le lieutenant-colonel avait dit, mais pour la façon glaciale et tranchante dont il avait parlé, le regard vicieux de ses yeux globuleux fixés sur le dirigeant guatémaltèque.

— Trujillo comprend qu'il est difficile pour vous de prendre une mesure aussi radicale – le Dominicain avait commencé à mouvoir sa main droite en cercle pour souligner ses mots. Là-bas, à Trujillo-ville, tout est prêt pour ce type d'opération. Vous n'aurez à intervenir en rien, Excellence. Nous ne reparlerons jamais de cette affaire. Vous ne serez même pas informé des préparatifs ni de l'exécution du plan. Si nécessaire, vous ne me reverrez pas. Nous avons seulement besoin de votre accord et que vous oubliiez ça.

Un long silence prit possession du bureau quand Abbes García se tut. Marta sentait que son cœur battait chaque fois plus vite. Sur le bureau de Castillo Armas, couvert de papiers, il y avait un petit carton sous verre, aux couleurs du drapeau guatémaltèque, avec la devise initiale de la révolution libérationniste – Dieu, Patrie et Famille – qui, disait-on, avait été inventée par l'archevêque Mariano Rossell y Arellano lui-même. Ensuite, quelqu'un avait remplacé Famille par Liberté. Maintenant, Martita était si attentive qu'elle croyait les entendre tous les trois respirer. Le président réfléchissait, la tête baissée. Enfin, après quelques secondes qui semblèrent des siècles, elle le vit sourire un instant avant de murmurer :

— Remerciez vivement Son Excellence de cette offre, colonel – il parlait comme s'il comptait les syllabes de chaque mot. C'est un homme généreux, je le sais très bien. Son aide a été décisive pour la croisade que j'ai eu l'honneur de diriger.

— Vous n'êtes pas obligé de me donner une réponse à l'instant, dit Abbes García en se penchant encore une fois. Si vous voulez examiner la chose, réfléchir, il n'y a aucun problème, Excellence.

— Non, non, je préfère lui donner une réponse dès maintenant, dit le dirigeant de manière tranchante. Ma réponse est non. Il vaut mieux que ce tandem soit vivant plutôt que mort. J'ai mes raisons, que je vous expliquerai un jour.

Il sembla qu'il allait ajouter quelque chose, mais il ferma à nouveau ses lèvres qu'il avait entrouvertes. Il ne dit pas un mot de plus. Son regard s'était égaré en un point de l'espace.

— Parfait, Excellence, dit Abbes García. Je ferai connaître votre réponse sans délai au généralissime. Et il va sans dire que je vous enverrai toutes les informations au sujet de ce plan d'Arévalo et d'Árbenz, coordonné par Moscou.

— Je vous en remercie. N'oubliez pas de témoigner ma gratitude à Trujillo pour son offre, ajouta Castillo Armas en se levant de manière à signifier que l'audience était terminée. Je sais qu'il est un bon ami en qui je peux avoir confiance. Je vous souhaite un bon séjour dans mon pays.

Abbes García et miss Guatemala s'étaient levés en même temps. Castillo Armas serra la main de son visiteur.

— Je vous souhaite une bonne mission au Guatemala, répéta-t-il – et, en se tournant vers Marta, il ajouta moins formellement : J'essaierai d'aller déjeuner à la maison. Mais ne m'attends pas. Tu sais que je ne suis pas maître de mon temps.

Marta et le lieutenant-colonel sortirent en silence du palais du Gouvernement. Dans la rue, avant de monter dans la voiture, Abbes García lui susurra :

— Je ne sais pas s'il convenait que vous entendiez cette conversation, Madame. Mais il n'y avait rien à faire, peut-être que c'était la seule occasion de communiquer de vive voix au président le message du généralissime Trujillo.

— Je n'ai rien entendu et je ne me souviens de rien, dit-elle, sérieusement. Ne vous en faites pas.

Ils restèrent silencieux dans la voiture qui les ramenait au domicile de miss Guatemala. Le lieutenant-colonel descendit le premier pour lui ouvrir la portière. Martita remarqua en lui disant au revoir qu'Abbes García avait la main chaude et humide, qu'il la retenait plus que de raison et qu'il la regardait fixement avec audace, d'une manière presque obscène. Elle frissonna.

XVIII

Le colonel Enrique Trinidad Oliva entra en trombe dans son bureau et, depuis la porte, s'écria :

— Un attentat contre le président ! Activez immédiatement les mesures d'exception. Fermeture des frontières ! Patrouilles à tous les points stratégiques ! Ordre de consigne dans les casernes ! Aucune exception !

Il vit la perplexité paralyser un moment la douzaine d'hommes, civils et militaires, qui le regardaient depuis leurs bureaux sans pouvoir rien faire : certains s'étaient levés, étonnés, effrayés. Un instant plus tard, ils avaient tous saisi leur téléphone et commençaient à transmettre les ordres au reste du pays.

— Ce serait, paraît-il, un soldat de l'escorte, expliqua le lieutenant-colonel. J'ai besoin de parler immédiatement au chef de la garde présidentielle.

— Oui, Monsieur, tout de suite, dit, en se hâtant de faire le numéro de téléphone et de le passer à un de ses secrétaires, un homme en civil, assez jeune et à lunettes, qui avait un crayon derrière l'oreille.

— Je suis le lieutenant-colonel Enrique Trinidad Oliva, directeur de la Sécurité, dit ce dernier dès qu'on lui passa le téléphone, d'une voix très forte de façon à être entendu de tout le bureau. Qui est à l'appareil ?

— Major Adalberto Brito García, répondit la voix au téléphone. La nouvelle est confirmée, mon colonel. Un soldat de la garde en serait l'auteur. Il semble qu'il se soit suicidé. D'après le médecin légiste, qui vient d'arriver, le président a reçu deux balles dans le corps dont l'une a provoqué la mort.

— A-t-on arrêté quelque complice ? demanda le lieutenant-colonel.

— Pas encore, mon colonel. Nous fouillons le Palais, pièce par pièce. J'ai fait interdire à tout le monde de sortir jusqu'à nouvel ordre. Le nom du soldat mort est Romeo Vásquez Sánchez. Il s'est suicidé aussitôt après avoir commis son crime, semble-t-il. Presque tous les ministres sont ici. Le président du Congrès, monsieur Estrada de la Hoz, vient d'arriver.

— Je vous rejoins dès que j'aurai pris quelques mesures d'urgence, dit Trinidad Oliva. Tenez-moi au courant de toute autre nouvelle. Ah, attendez, comment va madame Odilia ?

— Le médecin lui a prescrit des tranquillisants. Sa robe est toute tachée de sang. Soyez sans crainte, je vous informerai.

Enrique Trinidad Oliva s'adressa à son second, le commandant Ernesto Eléspuru, qui, en le voyant venir, se mit debout. Très pâle, ce dernier s'adressa à lui à voix basse :

— Un attentat des communistes ? Enfin, j'imagine.

— Si cela ne vient pas d'eux, de qui alors ? dit son chef. En tout cas, il faut immédiatement faire la chasse aux suspects. C'est toi qui t'en charges. Voilà une liste. Et qu'aucun ne nous échappe. Tu m'en répondras.

— Oui, soyez sans crainte, je donne immédiatement les ordres.

Le lieutenant-colonel Trinidad Oliva, qui s'en allait déjà, fit demi-tour et revint sur ses pas :

— Qu'on arrête aussi Marta Borrero, la maîtresse du président, ordonna-t-il à son second. Sur-le-champ.

Le commandant Eléspuru le regarda dans les yeux, stupéfait.

XIX

Pour Martita, le 26 juillet 1957 avait mal commencé, très mal. Elle avait peu dormi, elle avait fait des cauchemars, et la première chose qu'elle vit en ouvrant les yeux, à l'aube, sur le rebord de la fenêtre fut un chat noir qui la regardait de ses yeux verts diaboliques. Elle frissonna de la tête aux pieds, mais elle réagit aussitôt. Écartant la moustiquaire, elle attrapa une de ses pantoufles et, furieuse, la jeta vers le chat. L'animal détala en entendant le coup contre la vitre.

Maussade, le corps brisé par les cauchemars et la mauvaise nuit, elle se leva et se rendit aux toilettes en s'appuyant sur la table de chevet. Elle sentit que sa main glissait sur le petit miroir qu'elle avait là : celui-ci tomba sur les dalles et éclata en mille morceaux. Cela la réveilla enfin tout à fait. « Un chat noir, un miroir brisé », pensa-t-elle en frissonnant. Un jour marqué par la poisse. Un jour à ne pas mettre le nez dehors parce que tout pouvait lui arriver, depuis un tremblement de terre jusqu'à une révolution en passant par toute une série de catastrophes : les diables étaient lâchés et pouvaient faire ce qu'ils voulaient.

Elle enfila sa robe de chambre et demanda à Símula de lui préparer son petit déjeuner et un bain d'eau tiède.

Tout en prenant son jus de fruits et sa tasse de thé avec une tortilla et un peu de haricots, elle feuilleta les journaux du jour. Sur ce, le téléphone sonna. Margarita Levalle, l'épouse du ministre de la Justice qui était devenue sa grande amie, l'appelait pour lui demander si elles pouvaient aller ensemble à la fête que donnait ce soir-là le ministre de la Défense, le colonel Juan Francisco Oliva, pour célébrer son anniversaire.

— Carlos ne m'a rien dit de cette fête, lui répondit Marta. Il oublie toujours ces choses-là. Ou est-ce que l'invitée officielle est Odilia ?

— Non, non, lui assura Margarita. Je viens de parler avec Olinda, tu sais qu'elle est de ton côté et elle m'a dit que l'invitée c'était toi, pas cette femme.

— Si c'est ça, enchantée, allons-y ensemble, dit miss Guatemala. Carlos viendra sûrement déjeuner. Je ne sais pas s'il voudra qu'on parte d'ici ou s'il ira depuis le Palais. De toute façon, on peut y aller ensemble, bien entendu.

La guerre entre Martita et Odilia Palomo, l'épouse du colonel Castillo Armas, avait déjà pris des proportions qui inquiétaient miss Guatemala. Maintenant, même les femmes des ministres y participaient ; Margarita, la femme du ministre de la Justice, était une de ses fermes partisanes et, à l'évidence, celle du ministre de la Défense (elle s'appelait bien Olinda ? Marta se souvenait seulement de son énorme derrière qui se dandinait) était aussi de son côté. Bien qu'au fond cette guerre flattât sa vanité, tout ça commençait à lui paraître dangereux. Même Mike, l'étrange gringo qui ne s'appelait pas Mike, lui avait dit : « Cette petite guerre entre vous et madame Odilia Palomo est en train de mal tourner. J'ai l'impression que cela ne convient à personne. Pas vous ? »

Martita se mit à rire en se souvenant du gringo. S'appelait-il Mike ? « Disons qu'il s'appelle Mike », avait souri Abbes García le jour où il le lui avait présenté. Il avait ajouté, sans autre explication : « Évidemment, c'est un faux nom. » Tout en lui était mystérieux, mais au fond elle n'avait pas le moindre doute sur son appartenance à la CIA. Il ne l'interrogeait jamais sur de grands secrets (qu'elle n'aurait pu lui révéler en aucune façon), seulement sur des racontars, des bagatelles, des bêtises. Un jour, elle avait fait cette plaisanterie : elle continuerait à lui donner autant d'informations à condition, ensuite, de lui passer la facture. À sa grande surprise, la fois suivante Mike lui tendit une petite enveloppe en lui expliquant que, vu qu'il lui prenait beaucoup de temps, il était juste qu'il la récompense. « Je n'ai jamais su faire des cadeaux aux femmes, ajouta-t-il, même pas à la mienne. Je préfère qu'elles se les achètent elles-mêmes. » Elle hésita entre le mettre à la porte ou accepter ce cadeau, ce qu'elle fit en fin de compte. C'était un jeu dangereux, elle le savait, mais elle aimait le danger et, après tout, ces petites enveloppes lui permettaient d'avoir un peu d'argent à soi. Ce n'était pas bizarre ? Très bizarre, bien sûr. En vérité, sa vie était devenue très étrange ces derniers temps, en grande partie à cause du lieutenant-colonel dominicain et de ce Ricain qui ne s'appelait pas Mike.

À midi, Carlos vint déjeuner, en proie à une humeur détestable. Quand elle lui raconta que Margarita avait appelé pour demander si elles pourraient aller ensemble à la fête ce soir, il se contenta de dire : « Qu'est-ce que c'est que cette fête ? » et continua à déblatérer sur le Butor : il ne faisait rien, ne savait rien, c'était un parasite et, le pire, il lui cachait des choses ; c'était un traître en puissance, comme la plupart des autres. Marta avait l'impression qu'au lieu de le rendre heureux, la présidence du Guatemala avait aigri la vie de Carlos. Il était toujours en colère, angoissé, à soupçonner des intrigues et des conspirations de la part de tous ceux qui l'entouraient.

Quelques minutes plus tard, tout en déjeunant d'un hachis avec du riz, il se tourna vers elle et lui demanda à nouveau, toujours de mauvaise humeur :

— Et qu'est-ce que c'est que cette fête ?

— C'est le ministre de la Défense qui reçoit chez lui pour célébrer son anniversaire. Une fête pour le gratin, d'après Margarita. Tous les ministres et leurs épouses sont invités.

— Sauf moi. Tu ne crois pas que c'est grossier ? murmura Castillo Armas en haussant les épaules. Une fête avec tous les ministres et on exclut le président de la République. Encore un traître au cabinet ? Jusqu'à maintenant, je croyais que Juan Francisco Oliva était un des plus loyaux. Mais je peux me tromper, bien entendu. En plus, c'est le frère de Trinidad, ça expliquerait tout.

— Très bizarre, tu as raison, acquiesça-t-elle. Margarita m'a dit que ton épouse n'était pas invitée non plus. À l'évidence, Olinda, l'épouse du ministre de la Défense, est de mon côté.

Mais Castillo Armas n'avait pas l'air de l'entendre : il était plongé dans ses pensées, le sourcil froncé.

— Il arrive tous les jours des choses inattendues, l'entendit-elle prononcer. Oui, je crois qu'Oliva n'est pas au poste qu'il faudrait. Il est trop important pour être confié à un inutile comme le Butor. Et encore moins à un traître potentiel.

— Tu vas éjecter ton directeur de la Sécurité ?

— Je n'ai plus confiance en lui. (Carlos était un peu pâle et, au lieu de manger, il remuait d'un côté à l'autre le hachis.) Ça fait un moment que je découvre chez lui des choses suspectes. Il ne joue pas franc-jeu, il est jaloux de moi, il fait des conneries. Un aigri est toujours dangereux.

— On peut savoir pourquoi tu n'as plus confiance en lui maintenant ? Il était ton ami avant, dit Marta.

Mais elle se rendit compte que Castillo Armas était ailleurs encore une fois. Il ne l'écoutait ni ne la voyait. Il était rongé par une inquiétude croissante qui l'absorbait jour et nuit. Qu'avait-il découvert ? Qu'est-ce qui le mettait dans cet état ? Soudain, elle le vit se lever d'un coup, avant qu'on lui apporte le café serré qu'il ne manquait jamais de prendre à la fin du repas.

— Je m'en vais, dit-il, en s'inclinant pour l'embrasser sur le front de façon machinale.

À ces mots, il enfila la veste qu'il avait jetée sur un fauteuil et s'éloigna à grands pas vers la porte d'entrée.

Que diable se passait-il au Guatemala ? Marta eut, non le pressentiment, mais la certitude absolue que le chat noir et le miroir brisé du matin avaient été l'annonce de quelque chose de grave, qui pouvait avoir des effets dévastateurs sur sa vie. Le départ soudain d'Abbes García à l'étranger était-il aussi un avertissement que quelque chose allait mal ? Qu'est-ce que c'était que cette maudite chose qui allait se produire ?

L'attaché militaire dominicain s'était présenté deux jours auparavant chez Marta sans rendez-vous, à trois heures de l'après-midi, alors qu'elle venait de se réveiller de la courte sieste qu'elle avait l'habitude de faire après le déjeuner.

— Mille pardons de passer ainsi à l'improviste, s'excusa le lieutenant-colonel en lui serrant la main dans le vestibule. Je viens vous dire au revoir.

Il était en civil, avec veste et cravate, et il avait une serviette bourrée à la main.

— Une mission de mon gouvernement, lui expliqua-t-il. Je vais à Mexico pour quelques jours seulement.

— Un voyage d'affaires, alors ?

— Oui, s'empressa-t-il de dire, en roulant ses yeux globuleux et en passant sa langue sur ses lèvres desséchées. Je reviendrai dans deux ou trois jours au plus. Vous n'avez pas envie de quelque chose du Mexique ?

— Vous êtes aimable de venir me dire au revoir, dit Martita en ouvrant et fermant ses grands yeux. Je vous souhaite un bon voyage, et plein succès pour la mission dont on vous a chargé.

Abbes García était resté debout, mais, quand elle lui fit signe de s'asseoir, il lui répondit qu'il était fort pressé. Il était très sérieux et son visage devint encore plus grave quand il ajouta, en baissant un peu la voix :

— Vous savez, Marta, combien je vous apprécie.

— C'est réciproque, colonel, lui sourit-elle.

Mais Abbes García ne rit pas. Il jeta un regard alentour comme pour vérifier que personne ne pouvait les écouter.

— Je vous le dis parce que, si quelque chose arrivait en mon absence, je voudrais que vous sachiez que vous pourrez toujours compter sur moi. Sur un ami fidèle et loyal. Pour quoi que ce soit.

— Et que pourrait-il arriver, colonel ? s'inquiéta Martita.

— Dans nos pays, il y a toujours des imprévus, ajouta

Abbes García avec un sourire qui ressemblait à une grimace. Je ne veux pas vous inquiéter, en aucun cas. Seulement vous dire que, si vous avez besoin d'une aide quelconque pendant mon absence, vous pouvez appeler Mike ou Gacel. J'ai noté pour vous le téléphone de chacun d'eux sur ce petit papier. Ne le perdez pas. Vous pouvez les appeler à n'importe quelle heure du jour ou de la nuit. À bientôt, chère amie.

Il lui remit le petit papier, lui baisa la main et s'en alla. Marta n'avait pas accordé beaucoup d'importance à ce qu'elle avait pris pour la simple galanterie d'un admirateur. Mais maintenant, avec les choses si étranges de cette journée, l'adieu du lieutenant-colonel prenait une signification assez lugubre. Qu'y avait-il derrière ce départ soudain, ces numéros de téléphone qu'il lui avait laissés ? Elle examina le tiroir de sa table de chevet : les deux numéros étaient bien là. Elle avait encore le petit papier à la main quand Símula vint lui dire que monsieur Mike souhaitait la voir.

Il était habillé comme d'habitude, avec des jeans et une chemise à carreaux dont il avait remonté les manches sur ses bras velus. Il parlait un espagnol courant, presque parfait. Abbes García lui avait dit qu'il était un technicien en météorologie associé à l'ambassade des États-Unis et qu'il avait voulu la connaître pour qu'elle l'informe sur la situation sociale et politique du Guatemala. Marta était toujours mal à l'aise quand Mike, chaque fois qu'ils bavardaient en mêlant les purs ragots mondains aux questions politiques, lui remettait tout à fait naturellement des dollars dans de petites enveloppes. Mais elle se justifiait en pensant que, au moins, c'était un revenu à elle. Elle n'avait aucun argent, hormis ce que Carlos lui donnait au compte-gouttes pour l'entretien de la maison. Cependant cette fois-ci, Mike ne venait pas lui poser des questions mondaines et politiques, mais la prévenir. Il le fit de cette façon directe et un peu culottée qui était la sienne.

— Je viens vous prévenir, Martita, lui dit-il en la regardant avec une certaine inquiétude dans ses yeux clairs. Comme vous le savez très bien, vous avez de nombreux ennemis. À cause de votre situation, je veux dire… vos relations avec le président. Et vous pourriez vous retrouver dans une situation difficile, exceptionnelle.

— Que signifie tout ça, Mike ? l'interrompit Marta – elle ne voulait pas avoir l'air effrayée, mais elle l'était.

— Préparez une petite valise avec l'indispensable, dit Mike en baissant un peu la voix sans la quitter du regard. Soyez prête à partir, en cas de besoin. À tout moment. Je ne peux pas vous en dire plus. Ne dites pas un mot de ça, à personne. Et moins encore au colonel Castillo Armas.

— Je ne cache rien à Carlos, réagit-elle, déconcertée.

— Mais ça oui, gardez-le pour vous, dit-il, cette fois-ci de manière tranchante. Je vous appellerai ou je viendrai vous chercher si nécessaire. Ne sortez de cette maison sous aucun prétexte. Ne recevez personne non plus. Je viendrai moi-même, ou monsieur Carlos Gacel Castro viendra de ma part. Vous avez fait sa connaissance, n'est-ce pas ? C'est un homme dont tout le monde se souvient à cause de sa laideur. Si je vous dis ça, c'est pour votre bien, Marta, croyez-moi. Je dois m'en aller. Au revoir.

Le gringo partit sans lui serrer la main. Elle resta stupéfaite, muette. Elle n'avait même pas eu l'idée de lui demander ce que signifiaient ces ordres qu'elle venait de recevoir. Et puis, comment osait-il lui donner des ordres ? Ce gringo était-il devenu fou ? Qu'est-ce qui se passait au

Guatemala ? Elle pensa aussitôt que le président était en danger et qu'elle avait l'obligation de le prévenir. C'était maintenant trop sérieux et, sans le moindre doute, il s'agissait d'une conspiration en cours. D'un possible coup d'État. Comment se faisait-il qu'Abbes García et Mike fussent au courant ? Elle décrocha le téléphone mais, avant d'appeler, elle hésita. Et s'il était trop tard pour le prévenir ? De plus, Carlos n'était pas au courant des visites régulières d'Abbes García et de Mike. Il voudrait avoir des précisions, des faits concrets, il aurait des soupçons dictés par sa sempiternelle jalousie. Elle se mettrait toute seule en difficulté. Elle se trouvait dans un océan de doutes et l'angoisse lui avait asséché la bouche.

Elle ne cessa d'hésiter tout le reste de l'après-midi. Elle appellerait Carlos ou non ? Soudain, en un tournemain, sans avoir une conscience claire de ce qu'elle faisait, sans rien dire à Símula ni se décider à appeler Carlos au Palais, elle commença à remplir son bagage à main des choses indispensables pour un voyage improvisé. Elle y mit aussi les petites enveloppes pleines de dollars que Mike lui avait données. Sa tête était un moulin, elle avait le cœur au bord des lèvres. Était-elle peut-être au dernier jour de sa vie ? Était-il vrai que des gens voulaient la tuer ? C'est ce que le gringo avait suggéré, oui, cela même. Elle associa tout ça au départ mystérieux d'Abbes García et à son voyage à Mexico, deux jours auparavant. La peur ne la lâcha pas un instant tout le reste de l'après-midi, jusqu'à la tombée de la nuit.

Vers les cinq heures, Símula vint lui demander si elle désirait qu'elle lui serve le thé avec des biscuits ; elle la vit si pâle qu'elle s'étonna. Se sentait-elle mal, la petite ? Elle fit non de la tête. Mais elle était tellement hors d'elle-même qu'elle n'osa rien dire de peur que Símula se rende compte de son trouble convulsif.

Peu après, elle reçut un appel de Carlos depuis son bureau du Palais.

— Tu es sûre que Margarita t'a dit qu'il y avait une fête chez le ministre de la Défense ? lui demanda-t-il.

— Tu crois que je suis assez folle pour inventer une chose pareille ? J'en suis absolument certaine, lui répondit-elle. Pourquoi tu me demandes ça ?

— Je viens de parler avec lui et il l'a nié, dit Carlos. Vraiment, Margarita t'a dit... ?

— Elle me l'a dit exactement comme je te l'ai raconté, s'irrita-t-elle. Et que nous pouvions aller ensemble à ce dîner. Pourquoi j'inventerais une idiotie pareille ?

— Ce n'est pas toi, mais, à l'évidence, quelqu'un a inventé cette histoire, dit Carlos au téléphone.

— Peut-être que sa femme, elle s'appelle Olinda, non ? celle au derrière énorme, lui a préparé une surprise pour son anniversaire et qu'il n'est pas au courant, ajouta Marta.

— C'est possible, dit Carlos. En tout cas, Francisco avait l'air vraiment surpris. Si c'est comme ça, nous lui avons bousillé la surprise, à Olinda.

— Ce matin, j'avais à peine ouvert les yeux que j'ai vu un chat noir, dit Marta tout à coup. Et juste après, en allant aux toilettes, j'ai cassé un miroir.

— Et qu'est-ce que ça signifie ?

Le président eut un rire forcé.

— Sept ans de malheur, pas moins, dit Martita. Je sais que tu ne crois pas à ces choses-là, tu trouves que ce sont des bêtises.

— Bien sûr que ce sont des bêtises, répondit Castillo Armas. Enfin, ne t'en fais pas.

— Moi non plus je n'y crois pas, mais sans y croire, j'ai peur, reconnut Marta. On se retrouve ce soir ?

— Je voudrais bien, mais non, je ne peux pas, dit Carlos. J'aurai beaucoup de travail tout l'après-midi. Et j'ai une réunion avec les chefs d'entreprise au Palais. Pour les inciter à investir dans le pays. Je te verrai demain. Il y a beaucoup de problèmes ici, je te raconterai.

Quand Martita raccrocha, elle tremblait comme si elle avait un accès de paludisme. Ses yeux s'étaient remplis de larmes. « Il faut te calmer, se commanda-t-elle. Il faut garder la tête froide si tu ne veux pas qu'on te tue. »

Elle appela Margarita, mais elle n'était pas chez elle. Ou faisait-elle semblant ? Elle l'appela encore à plusieurs reprises, mais à chaque fois ses domestiques lui donnaient des excuses différentes. Comment était-il possible que Margarita l'ait appelée pour aller ensemble à la fête du ministre de la Justice et que Juan Francisco ait dit au président qu'il n'y avait pas de fête ? Tout cela était-il en relation avec la visite de Mike et ses incroyables instructions ? Faire une « petite valise » avec les choses les plus urgentes. Avait-elle bien fait de cacher tout ça à Carlos ? Et ce Cubain à face de bandit appelé Carlos Gacel Castro – qui travaillait avec le lieutenant-colonel Trinidad Oliva et était le chauffeur d'Abbes García – qui viendrait peut-être la chercher. Pour l'emmener où ? Oui, elle appellerait immédiatement Carlos au Palais et lui raconterait tout. Elle n'avait pas le choix. Mais à peine avait-elle soulevé le combiné qu'elle hésita à nouveau et n'en fit rien. Mike avait dit que, surtout, il ne fallait rien dire au président. Pourquoi ce gringo qui ne s'appelait pas Mike prenait-il de telles libertés avec elle ? Pourquoi lui donnait-il de l'argent ? Avait-elle mal agi en faisant commerce des ragots qu'elle lui racontait ?

Elle était dans cet état d'angoisse quand Símula entra dans sa chambre pour lui demander s'il fallait lui servir le dîner maintenant. Elle regarda sa montre : huit heures du soir. Elle lui dit oui mais, quand on lui apporta le repas, elle ne prit pas même une bouchée. Elle se lava les dents, passa sa chemise de nuit et se mit au lit. Son corps lui faisait mal et elle ressentait une grande fatigue, comme si elle avait marché pendant des heures. Elle dormait quand Símula revint dans sa chambre, les yeux hagards, pour lui dire que ce gringo, là, l'appelait au téléphone. Il lui avait dit de la réveiller, que c'était très urgent. Elle n'oublierait jamais, le restant de ses jours, cette très courte conversation avec Mike.

— Qu'y a-t-il ? Que se passe-t-il, Mike ?

— Gacel vient vous prendre. Il arrivera dans trois ou quatre minutes. Attendez-le à la porte. Il n'y a pas d'escorte, on l'a retirée.

Il parlait avec une fermeté apparente, mais Martita eut l'intuition qu'il faisait un gros effort pour ne pas révéler sa nervosité.

— Où va-t-il me conduire ? Je n'ai pas confiance dans ce type si laid.

— Marta, votre vie dépend de lui maintenant.

— Je vais appeler le président pour lui raconter tout ça, dit-elle.

— Il y a eu un attentat contre le président et on ne sait pas s'il est mort ou blessé, dit sèchement Mike. Le lieutenant-colonel pourrait donner l'ordre de vous arrêter pour complicité dans ce crime, Marta. Si c'est le cas, le plus probable n'est pas qu'on vous arrête, mais qu'on vous tue. Vous sauver ou mourir, ça dépend de vous. On a enlevé les gardes à votre porte cet après-midi, c'est un mauvais signe. Marta, sortez et montez dans la voiture de Gacel.

Il raccrocha. Elle n'hésita pas une seconde. Elle s'habilla à toute vitesse. Elle tira sa valise et, suivie de Símula qui se signait à tout moment, traversa le salon, surprise de ne pas voir les gardes du corps en faction qui surveillaient jour et nuit la maison. Elle entrouvrit la porte d'entrée et, bien entendu, les soldats qui montaient la garde avaient eux aussi disparu, comme Mike l'avait dit : la guérite était vide. Pourquoi lui avait-on enlevé les gardes du corps ? Mais il y avait une voiture noire, garée tout près. Une des portières s'ouvrit et elle vit se pencher l'horrible visage de Gacel. Lui aussi avait l'air très nerveux. Sans lui dire bonsoir, il prit sa petite valise et s'empressa de la mettre dans le coffre de la voiture. Puis il ouvrit la portière arrière pour la faire entrer.

— Vite, Madame, vite, l'entendit-elle prononcer.

Quand l'auto partit, Marta s'aperçut qu'elle avait omis de dire au revoir à Símula. La voiture circulait dans les rues désertes de la ville, tous feux éteints. Tout avait l'air tranquille.

Des jours et des années plus tard, Marta se souviendrait très souvent de cette voiture qui, tous feux éteints, parcourait à une vitesse insensée les rues obscures du quartier de San Francisco, le plus ancien de la ville de Guatemala. Elle ne savait pas que plus jamais elle ne remettrait les pieds dans cette ville, ni dans ce pays qu'elle abandonnait de manière irréfléchie, sans comprendre grand-chose à ce qui se passait autour d'elle. Elle n'oublierait jamais que, peut-être pour la première et dernière fois de sa vie, elle avait connu la peur. Une peur panique, une terreur qui glaçait les os, qui poissait sa peau. Son cœur paraissait un tambour et elle avait la sensation qu'il pouvait lui sortir par la bouche à tout moment. C'était vrai qu'on avait perpétré un attentat contre Carlos ? Pourquoi pas ? L'histoire du Guatemala n'était-elle pas remplie d'assassinats de politiciens et de présidents ? Combien de chefs d'État étaient morts assassinés ? Et n'était-il pas incroyable que le lieutenant-colonel Trinidad Oliva pût donner l'ordre de l'arrêter ? Pour complicité dans ce crime ! Elle ! Mon Dieu, mon Dieu ! C'était sûrement une manigance d'Odilia, bien entendu. Elle était complice du directeur de la Sécurité, on lui avait dit que le Butor avait un faible pour la femme de Carlos. Ou bien Mike était-il en train d'essayer de l'éloigner en lui faisant peur ? Elle n'avait jamais été très croyante, mais là, elle pria Dieu avec une ferveur inhabituelle pour qu'il prenne en pitié la misérable femme qu'elle était, elle : elle se retrouvait seule au monde, elle fuyait sans savoir où. Et si c'était ça la vraie embuscade, et ce bandit qui conduisait la voiture à une vitesse absurde, celui qui était chargé de la tuer ? C'était possible, tout était possible. Il l'emmènerait dans un champ, il lui flanquerait quatre balles et il jetterait là son cadavre pour que les chiens, les vautours et les rats le dévorent.

— Qu'est-ce c'est, qu'est-ce c'est ? demanda-t-elle, terrifiée.

— Une patrouille, dit Gacel. Ne bougez pas et ne dites rien, Madame. Laissez-moi faire.

Il y avait un barrage qui coupait la rue et des soldats avec casques et fusils. Elle vit qu'un officier s'approchait de la voiture avec une lampe torche allumée ; il tenait aussi un revolver à la main. Gacel baissa la vitre et lui montra des papiers. L'officier les examina à la lumière de sa torche, s'approcha de la fenêtre arrière et la regarda en lui mettant le jet de lumière dans la figure. Ensuite, sans un mot, il rendit les papiers à Gacel et donna un ordre aux soldats. Ces derniers retirèrent la barrière pour laisser passer la voiture.

— Heureusement, heureusement, balbutia miss Guatemala. Quels papiers lui avez-vous montrés ?

— De la direction de la Sécurité, dit Gacel, avec son inimitable accent cubain. Ici, en ville, je ne crois pas que nous ayons des problèmes parce que le lieutenant-colonel Trinidad Oliva commande. Le danger est à la frontière. Priez Dieu qu'on puisse passer.

— À la frontière ? Vous pouvez me dire où vous m'emmenez ?

— À San Salvador, répondit sobrement Gacel – et il répéta : Priez Dieu qu'on puisse passer, si vous croyez en Lui.

À San Salvador ? Elle n'avait jamais eu aucun passeport parce qu'elle n'était jamais sortie du Guatemala. Comment allait-elle entrer au Salvador ? Et qu'allait-elle y faire ? Le seul argent qu'elle avait était celui des enveloppes que lui remettait Mike. Elle les portait dans sa valise de cabine, mais c'était très peu, à peine de quoi survivre quelque temps. Qu'allait-elle faire au Salvador sans même un papier d'identité ? Pourquoi ce gringo sans nom la protégeait-il ? Tout était devenu mystère, danger, confusion.

— Après avoir passé la frontière, vous pourrez dormir un peu, Madame, dit la voix de Gacel. J'espère qu'Abbes García l'a déjà passée. Pour le moment, prions pour qu'on nous laisse passer. Même si, moi non plus, je ne crois pas beaucoup en l'au-delà.

« J'ai tellement peur que je ne peux pas prier », se dit Marta. Et pourtant, elle dut s'endormir dans l'instant. Elle eut un sommeil plein de cauchemars où la mort rôdait sous la forme d'abîmes, de fauves ou de pièges qui s'ouvraient devant elle quand elle n'avait pas d'autre solution que de plonger dans ce trou obscur. Une question lui trottait dans la tête : pourquoi Gacel avait-il dit ça ? Abbes García n'était-il pas parti à Mexico deux jours auparavant ? Comment pouvait-il se demander s'il avait passé maintenant la frontière du Salvador ?

— Voici venir le plus sérieux, Madame, entendit-elle dire le chauffeur. Ne bougez pas.

Elle se réveilla d'un coup. Elle vit des lumières, une longue file de camions et d'autobus ainsi qu'un poste militaire avec des gens en uniforme et des civils. Gacel gara la voiture et descendit, une liasse de papiers à la main. Il s'éloigna sans dire un mot en direction d'une cabane de bois où se trouvait une longue file, les chauffeurs des camions et des autobus stationnés sur le côté de la route. Cette attente lui sembla interminable. La nuit était épaisse, sans étoiles, et soudain il se mit à pleuvoir. Le bruit désordonné des gouttes sur le capot la faisait frissonner. Enfin Gacel réapparut, accompagné d'un officier qui portait un imperméable en plastique. Il avait une torche à la main. Gacel ouvrit le coffre et l'officier l'inspecta en baissant la tête à l'intérieur. Est-ce qu'il viendrait l'interroger ? Non, l'officier s'en alla sans même jeter un regard à l'arrière de la voiture. Gacel revint et démarra avec un soupir de soulagement. Très lentement, ils franchirent un pont. La pluie battait et les impacts de l'eau résonnaient sur la voiture qui grimpait vers un sommet.

— Maintenant, vous pouvez dormir tranquille, Madame, dit Gacel sans cacher sa joie. Le danger est passé.

Mais Marta ne referma pas les yeux. La route était

pleine de trous et son corps cognait contre le dossier du siège à chaque nid-de-poule. Quand ils entrèrent dans cette grande ville, combien d'heures s'était-il écoulé ? Elle n'en avait pas la moindre idée, elle avait perdu la notion du temps. Trois, quatre, cinq ? Il faisait encore nuit noire.

Gacel devait très bien connaître la ville de San Salvador parce qu'il ne s'arrêta pas une seule fois pour demander son chemin aux très rares passants qui circulaient dans les rues comme des ombres. Les premières petites lumières de l'aube commençaient à poindre à l'horizon. Il avait cessé de pleuvoir.

Finalement, l'auto s'arrêta à la porte d'un hôtel. Gacel descendit prendre sa valise et l'aida à sortir de la voiture. À peine fut-elle entrée dans l'immeuble que Marta vit le lieutenant-colonel Abbes García, toujours habillé en civil, assis dans l'un des fauteuils du vestibule. Lui aussi donnait l'impression d'arriver à l'instant. En la voyant, il se leva et vint vers elle. Il la prit par le bras et, au lieu de l'emmener vers le comptoir où il y avait une femme solitaire qui les observait, il la tira vers le couloir. Il prit congé de Gacel en lui tapant sur le bras et, après avoir parcouru ce couloir dans la pénombre, il ouvrit une porte. Marta vit un lit et une armoire entrouverte avec des cintres vides. Il y avait une valise pas encore ouverte. Oui, c'était évident : Abbes García aussi venait d'arriver.

— Je ne vais pas avoir de chambre pour moi toute seule ? demanda-t-elle.

— Bien sûr que non, répondit Abbes García, avec ce sourire que transformait en grimace sa figure boursouflée. Un lit, ça suffit et c'est même trop pour deux personnes qui s'aiment bien. Comme nous.

— J'ai besoin que quelqu'un m'explique ce qui se passe au Guatemala, dit-elle. Ce qui va se passer.

— Tu es vivante, c'est tout ce qui importe pour l'instant, dit Abbes García, changeant de voix. Ce qui va se passer, c'est ceci. Je vais te défoncer le cul et te faire couiner comme une truie, miss Guatemala.

Ce qui l'étonna, plus que les gros mots qu'elle entendait pour la première fois de la part du Dominicain, fut qu'enfin le lieutenant-colonel s'était mis à lui dire *tu*.

XX

— J'ai été emprisonné comme anticommuniste sous le gouvernement d'Árbenz ! cria le lieutenant-colonel Enrique Trinidad Oliva – et il leva ses mains, en montrant ses menottes. Et maintenant on m'arrête comme ça. Qu'est-ce que c'est que cette abomination ? Je vous demande de m'expliquer.

Le chef de la Justice militaire, le colonel Pedro Castañino Gamarra, un avocat adjoint à l'armée, ne lui prêta pas attention. Il continua d'examiner des papiers comme s'il avait été seul dans son bureau. C'était un homme presque chauve mais avec de grandes moustaches à la mexicaine. Il était en uniforme et portait d'épaisses lunettes de myope. Une lumière oblique entrait par les larges fenêtres qui donnaient sur la caserne de la garde d'honneur et l'on voyait un ciel chargé. Au loin, dans la cour, il y avait quelques soldats alignés.

— Et par-dessus le marché, accusé d'avoir participé au complot de l'assassinat du président ! cria le lieutenant-colonel, en sentant des gouttes de sueur dégouliner sur son visage. J'exige plus de respect pour ma fonction et mes galons. J'ai participé aux discussions du Traité de paix à San Salvador. J'ai fait partie de la Junte transitoire. Le président m'a nommé directeur de la Sécurité du régime. J'exige respect et considération. Pourquoi ne me laisse-t-on pas parler avec mon frère, le colonel Juan Francisco Oliva, qui a été ministre de la Défense de Castillo Armas ? Pourquoi ne me laisse-t-on pas voir ma famille ? Ou est-ce qu'ils sont tous détenus aussi ?

Le colonel Castañino Gamarra avait levé la tête, retiré ses lunettes et le regardait sans sourciller le moins du monde. Il ne parla que lorsque le lieutenant-colonel se tut.

— Vous n'avez pas été arrêté pour avoir participé à un complot, dit-il sèchement. Ne faites pas cas de ce que disent les gens. Et votre famille est bien tranquille, elle mène sa petite vie habituelle. Calmez-vous donc. Vous êtes arrêté pour avoir profité de l'assassinat du président pour vous attribuer des fonctions qui n'étaient pas les vôtres. Pour avoir muté des chefs militaires, pour avoir déposé et remplacé des autorités et pour avoir fait arrêter sans aucun motif des gens honorables. Et aussi pour avoir déclaré l'état de siège sans en référer à vos supérieurs. Quelle mouche vous a piqué ? La mort du président Castillo Armas vous a-t-elle tourné la tête ?

— Je n'ai fait que remplir mes obligations ! cria à nouveau l'accusé, furibond. Il fallait que je trouve les assassins du président. C'était mon devoir, vous ne le comprenez pas ?

— Vous avez dépassé les bornes, répéta le chef de la Justice militaire, d'une voix monotone, comme s'il récitait un texte appris par cœur. Vous vous êtes pris pour le nouveau président de la République et avez commis toutes sortes d'atrocités, sans aucune justification. C'est pourquoi vous êtes là.

— J'exige qu'on respecte ma charge et mes galons ! cria une fois de plus, hors de lui, le lieutenant-colonel en montrant à nouveau ses menottes. Cette humiliation est intolérable. Absurde. On ne m'a même pas autorisé à rencontrer mes avocats !

Ils se trouvaient seuls dans la pièce. Castañino Gamarra, après avoir obligé le détenu à s'asseoir, avait renvoyé la garde qui l'avait amené à son bureau. Dehors, derrière les vitres, on voyait les soldats en rang qui commençaient à défiler. Le sous-officier qui les guidait avait pris la tête du peloton et marchait avec beaucoup de conviction ; il remuait ses lèvres mais ses cris ne parvenaient pas jusqu'à la salle.

— Calmez-vous un peu, dit le colonel, enfin un peu plus aimable. Ce n'est pas un interrogatoire policier. Il n'y a ni procès-verbal ni sténographe. Vous ne le voyez pas ? C'est une conversation privée, dont la teneur ne paraîtra pas dans la presse et dont il ne restera aucune trace. Remettez-vous.

— Une conversation privée ? ironisa Trinidad Oliva en montrant une fois de plus ses menottes.

— L'armée veut vous donner une seconde chance.

Le colonel avait baissé un peu la voix. Il regarda tout autour comme pour s'assurer qu'il n'y avait personne d'autre dans la pièce.

— Calmez-vous et écoutez-moi bien. Je vous avertis que cette proposition est à prendre ou à laisser, et que si vous la repoussez, vous devrez en assumer les conséquences.

— Quelle est cette proposition ?

— Présentez votre démission de l'armée, sous n'importe quel prétexte. Vous pouvez alléguer la fatigue, ou la peine pour ce qui est arrivé au chef de l'État, n'importe quoi. Et acceptez les charges d'outrepassement de vos fonctions et d'abus de pouvoir en tant que directeur de la Sécurité, assorties de nominations et d'arrestations arbitraires.

Le colonel marqua une pause, en jaugeant l'effet de ses paroles. Trinidad Oliva avait pâli. Après ces quelques jours de détention il avait maigri, son visage s'était creusé et il avait le front plein de rides. La sueur perlait à ses tempes et sur ses joues.

— Il y aura un petit procès, très discret, évitant toute répercussion publique. Sans aucune publicité, je veux dire, poursuivit le colonel, lentement, en scrutant l'effet de ses paroles sur l'accusé. Vous ne passerez que deux ans dans une prison militaire, où vous serez traité conformément à votre rang. Et vous conserverez votre pension.

— Croyez-vous que je puisse accepter pareille infamie ? cria encore plus fort le lieutenant-colonel. Deux ans de prison ! Pour quel délit ? Pour avoir assumé les fonctions de directeur de la Sécurité que m'avait confiées le président de la République en personne ?

Le chef de la Justice militaire le regardait maintenant d'un air vaguement moqueur. Il y avait quelque ironie et un peu de mépris dans sa voix quand il lui répondit :

— Je vous assure, lieutenant-colonel, qu'un jugement public, en présence de la presse, ne vous conviendrait nullement. Avec cette proposition, l'armée vous fait une grande faveur. Pensez à votre avenir, ce serait fou de la rejeter.

— J'ai été victime d'un abus de pouvoir, je veux et j'exige des excuses, des explications ! cria encore Trinidad Oliva, hors de lui, montrant toujours ses menottes au chef de la Justice militaire.

Celui-ci avait perdu patience et quand il reprit la parole, il le fit en termes très sévères, voire agressifs :

— Si vous rejetez cette proposition, vous serez jugé pour de bon, par un tribunal militaire. Votre participation à l'assassinat du président sera rendue publique. On dévoilera tous vos mensonges. Par exemple, que l'assassin, le soldat dont vous avez trouvé le prétendu journal, a abattu Castillo Armas pour venger son père communiste. Vásquez Sánchez n'avait pas de père. Je veux dire qu'il n'avait jamais connu son père parce qu'il était fils de mère célibataire. De plus, ce journal que vous avez mis sur la place publique, où le soldat explique pourquoi il se suicidera après avoir commis le meurtre, est faux de bout en bout. Il a été examiné par les experts de l'armée, deux graphologues, et tous deux sont d'accord pour dire que c'est une grossière falsification. Le soldat n'aurait même pas pu l'écrire parce qu'il était pour ainsi dire analphabète. Vous voulez donc que cette histoire inventée de toutes pièces soit livrée à tous dans un procès public ? Démissionnez donc et acceptez de passer deux années dans une prison militaire, mille fois préférable à une prison de droit commun. Dans le cas contraire, vous pourriez rester pour le restant de vos jours derrière les barreaux. Soit dit en passant, savez-vous que feu le président vous appelait le Butor ? Pourquoi, d'après vous ?

XXI

Le colonel Carlos Castillo Armas ouvrit les yeux, sans nul besoin du réveil, à cinq heures et demie tapantes, comme tous les jours. Bien qu'il se soit couché très tard – ce à quoi sa charge de président de la République l'obligeait bien des fois –, son corps s'était habitué à se lever aux premières clartés depuis l'époque où il était cadet à l'École polytechnique. Pour ne pas réveiller Odilia, il gagna la salle de bains sur la pointe des pieds afin de se raser et se doucher. En voyant dans la glace son visage émacié, ses yeux cernés et son pyjama qui glissait aux épaules et à la taille, il remarqua qu'il avait à nouveau perdu du poids. C'était inévitable. Avec les maux de tête que lui causait chaque jour, depuis trois ans, la bande de vauriens et de traîtres qui l'entouraient, rien d'étonnant qu'il ait continué à maigrir. Il n'avait jamais été porté sur la bouffe ; en revanche sur la boisson, oui. Mais dernièrement, la nourriture lui provoquait même du dégoût et il devait se forcer pour manger un fruit au petit déjeuner et, quand il n'avait pas de déjeuners officiels, l'omelette aux haricots rouges et au piment qui composait son ordinaire. Le soir, il s'imposait de manger au moins un plat et, ça oui, boire un ou deux verres de rhum pour se décontracter quelque peu et oublier le goût amer que lui laissaient, depuis un certain temps, les frustrations et les prises de bec quotidiennes.

Tandis qu'il se rasait et se douchait il se demanda encore une fois à quel moment tout, autour de lui, avait commencé à s'effondrer. Il n'en allait pourtant pas ainsi au début, trois ans plus tôt. Assurément pas. Il se rappelait son entrée à Guatemala-ville en provenance du Salvador suite aux négociations de paix avec les forces armées, menées par l'ambassadeur John Emil Peurifoy, cet énorme Ricain dont il s'était tellement méfié au début et qui, au final, s'était si bien comporté à son égard. Le pauvre homme était mort dans une collision, qui était peut-être un attentat, là-bas dans son nouveau poste d'ambassadeur en Thaïlande, ainsi que son fils qui était avec lui dans la voiture. Dieu les garde tous deux au ciel ! Il se rappelait la foule qui l'avait accueilli à l'aéroport de La Aurora, les acclamations, les mégaphones, les vivats. Dignes d'un roi ! Considéré comme tel par militaires et civils, amis et ennemis, et toute la presse du Guatemala. Et tous s'étaient mis aussitôt à l'aduler, à le satisfaire en tout, à lui lécher les bottes et à quémander nominations, ministères, promotions et contrats. Traîtres ! Canailles ! Mais peut-être que les choses avaient commencé à mal tourner justement en ce jour d'accueil triomphal. Et les premiers heurts entre les cadets de l'École polytechnique et les volontaires de l'Armée de libération nationale, ces pourritures, n'avaient-ils pas commencé là ? Sauf qu'au milieu de la populace, cet incident était passé inaperçu de beaucoup, lui compris.

Trois ans plus tard, ils conspiraient tous dans son dos contre le gouvernement. Il le savait fort bien. Ils voulaient même l'éliminer. Bien entendu. Même son propre directeur général de la Sécurité, le Butor, à qui il avait confié tous les corps spécialisés du pays, policiers et militaires, convaincu qu'il saurait protéger ses arrières mieux que personne. Et maintenant il en était sûr : lui aussi conspirait contre lui ; le frère d'Enrique, Juan Francisco, ministre de la Défense, l'avait reconnu devant lui (« Je ne sais où diable s'est fourré Enrique, tu sais qu'il a toujours été un peu dérangé. Vrai, c'est à peine si nous nous voyons maintenant »). Autrement dit, le lieutenant-colonel Enrique Trinidad Oliva se tenait également prêt à lui planter un poignard dans le dos quand se présenterait l'occasion propice. Mais il n'allait pas lui tendre le dos. Au contraire, il l'écraserait très vite comme le cafard qu'il était. Très bientôt, dès qu'il trouverait quelqu'un de bien pour le remplacer à son poste. Il lui ferait ravaler sa trahison et l'obligerait à s'humilier, à lui demander pardon à genoux. Il n'y aurait pas d'excuses pour les traîtres. Pour aucun d'eux. Il le jurait, nom de Dieu !

Tout en s'habillant il se rappela ses rendez-vous de la journée. La délégation des indigènes du Petén ne lui prendrait pas trop de temps. À dix heures du matin il recevrait l'ambassadeur des États-Unis. Il savait bien le but de sa visite : lui recommander modération et prudence. Quel paradoxe ! Modération et prudence maintenant, alors qu'avant : une main de fer, liquider les communistes, les vrais et les supposés tels, les idiots utiles et les compagnons de route, les syndicalistes et les dirigeants des ligues paysannes, les intellectuels vendus et les artistes apatrides, les militants et les coopérativistes, les terroristes, les francs-maçons, voire les leaders des confréries. Pas question, surtout, de délivrer des visas de sortie à ceux qui s'étaient réfugiés dans les ambassades, à commencer par Árbenz le

Muet. Au trou ! Et s'il n'y avait pas assez de communistes, qu'on en fabrique, qu'on en invente, pour satisfaire ces crétins de puritains.

Il ne resterait que dix minutes à l'ambassade du Mexique, le temps de lire son discours à la cérémonie. En espérant que le texte de Mario Efraín Nájera Farfán, son adjoint aux questions juridiques, diplomatiques et culturelles, ne contienne pas trop de jargon incompréhensible ou de mots difficiles à prononcer. Puis il recevrait des dépêches et des communiqués jusqu'à l'heure du déjeuner. Irait-il chez miss Guatemala ? Oui. Il se languissait des déjeuners tranquilles avec Marta, seul à seule, à causer de choses et d'autres loin de l'actualité, et ensuite pouvoir faire une petite sieste de quinze minutes dans le confortable fauteuil en osier près du ventilateur, prenant des forces avant d'affronter les obligations de l'après-midi et du soir. Il devrait, en effet, réunir plusieurs ministres pour expédier les affaires courantes, ainsi que la délégation des dames de l'Action catholique, envoyées par l'archevêque Mariano Rossell y Arellano, qui avait été naguère son ami et collaborateur. Mais, évidemment, depuis qu'il fréquentait Marta il était devenu son ennemi numéro un. Elles viendraient lui seriner leur baratin habituel : le mettre en garde contre les évangélistes qui infiltraient beaucoup trop la société guatémaltèque, surtout parmi les Indiens incultes et pauvres. Il les laisserait parler et se plaindre à peine quinze minutes, puis les congédierait en leur donnant toute assurance : « Ces évangélistes, nous leur fermerons les portes du Guatemala, qu'est-ce qu'ils croient, il ne manquerait plus que ça. » Le soir venu, il avait au palais du Gouvernement une réunion avec les chefs d'entreprise les plus importants du pays. Et dans l'intervalle, Odilia le représenterait pour une rencontre consacrée à l'éducation. Il était urgent de convaincre les Guatémaltèques fortunés ; ils devaient accroître leurs investissements au Guatemala, rapporter l'argent qu'ils avaient planqué aux États-Unis. Il lui faudrait aussi lire un discours, préparé par Mario Efraín Nájera Farfán. Irait-il ensuite dormir chez miss Guatemala ? Il calcula qu'il ne lui avait pas fait l'amour depuis au moins une semaine. Voire deux ? Sa tête devenait incapable de se rappeler même ces choses importantes. Cela dépendrait de son degré de fatigue, il se déciderait le moment venu.

Alors qu'il s'apprêtait à sortir, il entendit la voix de sa femme qui, se prélassant au lit, lui demandait s'il viendrait déjeuner. Sans s'approcher pour lui dire bonjour, il lui dit non, qu'il avait une obligation officielle. Et il pressa le pas pour éviter de parler à Odilia. La relation avec son épouse avait atteint un niveau critique depuis que, deux semaines auparavant, il avait appris qu'Odilia avait assisté à une réunion avec des chefs de l'armée au casino militaire, ce dont elle ne lui avait pas soufflé mot. Quand il l'avait interrogée, il avait vu sa femme devenir très nerveuse, hésiter et nier que cela fût vrai. Mais quand elle l'avait entendu hausser le ton, elle avait fini par avouer que oui : on lui avait demandé d'être présente parce qu'il s'agissait de quelque chose de « délicat et urgent ».

— Et tu trouves ça bien de rencontrer des militaires qui conspirent dans mon dos ? lui dit-il en élevant encore plus la voix.

— De quelle conspiration tu parles ? dit Odilia sans reculer et le défiant maintenant du regard et du geste. Ces militaires sont tes amis, loyaux envers toi et inquiets de la situation.

— Quelle situation ?

Castillo Armas sentait la colère l'aveugler et tâchait de se contenir pour ne pas avoir à la gifler.

— La chérie que tu t'es mise sur les bras et qui est le scandale du Guatemala ! cria-t-elle. Les militaires ne sont pas les seuls à s'en inquiéter. L'Église aussi, et tous les gens honnêtes du pays.

Il en resta muet. Odilia, dans leurs disputes, n'avait jamais osé jusqu'à présent mentionner miss Guatemala. Il hésita quelques secondes avant de lui répondre.

— Je n'ai de comptes à rendre à personne sur ma vie privée, merde ! cria-t-il, hors de lui. Mets-toi bien ça dans la tête, non mais des fois !

— À moi oui, tu as des comptes à rendre, je suis ton épouse devant Dieu et devant les hommes – Odilia fulminait des yeux et de la voix. Ta liaison scandaleuse avec cette pouffiasse pourrait te coûter cher. Voilà pourquoi j'ai rencontré les militaires. Ils sont inquiets et disent que cette situation te cause du tort ainsi qu'au gouvernement et au pays.

— Plus aucune rencontre avec ces traîtres, je te l'interdis ! cria-t-il, désireux d'en finir au plus tôt. Sinon, je t'avertis, tu en subiras les conséquences – et il partit en claquant la porte.

« Va te faire foutre ! » lui lança Odilia alors qu'il quittait la chambre. Et Castillo Armas pensa alors, pour la première fois, à plaquer sa femme. Il paierait ce qu'il faudrait pour dissoudre les liens du mariage catholique, s'en aller vivre avec Marta, et l'épouser. Après tout, c'est avec elle qu'il était heureux. Avec miss Guatemala, il avait recommencé à avoir du désir, à être un homme au lit. Qui pouvaient être ces militaires qu'Odilia avait rencontrés ? Ses prières et ses menaces n'avaient pu la convaincre de donner des noms. Il en connaissait certains, mais il n'était pas sûr des autres. Et cet imbécile de Butor le lui avait caché. C'était clair, cette rencontre avait été une conspiration en règle. Ces petits cons planifiaient un coup d'État. C'était évident.

Le rendez-vous avec les indigènes du Petén se passa mieux qu'il ne l'espérait. Il croyait qu'ils étaient venus protester contre la confiscation de leurs terres, contre les morts et les blessés suite aux heurts avec la police et les grands propriétaires. Rien de tout cela ; ils voulaient seulement que le gouvernement restaure leur petite église qui avait brûlé dans l'incendie provoqué par la foudre, ainsi qu'une subvention pour la confrérie et deux communautés de la région. Le président, tout à sa surprise, leur promit tout ce qu'ils demandaient.

En revanche, la réunion avec l'ambassadeur des États-Unis fut plus délicate. Il s'agissait – comme toujours ! – de l'United Fruit. Les États-Unis reconnaissaient les efforts que faisait le gouvernement pour dédommager la compagnie du gros préjudice subi sous Arévalo et Árbenz, ainsi que la sage suppression par les tribunaux et le Congrès du Guatemala des lois scélérates et le rétablissement des vieux accords. Mais quid des frais que représentaient pour la compagnie la reconstruction des locaux et du matériel détruits, les actions en justice, le paiement d'amendes injustes, les astreintes arbitraires, etc., etc. ? La compagnie ne prétendait pas que l'État s'engage à payer la somme totale que tout cela représentait, mais au moins, il serait juste de partager équitablement ces dépenses selon une évaluation faite par une firme neutre et prestigieuse, acceptée par les deux parties. Castillo Armas, sur un ton quelque peu aigre, rappela à l'ambassadeur que tout cela était entre les mains des juges et que son gouvernement respecterait le verdict judiciaire en assumant le coût fixé par les tribunaux.

La cérémonie à l'ambassade du Mexique ne lui prit qu'une demi-heure, comme il l'avait demandé. Il lut un discours et, cette fois encore, Mario Efraín Nájera Farfán avait donné libre cours à son style fleuri de sorte qu'au cours de la lecture il trébucha à deux reprises sur les mots tarabiscotés qui plaisaient à ce monsieur, bien qu'il lui ait dit qu'il préférait toujours des textes simples et clairs qui ne lui poseraient pas de problème au moment de la lecture à ces mots dont il ne connaissait même pas le sens. (Il se dit une fois de plus qu'il devait le rappeler à l'ordre, voire le menacer de se priver de ses services s'il continuait à lui faire passer de si mauvais moments avec les discours écrits de sa main.)

Ensuite il dicta des lettres jusqu'à l'heure du déjeuner. Il arriva à presque une heure et demie chez Marta, mais, contrairement aux autres fois, il ne jouit pas du repos physique et émotionnel qu'il éprouvait d'ordinaire en déjeunant chez sa maîtresse. Il fut fâché d'apprendre que le chef des forces armées avait organisé un dîner d'anniversaire auquel, à l'inverse de tous les ministres de son gouvernement, il n'avait pas été invité.

De retour au Palais dans l'après-midi, il téléphona au ministre de la Défense, le colonel Juan Francisco Oliva, et mi-sérieux, mi-blagueur, lui reprocha de ne pas l'avoir convié à la fête. L'autre lui dit qu'il s'agissait d'une erreur, et sa surprise semblait sincère. C'était vrai que le 26 juillet était son anniversaire, mais il était absolument faux qu'il donnât une réception. Au contraire, sa femme et lui allaient dîner en famille, avec leurs enfants, sans aucun invité. Qui faisait courir ce bruit ? D'où était partie cette rumeur ?

Le président appela Marta et celle-ci, fort surprise, lui assura que Margarita Levalle, l'épouse du ministre de la Justice, lui avait demandé d'aller ensemble à ce dîner et que, si quelqu'un inventait une histoire, ce n'était pas elle. Dans un premier temps, Castillo Armas en déduisit que le colonel Juan Francisco Oliva avait bien organisé cette réception, mais qu'en découvrant que le président en avait été exclu, il avait décommandé le dîner. À cette heure, sa femme et lui appelaient sans doute les ministres pour leur expliquer l'annulation. Autrement dit, Juan Francisco, se sentant en faute, serait privé de fête d'anniversaire. Bien fait pour lui ! Mais ensuite quelque chose de bizarre commença à le tarauder, comme si cette explication n'avait pas été convaincante. Ce qui le laissa avec un mauvais goût dans la bouche tout le reste du jour et le confirma dans ses soupçons qu'il était entouré de gens en qui il ne pouvait avoir confiance.

Le travail de l'après-midi fut plus pénible. Lors de la réunion d'experts économiques, avec le ministre en titre, malgré tous ses efforts il fut incapable de se concentrer. Cela lui arrivait fréquemment ces dernières semaines. Il n'avait plus l'esprit à cela, alors qu'il se battait les flancs pour suivre ces réunions où les techniciens parlaient de prêts, du *ranking* que le Fonds monétaire international, la Banque mondiale et la Commission économique pour l'Amérique latine et les Caraïbes assignaient au Guatemala, ainsi que d'autres affaires qui lui passaient par-dessus la tête d'autant que, par ailleurs, ces maudits experts ne faisaient aucun effort pour qu'il puisse comprendre de quoi diable ils parlaient. Encore heureux que le ministre de l'Économie semblât évoluer à l'aise au milieu de ces chiffres et de ces éléments techniques qui, outre qu'il n'y entendait goutte, l'assommaient. Il se bornait à prendre un air très sérieux, fixait des yeux celui qui parlait en simulant une concentration totale et ne se risquait que de temps en temps à faire un commentaire ou à formuler une question, en tâchant qu'elle soit très générale pour ne pas se planter. Malgré cela, il devinait parfois chez les experts un air narquois ou surpris qui lui indiquait que son intervention était à côté de la plaque.

Avait-il des regrets ? Non, sûrement pas. Si surgissait une autre situation semblable à celle qu'avait vécue son pays, il reprendrait les armes, combattrait, mettrait sa vie en jeu contre les communistes et leurs alliés, les assassins du colonel Francisco Javier Arana, son ami, son mentor. Mais d'aucuns, comme les gringos, oubliaient trop vite tout ce qu'il avait risqué, par exemple, pour le salut de l'United Fruit dont Árbenz le Muet voulait la peau. Et voilà maintenant que ces gringos exigeaient encore de lui « modération » à l'égard de cette même gauche qui, naguère, leur faisait si peur. Oui, le colonel Carlos Castillo Armas avait toutes les raisons du monde d'être déçu. Surtout de la part de ses collègues militaires. Il ne croyait plus en aucun d'eux. Et encore moins en ce Butor, ce traître en qui il avait mis toute sa confiance. Il faisait sûrement partie de ces chefs militaires qui s'étaient réunis avec Odilia pour parler de miss Guatemala. Son frère Juan Francisco s'était-il mêlé à eux ? Ils avaient trouvé le parfait prétexte pour le faire dégager. Mais comme ils étaient tous assoiffés de pouvoir, ils ne pouvaient se mettre d'accord sur celui qui prendrait la tête de la conspiration. Qu'ils veuillent tous être président, voilà qui le sauvait, pour le moment. Quel culot !

Fourrer leur nez dans sa vie privée, il ne manquait plus que ça ! Comme s'ils n'avaient pas presque tous des maîtresses, et aux frais de l'État par-dessus le marché.

Une fois la réunion avec les experts en économie terminée, il dut en présider une autre de parlementaires venus lui exposer les derniers projets de loi qu'ils voteraient au Congrès. Parmi eux, il ne se sentait pas aussi perdu qu'au milieu des économistes. Mais il était, là encore, incapable de se concentrer et de donner un avis fondé sur les divers sujets pour lesquels on le consultait. Il ne leur prêtait attention qu'à de brefs moments, avec toujours cette obsession du dîner d'anniversaire du ministre de la Défense qui ne devait pas avoir lieu. Pourquoi Margarita Levalle avait-elle téléphoné à Marta ? Pour amener le président à gâcher la fête de Juan Francisco Oliva en l'appelant et lui demandant pourquoi il ne l'avait pas invité ? Que s'était-il réellement passé ? C'était une bêtise peu importante, sans doute, mais il y avait là quelque chose, oui, quelque chose qu'il aurait aimé tirer au clair. Peut-être une tentative pour compromettre miss Guatemala ? L'enlever afin de le soumettre, lui, à un chantage et l'obliger à démissionner ? La crainte qu'elle soit enlevée l'avait tourmenté dès la première heure, c'est pourquoi il avait placé un piquet de garde permanent à son domicile et interdit à Marta de sortir toute seule.

Quand la délégation parlementaire fut partie (sans recevoir de sa part d'indications majeures) les deux secrétaires entrèrent avec une liasse de courrier. Demandes et doléances de toute nature, provenant de tout le pays, et en général de gens humbles, misérables, qui sollicitaient de l'aide et de l'argent sans la moindre pudeur. Il resta là encore deux heures à dicter des lettres et accuser réception de rapports. À sept heures et demie il eut envie de tout plaquer là et de rentrer chez lui. Il était dégoûté, frustré, mort de fatigue. Déprimé à l'idée de retrouver sa femme, il éviterait de discuter avec elle et irait très tôt au lit. En prenant son comprimé habituel pour pouvoir dormir. Le médecin lui avait recommandé de ne prendre que deux ou trois Nembutal par semaine, mais lui s'en envoyait un chaque nuit car, sans cela, impossible de fermer l'œil.

Là encore, il ne lui fut pas encore possible de partir. Il y avait là, faisant antichambre, les dames de l'Action catholique qu'avait, à l'évidence, envoyées l'archevêque, un autre adversaire qui, de toute manière, voulait en finir avec lui. Il les reçut, prêt à leur couper net la parole si elles avaient l'outrecuidance d'aborder, fût-ce indirectement, le thème de miss Guatemala. Mais les dames catholiques n'en firent rien. Elles venaient lui faire part de l'inquiétude du « Guatemala catholique », l'immense majorité du pays, face à la pénétration systématique des sectes protestantes, de prétendus « missionnaires » qui, les poches pleines de dollars, venaient construire des églises, endoctriner les indigènes, multiplier la construction de temples qui ressemblaient plus à des cirques qu'à des églises, où ils produisaient ces spectacles de chants et de danses grotesques de Noirs africains avec lesquels ils prétendaient séduire le peuple ignorant pour ensuite faire leur propagande en faveur du divorce et de mille pratiques anticatholiques, voire même de l'avortement. Si le gouvernement ne mettait pas un terme à cette agression contre l'Église catholique, qui était la religion de quatre-vingt-dix-neuf pour cent de la population, le Guatemala serait bien vite un pays protestant.

Le président les écouta attentivement, prit des notes

tandis qu'elles parlaient et, finalement, leur assura que, dès le lendemain, il chargerait les ministres compétents de prendre l'affaire en main. Une affaire qui, en effet, comme elles le disaient, était très grave. Il partageait leurs préoccupations, bien sûr qu'il fallait mettre un frein à l'arrivée de pasteurs évangéliques. Le Guatemala était maintenant un pays libre, émancipé du communisme, qui ne pouvait tomber dans une autre forme de barbarie semi-païenne. Enfin ces dames de l'Action catholique partirent et il était sûr qu'elles avaient toutes le nom de miss Guatemala en tête sans avoir eu le front de la nommer. Il savait fort bien que, dans leurs conversations privées, ces gens affublaient Marta du nom d'oiseau qu'avaient inventé les curés pour la discréditer : « la concubine du Palais ». Il avait consulté le dictionnaire et découvert, indigné, que concubine était synonyme de putain.

Finalement, la journée s'acheva sur la réunion avec les chefs d'entreprise dans le grand salon du Palais. Il les avait fait convoquer lui-même et fut surpris de les voir si nombreux : il y avait là plus de cent, peut-être cent cinquante personnes. Son discours fut bien plus clair et plus substantiel que celui de l'ambassade du Mexique. Il expliquait en détail les progrès économiques du pays et exhortait commerçants, fermiers et industriels à prendre des risques, à investir patriotiquement pour accélérer le rétablissement du Guatemala.

Lorsqu'il regagna la Résidence présidentielle, sa femme, qui venait de rentrer de cette rencontre sur l'éducation, était enfermée dans la salle de bains avec sa pédicure et sa manucure. Il se sentait si fatigué que, retirant seulement son veston et ses chaussures, il s'étendit sur le lit. Il s'endormit immédiatement. Il eut un rêve étrange où, tandis qu'il tombait lentement dans un puits obscur, il bavardait avec un personnage caché sous une couverture le couvrant de la tête aux pieds et un masque d'animal à cornes. Il lui disait qu'il devait mettre un peu d'ordre dans sa vie et retrouver sa joie perdue. Il essayait de le reconnaître par la voix, sans y parvenir. « Qui es-tu ? Dis-moi ton nom, laisse-moi voir ton visage, je t'en prie. »

Sa femme le réveilla enfin. « Le dîner est prêt », lui dit-elle. Et elle ajouta, comme un reproche : « Tu as dormi presque une heure. »

Il se leva et alla à la salle de bains se laver les mains et se rafraîchir le visage à l'eau froide pour se réveiller tout à fait. De la chambre à coucher à la salle à manger, ils devaient traverser un petit jardin avec un acacia solitaire et un couloir. Dès qu'ils quittèrent la chambre, le colonel éprouva une sensation étrange, mais c'est sa femme qui parla en premier :

— Pourquoi n'a-t-on pas allumé les lumières ? demanda-t-elle. Et où sont les domestiques ?

— Et la garde ? s'écria-t-il.

Ils continuèrent à avancer, mais c'était très bizarre. Pourquoi tout était-il dans l'obscurité ? Et où étaient passés les soldats qui étaient en faction vingt-quatre heures sur vingt-quatre dans le jardin, à l'entrée du vestibule qui conduisait à la rue ?

— Felipe ! Ambrosio !

Odilia appela les majordomes, mais aucun ne répondit ni n'apparut.

Ils empruntaient maintenant le couloir qui menait à la salle à manger. Il était également dans l'obscurité.

— Tu ne trouves pas tout ça étrange ? s'écria Odilia en se tournant vers son mari.

Carlos Castillo Armas eut à ce moment une illumination, et il s'apprêtait à retourner en courant vers la chambre pour prendre la mitraillette qu'il gardait contre sa table de nuit quand dans son dos éclata le coup de feu qui le fit chanceler et s'étaler de tout son long. Alors qu'il se sentait atteint par un second tir, il eut encore le temps de percevoir les cris hystériques d'Odilia.

XXII

Il aurait mieux valu, pensa bien des fois l'ex-lieutenant-colonel Enrique Trinidad Oliva, accepter la proposition que lui avait faite ce matin-là, au nom de l'armée du Guatemala, le chef de la justice militaire, le colonel Pedro Castañino Gamarra. Mais s'il avait démissionné, l'aurait-on vraiment détenu seulement deux ans dans une prison militaire, bien traité et en lui conservant sa pension ?

Probablement pas. Mais peut-être qu'il n'aurait pas passé les cinq années qui suivirent cet entretien à courir les prisons militaires et civiles du Guatemala tout entier, errance incompréhensible, arbitraire, idiote et humiliante, chemin de croix sadique dans le seul but de le faire souffrir et de lui faire payer un crime qu'il n'avait techniquement pas commis. N'était-ce pas le Dominicain qui avait tiré deux fois et tué Castillo Armas ? Et puis tous ces colonels, lieutenants-colonels, majors et capitaines étaient heureux que quelqu'un ait commis ce crime, à commencer par cette canaille de général Miguel Ydígoras Fuentes, assis maintenant dans ce fauteuil présidentiel qu'assurément il ne méritait pas.

Pendant ces cinq années, il avait été ignominieusement

expulsé de l'armée, sans aucune pension, pour le pire des délits – la trahison de la Patrie – et puis sa femme l'avait quitté avec ses enfants en s'exilant au Nicaragua, en raison, semble-t-il, de la honte d'avoir à porter son nom, non sans avoir auparavant vendu sa maison, vidé ses économies à la banque, le laissant plus pauvre qu'un mendiant. En l'oubliant, sans plus jamais lui rendre visite, ni lui envoyer de nourriture comme elle l'avait fait les premiers mois de son incarcération. Même ses proches s'étaient détournés de lui comme s'il avait été, effectivement, la honte de la famille.

Mais le pire de tout, c'est qu'il n'y avait jamais eu de procès, qu'il n'avait jamais été condamné ni pu se défendre, que les avocats chargés de son cas au début – ou qui, du moins, faisaient semblant de le défendre – l'avaient abandonné à leur tour dès lors qu'il n'avait plus pu payer leurs honoraires, car sa femme et ses enfants, ainsi que ses autres parents, l'avaient laissé dans le dénuement le plus total.

Pendant cinq ans, il avait vécu au milieu d'assassins et de voleurs, d'infanticides, de matricides et parricides, de pervers, de pédophiles et de dégénérés de tout acabit, d'Indiens analphabètes qui ne savaient pas pourquoi ils étaient en prison ; il avait mangé les immondices qu'on servait aux prisonniers, et défendu bec et ongles l'intégrité de son cul quand les vicieux, profitant de la promiscuité et de l'entassement dans ces porcheries pleines de bestioles qu'étaient les cachots collectifs, avaient tenté de le violer.

Pendant ces cinq années de prison, l'ex-lieutenant-colonel avait dû se nourrir d'ordure et de merde, de lavasse et de soupe immonde, de pain infâme et sans mie, de riz plein de charançons, et, ici ou là, de grillons, crapauds, tortues, fourmis et serpents. Et, du moins les premiers temps, il avait dû, certaines nuits de grosse envie, se masturber comme un collégien. Plus tard il avait perdu tout appétit sexuel et était devenu impuissant.

Quand, après l'avoir réclamé deux ou trois ans durant dans toutes les prisons où il échouait, il s'était convaincu qu'on ne le présenterait jamais devant un juge, et moins encore devant un tribunal, persuadé qu'il en serait ainsi pour le restant de ses jours, il avait décidé de se donner la mort. Mais cela même n'était pas facile dans les prisons guatémaltèques. Il avait pu se fabriquer un nœud coulant avec son pantalon et sa chemise en gardant juste son caleçon, et tenté de se pendre quand ses compagnons de cellule étaient endormis. Le résultat avait été grotesque. Il avait accroché la prétendue corde à une poutre du plafond, en glissant son cou dedans et, levant les jambes, il n'avait pu que se casser stupidement la gueule quand la corde s'était tendue et avait brisé en deux la poutre vermoulue où elle était accrochée. Il s'était mis à rire dans l'obscurité en pensant que l'injustice dont il était victime touchait au point extrême de l'empêcher de se tuer.

Quand un beau jour, dans la prison de Chichicastenango, le maton lui annonça qu'il y avait eu une amnistie en sa faveur, il n'avait même pas éprouvé d'émotion. C'était un être squelettique qui se grattait furieusement le crâne pour écraser ses poux, avec barbe et cheveux très longs et embroussaillés, souliers, chemise et pantalon en lambeaux. On le mit à la rue sans un centime en poche, seulement vêtu de ses frusques trouées. Et sans aucun papier d'identité. Heureusement, personne n'aurait pu le reconnaître. Il était un autre.

Plusieurs semaines après, il arriva à Guatemala-ville, mendiant, dormant dans la rue et commettant de petits larcins dans les champs pour se nourrir. Il ne savait où aller ni que faire. Pendant tout le voyage, il avait survécu au moyen de petits boulots ridicules comme de désherber un terrain, déblayer un chemin de pierres et de cailloux, pour de misérables pourboires qui lui filaient entre les mains. Dans la capitale, il logea à l'asile d'une église évangéliste qui recueillait les miséreux et les vagabonds. Là, il put, après tant d'années, prendre un bain et se décrasser. Et s'habiller de vêtements moins loqueteux que ceux qu'il portait et que l'institution évangélique lui procura. Il put aussi couper ses cheveux et se raser. Le miroir lui renvoya l'image d'un vieillard, alors qu'il venait à peine d'avoir cinquante ans.

Il survécut un bon moment grâce à de menus emplois temporaires, tels que veilleur de nuit, balayeur ou vigile de pharmacies et de marchés. Jusqu'à ce qu'un jour, en passant devant un casino, il se rappelât ce bijoutier de malheur, Ahmed Kurony, le Turc, que le Dominicain et lui avaient installé comme homme de paille du casino. Il lui écrivit une lettre pour lui demander du travail et, chose incroyable, le Turc lui répondit en lui fixant rendez-vous. Ce dernier fut stupéfait en voyant entrer dans son bureau l'ex-militaire. Quand il entendit l'histoire qu'Enrique lui raconta en gros, il eut pitié de lui. Bien sûr qu'il allait lui trouver un petit travail, lui promit-il, et l'aider à avoir une carte d'identité. Et à la grande surprise d'Oliva, il tint parole. Peu après, Trinidad Oliva fut nommé responsable de la sécurité des maisons de jeu clandestines que possédait le Turc Kurony dans la capitale du Guatemala.

XXIII

Lorsque miss Guatemala reçut l'invitation du général Héctor Trujillo Molina, plus connu sous le nom de Negro Trujillo en raison de son visage de mulâtre, elle était déjà installée depuis quelques années à Trujillo-ville, ainsi que se nommait alors la capitale de la République dominicaine. Elle avait mis un certain temps à comprendre que ce pays avait un président de la République, dûment élu et réélu lors d'élections apparemment impeccables, qui n'était pas le généralissime Rafael Leonidas Trujillo Molina, Bienfaiteur et Père de la Patrie nouvelle. C'était son frère qui l'était, un fantoche avec lequel le seigneur et maître du pays voulait rassurer les Américains qui, après l'avoir appuyé sans réserve, lui reprochaient maintenant de s'éterniser au pouvoir et pointaient le manque total d'ouverture démocratique dans la nation depuis son accession au pouvoir par le coup d'État de 1930. Et l'on était en 1960 ! Tout comme Marta, bien peu de personnes en République dominicaine avaient clairement conscience qu'outre le généralissime Rafael Leonidas Trujillo, il y avait un président de pure forme pour se conformer à la façade démocratique exigée par les gringos, dont le régime trujilliste était le fils putatif, et avec lesquels, ces derniers temps, il ne s'entendait pas très bien.

Marta montra l'invitation qu'elle avait reçue au colonel Abbes García, promu et devenu depuis des années le puissant chef du Service d'intelligence militaire (SIM). Ce dernier l'examina avec attention, en se grattant le menton et en fronçant les sourcils, puis, baissant la voix, il l'avertit :

— Attention, Martita. Ce Negro Trujillo n'est pas un mauvais gars, mais c'est une nullité. Comme il n'a rien à faire, excepté servir de potiche aux cérémonies qui insupportent le généralissime, il consacre son existence à écouter les conversations privées des familles dans les foyers où nous avons installé des micros et à s'envoyer les épouses de ses amis. Si tu vas à ce rendez-vous, attends-toi au pire.

Abbes García avait quelque peu forci depuis qu'elle l'avait connu ; l'uniforme cintré soulignait son bedon et ses bourrelets de graisse aux bras et aux fesses ; il avait un double menton envahissant et sa face adipeuse faisait ressortir ses yeux globuleux. Comme chef suprême de la police politique et de l'espionnage du pays, partout il était craint et détesté. Bien qu'il fût son amant, et elle n'aurait jamais osé avoir de liaison avec quelque autre homme tant qu'il le resterait, Marta le voyait de moins en moins. Elle se rappellerait toujours cette première nuit d'amour (si tant est qu'on pût l'appeler ainsi) avec celui qui était alors lieutenant-colonel dominicain dans ce petit hôtel de San Salvador où il lui avait promis, avec une vulgarité égrillarde, de lui défoncer le cul et de la faire couiner comme une truie. Rien à voir avec le lion féroce qu'il se flattait d'être : un zizi rachitique au service d'une éjaculation précoce, si bien qu'il achevait l'acte d'amour presque en même temps qu'il l'enclenchait, pour la plus grande frustration de sa partenaire et des autres femmes avec lesquelles il couchait. À vrai dire, son seul plaisir était d'enfouir sa tête entre les cuisses des dames et de les lécher. Couchait-il aussi avec Lupe, son épouse, une virago mexicaine qui se déplaçait toujours avec un revolver dont elle laissait à dessein la crosse dépasser de son sac ? se demandait Marta, en souriant. Lupe était dégingandée, gros nichons, croupe généreuse et oreilles décollées, regard fixe et cruel – des histoires sinistres couraient sur son compte. Par exemple, qu'avec Johnny Abbes elle hantait les bordels de Trujillo-ville parce qu'elle aimait se faire lutiner par les putes après les avoir fouettées. On la lui avait présentée une fois et ils étaient sortis ensemble tous les trois jouer à la roulette à l'hôtel Jaragua. Marta, qui ignorait la peur, s'était sentie, face à pareil personnage, mal à l'aise et craintive, malgré toute l'amabilité que la Mexicaine lui avait témoignée. Tout le monde savait que cette Lupe accompagnait Abbes García à la Cuarenta et dans d'autres prisons où l'on torturait et tuait de vrais ou présumés insurgés et conspirateurs contre Trujillo. On disait que, lors de ces séances de torture, elle se montrait encore plus cruelle que son mari.

— Comment as-tu pu te marier avec une femme aussi laide ? demanda-t-elle à Johnny un soir qu'ils étaient au lit.

Au lieu de se fâcher, ce dernier prit un air grave et réfléchit avant de répondre, en tournant autour du pot :

— Entre nous deux ce n'est pas de l'amour mais de la complicité. Ce n'est pas le sexe qui nous unit, ni le cœur, mais le sang. Le lien le plus fort qui puisse exister entre un homme et une femme. Par ailleurs, je ne crois pas rester encore longtemps avec Lupe.

Et en effet, elle apprit peu après que le colonel avait divorcé pour se marier avec une Dominicaine appelée Zita. Comme il n'aborda pas le sujet avec elle, elle fit celle qui n'en savait rien, continuant de le voir, quoique de plus en plus rarement.

Johnny Abbes s'était-il bien comporté avec elle ? Sans aucun doute, si l'on considère qu'il lui avait sauvé la vie là-bas au Guatemala la nuit où l'on avait assassiné Castillo Armas, tandis que ce misérable lieutenant-colonel Enrique Trinidad Oliva, le véritable assassin, selon Abbes García, voulait la faire arrêter pour complicité criminelle. Ici, à Trujillo-ville, le jour où ils étaient arrivés, en avion privé, en provenance du Salvador, il l'avait installée dans une modeste pension de la rue El Conde, dans la ville coloniale, et trois ans après il continuait à payer de sa poche, parce que le salaire de La Voz Dominicana n'était pas grand-chose et qu'elle tirait le diable par la queue. Les premiers temps, Abbes García venait passer la nuit avec elle une ou deux fois par semaine, l'emmenait de temps à autre dans les cabarets et les casinos où il lui donnait de l'argent pour jouer à la roulette. Mais ces derniers mois elle le voyait beaucoup moins, préoccupé qu'il était par les tentatives d'invasion et les attaques terroristes contre le régime que finançaient, d'après lui, le Venezuela du président Rómulo Betancourt et la Cuba de Fidel Castro. Tout cela ne manquait pas d'intriguer Marta qui, sans le dire à personne, avait l'impression que le régime de Trujillo, malgré sa solide façade, faiblissait de l'intérieur et que ses ennemis, dans le pays et ailleurs, comme l'Église et maintenant les États-Unis, le minaient peu à peu. Le coup le plus fort lui avait été porté par l'OEA (Organisation des États américains) lors de la récente rencontre au Costa Rica en août 1960, où les pays membres, États-Unis en tête, avaient décidé de rompre leurs relations diplomatiques avec la République dominicaine et de la soumettre à un boycott économique et commercial.

Bien qu'elle soit devenue assez connue, grâce à ses émissions à la radio, elle était toujours tenaillée par ses soucis d'argent. Si Abbes García payait sa pension – le gîte et le couvert –, elle n'avait ramené du Guatemala que les seuls vêtements qu'elle portait. Avec les dollars que lui offrait le gringo qui ne s'appelait pas Mike et qu'elle mettait de côté, elle avait pu s'acheter seulement quelques effets et des choses indispensables. Par chance, avant la fin de son premier mois d'exil, Abbes García lui avait proposé de travailler à La Voz Dominicana, une nouvelle chaîne de radio dont il était actionnaire. Ce fut pour elle une aubaine de disposer de quelques revenus, pour limités qu'ils soient. Mais surtout de découvrir un métier qui, des années durant, allait être sa profession et sa couverture : le journalisme d'opinion. Elle l'exerçait, au début, sous forme de brefs commentaires qu'elle écrivait et réécrivait avant de les lire au micro. Très vite elle se contenta seulement de prendre des notes à partir desquelles elle improvisait. Elle le faisait avec facilité et souvent elle s'enhardissait, élevait la voix, voire éclatait en sanglots. Elle commentait l'actualité politique de l'Amérique centrale et de la Caraïbe, attaquant férocement les communistes, réels ou supposés. Communisme, communistes étaient des mots qui pour elle embrassaient un vaste éventail de gens de diverses idéologies et nuances; il suffisait pour les appeler ainsi qu'ils attaquent ou critiquent dictateurs, hommes forts ou caudillos – morts ou vivants – comme Trujillo, Carías, Odría, Somoza, Papa

Doc, Rojas Pinilla, Pérez Jiménez, et toutes les dictatures sud-américaines présentes et passées dont elle prenait la défense et qu'elle vantait à tout propos. Mais son dada était – naturellement – le Guatemala. Ses attaques s'acharnaient sur la junte militaire qui avait remplacé Castillo Armas après son assassinat. Et ses diatribes les plus grinçantes s'en prenaient surtout aux dénommés libérationnistes, compagnons et partisans de Castillo Armas lors de l'invasion du Guatemala en 1954 à partir du Honduras, qu'elle accusa longtemps d'être les assassins du chef de l'État. Ses attaques ciblèrent surtout le lieutenant-colonel Enrique Trinidad Oliva, chef de la Sécurité de Castillo Armas, présentement détenu dans quelque prison du Guatemala, qu'elle accusait non seulement d'avoir monté la conjuration pour assassiner Castillo Armas, mais aussi d'avoir tramé la conspiration en rejetant la faute de l'attentat sur les communistes pour protéger les véritables criminels. Elle démentit, dès le premier moment, la thèse des autorités guatémaltèques qui accusaient le simple soldat Romeo Vásquez Sánchez d'être l'assassin. Elle affirmait que le prétendu journal intime où ce dernier avouait son communisme et le suicide qu'il aurait commis avant d'être capturé, la nuit du crime, étaient une farce destinée à protéger les assassins.

Grâce à ses émissions, elle acquit une grande notoriété en République dominicaine. On la reconnaissait dans la rue, on lui demandait des autographes et on se faisait photographier avec elle. Ses attaques contre les libérationnistes guatémaltèques – « les traîtres », martelait-elle – étaient souvent féroces. Ses harangues radiophoniques lui apportèrent l'immense bonheur de rencontrer le généralissime Trujillo en personne. Un matin, Abbes García surgit dans les studios de La Voz Dominicana alors qu'elle en sortait, et lui dit : « Viens avec moi. Tu vas faire la connaissance du Chef. » Il la conduisit au Palais national. On les fit immédiatement entrer dans le bureau du généralissime. Elle fut si impressionnée de voir cet homme aux tempes grisonnantes, si imposant, si élégant, et au regard si pénétrant, que ses yeux s'emplirent de larmes.

— Le colonel Castillo Armas avait très bon goût, lui dit le généralissime de sa voix flûtée, en l'examinant de haut en bas.

Et, sans transition, il se mit à la féliciter pour ses éditoriaux à La Voz Dominicana.

— Je trouve très bien que vous dénonciez ce mensonge inventé par les libérationnistes. Ce sont eux, bien sûr, les véritables assassins de Castillo Armas, lui dit Trujillo. Maintenant il est important que vous appuyiez le gouvernement du général Miguel Ydígoras Fuentes. C'est un bon ami et qui fait ce qu'il faut dans votre pays. Les libérationnistes veulent lui barrer la route. Au fond, ce sont des couilles molles qui se laissent infiltrer par les Rouges. Ydígoras Fuentes ne manque pas de courage et je sais qu'il finira par châtier les assassins de Castillo Armas.

En prenant congé, Martita baisa la main du Chef. Dès lors, dans toutes ses émissions, elle défendit et loua démesurément le général Ydígoras Fuentes, président du Guatemala depuis le 2 mars 1958, le seul, disait-elle, capable d'égaler au Guatemala l'œuvre du généralissime Trujillo en République dominicaine en mettant de l'ordre dans le pays, en instaurant le progrès économique et en barrant la route à l'« antipatrie rouge ».

Quel avait été le rôle d'Abbes García dans l'assassinat de Carlos Castillo Armas ? C'est la question qui, des années durant, tarauda miss Guatemala. Telles que les choses s'étaient passées, tout semblait compromettre le colonel dominicain, et même le faire apparaître comme l'inspirateur, voire l'auteur, de l'attentat. Ne l'avait-il pas approchée, elle, pour qu'elle lui ménage une entrevue privée avec Castillo Armas ? N'avait-elle pas, elle-même, vu et entendu Abbes García proposer, au nom de Trujillo, de faire assassiner Arévalo et Árbenz ? Celui qui était alors lieutenant-colonel guatémaltèque n'avait-il pas fui deux jours avant le crime ? Pour ne laisser aucune trace de sa complicité dans l'assassinat ? Marta était envahie de doutes ; la nuit où elle s'était rendue à San Salvador, elle avait eu l'impression qu'Abbes García était arrivé là à peine quelques minutes avant elle. De surcroît, Gacel n'avait-il pas lâché cette phrase disant qu'Abbes García avait fui le Guatemala en même temps qu'eux ? Chaque fois qu'elle voulait aborder le sujet, le chef du Service d'intelligence militaire détournait la conversation et l'obligeait à parler d'autre chose. Pourquoi était-il autant gêné par ce sujet ? Elle le soupçonnait, mais n'osait pas lui en parler en face parce que son séjour à Trujillo-ville dépendait en grande partie de lui. Pendant des années, les rares fois qu'il lui avait parlé de Castillo Armas, il l'avait fait en étalant son mépris : c'était « un faible », sans caractère, la CIA avait mal choisi en portant à la tête de la révolution libérationniste contre Árbenz un individu médiocre, sans autorité ni vision d'avenir, un ingrat qui s'était très mal comporté envers Trujillo, alors que celui-ci lui avait fourni argent, armes et hommes pour son armée et dispensé ses conseils pour le coup d'État qu'il préparait. D'un autre côté, Castillo Armas n'avait-il pas commencé à distribuer des terres aux paysans après avoir aboli la loi de la réforme agraire, cheval de Troie des communistes guatémaltèques ? Ceux qui l'avaient tué – c'était bien triste en termes humains – avaient sauvé la révolution anticommuniste guatémaltèque. Encore heureux, à présent, qu'il y ait au pouvoir le général Ydígoras Fuentes qui, pour le bien du pays, suivait le modèle instauré par Trujillo en République dominicaine.

Marta faisait quotidiennement l'éloge d'Ydígoras Fuentes dans son émission qui, par ailleurs, était fort bien diffusée au Guatemala, parce que l'émetteur de La Voz Dominicana était le plus puissant de toute la Caraïbe et qu'on la captait jusqu'au Venezuela, en Colombie, à Porto Rico, à Miami et dans toute l'Amérique centrale.

Un jour, en sortant du studio à la fin de l'émission, Martita tomba – quelle surprise ! – sur le gringo qui ne s'appelait pas Mike. Pareil à lui-même, sensiblement plus maigre que dans son souvenir, toujours vêtu sans façon du même jeans, avec boots et chemise à carreaux. Ils s'embrassèrent, comme de vieux amis.

— J'ai bien cru ne plus jamais te revoir, Mike.

— Tu t'es fait un nom en République dominicaine. Bravo, Martita, la félicita-t-il. Tout le monde me parle de ton émission. Et pas seulement à Trujillo-ville. Dans toute la Caraïbe. Dans toute l'Amérique centrale. Tu es une éditorialiste politique célèbre.

— Je mène ce combat depuis des années, reconnut miss Guatemala. Je ne saurais trop te remercier de l'aide que tu m'as apportée là-bas, quand j'étais à deux doigts de mourir aux mains des assassins de Castillo Armas.

— Je t'invite à déjeuner, dit Mike. On vient d'ouvrir une nouvelle pizzeria, El Vesubio, sur la corniche.

Ils allèrent au restaurant et le gringo lui paya une excellente pizza margherita arrosée d'un verre de chianti. Il venait lui dire qu'il ferait maintenant de nombreux séjours en République dominicaine et qu'il aimerait reprendre ces conversations périodiques qu'ils avaient coutume d'avoir au Guatemala.

— Tu vas me payer ? lui demanda-t-elle tout de go – et elle lui expliqua : Là-bas au Guatemala, j'avais quelqu'un qui m'entretenait, de sorte que ces gratifications que tu me donnais étaient un plus. Ici je dois subvenir à mes propres besoins. Et crois-moi, ce n'est pas facile.

— Je comprends, je te paierai, bien sûr, la rassura Mike. Tu peux compter sur moi.

À partir de ce moment, lorsque Mike était à Trujillo-ville, ils se retrouvaient une fois par semaine en divers endroits – restaurants, cafés, parcs, églises, à la pension de Marta ou dans les hôtels élégants où descendait le gringo. Leurs conversations étaient exclusivement politiques. Martita lui racontait tout ce qui se disait à la radio et, le plus important pour Mike, ce qu'Abbes García lui disait de la stabilité du régime et de son propre travail. À la fin, tout comme avant, il remettait à Marta une petite enveloppe avec des dollars. Quand elle lui demanda, un jour, si tous deux travaillaient pour la CIA, Mike lui répondit avec un petit sourire et en anglais : « *No comment.* »

Mais, outre leurs conversations, Mike lui confiait aussi quelques missions, telles que surveiller certaines personnes, ou porter des messages à des gens qu'elle ne connaissait pas, généralement des militaires.

— Est-ce qu'en le faisant je mets ma vie en jeu ? lui demanda-t-elle un jour alors qu'ils se promenaient sur la corniche en regardant la mer presque blanche et brillante à cette heure.

— Dans la sphère d'influence du généralissime Trujillo, nous mettons tous notre vie en jeu, ne serait-ce que parce qu'on est dans ce pays, lui répondit-il. Tu ne le sais que trop, Martita.

C'était l'exacte vérité. Ces dernières années, la situation s'était progressivement détériorée. Marta s'en rendait compte en voyant l'inquiétude croissante de Johnny Abbes, qu'elle sentait de plus en plus anxieux, bien qu'elle le vît peu. D'après lui, il y avait de nouvelles tentatives d'invasion qui causaient des hécatombes. On parlait partout de rafles massives, de gens qui disparaissaient sans laisser de trace, d'exécutions dans les casernes, d'assassinats d'opposants dont les corps jonchaient les rues, quand ils n'étaient pas, selon d'autres, jetés aux requins. Même à La Voz Dominicana, chaîne de radio du régime, Martita entendait souvent, à mi-voix, des commentaires d'employés, de présentateurs, de journalistes sur la dégradation politique du pays. Elle sentait l'inquiétude croître en elle. Et si Trujillo tombait et que les communistes s'emparaient du pouvoir, comme à Cuba ? Elle faisait des cauchemars en pensant à un pays dont elle ne pourrait plus jamais sortir, où la religion catholique serait interdite – elle était devenue fort dévote, ne manquait jamais la messe du dimanche et suivait les processions dans la ville coloniale, avec voile et mantille –, où l'on remplirait les casernes et les camps de concentration de gens comme elle, qui s'était fait un nom comme anticommuniste militante et apologiste de Trujillo ainsi que de tous les dictateurs et hommes forts d'Amérique latine.

C'est dans ces circonstances qu'elle reçut l'invitation du général Héctor Trujillo, président de la République, à lui rendre visite à son bureau du Palais national, deux jours plus tard, à sept heures du soir. L'invitation lui fut remise par un motard en uniforme, ce qui lui valut des plaisanteries de la part de quelques collègues. Pourquoi le président ne l'invitait-il que maintenant alors qu'elle résidait depuis déjà presque trois ans en République dominicaine ?

Marta se pomponna du mieux qu'elle put – elle n'avait presque rien à se mettre – et se rendit en taxi au Palais national à l'heure indiquée. Un officier lui fit parcourir des salles sans fin, dans un édifice qui commençait déjà à se vider, et la laissa dans un secrétariat où elle dut attendre quelques minutes. La porte du bureau du président s'ouvrit enfin et on l'introduisit. Le Negro Trujillo portait son uniforme de général – le plastron bardé de décorations – et Martita, sitôt entrée dans ce bureau plein à craquer, fut glacée par l'air conditionné. Le personnage lui fit une impression détestable. Il était au téléphone et lui fit signe de prendre un siège ; elle était suprêmement gênée par l'insolence avec laquelle il l'examinait de la tête aux pieds avec ses petits yeux jaunâtres et lubriques tout en poursuivant sa conversation. Celle-ci dura encore quelques minutes et le président, tout en parlant, continuait à l'examiner, à la déshabiller des yeux, avec une impudeur et une impertinence totales. Elle en fut fort irritée.

Quand il raccrocha, il lui fit un large sourire, la bouche ouverte toute grande. Il vint lui serrer la main et s'assit en face d'elle. C'était un mulâtre râblé, plutôt petit et rondouillard.

— J'avais grande envie de vous connaître, lui dit-il, en continuant à la déshabiller de son regard insolent. (Il était très brun, la tronche large et charnue, avec des mains minuscules qu'il agitait en tous sens.) J'écoute depuis des années votre émission sur La Voz Dominicana et je vous félicite. Vos idées sont les miennes, cela va sans dire. Et celles du régime.

— Merci beaucoup, Monsieur le président, dit-elle. Puis-je vous demander à quoi je dois l'honneur de votre invitation ?

— On m'avait dit que vous étiez non seulement une bonne journaliste, mais aussi une très belle femme, dit le président, en la fixant de son regard obscène, égayé d'un soupçon de moquerie. Et je vous l'avoue, j'ai un faible pour la beauté.

Marta ne se sentit pas flattée mais offensée. Elle ne savait pas ce qui l'incommodait le plus chez son interlocuteur, son regard lubrique ou sa voix métallique, traînante et libidineuse.

— Allons droit au but, dit-il soudain en se levant. Je suis un homme très occupé, Martita, comme vous l'imaginez. J'en viens donc à ce qui vous amène.

Il gagna son bureau, saisit une enveloppe et la lui tendit. Confuse, ne sachant que faire ni que dire, Martita choisit de l'ouvrir. Il y avait un chèque, signé « Héctor Bienvenido Trujillo », avec le montant en blanc.

— Qu'est-ce que cela signifie, Monsieur le président ? murmura-t-elle, comprenant et ne voulant pas comprendre ce que cela signifiait.

— Inscris toi-même le montant, dit le Negro Trujillo, sans cesser un instant de l'examiner impudemment de la tête aux pieds. Ton prix sera le mien.

Martita se leva. Elle était livide et tremblait.

— Je ne peux pas me permettre de perdre du temps à ces choses, expliqua-t-il en parlant précipitamment, la mitraillant de mots. Ou pour mieux dire, je n'ai pas de temps à perdre à faire le joli cœur. Voilà, je vais droit au but. J'ai envie de te faire l'amour et de passer quelques bons moments avec toi. Et plutôt que de te faire un cadeau, je te laisse le soin de te le choisir…

Il ne put achever sa phrase, parce que la gifle de Marta le fit chanceler. Mais ce ne fut pas tout. Sans lui donner le temps de réagir, elle avait bondi sur lui et, tout en le frappant à tour de bras, elle criait : « Moi, personne ne m'insulte, ni vous ni personne », en même temps qu'elle lui mordait unc oreille, malgré les coups qu'il lui donnait. Il ne put la décramponner, elle y allait de toutes ses dents et de toute la force que lui donnait l'indignation qui débordait de tous les pores de sa peau. Elle l'entendit crier quelque chose, une porte s'ouvrit, des militaires entrèrent, la saisirent, l'écartèrent violemment du président qu'elle vit, hors de lui, se tenir des deux mains l'oreille qu'elle lui avait presque arrachée, tandis qu'il hurlait :

— Au trou, qu'on flanque au trou cette folle de merde !

Elle avait dû perdre connaissance sous les coups qui avaient plu sur elle tandis que la garde du président essayait de la détacher de lui. Elle se souvenait seulement, comme dans un rêve, qu'on l'avait traînée dans les couloirs et descendue par un escalier. Elle avait repris ses esprits quand elle s'était enfin trouvée dans cette espèce de cellule, un cagibi sans fenêtre avec une chaise pour tout meuble. Une faible clarté l'éclairait, provenant d'une ampoule autour de laquelle voletaient mouches et moustiques. Dans la bousculade, sa montre était tombée. Ou la lui avait-on arrachée ? Le pire, pendant les quarante-huit heures qu'elle resta enfermée dans cette cave du Palais national, ce ne fut pas le manque de nourriture et de boisson, mais de ne pas savoir quelle heure il était, si c'était la nuit ou le jour, et comment s'écoulait le temps. Il régnait un grand silence autour d'elle, bien que, par moments, elle perçût des pas lointains. Elle se trouvait dans un coin éloigné du palais et, sans doute, au sous-sol. Ne pas savoir l'heure l'angoissait encore davantage que d'imaginer ce qui l'attendait. Allait-on la tuer ? Ce serait horrible qu'on la laisse enfermée là, dans cette pièce qui n'avait qu'une chaise, sans pouvoir aller aux toilettes, sans lui donner à boire et à manger pour qu'elle meure à petit feu. La privation de nourriture ne l'angoissait pas tant que de ne pas pouvoir avaler un verre d'eau. Elle avait la bouche sèche et sentait sa langue comme du papier de verre. Elle se coucha par terre, mais l'inconfort et la douleur due aux coups qu'elle avait reçus de la garde ne lui permirent pas de fermer l'œil. Elle ôta ses souliers et vit que ses pieds étaient tout enflés. Mais pas un seul moment elle ne regretta d'avoir sauté comme une furie sur le Negro Trujillo et de lui avoir mordu l'oreille de toute la force de ses dents en même temps qu'elle le griffait et le frappait. Ce mulâtre de merde, elle l'avait entendu crier comme un rat écrasé, et elle avait lu la peur et une surprise infinie dans ses yeux jaunâtres. Il était capable d'offenser une femme, mais pas de se défendre. Ce pauvre diable avait crié de peur. Même si elle mourait pour cela, elle ne le regretterait pas, et si c'était à refaire elle le referait. Elle ne s'était jamais sentie de sa vie à ce point offensée, avilie et humiliée comme à l'instant où ce fils de pute lui avait tendu l'enveloppe, où elle avait vu le chèque et compris ce qu'il lui proposait. Qu'elle inscrive la somme pour être sa putain ! Au milieu de sa douleur et de son incertitude, elle sourit, se rappelant la férocité avec laquelle elle avait planté ses dents dans cette oreille gélatineuse.

Parfois elle s'endormait et rêvait que tout cela était un

cauchemar, mais quand elle se réveillait elle comprenait que ce cauchemar, elle le vivait vraiment. Un sentiment fataliste l'envahissait, la certitude que ces fils de chienne allaient la laisser mourir là d'inanition et que les pires moments seraient les derniers. Soudain, elle se souvint de la ville de Guatemala, d'Efrén García Ardiles et du fils qu'elle avait abandonné là-bas, si peu d'années après sa naissance. Son père lui aurait-il parlé d'elle ? Elle rêva qu'elle urinait, et quand elle se réveilla elle vit que sa culotte et sa jupe étaient mouillées. Est-ce qu'elle aurait aussi fait caca sous elle ? Elle se rappela vaguement son père, sa nounou et domestique Símula qui la dorlotait tellement. Est-ce que l'enfant dont elle avait accouché était toujours en vie ? Il devrait avoir dans les dix ans maintenant. Efrén García Ardiles l'aurait-il placé à l'hospice ? P'tit Train serait-il vivant ? Elle n'avait plus aucune nouvelle. Quelquefois, elle recevait quelques lignes de Símula, qui lui parlait de son père, toujours enfermé chez lui et comme rongé par la tristesse. Elle avait mal à l'estomac. Ce père qu'elle avait adoré dans son enfance et qui l'avait chassée, elle lui gardait maintenant une rancœur inaltérable. Est-ce qu'Arturo Borrero Lamas était encore en vie ? La soif se mit à la torturer à un point tel qu'elle se traîna jusqu'à la porte et, cognant de ses poings, réclama à grands cris un verre d'eau. Mais personne ne répondit. Il n'y avait pas de gardiens près du cachot, ou alors ils avaient reçu l'ordre de ne pas lui parler. À la fin, la somnolence l'envahit ainsi que la faiblesse et elle resta prostrée par terre, à compter des moutons, son truc depuis l'enfance pour trouver le sommeil.

Lorsque enfin la porte s'ouvrit, que des soldats entrèrent, la soulevèrent du sol, secouèrent et arrangèrent ses vêtements, elle était si faible qu'alors qu'ils la traînaient dans les couloirs et lui faisaient monter des escaliers, elle ne demandait pour l'amour de Dieu qu'un peu d'eau, car elle mourait de soif. Ils semblaient ne pas l'entendre. En la portant presque, ils lui firent traverser des salles et des couloirs jusqu'à s'arrêter enfin devant une porte qui s'ouvrit immédiatement. Elle vit là, qui la regardaient, le généralissime Trujillo en personne, le Negro Trujillo, une oreille bandée, et Johnny Abbes García. Tous trois l'observaient, le regard plein d'inquiétude. Les militaires la traînèrent vers un fauteuil et l'y laissèrent tomber. Marta put enfin articuler une phrase :

— À boire, par pitié... À boire, à boire.

On lui tendit un verre d'eau qu'elle but à petites gorgées, les yeux clos, sentant ce liquide froid entrer dans son corps et la ramener à la vie. Et elle entendit le généralissime dire de sa petite voix solennelle :

— En mon nom et en celui de mon frère, je vous demande pardon pour ce qui s'est passé. Il va vous présenter, lui-même, ses excuses.

Et comme le président fantoche de la République dominicaine tardait à ouvrir la bouche, le généralissime, durcissant le ton, l'interpella :

— Qu'est-ce que tu attends ?

Faisant alors contre mauvaise fortune bon cœur, le Negro Trujillo balbutia :

— Je vous présente mes excuses, Madame.

— Quelle pauvre et médiocre façon de demander pardon ! fit le généralissime. Tu aurais dû dire : je me suis comporté comme un porc dégoûtant et un barbare, Madame, je vous demande pardon de vous avoir si grossièrement offensée.

Un abominable silence avait suivi les paroles du Chef. On lui avait tendu un autre verre d'eau et Martita le buvait peu à peu, à petites gorgées, en sentant que tout son corps, ses muscles, ses veines, ses os étaient reconnaissants de ce liquide qui ranimait une à une ses entrailles.

— Tu peux partir maintenant, dit Trujillo. Mais auparavant, rappelle-toi une chose très importante, Negro. Tu n'existes pas. Rappelle-toi bien ça, surtout quand l'envie te prendra de faire des conneries comme celle que tu as commise envers cette dame. Tu n'existes pas. C'est moi qui t'ai inventé. Et donc je peux te renvoyer au néant à tout moment.

Elle entendit des pas, une porte qui s'ouvrait et se fermait. Le président fantoche s'en était allé.

— Cette dame, à ce que je vois, se trouve en bien mauvais état, dit le généralissime. Occupe-toi de la mener au meilleur hôtel de Trujillo-ville. Qu'elle voie un médecin tout de suite. Qu'on lui fasse un examen complet. Elle est l'invitée du gouvernement et je veux qu'elle soit traitée avec les plus grands égards. Exécution !

— Oui, Chef, dit Abbes García. Tout de suite.

Il se pencha vers elle et lui donna le bras, mais elle ne réussit qu'à grand-peine à se mettre debout. Elle voulut remercier le généralissime, mais elle n'avait plus de voix. Elle avait envie de vomir et de dormir. Ses yeux se remplirent de larmes.

— Sois forte, Martita, lui dit Abbes García, sitôt franchie la porte de sortie.

— Qu'est-ce qui va m'arriver maintenant ? balbutia-t-elle tandis que, accrochée des deux mains au bras du colonel, ils parcouraient salles et couloirs.

— D'abord, reste quelques jours à l'hôtel Jaragua,

traitée royalement par le généralissime, dit Abbes García – et il ajouta, en baissant considérablement la voix : Dès que tu te sentiras mieux, il faudra te tirer de là. Le Chef a mortellement offensé le Negro Trujillo et, comme ce dernier est un mulâtre rancunier, il va vouloir te faire tuer. Pour l'heure, reste au calme et au repos, rétablis-toi. Je vais voir avec Mike de quelle façon te faire partir le plus tôt possible.

XXIV

S'occuper de la sécurité des maisons de jeu clandestines du Turc Ahmed Kurony fut ce qui rendit peu à peu à Enrique Trinidad Oliva le goût pour la vie, pour la table, pour le bon lit, pour la toilette. Et aussi, très progressivement, pour les femmes. Il se donna à ce travail avec passion et gratitude envers son employeur, l'homme qui l'avait rendu à une condition humaine qu'en ces cinq années d'horreur il croyait avoir perdue.

Ce n'était pas un petit boulot facile. Les tripots du Turc attiraient une faune dangereuse dans Guatemala-ville où la violence criminelle et politique augmentait de jour en jour : les enlèvements, assassinats et attentats, rares naguère, étaient maintenant monnaie courante. Enrique demandait à ses hommes de main de fouiller soigneusement les poches de ses clients et de confisquer leurs armes – qu'ils portaient d'ordinaire –, le temps qu'ils restaient dans la salle de jeu. Il fallait éviter les bagarres d'ivrognes qui éclataient parfois, en séparant rapidement les adversaires, et rassurer les clients le plus vite possible pour ne pas discréditer l'établissement.

Il fallait aussi un certain doigté pour engager et surveiller les vigiles, parce que ce n'étaient pas toujours des hommes de confiance. Beaucoup d'entre eux étaient passés par la prison et étaient des délinquants dans l'âme quand ils n'avaient pas pris de mauvaises habitudes au trou. Enrique avait le caractère nécessaire pour imposer son ascendant, les renvoyer à la première bavure et leur rappeler tout le temps : « Quiconque me cherche noise le paie ensuite avec intérêts. »

Il avait changé de visage et de nom. Il s'appelait maintenant Esteban Ramos. Il portait une petite barbe carrée qui entourait son visage et déformait ses traits. Il enlevait rarement ses lunettes noires et avait modifié sa coiffure. Son travail l'occupait vingt-quatre heures sur vingt-quatre parce que, même quand il dormait, il rêvait à la façon de l'améliorer. Il s'était installé dans une pension non loin de l'église de Yurrita, où on le croyait télégraphiste de nuit et où vivait un chat appelé Micifuz qui s'était attaché à lui et dormait au pied du lit.

Le Turc l'invitait parfois à déjeuner ou à prendre un verre. Un jour, après l'avoir félicité de ses bons et loyaux services, il lui proposa de « plus grandes responsabilités ». C'était un gros bonhomme, quinquagénaire et à moitié chauve, avec les doigts pleins de bagouses et portant jour et nuit des verres fumés. « Et un salaire plus élevé, naturellement », ajouta-t-il en lui tapotant le bras. Il l'avertit qu'il y aurait aussi quelques risques. Enrique, qui s'en doutait déjà, eut ainsi confirmation que le commerce principal du Turc n'était pas le jeu mais la contrebande.

Il dut, dès lors, se dépenser sans compter parce que, outre assurer la sécurité des salles de jeu, il devait accueillir ou dépêcher des camions et des canots à toutes les frontières du pays sans jamais se demander quelle sorte de marchandises le Turc réceptionnait et expédiait, mais devinant bien de quoi il retournait.

Il savait qu'il s'enfonçait ainsi de plus en plus dans des sables mouvants qui pouvaient lui valoir, à tout moment, son retour en prison ou un coup de feu dans le dos. Mais il avait commencé à bien gagner sa vie, à s'acheter de beaux vêtements, à mieux manger, et, une nuit où il alla jusqu'à approcher une prostituée dans un bar du parc Concordia et l'emmener dans un petit hôtel des alentours, il fut heureux de vérifier qu'il avait récupéré une virilité qu'il croyait éteinte.

Comme il gagnait davantage maintenant, il put louer un appartement au quartier Quatorze, où se construisaient les meilleures maisons. Engager un majordome ainsi qu'une cuisinière, et même acquérir une Ford d'occasion qui était presque neuve. Il n'eut pas de problème pour obtenir des papiers. Grâce aux amis et aux relations du Turc, qui arrosait les fonctionnaires de l'administration, il en eut de nouveaux au nom d'Esteban Ramos, ingénieur industriel de profession. Il sut qu'il avait gagné un nouveau statut au sein de l'organisation du Turc quand ce dernier, après un déjeuner bien arrosé de bière, lui proposa de l'envoyer à Bogota. Et il lui expliqua franchement qu'il s'agissait de cocaïne. Le producteur colombien voulait augmenter exagérément ses tarifs. Sa mission serait de le convaincre de les baisser sans quoi il perdrait le marché guatémaltèque.

Enrique n'arrivait pas à y croire ; il avait là, entre ses mains, un passeport avec tous les tampons nécessaires, une photo et ses nouveaux nom et profession : Esteban Ramos, ingénieur industriel. Il se rendit en Colombie, logea au palace Tequendama de Bogota, eut des palpitations cardiaques à cause de l'altitude, obtint du producteur un prix raisonnable à la plus grande satisfaction du Turc et revint à Guatemala.

Parfois, au restaurant, dans un café, à un spectacle, ou un soir au Ciro's, la seule boîte de la ville avant l'ouverture du Casablanca, il reconnaissait quelques personnes de sa vie antérieure, c'est-à-dire quand il était militaire, qu'il nourrissait des ambitions de pouvoir et n'avait pas encore connu la prison. Elles ne le reconnaissaient jamais et lui ne les saluait pas non plus. Il n'avait revu personne de sa famille et ne savait rien d'elle. Pour tout dire, il dormait sur ses deux oreilles : désormais il était un autre.

Mais il s'inquiétait de la violence qui, depuis quelque temps, se propageait et s'amplifiait dans tout le Guatemala. La guérilla sévissait au Petén et à l'est du pays, avec des attentats, des enlèvements, ce qu'on appelait les « expropriations » de banques, le couvre-feu. Et une délinquance qui prenait souvent un masque politique. Par ailleurs, les putschs militaires se succédaient et la vie était devenue bien plus dangereuse qu'avant pour tout le monde. Et cela n'était pas bon non plus pour les affaires.

XXV

Quand, le 18 juin 1954, les troupes de l'armée libérationniste de Castillo Armas franchirent en trois endroits la frontière du Honduras, le nouvel ambassadeur des États-Unis nommé par l'administration d'Eisenhower, John Emil Peurifoy, était déjà depuis sept mois au Guatemala. On pourrait dire, sans exagération, qu'avec son énergie toujours bouillonnante, il n'avait cessé de travailler un seul jour à la mission que le secrétaire d'État John Foster Dulles, son chef, lui avait confiée : abattre le régime de Jacobo Árbenz.

John Emil Peurifoy avait quarante-six ans, un physique d'orang-outang, et c'est au prix de bien des efforts et de privations qu'il était parvenu à ce poste. Il était né en 1907 à Walterboro, un petit bourg de Caroline du Sud, et, après avoir perdu père et mère dans son jeune âge, il avait passé son adolescence chez des parents en effectuant des travaux très modestes pour survivre. Il rêvait d'être militaire et d'intégrer l'académie de West Point, mais il avait dû abandonner l'école très tôt pour raisons de santé. À Washington, il gagnait sa vie comme garçon d'ascenseur. En 1936, il se maria avec Betty Jane Cox, et peu après entra travailler, tout au bas de l'échelle, au département d'État. Sa ténacité et son ambition le hissèrent à des positions supérieures jusqu'à le porter, enfin, au poste d'ambassadeur en Grèce, quand la guérilla communiste mettait le pays à feu et à sang et était à deux doigts de renverser la monarchie et d'accéder au pouvoir. Il y resta trois ans.

Ce fut son époque glorieuse. Mêlant les menaces et une capacité inouïe pour l'intrigue ainsi qu'un flair assez sûr, un esprit pratique tout comme un courage intrépide, il parvint à propulser une junte militaire, appuyée par la couronne et bien pourvue d'armes et d'argent par les États-Unis et la Grande-Bretagne, qui tailla en pièces la guérilla et installa dans le pays un régime autoritaire et répressif. Il gagna alors le surnom de Boucher de la Grèce. John Foster Dulles et son frère Allen, chef de la CIA, pensèrent qu'un tel diplomate était l'homme qu'il fallait pour représenter au Guatemala le pays qui avait décidé d'en finir, bon gré mal gré, avec le gouvernement de Jacobo Árbenz. Et en effet, sitôt arrivé au Guatemala avec son immanquable borsalino orné d'une plume, sans se donner la peine de vérifier si les accusations de collusion du régime d'Árbenz avec le communisme étaient exagérées ou irréelles – comme osa le suggérer son adjoint à la légation –, il s'employa énergiquement à abattre ce gouvernement.

Le jour même où il présenta ses lettres de créance dans l'immense et imposant palais du Gouvernement de la ville de Guatemala, le nouvel ambassadeur fit savoir au président Árbenz qu'il lui rendrait la vie très difficile. Sitôt la cérémonie finie, le chef du gouvernement fit entrer l'ambassadeur dans un petit salon privé. Et avant de lever sa coupe de champagne, apportée par un garçon, et de trinquer avec lui, voilà que Peurifoy lui tendit un papier avec une liste numérotée de quarante personnes.

— Qu'est-ce que c'est ?

Le président Árbenz était un homme de haute taille, de belle allure et aux manières élégantes, qui se débrouillait difficilement en anglais ; aussi avait-il toujours un interprète à portée de main. Peurifoy avait aussi le sien.

— Quarante communistes membres de votre gouvernement, lui dit l'ambassadeur avec une brusquerie nullement diplomatique. Je vous demande au nom des États-Unis de les démettre immédiatement de leurs fonctions en tant qu'agents infiltrés au service d'une puissance étrangère agissant contre les intérêts du Guatemala.

Avant de répondre, Árbenz jeta un œil sur la liste nominative. Il y avait là, à côté d'hommes de gauche déclarés, plusieurs de ses amis et collaborateurs. Et bien d'autres qui étaient aussi peu communistes que lui-même. Quelle ânerie ! Souriant aimablement, il s'adressa à son visiteur :

— Cela commence mal, Monsieur l'ambassadeur. Vous êtes très mal informé. Il n'y a sur cette liste que quatre députés du Parti guatémaltèque du travail, ouvertement communiste, bien que la plupart de ses dirigeants et sa petite poignée de militants ne sachent pas trop ce qu'est le communisme. Les autres sont aussi anticommunistes que vous – il marqua une pause et, du même ton affable, il ajouta : Avez-vous oublié que le Guatemala est un pays souverain et vous seulement un ambassadeur, pas un vice-roi ou un proconsul ?

Peurifoy éclata de rire, la bouche largement ouverte, en postillonnant un petit nuage de salive. Il parlait lentement, pour faciliter le travail des deux interprètes. L'ambassadeur était grand et fort, très blanc de peau, le regard sombre et agressif ; ses sourcils fournis et ses favoris laissaient voir de précoces poils blancs ; la sueur brillait sur son front. Dès lors, le président Árbenz verrait toujours l'ambassadeur comme un homme échauffé et prêt à éclater.

— Monsieur le président, j'ai cru, dès le premier jour, devoir jouer avec vous cartes sur table. Vous n'allez pas dire que juger que votre gouvernement est farci de communistes est une fantaisie yankee : vous en avez la preuve sous les yeux.

— Peut-on savoir quelle personne imaginative a concocté cette liste ?

— La CIA, répondit l'ambassadeur, avec un petit rire de défi – et il expliqua : C'est une institution très efficace, les nazis l'ont bien vu pendant la guerre. Et maintenant, grâce au sénateur McCarthy, elle nettoie l'administration américaine, où se sont aussi infiltrés bon nombre de Rouges, comme dans votre gouvernement. Alors, allez-vous les mettre à la porte ?

— Je vais plutôt les confirmer à leur poste, rétorqua en riant le président, qui prenait tout cela pour une blague. Que la CIA les tienne pour ses ennemis, cela veut dire que je peux avoir confiance en eux. Je vous sais gré de votre impertinence, Monsieur l'ambassadeur.

— Je vois que nous nous comprenons merveilleusement, Monsieur le président, lui dit ce dernier dans un sourire.

Cette nuit-là, dans sa maison de Pomona, le président Árbenz dit à sa femme, María Vilanova :

— Les États-Unis nous ont envoyé un chimpanzé comme ambassadeur.

— Et pourquoi pas ? rétorqua-t-elle. Ne sommes-nous pas pour les gringos une sorte de zoo ?

Ces premières actions militaires de l'armée libérationniste les 18 et 19 juin 1954 furent peu encourageantes pour le colonel Carlos Castillo Armas. La troupe partie de la localité hondurienne de Florida en direction de Zacapa, composée de cent vingt-deux hommes, se heurta au petit commissariat de la garde civile, à Gualán, renforcé par trente soldats sous le commandement du sous-lieutenant César Augusto Silva Girón, un jeune officier plein de fougue et très bien préparé à l'action. Il tenait ses soldats sur le pied de guerre, embusqués sur les hauteurs des collines environnantes. De là, ils attaquèrent par surprise les libérationnistes, les obligeant, après un combat soutenu, à reculer, et à laisser sur le terrain des dizaines de morts, parmi lesquels le colonel Juan Chajón Chúa, qui commandait cette troupe, et de nombreux blessés. Guère plus d'une trentaine de rebelles échappèrent à la mort ou à l'arrestation.

Les forces libérationnistes dirigées par le colonel Miguel Ángel Mendoza, parmi lesquelles se trouvait Face de hache – surnom de Castillo Armas – en personne, partirent de Nueva Ocotepeque et, au petit matin, franchirent la frontière en direction d'Esquipulas. Là, elles se heurtèrent à une garnison mieux équipée qu'elles ne l'attendaient et, surtout, égale à celle de Gualán en fougue et désir d'en découdre avec les envahisseurs. L'armée libérationniste échappa à une défaite humiliante grâce aux avions envoyés d'urgence du Nicaragua par le colonel Brodfrost, qui lança deux bombes à fragmentation sur la caserne d'Esquipulas avec une telle précision, ou une telle chance, que l'une d'elles explosa et réduisit en miettes les deux canons d'une artillerie qui causait tant de dégâts parmi les assaillants.

La colonne partie de la localité hondurienne de Macuelizo, la plus nombreuse, forte de cent quatre-vingt-dix-huit soldats, approcha Puerto Barrios sur deux fronts, l'un amphibie, sur la goélette *Siesta*, envoyée par le généralissime Trujillo et pilotée par Alberto Artiga, et l'autre terrestre. Leur plan était d'étouffer, en la prenant en tenaille, la troupe concentrée dans la zone militaire du grand port guatémaltèque sur la mer des Caraïbes. Mais ils furent accueillis sur les deux fronts par des fusillades nourries et une participation très active de la population civile. Parce que, en plus des soldats, la défense des installations militaires de Puerto Barrios comptait sur des brigades d'ouvriers portuaires qui avaient été armés, les jours précédents, par le syndicat et le gouvernement. C'est la seule fois dans toute l'histoire du Guatemala que les dénommées « milices populaires », qui avaient causé tant d'inquiétude dans l'opposition malgré leur existence toute théorique, donnèrent signe de vie. Les libérationnistes durent fuir, abandonnant leurs morts et leurs blessés sur le champ de bataille, aux alentours du port. La garnison de Puerto Barrios était bien équipée, les officiers et les soldats, appuyés par une population aguerrie qui prit part aux combats avec fusils de chasse, bâtons, pierres et couteaux, mirent en déroute les assaillants après plusieurs heures de combat, les obligeant à fuir et faisant quelques prisonniers, dont plusieurs furent lynchés plus tard par la foule. Lors de ce premier assaut, l'armée libérationniste ne connut que des défaites.

Par ailleurs, un petit groupe d'envahisseurs, partis de Santa Ana, au Salvador, ne put même pas atteindre la frontière guatémaltèque ; ils furent stoppés par l'armée salvadorienne, qui saisit leurs armes sous prétexte qu'ils n'avaient pas les permis nécessaires. Ce n'est que deux jours après, grâce aux démarches frénétiques de l'ambassade des États-Unis, que les détenus furent libérés avec ordre de les transférer immédiatement au Honduras, car le président salvadorien, Óscar Osorio, s'opposait à ce que les partisans de Castillo Armas opèrent depuis son territoire contre le gouvernement du Guatemala.

Cependant, la pire chose qui arriva aux rebelles de Castillo Armas les deux premiers jours de l'invasion fut l'échec de toutes les tentatives de l'aviation libérationniste à fournir des armes aux bandes et commandos rebelles qui, d'après ce qu'on leur avait dit, opéraient déjà en territoire guatémaltèque. C'était de la pure propagande. Le colonel Brodfrost eut beau envoyer ses avions de transport lourd Douglas C-124C à l'heure convenue, les équipes chargées de recevoir le matériel militaire, ainsi que la nourriture et les médicaments, lancés en parachute, n'apparurent pas sur les lieux de réception. Les pilotes américains survolèrent ces parages et leurs alentours pendant un long moment, jusqu'à recevoir l'ordre de retourner à Managua sans lancer leur charge ou en la délestant dans la mer. Aux trois Douglas C-124C on avait ajouté un quatrième après qu'Allen Dulles, le chef de la CIA, eut autorisé son acquisition et débloqué les fonds correspondants. Cette flotte s'accrut les jours suivants jusqu'à compter, à la veille de l'invasion, six avions de transport C-47 (DC-3), six F-47 Thunderbolt, un P-38 chasseur léger de combat, un Cessna 180 et un Cessna 140, dont les pilotes, tous gringos, gagnaient deux mille dollars par mois, plus des primes pour chaque mission couronnée de succès.

Lors de toutes les rencontres suivantes, pendant les presque huit mois que l'ambassadeur Peurifoy fut en poste au Guatemala, le président Árbenz essaya de lui expliquer la situation véritable du pays. Il lui faisait valoir avec insistance que les réformes entreprises par son gouvernement, y compris la réforme agraire, avaient pour seule visée de transformer le Guatemala en démocratie moderne et capitaliste, à l'image des États-Unis et des autres nations occidentales. Avait-on par hasard créé des « fermes collectives » dans le pays ? Avait-on d'aventure nationalisé quelque entreprise privée ? Les terres en friche que le gouvernement avait nationalisées et réparties parmi les paysans pauvres étaient des lots individuels, afin de développer une agriculture privée et capitaliste. « Oui, entendez-le bien, Monsieur l'ambassadeur, ca-pi-ta-lis-te », épelait le président, et l'interprète l'imitait en épelant aussi le mot. Si son gouvernement voulait faire payer des impôts à l'United Fruit, tout comme à tous les agriculteurs guatémaltèques, c'était pour pouvoir remplir le pays d'écoles, de routes, de ponts, pour mieux rémunérer les professeurs, attirer des fonctionnaires compétents et financer des travaux publics qui sortiraient les communautés indigènes, l'immense majorité des trois millions d'habitants du Guatemala, de leur isolement et de leur pauvreté. Le président Árbenz insistait, bien qu'il se soit très vite rendu compte que l'ambassadeur Peurifoy était un homme immunisé contre la raison et ses arguments. Il ne les entendait même pas. Il se contentait de répéter, comme la poupée d'un ventriloque, que le communisme était partout présent dans le pays. N'était-ce pas ce qu'affirmait monseigneur Rossell y Arellano, l'archevêque en personne, dans sa célèbre lettre pastorale ? L'autorisation de créer des syndicats, déjà à l'époque de Juan José Arévalo, n'en était-elle pas la démonstration ? Et ne voyait-on pas, peut-être, se propager sous l'action des agitateurs l'esprit de rébellion chez les paysans et les ouvriers ? N'assistait-on pas à la saisie de terres et à des invasions de fermes ? Les chefs d'entreprise et les propriétaires terriens ne se sentaient-ils pas menacés ? Nombre d'entre eux n'étaient-ils pas partis à l'étranger ? Les journaux et les radios ne le disaient-ils pas tous les jours ?

— N'y a-t-il pas de syndicats aux États-Unis ? lui rétorquait Árbenz. Là où il n'y a pas de syndicats libres et indépendants, c'est en Russie, justement.

Mais l'ambassadeur ne voulait pas l'entendre et répétait, parfois d'un ton serein et d'autres fois menaçant, que les États-Unis ne permettraient pas de présence soviétique entre la Californie et le canal de Panama. Et que, « sans que cela soit une menace », les marines entouraient déjà le Guatemala par la mer des Caraïbes et l'océan Pacifique.

— Savez-vous combien de citoyens soviétiques il y a en ce moment au Guatemala ? protestait Árbenz. Pas un seul, Monsieur l'ambassadeur. Voulez-vous me dire comment l'Union soviétique pourrait coloniser le Guatemala s'il n'y a pas un seul citoyen soviétique dans ce pays ?

Les protestations du président Árbenz contre la campagne de presse qui, née aux États-Unis, s'étendait au monde entier, étaient également inutiles. Comment se faisait-il que des journaux aussi prestigieux que le *New York Times*, le *Washington Post*, *Time Magazine*, *Newsweek* et *Chicago Tribune* aient inventé pareil fantasme : le communisme au Guatemala ? Un mensonge de bout en bout, qui caricaturait de façon indigne des réformes sociales qui, précisément, voulaient empêcher que la pauvreté, les injustices et les inégalités sociales jettent les Guatémaltèques dans les bras du communisme. Le diplomate se bornait à répondre qu'aux États-Unis, pays démocratique, la presse était libre et le gouvernement ne fourrait pas son nez dans ses affaires. Árbenz lui expliqua avec force détails que la réforme agraire n'avait pas nationalisé un seul petit bout de terre exploitée par l'United Fruit ou les grands propriétaires terriens guatémaltèques. On n'y avait affecté que les terres en friche, celles qui n'étaient pas exploitées. Et les terres nationalisées étaient payées à leurs propriétaires au prix qu'eux-mêmes les avaient évaluées dans leur déclaration d'impôts.

Le président invitait l'ambassadeur à parcourir le pays, au lieu de rencontrer tant de militaires pour les exhorter à faire un coup d'État contre son gouvernement – le diplomate écoutait imperturbablement ces détails –, et à voir de ses propres yeux comment un demi-million d'Indiens avaient enfin reçu des terres dont ils allaient devenir propriétaires – « oui, Monsieur l'ambassadeur, pro-pri-é-tai-res » – et qu'ils feraient fructifier pour transformer le Guatemala en une société sans faim, sans exploiteurs, sans pauvres, sur le modèle des États-Unis. L'ambassadeur Peurifoy, bardé d'insensibilité et obsédé par sa mission, n'était jamais sorti de la ville de Guatemala. Et dans toutes ses rencontres avec le mandataire, il se bornait à lui reposer inlassablement la même question :

— Pourquoi votre gouvernement s'acharne-t-il contre une entreprise américaine telle que l'United Fruit, Monsieur le président ?

— Croyez-vous juste, Monsieur l'ambassadeur, que l'United Fruit n'ait jamais payé au Guatemala, dans toute son histoire et pendant plus d'un demi-siècle, le moindre centime d'impôt ? lui répondait Árbenz. Oui, vous m'avez bien entendu : jamais dans son histoire. Pas un centime.

C'est vrai qu'elle subornait les tyranneaux, Estrada Cabrera et Ubico, qui signaient ces contrats en l'exonérant d'impôts. Et comme elle ne peut maintenant me suborner, moi, elle doit s'en acquitter, comme le font toutes les entreprises aux États-Unis et dans toutes les démocraties occidentales. Est-ce que par hasard les sociétés dans votre pays ne paient pas d'impôts ? Alors qu'ici, bien sûr, elles s'acquittent de moins de la moitié de ce qu'elles paient là-bas.

Le président savait que c'était inutile. Et, en effet, il savait aussi que l'ambassadeur Peurifoy multipliait les tentatives de subvertir l'armée pour qu'elle se soulève contre son gouvernement et fasse un coup d'État. Il avait demandé à ses ministres s'il convenait de le censurer et de l'expulser du pays, mais le chancelier Guillermo Toriello s'y était opposé, en assurant que cela aggraverait la crise avec les États-Unis et servirait peut-être de prétexte au débarquement de marines au Guatemala. La crainte de ce débarquement était constante et partagée par tous. Árbenz savait qu'il épouvantait les officiers de l'armée guatémaltèque, qui redoutaient que cette invasion ne la pulvérise. Les sondages privés effectués par le gouvernement indiquaient qu'en cas d'invasion yankee, la moitié au moins ou les trois quarts de l'armée guatémaltèque passeraient à l'ennemi. C'était le plus grand souci du mandataire. Jusqu'à présent il avait pu contrôler ses collègues militaires, mais il savait pertinemment qu'au moment même où les marines poseraient le pied au Guatemala, il y aurait une débandade massive des forces armées. Dans ces périodes de grande tension, il sentait parfois, comme une démangeaison dans tout son corps, le besoin d'un verre de whisky ou de rhum. Mais il n'avait jamais cédé à la tentation.

Quand Árbenz disait à Peurifoy qu'il était le premier anticommuniste du Guatemala, il voyait son sourire narquois. Quand il lui demandait quelle sorte de satellite russe pouvait être un pays qui, outre qu'il n'hébergeait aucun citoyen soviétique, n'avait jamais eu de relations diplomatiques ni commerciales avec l'Union soviétique, et dont la Constitution interdisait les partis politiques internationaux, l'autre l'écoutait sans dire un mot. Et de même, quoique parfois d'un air plus sceptique, quand il lui assurait que le Parti guatémaltèque du travail, qui se reconnaissait comme communiste, était une organisation ridiculement petite. L'ambassadeur Peurifoy lui rétorquait parfois qu'elle n'avait certes pas plus de quatre parlementaires, mais qu'elle contrôlait tous les syndicats, ce qui était vrai et avait semé la terreur parmi les familles des fermiers et patrons du Guatemala, dont beaucoup avaient été envahis et contraints de partir à l'étranger. « Il n'y a rien à faire, pensait Árbenz, on nous a envoyé un imbécile. »

Pourtant, John Emil Peurifoy n'était pas un imbécile. Fanatique et raciste, il l'était sans doute. C'était aussi un maccarthyste étroit d'esprit, intellectuellement très poussif, comme le répétait jour et nuit à qui voulait l'entendre l'épouse d'Árbenz, madame María Cristina Vilanova, du jour où elle l'avait connu. Mais un homme efficace, qui fonçait tête baissée pour renverser tout obstacle afin d'atteindre ses objectifs. Il avait eu le front d'essayer d'acheter le commandant en chef des forces armées, le colonel Carlos Enrique Díaz (Árbenz le Minus), à qui un émissaire de la CIA avait, lors d'un voyage à Caracas, proposé deux cent mille dollars pour « collaborer avec les États-Unis ». Le colonel Díaz avait décliné l'offre et, à son retour du Venezuela, avait couru raconter l'histoire au président

Árbenz. Il lui avoua avoir eu « la trouille » à Caracas que sa femme l'ait fait suivre, car il avait profité de ce voyage pour emmener avec lui sa petite amie.

L'ambassadeur Peurifoy avait une stratégie qui suivait de près celle qu'il avait mise en place en Grèce : convaincre les chefs militaires que la politique d'Árbenz nuisait non seulement au pays mais surtout aux forces armées, la première institution que les communistes anéantiraient pour la remplacer par des milices populaires dirigées par le parti, comme ils l'avaient fait en Russie et dans les démocraties populaires dont ils s'étaient emparés après la Seconde Guerre mondiale. L'ambassadeur ne prenait pas la moindre précaution dans ces opérations, de sorte que le président Árbenz et son gouvernement les connaissaient par cœur. Il considérait que c'étaient des « provocations » destinées à les obliger à l'expulser, ce qui servirait alors de prétexte aux États-Unis pour envahir le pays. Peurifoy invitait à l'ambassade les colonels et commandants militaires, à commencer par le colonel Díaz, chef des armées, et d'autres colonels tels qu'Elfego H. Monzón, Rogelio Cruz Wer, commandant la garde civile, le major Jaime Rosemberg, chef de la police judiciaire, ou il se réunissait avec eux au Cercle militaire, ou dans des résidences privées – de propriétaires terriens et de chefs d'entreprise horrifiés par les réformes, surtout le décret 900 de la réforme agraire, et, pour certains d'entre eux, qui devaient aussi payer des impôts pour la première fois de leur vie. L'ambassadeur avertissait ces militaires que si les choses continuaient à s'aggraver comme c'était le cas actuellement, les États-Unis n'auraient très vite d'autre solution que d'intervenir. Et est-ce qu'ils se sentaient de taille, eux, à affronter la plus puissante armée du monde ?

Il leur rappelait, par ailleurs, que depuis 1951, quand avaient commencé à s'appliquer dans le pays les mesures communistes qu'Árbenz appelait « sociales », les États-Unis s'étaient vus obligés d'imposer un embargo qui empêchait le Guatemala d'acheter des armes, des munitions et du matériel militaire dans tous les pays occidentaux, boycott qui avait été suivi par plusieurs gouvernements européens, portant un préjudice immense aux forces armées. Ils ne le savaient que trop, n'est-ce pas ? Et n'était-ce pas une raison suffisante pour qu'ils entrent en action et renversent ce gouvernement ?

Cependant, l'ambassadeur fit savoir le 18 juin, lorsque les forces de Castillo Armas franchirent la frontière hondurienne, que la réaction de plusieurs des militaires qu'il avait rencontrés périodiquement était tout à fait négative. Ces derniers considéraient comme « intolérable » et un « acte de trahison » le fait que ce petit militaire sans prestige, ce foutriquet, se soulève contre son propre pays à la tête de mercenaires qui étaient pour la plupart des étrangers. Ce scrupule institutionnel des officiers amena Peurifoy à changer de stratégie. Et à demander au département d'État et à la CIA de ne pas rendre aussi explicite l'appui des États-Unis au « traître » Castillo Armas, et de faire en sorte, plutôt, que Washington accepte, comme il l'avait suggéré dès le départ, les vertus d'un « coup d'État institutionnel ».

Par ailleurs, grâce à ses efforts, l'ambassadeur Peurifoy parvint à contracter des informateurs parmi les officiers guatémaltèques. Et « pour bien moins cher que les officiers grecs », indiqua-t-il à ses supérieurs au département d'État. Tous n'étaient pas aussi scrupuleux que le colonel Díaz. L'ambassadeur Peurifoy envoyait des informations journalières à Washington et s'efforçait de discréditer les actions de Castillo Armas en exil tout en réaffirmant sa conviction qu'un soulèvement des forces armées qui renverserait Árbenz était préférable et plus rapide. Il expliquait que ce serait plus efficace que cette invasion, qui tardait tant qu'elle justifiait le plus grand scepticisme des militaires et de la population civile.

Ce raisonnement fut confirmé les 18 et 19 juin 1954, après que les troupes (ou plutôt les « bandes », comme disait Peurifoy) de Castillo Armas eurent franchi la frontière. L'invasion aurait connu un échec retentissant sans l'intervention de l'aviation libérationniste, qui empêcha l'extermination des forces qui affrontèrent l'armée à Gualán et Puerto Barrios et furent défaites ; et qui sauva in extremis les troupes qui prétendaient occuper Zacapa. Le gouvernement d'Árbenz comptait sur une aviation militaire fantoche, composée d'à peine cinq Beechcraft AT-11, dont l'un déserta le premier jour de l'invasion avec son pilote, qui s'enfuit au Honduras et rejoignit la rébellion. Árbenz n'osait pas envoyer au combat les petits avions restants, de crainte que leurs pilotes ne passent à l'ennemi. L'aviation libérationniste du colonel Brodfrost avait donc la maîtrise du ciel.

Les pilotes gringos tirèrent profit de ce monopole de l'air. Surtout à Chiquimula où l'aviation rebelle causa beaucoup de dégâts, avec à sa tête Jerry Fred DeLarm. Ce dernier, dans un piqué suicidaire sur la garnison, réussit à lancer une bombe à fragmentation dans la cour de la caserne, détruisant l'artillerie et provoquant des morts et des blessés, ce qui poussa le reste des soldats cantonnés là à se rendre le 23 juin, malgré leur victoire initiale. Les troupes libérationnistes occupèrent la garnison. Cela encouragea fortement les envahisseurs qui, après les échecs des deux jours précédents, étaient sur le point de reculer vers le territoire hondurien. Radio Liberación présenta la prise de la garnison d'Esquipulas et de Chiquimula par Castillo Armas comme le « début de la fin » du gouvernement d'Árbenz.

C'est alors que l'ambassadeur Peurifoy engagea le département d'État et la direction stratégique de l'invasion libérationniste (dirigée par deux fonctionnaires de la CIA, Robertson et Wisner) à procéder au bombardement de la ville de Guatemala. Il fallait à tout prix semer la panique dans la capitale pour que l'armée se décide à agir. Il se retranchait derrière ce que lui avaient dit de façon très explicite les officiers supérieurs, parmi lesquels le colonel Monzón et le propre commandant en chef de l'armée, le colonel Díaz : « Il faut qu'il y ait des morts parmi les civils. Il faut répandre la panique dans la population. C'est la seule façon de nous obliger à intervenir contre Árbenz. » Cela fut confirmé quand le colonel Elfego H. Monzón se présenta à l'ambassade, escorté par les colonels José Luis Cruz Salazar et Mauricio Dubois, et précisa que le bombardement des libérationnistes devait prendre pour cible le fort de Matamoros, situé au centre même de la capitale.

L'attaque eut lieu le 25 juin, en début de soirée. L'aviation libérationniste avait alors été renforcée. Les deux Thunderbolt, pilotés par Williams et DeLarm, avant de se diriger vers la capitale, survolèrent Chiquimula et Zacapa, en détruisant d'abord un train qui transportait des troupes gouvernementales venues renforcer ces garnisons, puis un pont afin de couper la route aux survivants qui continuaient d'avancer à pied.

Les deux avions atteignirent la capitale à quatorze

heures vingt. Le premier à survoler le fort de Matamoros fut celui de Williams, mais la bombe à fragmentation de 275 livres qu'il portait resta coincée dans la soute. En revanche, DeLarm, qui venait derrière, put lâcher une bombe de 555 livres sur le dépôt d'explosifs du fort, qu'elle fit voler en éclats. Il y eut une succession d'explosions et un nombre incalculable de morts et de blessés, autant à l'intérieur qu'à l'extérieur de la caserne. Les deux avions qui mitraillaient les survivants en rase-mottes essuyèrent une fusillade nourrie. Ce qui les fit rebrousser chemin, non sans que Williams lâche sur la ville deux autres bombes de moindre calibre que celle qui était restée bloquée dans l'avion, dont l'une tomba dans la cour d'honneur de l'École militaire. Cette fois, les officiers, avec à leur tête le commandant en chef, le colonel Díaz (Árbenz le Minus), et le colonel Elfego H. Monzón, se tinrent pour satisfaits : il y avait beaucoup de morts et de blessés civils, la panique avait lancé sur les chemins des milliers de familles fuyant une ville en flammes, chargées de ballots, berceaux et chiens, redoutant une nouvelle incursion de pilotes et les bombardements libérationnistes.

Vingt-quatre heures après le bombardement du fort de Matamoros, alors que la ville était encore sous le coup de l'attaque et en état de choc, avec des morts et des blessés abandonnés dans les rues, et une foule de gens fuyant à la campagne, le président Árbenz reçut du commandant en chef, le colonel Carlos Enrique Díaz, un appel urgent « au nom des forces armées que j'ai l'honneur de présider », afin de se réunir avec lui et l'état-major de l'institution « en raison des très graves événements d'hier, c'est-à-dire le bombardement du fort de Matamoros et des environs par l'aviation ennemie ». Díaz comme Monzón et d'autres membres de l'état-major étaient des compagnons de l'École polytechnique et des amis personnels d'Árbenz. Ce dernier, par ailleurs, avait beaucoup influé pour que Díaz prenne le commandement des forces armées. Mais dès qu'il reçut la sollicitation rédigée en ces termes, il devina que le colonel Díaz n'était plus la personne qu'il avait connue, son ami et camarade de jeunesse. Jusqu'à ces deux derniers jours, il l'avait informé quotidiennement des pressions que Peurifoy exerçait sur les officiers supérieurs pour les pousser au putsch. Celui-ci était-il en marche ? Lui aussi, finalement, avait-il été acheté ? Il répondit sur-le-champ à Díaz pour les convoquer, lui et l'état-major, l'après-midi même au bureau présidentiel.

Après l'avoir fait, il convoqua trois civils, ses amis et assesseurs, Carlos Manuel Pellecer, Víctor Manuel Gutiérrez, secrétaire général de la Confédération des syndicats ouvriers et paysans, et José Manuel Fortuny, leader du Parti guatémaltèque du travail (communiste), qui avaient collaboré avec lui à l'élaboration de la loi de réforme agraire et à son application après son approbation par le Congrès. Ce dernier, en outre, avait été chargé, au milieu de 1954, de l'achat secret d'armes en Tchécoslovaquie, mandaté par Árbenz afin de contourner l'embargo imposé au Guatemala par les États-Unis, qui inquiétait beaucoup l'armée. Fortuny avait réussi et Árbenz avait fait en sorte que les armes achetées entrent au pays via un bateau suédois, l'*Alfhem*, qui était arrivé à Puerto Barrios sans être détecté par les États-Unis. Quelle meilleure preuve que l'Union soviétique n'avait pas le moindre intérêt à ce qui se passait au Guatemala, pensa maintes fois Árbenz, que son gouvernement ait dû payer ces armes comptant à un prix très élevé et sans la plus minime remise. La presse yankee avait crié au scandale en apprenant cet achat de fusils et de bazookas que, par ailleurs, l'armée n'avait jamais mis à disposition d'inexistantes milices populaires.

Sans leur donner aucune explication sur le message de Díaz, Árbenz leur demanda où en était la formation des milices. Les trois lui donnèrent des informations très pessimistes, surtout Fortuny. Elle avançait trop lentement ; tous les syndicats paysans ne voulaient pas que leurs membres soient enrôlés ; d'autres, bien que disposés à collaborer, se heurtaient à une forte résistance parmi leurs propres syndiqués. Ils venaient de recevoir leurs petits lopins et voulaient se consacrer à les travailler le plus tôt possible plutôt que de faire la guerre et de devenir miliciens. Fortuny, bon ami de Jacobo et María Árbenz dès avant les élections, l'assura que le problème majeur était, en réalité, que les militaires chargés de l'instruction des recrues rechignaient à cette tâche ; ils avaient peur de cette « armée civile » qu'ils regardaient comme une menace pour la survie de la véritable armée. Ou peut-être avaient-ils reçu des ordres supérieurs pour saboter la formation des milices. Dans la capitale, on avait regroupé au stade du village olympique seulement quelques dizaines de volontaires, pas les milliers qu'on espérait, et les officiers chargés de leur instruction faisaient traîner les choses en longueur, ne se présentaient pas dans les endroits prévus pour l'entraînement, ou cherchaient des prétextes pour ne pas livrer les fusils promis. C'était très clair : l'armée guatémaltèque ne voyait pas d'un bon œil la formation de milices populaires pour défendre la révolution. L'ambassadeur Peurifoy avait convaincu ceux qui doutaient encore que ces « milices », si elles se constituaient, finiraient par liquider l'armée légitime. Combattre, faire la guerre, était l'affaire des forces armées, pas des syndicats ni des paysans. Pour avoir pensé de la sorte, José Manuel Fortuny serait ensuite accusé par le comité central du Parti guatémaltèque du travail (dont il était le secrétaire général) de « conduite personnelle indigne de sa charge » et d'exprimer « des politiques erronées et pessimistes ». Il fut soumis à un « procès disciplinaire » et écarté de la direction du PGT.

Árbenz n'informa pas les trois civils de la réunion qui devait avoir lieu l'après-midi avec l'état-major. Mais le rapport qu'il avait reçu des trois hommes le laissa très pessimiste. Ce qu'ils lui avaient dit, il le soupçonnait déjà : l'armée s'opposait à la formation des milices. Il était possible que les officiers chargés de leur instruction aient reçu de leur supérieur ordre de la retarder et de chercher diverses excuses, mais il était possible aussi qu'eux-mêmes aient décidé ce sabotage. Bien qu'il y eût des officiers favorables aux réformes sociales, l'esprit de corps l'emportait. Le président avait toujours su que l'armée n'accepterait jamais d'affronter les États-Unis. Elle avait beau mépriser Castillo Armas, l'institution écartait formellement une guerre avec les marines. Et qui ne serait pas d'accord avec eux ?

Une vingtaine de commandants militaires, certains provenant de garnisons de l'intérieur, occupèrent le bureau présidentiel dès huit heures du soir. Ils avaient tous leur uniforme de parade avec toutes leurs décorations sur la poitrine. Le président donna immédiatement la parole au commandant des forces armées.

Dès le début de l'exposé du colonel Carlos Enrique Díaz, prudent, timoré, qui intercalait sans cesse dans son discours un très respectueux « Monsieur le président », Jacobo Árbenz sut ce qui s'annonçait. L'ordre du jour était de défendre la Révolution d'octobre, les réformes, la loi de réforme agraire, la remise de terres aux paysans. C'est de cela qu'il s'agissait. Bien entendu, insistait Díaz, bien entendu, Monsieur le président. C'étaient des réformes que l'armée comprenait et soutenait. Et, bien sûr, l'armée du Guatemala ne pouvait tolérer la rébellion armée d'un traître tel que Castillo Armas, une rébellion appuyée par des mercenaires étrangers, ainsi que par l'incompréhension et l'hostilité déclarées des États-Unis. Cette rébellion, cette invasion depuis le Honduras, repoussée vaillamment à Gualán et à Puerto Barrios, il fallait l'étouffer. Sans le moindre doute. Les huit mille soldats et officiers de l'armée guatémaltèque n'avaient aucune hésitation à ce sujet. Mais naturellement, l'armée du Guatemala ne pourrait pas faire face à une guerre avec le pays le plus puissant du monde, les États-Unis. D'autre part, l'hostilité des États-Unis contre « monsieur le président » (« contre le Guatemala », l'interrompit Árbenz), oui, contre le Guatemala, corrigea Díaz, avait porté un grand préjudice aux forces armées, avec l'embargo, l'interdiction d'acheter des armes, des munitions et des pièces de rechange, une mesure que, depuis des années, les États-Unis avaient convaincu presque tous les pays occidentaux d'adopter aussi, ce qui avait placé les forces armées dans une très mauvaise position, comme on le voyait ces jours-ci, face à l'invasion de Castillo Armas et son armée d'antipatriotes, de mercenaires et de traîtres. Et, c'était évident, les pays de l'Est ne pouvaient pas remplacer les États-Unis comme pourvoyeurs d'armes, ce qu'on avait vu ces derniers mois avec les armes achetées à la Tchécoslovaquie, qui avaient provoqué un scandale international et donné presque le prétexte à une invasion du Guatemala par les marines ! Et pour un armement qui était en grande partie inutilisable à cause de sa vétusté et du manque de pièces de rechange.

Il y eut une longue pause pendant laquelle toutes les personnes présentes dans le bureau observèrent un silence sépulcral et une immobilité absolue. « Maintenant on y arrive », pensa Árbenz. Et en effet, il en fut ainsi.

— C'est pourquoi, Monsieur le président, nous, hautes autorités militaires, désireuses de protéger les acquis de la révolution et d'abattre le plus tôt possible et efficacement Castillo Armas, nous réclamons par un acte patriotique et généreux votre démission. L'armée prendra le pouvoir en s'engageant à sauver les réformes sociales, la réforme agraire en particulier. Et à triompher de Castillo Armas et de ses mercenaires.

Le colonel Carlos Enrique Díaz se tut et il y eut un autre long silence. À la fin le président Árbenz demanda :

— Tous les officiers présents appuient-ils les paroles du commandant des forces armées ?

— C'est un accord conclu à l'unanimité, Monsieur le président, rétorqua le colonel Díaz. Il y a eu d'abord une décision unanime de l'état-major, à laquelle se sont ajoutés tous les commandants de garnisons et de régions du Guatemala.

Un autre silence électrique suivit ses paroles. Cette fois, Jacobo Árbenz se leva de sa chaise et parla debout, d'une voix très ferme :

— Je ne m'accroche pas à cette charge pour laquelle j'ai été élu, dans des élections propres, par une immense majorité de Guatémaltèques. Elle m'a permis de mener à bien des réformes sociales et économiques indispensables pour corriger les injustices séculaires dans lesquelles végétaient les paysans de ce pays. Mais si ma démission sert à sauver ces réformes, je n'ai aucune raison de poursuivre cette mission. Surtout s'il s'agit d'abattre et de punir Castillo Armas, ce traître.

— Nous le jurons sur notre honneur, Monsieur le président, l'interrompit le colonel Carlos Enrique Díaz, en faisant claquer ses talons.

— Que le commandant en chef des armées reste avec moi, dit le président. Les autres officiers peuvent regagner leurs postes. Le colonel Díaz vous informera de ma décision.

Les autres officiers sortirent, l'un après l'autre. Ils le saluèrent tous en portant la main à leur casquette avant de partir.

Quand ils se retrouvèrent seuls, Árbenz demanda à Díaz, qu'il trouvait très pâle :

— Est-ce que tu crois que ma décision apaisera les États-Unis ?

— Les États-Unis, je ne sais pas, répliqua le colonel Díaz, mais cela apaisera l'armée, Jacobo, qui était sur le point de se soulever. Je te le jure. J'ai fait de véritables miracles pour l'en empêcher. L'ambassadeur Peurifoy m'a assuré que, si tu démissionnes, les États-Unis respecteront les réformes, en particulier la réforme agraire. Washington veut seulement écarter les communistes du pouvoir.

— Il t'a demandé de les fusiller ?

— De les mettre en prison, pour le moment. Et de les écarter sans attendre de l'administration publique. Il a des listes très complètes.

— Qu'arrivera-t-il à Castillo Armas ?

— Ça a été une autre paire de manches, dit le colonel

Díaz. Mais j'ai été implacable sur ce point, je n'ai pas cédé d'un pouce. Rien à faire avec ce traître et ce subversif. L'ambassadeur Peurifoy m'a assuré que si l'armée assumait le pouvoir, arrêtait les communistes et mettait hors la loi le Parti guatémaltèque du travail, les États-Unis laisseraient tomber Castillo Armas. Et moi je lui ai répété à n'en plus finir que ce traître doit être mis hors d'état de nuire et jugé pour avoir trahi son uniforme et sa patrie.

— C'est bien, Carlos, dit le président. Je suis sûr que tu me dis la vérité. J'espère que tu sauveras au moins les réformes sociales et économiques que nous avons faites. Et empêcheras la prise de pouvoir de ce misérable.

— Je te le jure, Jacobo, dit le commandant en chef des forces armées, en faisant un salut militaire.

Árbenz le vit sortir de son bureau et refermer la porte derrière lui. Tout son corps tremblait. Il dut fermer les yeux et respirer profondément pour se rasséréner. La décision qu'il allait prendre était-elle juste ? Elle le serait si le colonel Carlos Enrique Díaz et l'armée respectaient leur engagement et ne pactisaient pas avec le traître et ses bandes de mercenaires. Mais il n'était pas sûr que les militaires suivraient Díaz. Si tous les officiers avaient été loyaux, l'invasion aurait déjà été repoussée et défaite malgré l'aviation des envahisseurs, qui continuaient de faire beaucoup de dégâts parmi les troupes gouvernementales. Les dernières nouvelles parlaient d'une épouvantable tuerie infligée par les rebelles à la population civile de Bananera. Sa crainte était qu'après sa démission le mouvement des officiers prêts à trahir ne s'amplifie et finisse par déborder Carlos Enrique, qui avait assurément toute sa confiance.

Il appela Fortuny et le mit au courant de sa décision de

démissionner. Fortuny essaya de l'en dissuader, confus et inquiet, mais il se tut quand le président, haussant la voix, lui dit que sa décision était irrévocable et que cette démission était la seule façon de sauver quelque chose de la révolution et d'empêcher Castillo Armas de prendre le pouvoir. La seule façon, par ailleurs, d'éviter une invasion yankee, qui décimerait la population civile. Avant de raccrocher, il lui dit que, contrairement aux précédents, c'est lui-même qui écrirait le discours de son renoncement au pouvoir. Et, comme il y aurait une chasse aux sorcières contre les communistes véritables et supposés, il l'invita à prendre ses précautions sans perdre de temps. Et il raccrocha.

Il donna des instructions pour que la radio nationale soit prête à diffuser son message à la nation, qu'il prononcerait dans deux heures. Puis il appela l'ambassadeur du Mexique, Primo Villa Michel, avec qui il avait été en contact étroit ces derniers jours, et il lui dit que ce soir, après avoir lu son discours annonçant sa démission, sa famille et lui demanderaient l'asile à l'ambassade si le gouvernement mexicain acceptait de les recevoir. L'ambassadeur lui assura qu'il en serait ainsi et qu'il le lui confirmerait dans moins d'une heure. Le président parla alors au téléphone avec sa femme et se borna à lui dire quatre mots : « Fais les valises, María. » Il y eut un bref silence et, ensuite, María Cristina Vilanova lui répondit : « Elles sont déjà faites, mon amour. C'est pour quand ? — Cette nuit », lui dit-il.

Le président demanda à ses secrétaires à n'être dérangé par personne. Il s'enferma dans son bureau pour préparer sa valise et détruire les papiers qu'il n'emporterait pas. Tout en le faisant, et après plus de trois années d'abstinence, il se servit un demi-verre de whisky. Qu'il avala d'un trait, les yeux fermés.

XXVI

Il était allé acheter un cadeau pour sa cuisinière, car c'était son anniversaire, dans un de ces gigantesques supermarchés qui s'étaient ouverts au sud de Guatemala-ville, quand, en sortant, il s'entendit appeler par son nom de baptême : « Enrique ? » Il s'arrêta net, se retourna et vit une jeune fille en jeans et avec ce blouson militaire qui était à la mode chez les jeunes. Elle portait un béret bleu, avait de jolis yeux et lui souriait comme s'ils se connaissaient.

— Vous êtes le lieutenant-colonel Enrique Trinidad Oliva, n'est-ce pas ?

La jeune fille avança vers lui en tendant la main, sans cesser de sourire.

Il fut sidéré et lui répondit d'un air bourru :

— Tu te trompes, je ne sais pas de qui tu veux parler.

Il avait prononcé ces mots d'un ton très aigre, et il tenta de se rattraper en souriant aussi.

— Je m'appelle Esteban Ramos, à ton service. Qui êtes-vous ?

— Alors je me suis trompée, dit la jeune fille, en souriant encore. Mille excuses.

Elle fit demi-tour et s'éloigna, la démarche souple et balançant un peu les hanches.

Il resta figé sur place, le paquet du cadeau entre les mains, paralysé de surprise et s'en voulant de sa réaction maladroite. Ses jambes tremblaient et ses mains étaient humides. Il se faisait mentalement toutes sortes de reproches. Il avait commis trois erreurs gravissimes : s'arrêter en entendant son ancien prénom, manifester de la colère quand il avait nié être le lieutenant-colonel Enrique Trinidad Oliva, et puis tutoyer et vouvoyer alternativement la jeune fille dans la même phrase. Il aurait dû passer son chemin, sans s'arrêter, et alors la fille aurait vraiment cru s'être trompée de personne. « Tu t'es trahi, imbécile », se dit-il. Tandis qu'il conduisait sa voiture pour rentrer chez lui, il éprouvait une sorte de vertige et mille questions l'assaillaient : qui était la fille ? Était-ce une rencontre fortuite ? Est-ce qu'elle le filait ? Impossible qu'elle l'ait connu avant : elle ne devait pas avoir plus de dix-sept ou dix-huit ans, ce qui voulait dire qu'elle avait onze ou douze ans quand on l'avait jeté en prison. Impossible qu'elle l'ait reconnu, il avait énormément changé. Et puis, il n'avait aucun souvenir de ce visage, de ces yeux, de son air désinvolte. Non, elle ne le connaissait pas d'avant, elle le suivait, elle cherchait à confirmer son identité. Et elle y était parvenue, à cause de sa propre maladresse. Pouvait-elle être de la police ? Difficile à dire. Du Service d'intelligence militaire ? Improbable. Elle avait l'air d'une étudiante universitaire, une de San Carlos, humanités ou droit, les facultés radicales. Elle devait appartenir à un de ces groupes extrémistes, communistes, ceux qui commettaient des enlèvements et mettaient des bombes dans les banques ou dans les maisons de généraux. Seuls des gens comme elle pouvaient vouloir vérifier si l'ancien chef du Service de renseignements du gouvernement libérationniste de Castillo Armas était encore vivant et actif dans la vie civile sous un nom d'emprunt.

Ce même soir il parla au Turc de ce qui s'était passé. Celui-ci n'accorda pas beaucoup d'importance au sujet, mais il lui dit qu'il pouvait vérifier par ses contacts avec le gouvernement si la police ou le Service du renseignement étaient sur ses traces. Deux jours après, Ahmed Kurony lui assura que non, ses informateurs avaient été catégoriques : ni la police ni l'armée ne s'intéressaient à lui. C'est pourquoi on ne pouvait écarter que, si cette rencontre n'avait pas été fortuite, l'un des groupuscules terroristes qui pullulaient dans le pays cherchait la trace de l'ancien militaire accusé de tant d'horreurs à l'époque de la révolution libérationniste.

Dès lors, Enrique prit des précautions. Il ne sortait plus qu'armé comme avant; il avait cessé de le faire parce que, en raison de l'insécurité citadine – actes terroristes et délinquance commune – qui s'était accrue, la police et l'armée patrouillaient maintenant et arrêtaient les gens dans la rue pour vérifier leur identité ou les fouiller. À partir du jour où il s'était trahi, Enrique ne sortit jamais sans ce revolver à la ceinture que lui avait offert le Turc lui-même. Et depuis ce jour, où qu'il allât, il resta sur ses gardes. Il avait toujours l'impression d'être suivi et espionné. Il ne s'attardait guère dans les rues, se rendait de chez lui aux réunions sans s'arrêter, en évitant les bars et les restaurants. Il ne mettait plus les pieds au Ciro's ni au Casablanca, pas même le soir où le Turc l'invita à voir la Tongolele, la célèbre danseuse de rumba, avec sa mèche blanche dans sa longue chevelure de jais. Et lorsqu'il faisait la tournée des cercles de jeu clandestins du Turc, il se faisait désormais accompagner par Temístocles, un garde du corps qui avait toute sa confiance.

C'est précisément un soir où il faisait sa tournée habituelle des salles de jeu qu'il crut avoir confirmation qu'il était suivi. Cela arriva de la façon la plus sotte. Il venait de faire un tour dans un de ces casinos, situé dans une salle cachée au fond d'une boutique d'antiquaire, au passage Rubio dans la vieille ville, quand il sentit un flash dans son dos. Il se retourna vivement et donna l'ordre à son garde du corps d'arrêter immédiatement celui qui avait pris cette photo. Accompagné par les vigiles de l'entrée, le garde du corps arrêta un jeune homme qui, à l'évidence, n'était pas le photographe car il n'avait aucun appareil photographique sur lui. C'était, en fait, un représentant de commerce, qui fréquentait la maison de jeu depuis des années. Enrique en personne dut lui présenter des excuses. Mais, malgré l'évidence, il continua de croire que quelqu'un avait pris une photo dans son dos, même si les vigiles et le garde du corps l'avaient nié. Devenait-il fou ? Avait-il des visions ? Non, ce n'était pas de la paranoïa, c'était du flair. Il avait perçu le clic et vu l'éclat de ce flash. Le photographe avait probablement été plus rapide que les vigiles. Il dormait mal, faisait des cauchemars et, pendant la journée, l'idée le tourmentait que toute cette vie qu'il avait réussi à reconstruire à partir de l'abîme où l'avait laissé la prison s'écroulait soudain comme un château de cartes.

Un matin, Tiburcio, le majordome de la maison, vint le réveiller en mettant un doigt sur sa bouche pour qu'il ne fasse pas de bruit. C'était encore le petit jour et l'aube se levait à peine. Il le fit se lever et le mena à une fenêtre, en entrouvrant les rideaux. Enrique vit un homme qui prenait des photos de son étage et de la porte d'entrée de l'immeuble. Il le faisait à visage découvert, depuis différents angles. Puis, sans courir, il gagna lentement le coin de la rue où l'attendait une voiture qui démarra dès qu'il fut monté.

Il n'y avait donc aucun doute. La preuve était là. On le suivait et on pouvait l'enlever ou le tuer à tout moment, aujourd'hui même. Ce ne pouvaient être des criminels ordinaires. Pourquoi voudraient-ils l'enlever, lui, qui n'était pas millionnaire ni en état de payer une rançon? Il parla dans l'après-midi avec le Turc et lui demanda de le faire sortir du pays pour un temps. Ahmed Kurony fut d'abord très réticent. Il avait surtout besoin de lui ici, à Guatemala-ville. Il lui avait confié beaucoup de responsabilités dans ses affaires. Il se faisait probablement des idées. Il n'y avait rien d'étrange à ce que quelqu'un prenne des photos dans la rue de si bonne heure. Ce pouvait être un touriste, un de ces cinglés de la photo qui cherchait une lumière matinale pour ses images. Mais comme Enrique insistait tellement, il finit par lui dire « OK ». Il l'enverrait à Mexico pour quelques semaines, pour voir s'il oubliait là-bas ses prétendus poursuivants. Dans cette ville-fourmilière, il pourrait se cacher et se sentir en sécurité pour quelque temps.

XXVII

Bien que tout le pays eût écouté à la radio le discours du président Jacobo Árbenz par lequel il annonçait sa démission, les deux réactions les plus extrêmes furent probablement celle de l'ambassadeur Peurifoy, joyeusement euphorique – cette démission n'était-elle pas la démonstration du triomphe de sa stratégie du « coup d'État institutionnel » qui permettrait d'en finir sans délai avec les groupes communistes ? –, et celle du colonel Castillo Armas qui, dans son quartier général, là-bas à Esquipulas, fut saisi encore une fois d'une colère colossale, jurant par tous les diables, que ses subordonnés supportèrent en silence.

L'ambassadeur John Emil Peurifoy s'empressa d'écrire un rapport au département d'État : la démission d'Árbenz prouvait que l'armée tout entière lui avait tourné le dos. La montée au pouvoir des forces armées faciliterait l'élimination de tous les éléments subversifs retranchés dans l'administration, la fermeture des syndicats combatifs et l'arrêt immédiat des politiques discriminatoires contre l'United Fruit. Il rencontrerait immédiatement le nouveau président, le colonel Carlos Enrique Díaz, pour exiger de lui qu'il applique ces nouvelles mesures.

Le message du colonel Castillo Armas à la CIA (c'est-à-dire à monsieur Frank Wisner, avec copie au colonel Brodfrost) était tout différent. Il ne se réjouissait pas du tout de ce qui était arrivé et il considérait la démission du Muet Árbenz comme une manigance pour conserver les pires excès de la Révolution d'octobre, une farce à laquelle se prêtait ce serviteur et complice d'Árbenz qu'était le chef de l'armée, le colonel Díaz, surnommé Árbenz le Minus. La preuve en était qu'il avait permis à l'ancien président de lancer son message à la radio pour insulter l'armée libérationniste et lui-même, accusant les États-Unis de planifier, d'appuyer et de diriger l'invasion, répétant donc toutes les sornettes communistes. Lui-même ne se prêterait pas à ce lessivage politique. Si les États-Unis commettaient la bêtise de soutenir le colonel Carlos Enrique Díaz, il le dénoncerait et rentrerait immédiatement au Honduras. De là, il ferait savoir au monde que les communistes guatémaltèques avaient triomphé encore une fois – et maintenant grâce à l'appui de Washington ! – avec la pantalonade de la démission d'Árbenz pour que tout se passe comme avant et que les Rouges continuent à détruire le Guatemala. Face de hache pressait la CIA (la Marâtre), le département d'État et le président Eisenhower de ne pas se laisser abuser par l'ambassadeur Peurifoy (le Cow-boy) et d'exiger la démission de cet Árbenz le Minus. Lui ne négocierait jamais avec ce communiste, il resterait le temps qu'il faudrait à la tête de l'armée libérationniste. Enfin, il leur faisait savoir que, après avoir appris la démission d'Árbenz, de nombreux militaires guatémaltèques avaient pris contact avec lui pour lui proposer une trêve et, pour certains, déclarer leur appui à l'invasion.

Les coups de menton de Castillo Armas n'étaient pas tous affectés. À dire vrai, après avoir entendu à la radio la démission d'Árbenz, la confiance en la révolution, à laquelle la majorité des officiers s'était résignée plus par obéissance que par conviction, s'était écroulée. Les officiers se sentirent libres de choisir. Et le choix de la majorité fut, assurément, de penser que, dans cette période de désordre et d'incertitude qui débutait, il valait mieux se rallier à l'invasion de Castillo Armas, qui avait l'appui des États-Unis, plutôt que continuer à soutenir une révolution dont une des victimes, à plus ou moins long terme comme le leur assurait l'infatigable ambassadeur Peurifoy, serait l'armée guatémaltèque. C'est pourquoi le colonel Víctor M. León, à la tête des forces gouvernementales qui défendaient Zacapa et qui, jusqu'à présent, avaient vigoureusement affronté les envahisseurs, envoya un émissaire à Castillo Armas la nuit même où Árbenz avait démissionné, lui demandant une trêve pour ouvrir les négociations de paix. Cette décision, lui disait-il, était soutenue par tous les officiers sous son commandement.

L'ambassadeur Peurifoy ne put célébrer ce qu'il croyait être sa victoire. Quelques heures après avoir envoyé son rapport, il reçut un message chiffré de son chef, John Foster Dulles, qui, dans des termes sévères, lui disait qu'il n'était en aucune manière possible d'accepter que le colonel Carlos Enrique Díaz remplaçât Árbenz à la présidence : il y avait clairement une complicité entre eux deux, car Díaz avait autorisé l'ancien dirigeant à prononcer ce discours d'adieu qui insultait et calomniait les États-Unis en attaquant Castillo Armas et les libérationnistes. L'ambassadeur devait exiger du colonel Díaz qu'il abandonne sa charge et essayer de former une junte militaire vraiment indépendante, sans lien avec Árbenz. Il fallait la mettre sous pression, y compris sous la menace d'une invasion armée, afin de négocier avec le colonel Castillo Armas qui s'était engagé de manière catégorique à en finir avec toutes les réformes communistes.

L'ambassadeur Peurifoy changea de point de vue et, dans l'instant, fit siennes les idées de John Foster Dulles. Il demanda aussitôt au colonel Díaz de le recevoir ; il avait un message de Washington à lui transmettre de vive voix. Le nouveau président lui donna rendez-vous pour le lendemain à dix heures du matin (c'était à l'aube de ce jour interminable). Pour aller au rendez-vous, l'ambassadeur suspendit sous son aisselle le grand étui avec l'imposant revolver qui l'avait toujours accompagné dans ses négociations avec les militaires grecs, qui, soit dit en passant, lui semblaient plus civilisés que ces Indiens en uniforme.

La rencontre eut lieu dans le bureau principal de l'état-major de l'armée. Le colonel Díaz était en réunion avec deux autres officiers, le colonel Elfego H. Monzón et le colonel Rogelio Cruz Wer, chef de la garde civile, que l'ambassadeur voyait pour la première fois. Tous trois le reçurent en exprimant leur jubilation : « Enfin nous avons obtenu ce que vous vouliez, Monsieur l'ambassadeur. Árbenz a démissionné et la chasse aux communistes a commencé. » En effet, après les salutations, le colonel Díaz informa Peurifoy qu'il avait donné les ordres qu'il fallait pour arrêter les dirigeants syndicaux, les adhérents du Parti guatémaltèque du travail et autres éléments subversifs sur tout le territoire national.

— Sauf que, malheureusement, ajouta-t-il, plusieurs dirigeants du Parti guatémaltèque du travail ont réussi à demander l'asile politique hier soir à l'ambassade du

Mexique. L'ambassadeur Primo Villa Michel, qui est leur complice, le leur a accordé.

— Vous êtes coupable d'avoir si mal fait votre travail, colonel Díaz, l'apostropha Peurifoy de manière agressive, convaincu que, s'il ne prenait pas le dessus dès le début, il serait perdu.

À ces mots, la joie disparut des trois visages.

— Je ne comprends pas ce que vous voulez dire, Monsieur l'ambassadeur, réagit enfin le colonel Díaz.

— Vous allez le comprendre à l'instant, colonel, répondit Peurifoy du même ton énergique, en agitant l'index à la hauteur du visage de l'officier guatémaltèque. Notre accord ne prévoyait pas qu'Árbenz démissionnerait après avoir prononcé un discours que tout le Guatemala a écouté, qui insultait les États-Unis, nous accusant de conspirer contre les réformes sociales pour défendre les intérêts de l'United Fruit, et où il attaquait Castillo Armas et son équipe, désignés comme « une bande de mercenaires » qui devait être écrasée, une chose qu'à l'évidence vous vous êtes engagé à faire.

Maintenant, le colonel Díaz était livide. Peurifoy ne le laissa pas reprendre la parole. Les deux autres officiers, très pâles, se taisaient. L'interprète traduisait les paroles de l'ambassadeur très rapidement, en imitant son énergie et ses gestes menaçants.

— Il n'était pas prévu dans notre accord, poursuivit le diplomate, de donner le temps à Árbenz d'alerter tous les communistes du régime, afin qu'ils se réfugient non seulement à l'ambassade du Mexique, mais aussi à celles de Colombie, du Chili, d'Argentine, du Brésil, du Venezuela, etc., etc. Ils s'y activent depuis hier soir, sans que l'armée ou la police l'empêche. Ce n'est pas ce dont nous étions convenus. Mon gouvernement se sent offensé et insulté par ce qui s'est produit et il prendra les mesures appropriées. Colonel Díaz, je vous le dis très clairement. Pour les États-Unis, vous n'êtes pas acceptable comme président du Guatemala. Vous ne pouvez pas remplacer Árbenz. Je vous le dis officiellement. Si vous ne démissionnez pas, attendez-vous à des conséquences. Vous savez amplement quelle est la situation de votre pays. La flotte des États-Unis entoure le Guatemala du côté du Pacifique comme du côté de la Caraïbe. Les marines sont prêts à débarquer et à accomplir, en quelques heures, le travail que vous n'avez pas fait. Ne tirez pas votre pays vers un holocauste. Renoncez dès maintenant à présider la junte de gouvernement et facilitez une solution pacifique à cette impasse. Évitez une invasion et une occupation militaire, le sang qui coulerait et les destructions terribles qui affecteraient le Guatemala si cela arrivait.

Il se tut et examina la figure des trois colonels. Ils étaient raides, muets, et au garde-à-vous.

— C'est un ultimatum ? dit enfin le colonel Carlos Enrique Díaz.

Sa voix tremblait et des larmes brillaient dans ses yeux.

— Oui, c'est exact, affirma résolument l'ambassadeur. (Mais il adoucit aussitôt ses gestes et le ton de ses paroles.) Je vous engage à un acte de patriotisme, colonel. Démissionnez et épargnez au Guatemala une invasion qui laisserait des milliers de morts et un pays en ruine. Ne passez pas à la postérité comme un militaire qui, par orgueil, aura permis l'anéantissement de sa patrie. Démissionnez et essayons de former une junte militaire de trois ou quatre membres qui acceptent de négocier avec le colonel Castillo Armas un accord recevable par mon gouvernement et qui permette aux États-Unis de collaborer à la démocratisation et à la reconstruction du Guatemala.

En dépit du silence et de la pâleur des trois colonels, l'ambassadeur Peurifoy sut que cette fois encore, comme en Grèce, il avait gagné la partie. Il respira calmement. Les trois colonels, après s'être regardés, acquiesçaient et se forçaient à sourire, bien que leurs sourires eussent quelque chose de macabre. Ils lui avancèrent un siège. Ils demandèrent du café et de l'eau minérale et sortirent des cigarettes. Ils commencèrent à bavarder tout en fumant, en se soufflant la fumée dans la figure et, à peine une heure plus tard, ils s'étaient mis d'accord sur les membres de la junte, le pays où serait envoyé le colonel Carlos Enrique Díaz comme ambassadeur et sur le texte qui annoncerait aux Guatémaltèques la nomination de la nouvelle junte militaire qui, dans un souci de paix et de fraternité, serait chargée de négocier avec le colonel Castillo Armas un accord – sans vainqueurs ni vaincus – inaugurant une nouvelle ère de liberté et de démocratie au Guatemala.

À peine était-il sorti du siège de l'état-major que le diplomate, en arrivant à l'ambassade, appela Washington et donna des informations détaillées sur ce qui s'était passé. Désormais, le problème serait, à l'évidence, le colonel Castillo Armas. Ce dernier exigeait la reddition immédiate des forces armées gouvernementales et voulait entrer dans la ville de Guatemala à la tête de l'armée libérationniste dans une grande parade militaire. « Il faudra aussi mettre à genoux ce foutriquet, se dit Peurifoy. Ça lui est trop monté à la tête. » Il était épuisé mais, comme toujours, les situations limites éveillaient chez lui une effervescence euphorique, une nécessité physique d'agir et de prendre des risques.

Dans les jours qui suivirent la démission du président Árbenz, il y eut cinq juntes militaires, chacune plus proche des États-Unis grâce aux exigences et aux stratagèmes dont s'enorgueillissait l'ambassadeur Peurifoy, et chacune d'elles ressemblait aux autres car toutes cherchaient à dépasser la précédente en persécutant, capturant, torturant et fusillant des communistes. Les dirigeants du Parti guatémaltèque du travail qui ne se réfugièrent pas dans des ambassades purent se cacher ou fuir vers les montagnes et les forêts grâce à l'alerte donnée par Árbenz à Fortuny, mais beaucoup d'autres non, surtout les dirigeants syndicaux, les instituteurs, les jeunes étudiants et les professionnels indiens qui s'étaient mobilisés – beaucoup, qui maîtrisaient l'espagnol, s'éveillant pour la première fois à la politique – depuis la Révolution d'octobre. On ne sut jamais le nombre des victimes, mais elles furent des centaines, peut-être des milliers, des gens ordinaires, des paysans sans nom, sans histoire, à qui la distribution des lots de terres nationalisées était apparue comme un cadeau tombé du ciel et qui, quand on dérogea à la loi sur la réforme agraire et qu'on les obligea à rendre les domaines dont ils se croyaient déjà propriétaires, restèrent abasourdis. Certains se soumirent, mais d'autres les défendirent bec et ongles, se faisant torturer et tuer ou restant de longues années au trou sans rien comprendre de ces étranges mutations dont ils étaient d'abord les bénéficiaires puis, au bout de deux ou trois ans, les victimes.

La junte qui dura le moins – quelques heures à peine – fut celle qu'avaient constituée les colonels Carlos Enrique Díaz, José Ángel Sánchez et Elfego H. Monzón. Quand Castillo Armas déclara qu'il ne la reconnaissait pas et qu'il n'aurait aucun rapport avec elle, la junte perdit toute autorité. Celui-ci était ragaillardi car, depuis la démission d'Árbenz, en effet, il recevait de nombreuses adhésions de la part des troupes gouvernementales envoyées pour le combattre à la frontière hondurienne et, comme il se sentait de plus en plus sûr de lui, il s'opposait d'autant plus aux Américains. Après la nuit où Árbenz avait demandé l'asile politique, Peurifoy fit pression et suspendit au-dessus de la tête des militaires la menace d'une invasion des marines. Ils cédèrent, pas à pas. La démission de Díaz n'apaisa pas Castillo Armas. Il insistait pour entrer dans la ville de Guatemala à la tête des troupes libérationnistes en un grand défilé militaire. Sans cette parade, il n'y aurait pas non plus de négociation avec les troupes gouvernementales. Pour l'ambassadeur Peurifoy, ce furent des jours sans manger et des nuits sans dormir, des discussions infinies, des accords qui duraient à peine quelques heures ou quelques minutes car ils étaient dénoncés violemment par l'une ou l'autre partie, et d'épuisantes conversations avec Washington pour préciser les accords ou les refaire de fond en comble.

Pendant ce temps, soldats et policiers, derrière leurs officiers, avaient déchaîné une chasse aux sorcières sans précédent dans la violente histoire du Guatemala. La fermeture des syndicats et des bureaux de la réforme agraire, qui avaient été ouverts dans tous les villages, s'effectuait à coups de fusil et en jetant en prison tous ceux qui se trouvaient dans ces locaux, on établissait des listes noires sur la base de dénonciations anonymes et de nombreux détenus, des gens humbles et sans protecteurs, étaient soumis à la torture, jusqu'à ce que mort s'ensuive dans beaucoup de cas, ce qui faisait que les cadavres étaient enterrés ou brûlés sans que les familles en soient informées. Une peur panique s'étendit dans tous les recoins de la société guatémaltèque, surtout dans les secteurs les plus modestes, et il y eut des excès dans la violence qui dépassaient toutes les horreurs précédentes. Dans les mois qui suivirent l'accession au pouvoir de Castillo Armas, près de deux cent mille indigènes maya du Guatemala, épouvantés par les massacres, réussirent à fuir au Chiapas, au Mexique, et ce chiffre – le seul plus ou moins sérieux parmi ceux qui circulèrent sur la répression en ces jours terribles – fut connu grâce aux informations données par les autorités mexicaines.

Un aspect qui n'avait pas non plus de précédent dans l'histoire des persécutions politiques au Guatemala depuis l'époque de l'Inquisition, ce furent les autodafés de « documents pernicieux et subversifs » qui eurent lieu dans les casernes et sur les places publiques. Déclarations, tracts, journaux, revues et livres – d'auteurs mystérieusement sélectionnés comme Victor Hugo et Dostoïevski – brûlaient sur des bûchers autour desquels les gamins jouaient comme à la Saint-Jean.

Les négociations finales entre les libérationnistes et les forces gouvernementales décimées se tinrent au Salvador, dont le président, Óscar Osorio, s'était proposé (à l'initiative de Washington) pour recevoir les deux parties. Toujours avec son énorme pétard plein de balles sous l'aisselle gauche, l'ambassadeur Peurifoy y participa non comme observateur mais comme « témoin impliqué » (distinction dont il se faisait gloire et que lui seul comprenait). Il fut chargé par le département d'État de représenter les États-Unis dans les négociations et averti, avec insistance, qu'il devait faire tout ce qu'il fallait pour que les exigences de Castillo Armas finissent par être acceptées.

Le Guatemala avait été très abîmé par les événements de ces dix dernières années et il était important, pour l'administration Eisenhower, que le pays ait à sa tête quelqu'un qui, par ses convictions politiques comme par son tempérament, soit un bon ami de Washington et fasse preuve de souplesse devant les compagnies américaines en Amérique centrale.

Bien que les ambassadeurs des États-Unis au Nicaragua, au Salvador et au Honduras fussent également présents et offrissent leurs bons offices, ce fut Peurifoy qui participa de la manière la plus active aux négociations. En fait, il les dirigea en soutenant le point de vue de Castillo Armas contre celui des colonels Elfego H. Monzón et Mauricio Dubois qui représentaient l'armée du Guatemala. L'accord fut enfin conclu. On établit une « junte provisoire » formée par les colonels Castillo Armas, Monzón, José Luis Cruz Salazar, Mauricio Dubois et le major Enrique Trinidad Oliva. On décida que la junte se dissoudrait dès qu'on aurait remplacé la Constitution par une nouvelle. Il y aurait un « défilé conjoint » par lequel les libérationnistes et les forces armées célébreraient le Jour de la Victoire.

Castillo Armas avait salué très froidement le Cow-boy au Salvador, mais dans l'avion qui les ramenait au Guatemala, il se montra plus cordial et le remercia de l'appui qu'il lui avait apporté lors des négociations. « Vous serez reçu en héros dans votre pays, colonel », pronostiqua Peurifoy. Ainsi fut-il. Sauf que le premier à descendre de l'avion à l'aéroport de Guatemala ne fut pas le leader rebelle, mais l'ambassadeur des États-Unis lui-même. Durant l'énorme manifestation – quelque cent trente mille personnes – Castillo Armas engagea Peurifoy à saluer le « peuple guatémaltèque » et le diplomate, invité à prendre la parole, manifestant une timidité inattendue chez un bulldozer humain comme lui, se contenta de lever son verre à l'avenir du Guatemala. Une énorme masse de gens, fatigués de l'insécurité et de la violence des derniers temps, s'agglutina à l'aéroport et dans les rues de la ville pour recevoir le colonel Castillo Armas qu'à partir de ce moment, ils reconnurent comme chef indiscutable de tous ses collègues et adversaires au sein de l'armée. Sur instructions de Washington, il revint à l'ambassadeur Peurifoy de négocier avec les membres de la junte élue à San Salvador pour qu'elle démissionne en faveur de Castillo Armas. Ce ne fut pas si facile. Le colonel Cruz Salazar réclama l'ambassade à Washington et une grosse somme d'argent. De même pour Mauricio Dubois. Tous deux reçurent cent mille dollars contre leur démission. On ne sait pas comment les autres membres furent récompensés, mais tous finirent par se retirer de la junte en faveur du nouveau leader.

Ainsi, le chef de l'armée libérationniste, après un rapide plébiscite écrasant, devint le nouveau président de la République du Guatemala, chargé d'éliminer toutes les mesures insensées et antidémocratiques prises sous Arévalo et Árbenz dans leur effort pour transformer le Guatemala en satellite soviétique. (C'est seulement après ce défilé de masse que Face de hache prendrait connaissance des incidents provoqués par les cadets de l'École polytechnique durant cette cérémonie en se battant à coups de poing et de pied avec les pouilleux libérationnistes.)

Le 4 juillet, jour de fête nationale aux États-Unis, l'ambassadeur Peurifoy et Betty Jane, son épouse, donnèrent une réception mémorable pour un demi-millier de personnes en leur résidence de la zone Quatorze, le quartier le plus huppé de Guatemala-ville, où il y eut des hymnes, des toasts, des embrassades et félicitations, et toutes sortes de louanges au héros de la soirée, qui n'était pas le colonel Castillo Armas, mais bien l'ambassadeur Peurifoy.

Pour le diplomate épuisé, l'heure du repos n'avait pas encore sonné. Après les festivités, le département d'État lui ordonna de collaborer étroitement avec la CIA qui, après l'éradication d'Árbenz, devait effacer toute trace de la participation des États-Unis à l'opération PBSuccess. Il était indispensable qu'il n'en reste rien pour empêcher le développement de la campagne internationale des communistes et des compagnons de route – et parmi ceux-ci nulle autre que la France – qui accusaient les États-Unis d'avoir envahi un petit pays souverain et d'avoir renversé son gouvernement, élu démocratiquement, uniquement pour défendre les privilèges d'une compagnie internationale, l'United Fruit. De sorte que, tirant ses forces de sa propre fatigue, Peurifoy, sans se raser, ni se doucher, ni changer de chemise, dut aider le retour aux États-Unis de près de six cents agents que la CIA avait envoyés au Nicaragua, au Guatemala, au Salvador, au Panama et au Honduras pour préparer l'invasion. Il fut nécessaire aussi de s'assurer de la disparition de la vingtaine d'avions qui avaient composé l'escadrille libérationniste. Plusieurs d'entre eux furent donnés à Anastasio Somoza pour l'aide qu'il avait fournie en cédant des locaux et en autorisant les mercenaires de Castillo Armas à recevoir un entraînement militaire dans son pays, et d'autres à Castillo Armas lui-même pour servir de base à la reconstitution de l'aviation militaire du Guatemala.

Pendant leurs derniers jours au Guatemala (le département d'État lui avait expliqué que sa forte implication dans la chute d'Árbenz rendait nécessaire son exfiltration au plus tôt, ce sur quoi il était d'accord), en vue de prendre en charge l'ambassade des États-Unis en Thaïlande, Peurifoy et sa famille durent se consacrer à faire paquets et valises et à assister à de multiples fêtes d'adieu par lesquelles les grands propriétaires et entrepreneurs guatémaltèques leur exprimaient leurs remerciements et leur affirmaient combien ils allaient leur manquer. Peurifoy pensait que, là-bas en Orient, il pourrait enfin prendre un peu de repos.

Avant de partir pour sa nouvelle destination, il réussit à concrétiser un désir secret : que l'ambassadeur du Mexique lui permît d'entrer dans cette ambassade remplie de réfugiés qui attendaient la remise de leur visa pour partir en exil, ce que le gouvernement du président Castillo Armas faisait traîner sous toutes sortes de prétextes. Il ne put voir l'ancien président Árbenz, qui refusa de le recevoir. Mais, en revanche, il eut la satisfaction de passer un moment avec José Manuel Fortuny, ancien membre du parti d'Árbenz puis secrétaire général du Parti guatémaltèque du travail. Ils parlèrent quelques minutes, jusqu'à ce que le dirigeant guatémaltèque reconnût l'ambassadeur et devînt muet. Il lui confessa qu'il continuait à être l'ami d'Árbenz, avec qui il avait étroitement collaboré, en particulier à l'élaboration et à la mise en œuvre de la loi sur la réforme agraire. Peurifoy rencontra un homme brisé, dont le moral était au plus bas. Il avait perdu beaucoup de poids et il parlait sans le voir, les yeux rougis par le manque de sommeil et les hallucinations. Il ne répondit à aucune autre question, comme s'il ne les entendait pas ni ne les comprenait. Dans son rapport au département d'État, l'ambassadeur Peurifoy expliqua que cet ancien et dangereux adversaire

– un agent soviétique, sans aucun doute – était actuellement une ruine, enfoncé dans la névrose et, peut-être, se repentant secrètement de ses méfaits.

Les mauvaises langues disaient que, quand le département d'État l'informa que sa nouvelle destination serait la Thaïlande, l'ambassadeur Peurifoy demanda, on ne sait si c'était sérieusement ou en blaguant : « Il y a un coup d'État en perspective là-bas ? » L'ambassadeur avait promis à Betty Jane, son épouse, et à ses enfants qu'en Thaïlande ils auraient enfin le calme nécessaire pour mener une vraie vie familiale. En effet, bien que pour peu de temps, l'ambassadeur, sa femme et ses enfants purent profiter de quelques mois sans soubresauts politiques et, lui au moins, se faire une idée de la tradition du massage – excellente technique liée à des croyances religieuses, des pratiques sportives et sexuelles, et passion nationale des Thaïlandais. Avant d'avoir accompli une année dans son nouveau poste, le 12 octobre 1955, l'ambassadeur Peurifoy, accompagné d'un de ses enfants, qui conduisait, rapidement comme d'habitude, sa Thunderbird bleue toute neuve, dans les environs de Bangkok, eut une collision frontale sur un pont avec un camion venu d'en face et qui, semble-t-il, l'emboutit. L'ambassadeur et son fils moururent sur le coup. Le gouvernement des États-Unis envoya un avion rapatrier les dépouilles et le département d'État ne chercha pas à approfondir l'enquête afin de savoir si cette mort tragique relevait d'un complot communiste pour châtier celui qui avait lutté avec tant de succès contre l'expansion de l'Union soviétique. Le gouvernement des États-Unis préféra que cela fût oublié au plus tôt, embarrassé par la campagne déchaînée qui lui reprochait son intervention dans la chute du gouvernement d'Árbenz qu'on tendait, peu à peu, à réhabiliter publiquement. On reconnaissait qu'il n'avait pas été communiste mais plutôt un homme prudent et bien intentionné qui avait seulement voulu apporter le progrès, la démocratie et la justice sociale à son pays, bien qu'il fût mal conseillé et qu'il appliquât des méthodes erronées.

La veuve de Peurifoy, Betty Jane, publia un journal recensant de nombreux épisodes des missions diplomatiques de son mari, qu'elle présentait comme un héros. Il ne circula pas beaucoup et fit l'objet de rares recensions dans la presse. Le gouvernement des États-Unis l'ignora complètement.

Pendant ce temps, au Guatemala, le président Castillo Armas, élu par un plébiscite où il n'eut pas de concurrents – ses camarades de la junte militaire avaient démissionné avant –, s'efforçait de réparer tous les dégâts causés par la Révolution d'octobre. Il abolissait les syndicats, les fédérations, les associations paysannes et ouvrières, il fermait l'Institut indigéniste national, il rendait aux grands propriétaires et à la Fruitière les « terres en friche » nationalisées, il suspendait la loi qui obligeait les entreprises et les grands domaines à payer des impôts et il remplissait les prisons de syndicalistes, de professeurs, de journalistes et d'étudiants accusés d'être « communistes » et « subversifs ». Il y eut des scènes de violence dans les campagnes où, en certains endroits, des assassinats collectifs eurent lieu, les mêmes, ou pire, que ceux qui, au début du gouvernement d'Arévalo, s'étaient produits à Patzicía (San Juan Comalapa) lors d'un affrontement féroce entre métis et mayas kaqchikeles. Le nouvel ambassadeur américain, plus prudent que Peurifoy, essaya, sur instruction du département d'État, de modérer un peu le zèle anticommuniste de Castillo Armas, ce qui produisit des frictions, des dissensions et de petits conflits entre les États-Unis et celui qu'Eisenhower s'était tellement efforcé d'introniser. Alors commencèrent à courir au Guatemala des rumeurs selon lesquelles les États-Unis estimaient s'être trompés en élisant Face de hache comme nouveau porte-drapeau de la liberté en Amérique centrale et dans le monde, parce qu'il était trop extrémiste et ne s'attirait pas autant de sympathies qu'on l'aurait cru dans les forces armées.

XXVIII

Il se réveilla alors qu'il faisait encore nuit. Il était quatre heures et demie du matin à sa montre. Il avait dormi à peine trois heures et demie, car la veille au soir il avait préparé ses bagages jusqu'à une heure. Ses deux valises et son petit bagage à main contenaient tout ce qu'il avait au monde. Il avait offert à sa cuisinière et à son majordome ses vieux vêtements, beaucoup de cravates et de chaussures, des mouchoirs et des caleçons, ainsi que des effets encore neufs qu'il ne savait plus où mettre. Il avait résilié le bail de son appartement, que les propriétaires viendraient récupérer à midi. Ils étaient venus la veille jeter un dernier coup d'œil à l'appartement et vérifier qu'il le leur rendait en meilleur état que lorsqu'il l'avait loué, car il avait refait la peinture et il leur laissait en cadeau les meubles qu'il avait achetés.

Il avait retiré toutes ses économies de la banque et les avait converties en chèques de voyage, qu'il pourrait changer en devises au Mexique. Avant d'aller à l'aéroport prendre l'avion, il passerait à la Banque populaire clôturer définitivement son dernier compte, où il ne lui restait que fort peu d'argent.

À ce moment, une idée l'effraya. Beaucoup de gens savaient déjà qu'il partait : la cuisinière, le majordome, les employés des banques qui s'étaient occupés de lui jusqu'à présent. Avait-il commis une imprudence ? N'aurait-il pas mieux valu partir sans rien dire et disparaître du jour au lendemain ? Il dissipa ses doutes aussitôt. C'étaient d'absurdes appréhensions. Il avait hésité en se demandant s'il n'était pas préférable de se rendre au Mexique par voie terrestre au lieu de le faire en avion. Oui, peut-être aurait-il mieux valu ; mais la vieille Ford qu'il avait déjà achetée d'occasion et qui avait roulé pendant toutes ces années n'aurait peut-être pas survécu aux mauvaises routes, surtout à l'approche de la forêt qui menait à la frontière de Tapachula, au Chiapas. Bah, en tout cas c'était trop tard pour le regretter. Maintenant Temístocles, le meilleur de ses gardes du corps, allait venir ; il s'était engagé à vendre sa Ford et à lui virer à Mexico la moitié de ce qu'il en tirerait – l'autre moitié étant sa commission.

Quelle vie mènerait-il dans la capitale mexicaine ? Il ne connaissait personne là-bas, tout en sachant qu'au moins une partie de son ancienne famille s'était installée à Mexico depuis plusieurs années. Mais ceux-là il ne voulait pas les voir, ils étaient morts pour lui bien avant sa sortie de prison. Que des ingrats. Le Turc Ahmed Kurony représentait tout son espoir. Il s'était engagé à lui procurer de menus boulots, et il savait qu'il pouvait compter sur lui. Grâce au Turc il avait pu survivre durant ces années-là et se bâtir une nouvelle vie. Il s'adapterait, il irait de l'avant. Vivre là-bas c'était ne plus passer son temps à regarder derrière soi, avec la peur d'être reconnu par ceux qui voulaient l'enlever ou le tuer. L'important, maintenant qu'il avait la certitude qu'on le recherchait, c'était de s'évanouir dans la nature, de disparaître, d'oublier à tout jamais – ou quelques années du moins – le Guatemala. Il avait beaucoup réfléchi ces derniers jours et en était venu à la conclusion que si cela devait arriver, le mieux était qu'ils le tuent. S'ils l'enlevaient pour demander une rançon, il était perdu : il n'avait pas de quoi payer et personne ne paierait pour lui. On le soumettrait à des tortures atroces et par plaisir, car à la fin ils finiraient pareillement par le tuer. Mais qui ? Un de ces groupuscules révolutionnaires qui avaient surgi ces derniers temps au Guatemala ? Leurs militants étaient jeunes, ils ne pouvaient se souvenir des choses qu'il avait faites comme directeur de la Sécurité de Castillo Armas. Peut-être quelque fils ou parent d'une personne qui était passée par ses geôles, ou qui avait perdu la vie ces années-là.

Son ancienne femme et les deux enfants qu'il avait eus avec elle lui passèrent vaguement par la tête. Ils devaient être maintenant mexicains tous les trois et s'exprimer avec cet accent si gracieux qu'on entend dans les films. Si d'aventure il les croisait dans la rue, il ne les reconnaîtrait probablement pas, et eux non plus. Il devrait se chercher une femme là-bas. Il avait été trop seul tout ce temps, accaparé par la dure tâche de survivre. Avec un peu de chance il trouverait une belle et tendre Mexicaine avec qui refaire sa vie et ressentir la chaleur d'une famille. Il était bien las de l'existence qu'il avait menée depuis sa sortie de prison, sans femme, sans amour, sans amis, sans personne qui puisse faire dire une messe pour son âme si on le tuait.

Sur le coup de cinq heures, il se leva et alla dans la salle de bains se doucher et se raser. Ce qu'il fit très lentement, en laissant passer le temps. Après s'être habillé, il se prépara un café au lait et fit griller les tranches de pain que lui avait coupées sa cuisinière. Après avoir pris son petit déjeuner, il alluma la radio pour écouter les nouvelles du jour. Mais au lieu de prêter attention aux bulletins, il se rappela les injustices qu'on avait commises à son encontre. Il n'était pas homme à perdre son temps en s'apitoyant sur lui-même, mais ces derniers jours, surtout depuis qu'il s'était rendu compte qu'on le suivait, il avait eu cette faiblesse. Tout le monde s'était très mal comporté envers lui, surtout Castillo Armas. Alors qu'il l'avait aidé, lui, en renonçant à faire partie de cette junte constituée lors des pourparlers de San Salvador, pour lui permettre d'accéder à la présidence. Et en paiement de ses services, cet homme l'avait marginalisé et dévalorisé en lui accordant cette ridicule direction de la Sécurité qui ne signifiait rien ni ne voulait rien dire. Et puis tous ces officiers qui s'étaient engagés avec lui et qui, ensuite, lui avaient tourné le dos pour comploter avec la haute autorité de l'armée pour l'envoyer pourrir en prison pendant pas moins de cinq ans. Sans lui permettre de s'expliquer devant un juge, ou un tribunal, parce qu'ils craignaient qu'il ne se mette à parler et à les compromettre tous.

À Mexico il oublierait cette histoire. Nouvelle ville, nouveau travail, nouvelle femme, nouvelle vie.

Il éteignit la radio et resta tranquille, somnolant sur le canapé du petit salon, jusqu'à ce qu'à huit heures pile arrive Temístocles, son garde du corps. C'était un jeune garçon, toujours habillé de la même manière : jeans, gros ceinturon, chemise noire et ample blouson noir où il cachait une paire de revolvers. Il avait été soldat et c'est à l'armée qu'il avait appris à tirer. Il travaillait avec le Turc depuis déjà quelques années. Parmi tous les gardes du corps de l'organisation du Turc, Temístocles lui avait toujours semblé le plus adroit et celui à qui il pouvait le plus faire confiance. Il lui proposa une tasse de café, mais le garçon avait déjà pris son petit déjeuner. Il l'aida à descendre ses bagages jusqu'à la vieille Ford, garée devant la porte de l'immeuble où il avait vécu.

Il ferma l'appartement et passa la clé par la fente de la boîte aux lettres, comme il était convenu avec les propriétaires.

Ils se rendirent à la succursale de la Banque populaire. Elle était encore fermée, mais ils avaient du temps à revendre. Ils attendirent dans la voiture, en bavardant et fumant. La voiture était stationnée à quelques mètres de la porte. Son avion décollait à onze heures du matin et se présenter à l'aéroport une heure avant était plus que suffisant. À huit heures et demie, l'agence ouvrit ses portes.

Temístocles l'accompagna à l'intérieur et resta à ses côtés, les mains dans son blouson noir, tandis qu'il passait à la caisse et finalisait la transaction. Il rangea immédiatement l'argent dans son portefeuille. Ils sortirent enfin, montèrent dans la voiture et, alors qu'il avait la clé de contact à la main pour allumer le moteur, Enrique aperçut la fille. Oui, la même, celle du grand magasin, vêtue plus ou moins comme l'autre jour, jeans, chemise commando, béret bleu. Elle était à quelque cinquante mètres, le dos contre un lampadaire, regardant l'auto. Elle semblait lui sourire.

Nerveux, déstabilisé, il mit le moteur en marche. Au même instant la bombe explosa. À la radio, l'après-midi et dans les journaux du lendemain, en cette fin du mois de mars 1963, peu avant le coup d'État qui déposa le général Miguel Ydígoras Fuentes et porta au gouvernement Enrique Peralta Azurdia, on diffusa la nouvelle d'un attentat terroriste qui avait causé deux morts et plusieurs blessés au centre de la capitale. Ce n'est que longtemps après qu'une enquête de deux journalistes d'*El Imparcial* fit savoir au grand public que l'une des victimes de cet attentat, le prétendu « Esteban Ramos, ingénieur industriel », était en réalité l'ancien chef de la Sécurité, le lieutenant-colonel Enrique Trinidad Oliva, expulsé de l'armée pour avoir violé les droits de l'homme et s'être compromis de quelque manière dans l'attentat qui avait eu raison de la vie du président Carlos Castillo Armas.

La presse fit état de maintes spéculations sur sa vie clandestine pendant tout ce temps et il fut accusé de bien des choses – par exemple d'avoir appartenu à un groupe d'extrême droite appelé La Main blanche, qui préparait un soulèvement –, sauf d'avoir travaillé comme contrebandier et homme de confiance d'un escroc.

XXIX

Quand Efrén García Ardiles apprit par Símula qu'Arturo Borrero Lamas était à l'agonie, il hésita un instant. Puis, à la fin, il se décida. Et sollicita l'ancienne nourrice de Marta pour qu'elle demande à son ancien ami s'il lui permettrait de lui rendre visite. À sa grande surprise, Arturo répondit oui. Et il lui fixa même le jour et l'heure de la visite : le samedi à cinq heures. Efrén se souvint que c'était le jour où, autrefois, les amis de Borrero Lamas se réunissaient chez lui pour jouer à ce jeu de cartes qui avait disparu dans le reste du monde : le vingt-et-un. Il s'était écoulé seulement quelques années depuis lors, et pourtant, combien le Guatemala avait changé entre-temps ! Sa vie aussi. Dans quel état trouverait-il Arturo ?

C'était pire que ce qu'il avait imaginé. Toujours alité, sa chambre transformée en chambre d'hôpital, avec des médicaments de toute part, une infirmière en permanence qui, par discrétion, sortit de la chambre à peine fut-il entré, une chambre plongée dans la pénombre parce que la lumière incommodait le malade. Il régnait une odeur de médicament et de maladie qui lui rappela la profession qu'il avait cessé d'exercer. Les fidèles bonnes, Patrocinio et Juana, l'avaient suivi. Arturo était très maigre, émacié, sa voix et le regard de ses yeux creux étaient las. Il parlait tout bas, avec de longues pauses, en remuant à peine les lèvres, comme si cela lui coûtait de grands efforts.

Ils ne se serrèrent pas la main, mais Efrén lui tapota l'épaule tout en lui demandant :

— Comment te sens-tu ?

— Tu sais très bien que je suis en train de mourir, lui répondit sèchement Arturo. Sinon, je ne t'aurais pas reçu. Mais à l'heure de la mort, un chrétien doit mettre fin à ses rancœurs. Assieds-toi donc. Je suis content de te voir, Efrén.

— Moi aussi, Arturo. Comment vas-tu ? lui demanda-t-il de nouveau.

Son ancien ami était sous une couverture et un couvre-lit : avait-il des frissons ? Mais Efrén avait très chaud. Sur les murs, il y avait des tableaux anciens, des portraits et, au-dessus d'Arturo, derrière le lit, une croix avec un Christ agonisant. Le visage exsangue du malade montrait qu'il ne s'était plus exposé à la lumière du soleil depuis longtemps.

— Bon, je ne sais pas si tu as appris que je n'exerçais plus la médecine, Arturo. On m'a chassé de l'hôpital général San Juan de Dios et toutes les portes m'ont été fermées. À l'époque de Castillo Armas, j'ai dû fermer mon cabinet faute de patients. Maintenant, je donne des cours dans un collège privé. De physique, chimie et biologie. Et figure-toi que j'ai même découvert que ça me plaît d'enseigner.

— Il doit t'arriver d'avoir faim, alors, susurra le malade. Être professeur de collège au Guatemala signifie vivre comme un crève-la-faim, ou guère moins.

— Et alors, ce n'est pas si grave, haussa les épaules Efrén.

On gagne moins que comme médecin, évidemment. Mais quand ma mère est morte, j'ai vendu la maison. Avec ces petites économies, je boucle mes fins de mois.

— C'est-à-dire que nous allons mourir comme des cons tous les deux, grogna le patient. Et nous n'avons même pas atteint la soixantaine. Bravo les ratés !

Efrén devait se pencher un peu et se rapprocher du lit du malade pour l'entendre. Il y eut une longue pause, et enfin il osa dire :

— Arturo, tu ne me demandes rien sur ton petit-fils ?

— Je n'ai aucun petit-fils, lui répondit-il sur-le-champ. J'aurais du mal à te questionner sur quelqu'un qui n'existe pas.

— Il a déjà onze ans et il est vif comme un écureuil, dit Efrén comme s'il ne l'avait pas entendu. Sympathique, curieux, joyeux. Il a un surnom que lui a donné Símula : P'tit Train. Il a de bonnes notes au collège et il pratique tous les sports, et tous plutôt mal. Encore heureux. Je me suis beaucoup attaché à lui. Je fais le père et la mère, bien sûr. Je lui raconte des histoires et même je lui en lis. Bien qu'il soit si jeune, il dévore les livres. Il les lit avec fascination, ses grands yeux bien ouverts. Et il me pose un tas de questions, auxquelles parfois il m'est difficile de répondre. S'il ressemble à quelqu'un, c'est à toi.

Símula entra dans la chambre apporter une citronnade à Efrén. Elle demanda à Arturo s'il avait besoin de quelque chose, il lui fit non d'un signe de tête. L'ancienne servante ne travaillait plus à la maison depuis qu'elle s'en était allée servir chez miss Guatemala, mais elle venait de temps en temps donner un coup de main à Patrocinio et à Juana et rendre visite à Arturo, surtout depuis qu'on lui avait découvert un cancer. «Je vais préparer le repas de

P'tit Train », dit-elle à Efrén à l'oreille avant de quitter la pièce. Il n'aimait pas ce surnom au début, mais comme il n'y avait pas moyen que la vieille bonne appelle l'enfant par son nom, il s'y était habitué.

— Cancer du pancréas, dit soudain le malade en faisant un petit soubresaut. C'est le pire. On me l'a découvert très tard, quand il avait déjà fait des métastases. Les douleurs sont horribles, c'est pourquoi je suis sous sédatif la plupart du temps. Le père Ulloa, mon ami le jésuite, je suppose que tu te souviens de lui, ne me laisse pas accélérer la chose. Il dit que ce serait un suicide, il veut que je souffre jusqu'au bout. Je lui dis que c'est pur sadisme de la part de l'Église. Il me parle de Dieu et des mystères infinis de la doctrine chrétienne. Jusqu'à maintenant, je l'ai écouté, mais je ne sais pas si je vais continuer à lui obéir longtemps. Que penses-tu de ça ?

— Je ne crois plus en Dieu, Arturo.

— Tu es devenu athée alors. D'abord communiste et maintenant athée. Apparemment tu es incorrigible, Efrén.

— Athée, non, seulement agnostique. Voilà ce que je suis dorénavant : un homme perplexe. Ni croyant, ni non-croyant. Un indécis, si tu préfères. Je te dirai mieux : tu te souviens, quand nous étions gamins, combien cela nous angoissait de penser si souvent à la mort, à ce qui viendrait après ? J'ai changé aussi là-dessus. Pour incroyable que cela te semble, maintenant cela ne me fait rien qu'il y ait une vie ou non dans l'autre monde.

— Efrén, tu m'as tué avant que le cancer ne me tue, dit le malade en l'interrompant. (Il s'était légèrement redressé. Et le regardait fixement dans les yeux.) Mais je ne t'en veux pas. Tu sais depuis quand ? Depuis que j'ai appris que Martita était devenue la maîtresse de Castillo

Armas. Cela a été pire que de découvrir que tu l'avais mise enceinte.

Efrén ne sut que dire. Arturo avait reposé sa tête sur l'oreiller et gardait les yeux fermés. Sa pâleur avait augmenté. Les murs de pierre de la vieille maison coloniale devaient être d'une épaisseur considérable car on ne percevait pas les bruits de la rue.

— Oui, bien pire, insista le malade sans ouvrir les yeux, en soupirant profondément. Une fille à moi, putain d'un petit colonel de malheur. Et, en plus, un bâtard. Tu te rends compte, hein ?

Cette fois encore, Efrén ne dit pas un mot. Il restait hébété, jamais il n'avait imaginé qu'Arturo aborderait ce sujet, et avec autant d'aplomb.

— On dit même qu'elle pourrait être impliquée dans l'assassinat de Castillo Armas – Borrero Lamas semblait s'étrangler, mais par la suite il s'adoucit beaucoup. Dis-le-moi, Efrén, au nom de notre ancienne amitié. Depuis que cette idée a commencé à circuler, elle ne me laisse pas en paix. Tu crois que c'est possible ? Qu'elle soit embringuée dans ce magnicide ?

— Je n'en sais rien, Arturo (Efrén se sentait mal à l'aise. Il avait beaucoup pensé à cette histoire et lui aussi, certaines nuits, cela le tourmentait comme un cauchemar.) J'ai du mal à y croire, comme tous ceux qui la connaissent. Mais j'ai l'impression que la Marta dont nous nous souvenons toi et moi n'est pas la même que celle qu'elle est devenue ensuite. Il y a toutes sortes de conjectures, parfois fantasques, sur cet assassinat. Comme beaucoup d'autres dans l'histoire du Guatemala, le plus probable est qu'on n'éclaircira jamais rien. Tu sais, Arturo, à quelle conclusion je suis arrivé après tout ce qui m'est tombé dessus, avec tout ce qui se passe dans ce pays ? À une misérable conception de l'être humain. On dirait qu'au fond de nous tous il y a un monstre. Qui n'attend que le moment propice pour sortir en plein jour et provoquer des ravages. Bien sûr que ça me coûte d'imaginer que Marta puisse être impliquée dans quelque chose d'aussi terrible. Comme, du fait de sa situation, beaucoup de gens la détestaient, et cherchaient ainsi à s'attirer les bonnes grâces d'Odilia, la femme de Castillo Armas, tout ça pourrait être une calomnie venue de ces cercles-là. Ou peut-être une façon de détourner l'attention des vrais coupables. Enfin, je n'en sais rien. Pardonne-moi, mais je ne peux pas te donner de réponse.

Il y eut une longue pause. Un insecte avait commencé à vrombir dans la chambre, une guêpe qui apparaissait et disparaissait selon qu'elle s'approchait ou s'éloignait de la lampe.

— Tu sais quoi ? demanda Efrén. Ce vingt-et-un auquel on jouait tous les samedis, dans cette maison, d'où l'as-tu sorti ? C'est un jeu que personne ne connaît, auquel personne ne joue plus. J'ai toujours voulu te poser cette question.

— Mon père y jouait avec ses amis, et moi, j'aime conserver les traditions, répondit Arturo. C'était épatant. Mais les bonnes choses sont en train de disparaître, semble-t-il. Le vingt-et-un aussi. Dis-moi une chose. Tu continues avec tes idées politiques saugrenues ? Tu es toujours communiste ? Je sais que tu es allé en prison quand Castillo Armas a triomphé. Et que tu es devenu un pestiféré.

— Tu te trompes, je n'ai jamais été communiste, dit Efrén. Je ne sais d'où est sortie cette idée absurde qui a détruit ma vie. Mais cela n'a plus beaucoup d'importance. Mes idées n'ont pas dû changer énormément. Il est vrai que je me suis fait pas mal d'illusions avec Arévalo, et surtout avec Árbenz. Mais tu vois comment tout ça a fini. Avec plus de massacres et de bannissements. Les États-Unis ont foulé aux pieds ces illusions et maintenant nous sommes revenus aux vieilles habitudes : dictature sur dictature. Tu trouves ça bien d'avoir le général Ydígoras Fuentes pour président ?

— La maladie m'a rendu pessimiste, dit le malade en esquivant la réponse. La seule certitude, c'est que les États-Unis continueront à tout décider pour nous. Peut-être que l'alternative serait pire. Je veux dire que Moscou organise notre vie au lieu de Washington. Quand on nous laisse libres, on fait encore pire. Le moindre mal semble être que nous continuions à rester des esclaves.

Il rit un instant, d'un rire caverneux.

— Autrement dit, d'après toi, il est préférable d'être esclave que de gauche. Toi non plus, tu n'as pas changé d'un iota, Arturo – Efrén haussa les épaules. Au fond, tu crois comme beaucoup de Guatémaltèques que ce pays a ce qu'il mérite : un Ydígoras Fuentes. Un assassin et un voleur. Ce n'est pas vrai que tu es devenu si pessimiste. Mais tu continues à choisir le pire.

— En réalité, Efrén, si tu veux que je te dise la vérité, la politique je m'en fous, dit le malade. J'essayais de te provoquer. C'était un de mes plaisirs autrefois, tu ne t'en souviens plus ? Pour que tu réagisses et me donnes un de ces cours d'idéologie que tu aimais nous infliger le samedi.

On aurait dit qu'il ébauchait encore un petit sourire, mais il se tut à l'instant. Il y eut à nouveau un long silence durant lequel Efrén but sa citronnade à petites gorgées. Avait-il bien fait de venir ? Cette maison le rendait triste, lui rappelait le début de la fin. C'était la dernière fois qu'il verrait Arturo. On ne pouvait dire qu'ils s'étaient liés d'amitié. Leurs idées politiques étaient inconciliables. Et tout au fond, il y avait l'histoire de miss Guatemala qui s'interposerait toujours. Il allait se lever et prendre congé lorsqu'il entendit une nouvelle fois la voix d'Arturo :

— J'ai légué cette maison à une œuvre de charité. Elle sera dirigée par le père Ulloa. Je leur ai laissé aussi une rente pour qu'ils puissent la financer. Enfants abandonnés, mères célibataires, vieillards qui vivent dans la rue, ces choses-là. Le petit domaine de Chichicastenango, qui nous a laissé tant de mauvais souvenirs, à toi et à moi, je le lègue aux petites sœurs de la Charité. Et j'ai tout arrangé pour qu'après ma mort, on conduise Marta au meilleur hospice du Guatemala. Là, ils prendront soin d'elle jusqu'à la fin. Si elle doit mourir un jour. Parce que, jusqu'à maintenant, c'est elle qui enterre tout le monde.

De qui Arturo parlait-il ? Ah, de Marta la mère. Efrén se souvint de la mère de miss Guatemala, qui, bien qu'ayant perdu la tête, vivait encore sans se rendre compte de rien. « C'est mieux pour elle », pensa-t-il.

— C'est sûr qu'avec toutes ces donations, tu iras au ciel, Arturo, plaisanta-t-il.

— J'espère bien, répondit Arturo en jouant le jeu.

Mais presque aussitôt, il fut gagné par la tristesse.

— Le problème, Efrén, c'est que je ne suis plus si sûr que le ciel existe.

Ce dernier ne fit aucun commentaire. Évidemment, il se souvenait très bien du père Ulloa. N'était-ce pas lui qui l'avait marié avec Martita ? Il regarda sa montre, il allait bientôt être l'heure de donner à manger au jeune Efrén. Aujourd'hui, Símula lui préparerait son dîner et elle accompagnerait son repas en lui racontant des choses sur sa grand-mère et sur sa mère, des sujets qu'elle n'abordait jamais avec lui. Il est vrai que P'tit Train était vif, curieux de tout. Un garçon sain et normal, avec les grands yeux mystérieux de Marta. Il ne se rappelait pas avoir eu de mère, car la sienne l'avait abandonné alors qu'il allait avoir cinq ans. Que deviendrait-il plus tard ? Arturo aurait pu lui laisser quelque chose, une petite rente pour qu'il étudie et puisse avoir une carrière. Efrén ne pourrait rien lui laisser car il vivait au jour le jour. C'était l'angoisse de sa vie maintenant. Mourir avant que l'avenir de son fils soit assuré, ne pas pouvoir l'éduquer et le préparer à aller de l'avant. Il n'avait pas de parents proches qui puissent prendre son fils en charge s'il avait un accident ou une maladie mortelle comme celle d'Arturo. Il n'y avait aucun remède à cela, il lui faudrait vivre et atteindre la vieillesse. Il se rappela qu'étant jeunes, Arturo et lui avaient fait naître beaucoup d'illusions dans leurs familles respectives. « Ils iront loin tous les deux », prophétisait sa mère. « Tu t'es trompée, Maman. Nous ne sommes arrivés nulle part. Arturo mourra dans l'amertume et la frustration ; moi, je ne relèverai jamais la tête car ce pays ne me permettra jamais de la relever. » Il se reprit et se dit que ces pensées étaient stupides et paralysantes. Mieux valait s'en débarrasser. Aller dîner avec P'tit Train. Et parler un peu avec Símula si elle était encore là.

Il se leva et sortit sur la pointe des pieds pour ne pas réveiller Arturo, qui s'était endormi. Patrocinio et Juana l'accompagnèrent jusqu'à la porte d'entrée et il les embrassa.

XXX

Il avait dormi dans les locaux du Service d'intelligence militaire, un bâtiment bien gardé à l'angle de l'avenue Mexico et de la rue du 30-de-Marzo de Trujillo-ville, parce qu'il craignait d'être tué chez lui. Au SIM, bien que quelques fonctionnaires aient fui, ses gardes du corps, indics, inspecteurs et collaborateurs les plus proches ne savaient que faire ni où aller. Pour le moment, du moins, le régime pouvait compter sur eux.

Mais lui-même, sur qui pouvait-il compter ? Il ne le savait pas et c'est ce qui l'angoissait le plus : cela le tenait éveillé malgré le comprimé de Nembutal qu'il prenait chaque nuit. Depuis l'assassinat du Chef, le 30 mai 1961, sa vie était tombée dans un abîme d'angoisse et d'incertitude. La veille, le général Ramfis Trujillo lui avait fait savoir par de tierces personnes que c'était en vain qu'il sollicitait une entrevue personnelle, parce qu'il ne voulait pas le recevoir. Et presque en même temps, le président de la République, Joaquín Balaguer, l'avait convoqué à son bureau du Palais national, à dix heures du matin. Qu'est-ce qui l'attendait ?

À six heures, il se leva du lit de camp qu'il avait près de sa table de travail, se doucha, s'habilla et alla prendre un café à la cafétéria où les garçons et les rares clients le saluèrent avec des questions muettes dans les yeux : que se passait-il en République dominicaine ? Qu'allait-il arriver après l'assassinat du Chef ? Il ne le savait pas non plus. Depuis ce funeste instant, il n'avait eu qu'une seule pensée : trouver les assassins. C'était fait. Seuls Luis Amiama Tió et Antonio Imbert demeuraient cachés, deux hommes seulement parmi ceux qui avaient pris le Chef en embuscade sur la route, à la sortie de Trujillo-ville en direction de San Cristóbal. Et il était sûr que dans la chasse à l'homme qui s'était déchaînée, Imbert et Amiama Tió aussi tomberaient bientôt et rejoindraient leurs complices dans les geôles ou dans la tombe. La seule certitude, pensa-t-il, c'est que Ramfis leur ferait payer cher leur crime. D'après ses informations, l'assassinat de son père l'avait tourneboulé, rendu à moitié fou. La nuit qui avait suivi son retour de Paris, dans un avion loué à Air France, il avait conduit à la Cuarenta les cadets de dernière année de l'École militaire et ordonné que chacun choisisse un des « communistes » emprisonnés dans cette geôle et le tue personnellement d'une balle dans la tête. Pourquoi refusait-il de le recevoir ? Il savait que le fils aîné de Trujillo n'avait jamais eu de sympathie pour lui. Pourquoi ? Peut-être par jalousie, car le Chef lui avait toujours manifesté plus de tendresse qu'à ses propres enfants. Abbes García s'émut en imaginant que Trujillo avait pu, peut-être, l'aimer davantage que Ramfis et Radhamés.

Après son maigre petit déjeuner, il retourna à son bureau où il avait déjà, sur la table, les journaux du jour. Il ne les lut pas, se contentant de les feuilleter et s'arrêtant à peine sur certaines manchettes. On ne savait pas grand-chose non plus sur l'avenir de la République dominicaine, sauf que les États-Unis et, naturellement, Betancourt, Figueres, Muñoz Marín et Dieu sait combien d'autres dirigeants latino-américains demandaient que la démocratie revienne dans ce pays avant de lever l'embargo. On ne savait pas non plus grand-chose du futur ; tout le monde était déconcerté, effrayé, aveugle sur ce qui attendait les Dominicains après que ces canailles avaient assassiné le leader, le maître suprême, le généralissime qui avait transformé cette petite République anachronique en un pays solide et prospère, avec, en cette année 1961, la meilleure armée de toute la Caraïbe. Ingrats, maudits, misérables salauds ! Fils de pute ! Encore heureux que Ramfis leur fasse payer cher, très cher, leur crime.

À neuf heures trente il mit sa cravate, son chapeau, ses lunettes noires – il n'était pas en uniforme mais en civil – et il sortit dans la rue. La voiture avec chauffeur l'attendait à la porte, à l'angle même de l'avenue Mexico et de la rue du 30-de-Marzo, selon les instructions qu'il avait données la veille. Tandis que la voiture se dirigeait vers le Palais national par les rues déjà bondées de Trujilloville (le nom de la capitale changerait-il maintenant que le généralissime était mort ? Sûrement), il pensa qu'il avait bien fait d'envoyer Zita, sa nouvelle femme, à Mexico. Une décision opportune. Qu'elle attende là-bas que la situation s'éclaircisse !

Au Palais national, bien que les officiers et les soldats du poste de police l'aient reconnu, on lui infligea l'humiliation d'avoir à ouvrir sa serviette, de fouiller ses papiers et de palper aussi sa veste et son pantalon. Que de changements ! Naguère, lorsqu'il arrivait au Palais, la garde était tout sourire et courbettes, et on ne le fouillait jamais.

Dans l'antichambre du bureau de Joaquín Balaguer

(président fantoche jusqu'au jour de l'assassinat du Chef, et qui se croyait maintenant président pour de bon), il connut une nouvelle humiliation : on le fit attendre une heure avant que le chef de l'État le reçoive.

Le président, généralement si courtois, ne se leva pas pour le saluer, et quand Abbes s'approcha de son bureau, il lui tendit une main froide et murmura un bonjour presque inaudible. Il finit d'examiner des papiers et se leva, en le guidant vers des fauteuils où d'un simple geste il lui intima de s'asseoir. C'était un homme de petite taille, aux cheveux gris, aux yeux perdus derrière les larges verres de ses lunettes, habillé avec modestie. Mais Abbes García savait très bien que, derrière cette apparence anodine, il y avait une intelligence astucieuse et une ambition colossale.

— Comment vont les affaires, Monsieur le président? demanda-t-il enfin, pour rompre ce silence qui le rendait nerveux.

— Vous devriez le savoir mieux que moi, colonel, dit le président dans un demi-sourire qui passa sur son visage comme une exhalaison. Vous êtes supposé être l'homme le mieux informé du pays.

— Je ne veux pas vous faire perdre de temps, Excellence, rétorqua Abbes García au bout d'un moment. Dites-moi pourquoi vous m'avez convoqué. Pour me renvoyer?

— Nullement, répondit Balaguer avec le même petit sourire passager. Plutôt pour vous proposer un poste plus tranquille et plus sûr que le vôtre actuellement.

À cet instant un secrétaire entra dans le bureau en s'excusant pour dire au président que Madame María Martínez de Trujillo, la veuve du Chef, le demandait de toute urgence au téléphone.

— Dites-lui que je la rappellerai dans un moment, répondit Balaguer.

Et après le départ du secrétaire, il se tourna vers Abbes García, cette fois l'air grave. Le ton de sa voix changea aussi :

— Vous voyez bien, colonel, je n'ai pas une minute à moi. Ne perdons donc pas plus de temps. La question est très simple. Après ce magnicide tout a changé en République dominicaine. Et pourquoi essaierais-je de vous tromper ? Vous savez parfaitement que vous êtes l'homme le plus détesté du pays. Et à l'étranger aussi. Injustement, sans doute, on vous accuse des pires atrocités. Crimes, tortures, enlèvements, disparitions, toutes les horreurs possibles et imaginables. Et vous savez aussi, sans doute, que si nous voulons sauver quelque chose de tout ce que Trujillo a fait pour nous, vous ne pouvez continuer à faire partie du gouvernement.

Il se tut, attendant un commentaire d'Abbes García, mais comme ce dernier l'écoutait bouche cousue, il poursuivit :

— Je vous propose une nomination diplomatique. Le consulat dominicain au Japon.

— Au Japon ?

Abbes García sursauta légèrement sur son siège et se permit une repartie ironique :

— Pourquoi pas plus loin ?

— Il n'y a aucun consulat qui soit plus loin de la République dominicaine, répondit le président Balaguer sans se départir de son sérieux. Vous partirez dès demain, à midi, via le Canada. Votre passeport diplomatique et votre billet d'avion sont déjà prêts. On vous les remettra en sortant de ce bureau.

Abbes García s'enfonça presque dans son fauteuil. Il avait pâli encore davantage et sa tête crépitait comme un volcan. Quitter ce pays ? S'en aller au Japon ? Il mit quelques secondes à dire quelque chose :

— Le général Ramfis Trujillo est au courant de votre décision, Excellence ? balbutia-t-il.

— J'ai eu du mal à le convaincre, colonel, dit-il de cette petite voix si mielleuse avec laquelle il prononçait ses beaux discours. Le général Ramfis voulait vous mettre en prison. Il pense que vous avez failli à votre tâche. Qu'avec un autre directeur du SIM, le généralissime serait encore vivant. Je vous assure qu'il m'a été très dur d'obtenir qu'il vous permette de partir à l'étranger sur un poste diplomatique. Tout cela est mon œuvre. Vous voyez, vous devriez me remercier.

Et cette fois il se mit vraiment à rire, mais juste quelques secondes.

— Puis-je rester au moins quelques jours, pour mettre mes affaires en ordre ? demanda Abbes García, en sachant bien quelle serait la réponse.

— Vous ne pouvez pas rester une heure de plus que ce que je vous ai dit, rétorqua Balaguer en soulignant chaque syllabe. Le général Ramfis pourrait se repentir et faire machine arrière. Je vous souhaite bonne chance dans votre nouveau poste, Monsieur Abbes García. J'allais vous dire encore colonel, mais j'oubliais que vous ne l'êtes plus. Le général Ramfis vous a expulsé de l'armée. Je suppose que vous le savez déjà.

Il se leva et, sans lui tendre la main, retourna à son bureau où il s'assit et continua d'examiner des papiers comme s'il n'avait plus été là. Abbes García se dirigea vers la porte et sortit sans prendre congé. Il sentait ses jambes trembler et pensa qu'il risquait de s'évanouir et se ridiculiser. Il gagna lentement la sortie et, dans un couloir, un secrétaire lui tendit une pochette en murmurant qu'il y avait là sa nomination, son passeport diplomatique et son billet d'avion pour Tokyo, via le Canada.

Il demanda à son chauffeur de le conduire chez lui et il ne fut pas surpris de voir qu'il n'y avait plus à la porte les policiers qui, jusqu'à ces deux derniers jours, veillaient à sa sécurité. Il jeta un œil désolé sur les armoires pleines de ses vêtements et des robes de Zita, ses cravates et ses caleçons, ses chaussures et ses chaussettes. Avant de remplir une valise d'un certain nombre d'effets, il vida son coffre-fort, dissimulé dans une garde-robe, de tous les dollars et pesos qu'il avait rangés là. Il fit le compte : 2 348 dollars. Qui lui seraient utiles pour son voyage. Une fois sa valise pleine, il fit le tour de sa table de travail et, excepté les comptes de la banque, il brûla tous les papiers, livrets et carnets avec ses documents de travail et ses notes politiques. Cela lui prit un certain temps. Puis il monta dans la voiture, qui l'attendait toujours. Le chauffeur lui demanda : « On part en voyage, mon colonel ? » Il lui répondit : « Oui, pour quelques jours, une affaire importante. » Il pensait qu'il ne reverrait probablement jamais cette maison et qu'il avait peut-être oublié quelque chose d'important à mettre dans sa valise ou à brûler. Il se rendit ensuite à la Banque de réserve où il possédait deux comptes en pesos dominicains, et les vida tous les deux, mais on lui dit qu'on ne pouvait les changer en dollars car, depuis l'assassinat du Chef et compte tenu de l'incertitude régnante et des hésitations constantes sur la valeur du peso, toutes les transactions en monnaie étrangère avaient été suspendues. Le directeur de la Banque de réserve, qui le reçut dans son bureau, lui dit à voix basse : « Si vous êtes pressé, vous pouvez vous adresser aux changeurs des rues de la ville coloniale, mais je ne vous le conseille pas, ils vous donneront les dollars à un taux très élevé. Comme avec l'insécurité tout le monde s'est rué sur les dollars, vous imaginez... »

Abbes García écarta immédiatement l'idée. Si ce que le président Balaguer lui avait dit était vrai et si Ramfis croyait qu'il était coupable, par incompétence, de l'assassinat du Chef, le fils aîné de Trujillo pouvait avoir changé d'idée et le faire flinguer à tout moment. Mieux valait garder ces pesos en poche ; il essaierait de les changer à l'étranger, s'ils valaient encore quelque chose...

Il était cinq heures passées quand il regagna le Service d'intelligence militaire. Certes, les sentinelles à la porte le saluèrent encore en se mettant au garde-à-vous. Était-ce bien vrai que Ramfis l'avait expulsé de l'armée ? Dans son bureau, il déchira et brûla tous les documents, notes et lettres en rapport avec le service ; il n'épargna qu'une poignée de papiers personnels qu'il mit dans sa serviette. Il regarda les murs à demi nus, excepté le portrait de Trujillo : son visage sévère, le geste résolu, la poitrine couverte de décorations. Ses yeux se mouillèrent.

Puis il se fit monter au bureau deux sandwichs, l'un au jambon, l'autre au fromage, et une bière bien fraîche. Il mangea et but en se demandant s'il appellerait Zita à Mexico pour l'informer du voyage, ou s'il était préférable de le faire le lendemain, quand il arriverait au Canada. Il se décida pour la seconde option. Alors qu'il achevait son unique repas de la journée, six de ses collaborateurs se présentèrent, trois civils, un garde et deux militaires. Ils étaient confus et effarés, et Lances Falcón, un petit homme à moustache poivre et sel et verres fumés qui était comptable, lui demanda, au nom du groupe, ce qu'ils allaient devenir. Décontenancés, morts de peur, ils ignoraient tout de leur situation. Était-ce vrai qu'il allait partir à l'étranger ?

Abbes García les écouta sans se lever de sa chaise et décida de leur dire la vérité :

— Je pars, c'est vrai. Non de mon propre chef. Balaguer m'a signifié mon congé. Il m'envoie sur un poste diplomatique au bout du monde. Tokyo, très loin là-bas. Quant au Service d'intelligence militaire, je ne sais rien. Mais c'est impossible qu'il disparaisse, de lui dépend la survie de tout gouvernement, quel que soit le président. Comme Balaguer et Ramfis se sont partagé le pouvoir, le civil pour Balaguer et le militaire pour Ramfis, ce sera sûrement ce dernier qui prendra en charge le SIM. Ça a été magnifique de travailler avec vous. Je vous remercie beaucoup pour votre aide. Je sais tout ce que ce travail réclame de dévouement et d'héroïsme. Trujillo vous appréciait et vous estimait beaucoup. Maintenant les rats, à la faveur du chaos, sortent de leur tanière et nous accusent de crimes monstrueux. Je crains qu'il n'y ait des représailles contre vous. Aussi, si je peux vous donner un conseil : foutez le camp ! Cachez-vous ! Ne soyez pas des boucs émissaires. Sauvez-vous !

Il se leva et serra la main de chacun d'eux. Il vit certains la larme à l'œil. Ils quittèrent son bureau plus confus, apeurés et angoissés qu'ils n'y étaient entrés. Abbes García était sûr que les six hommes iraient vite se mettre à l'abri.

Quand il fut seul, il pensa qu'il était peut-être imprudent de passer la nuit ici. Si Ramfis voulait l'arrêter ou le tuer, il le ferait chercher au SIM, bien entendu. Il décida d'aller à l'hôtel. Il sortit et vit la voiture garée là avec son chauffeur. Il se fit conduire à l'hôtel Jaragua. Il lui donna trois cents pesos de pourboire et lui serra la main en lui souhaitant bonne chance.

— Qu'est-ce que je fais de la voiture, mon colonel ? lui demanda le chauffeur, déconcerté.

Abbes García réfléchit un moment, haussa les épaules et murmura : « Ce que tu voudras. »

Le gérant du Jaragua, qui le connaissait, accepta de ne pas l'enregistrer sur le registre des clients et lui donna une suite, qu'il paya d'avance en espèces ; il lui procura aussi discrètement une voiture pour le conduire le lendemain matin à l'aéroport. Il prit un long bain moussant et se coucha. Malgré le somnifère habituel, il mit longtemps à s'endormir. Il essaya de penser aux savoureuses chattes qu'il avait léchées pour voir si ça l'excitait, mais en vain. Comme toutes les nuits depuis le 30 mai, le visage du Chef assassiné revenait à son esprit et lui donnait des frissons, et un terrible sentiment de solitude en pensant qu'il ne verrait plus jamais ni n'entendrait la voix du généralissime Trujillo, criblé de balles. Il pensait aussi à la terrible injustice commise par Ramfis qui l'accusait de cette mort pour n'avoir su l'éviter alors que, depuis dix ans, il n'avait vécu que par et pour le Chef, en réalisant tous ses caprices, baignant dans le sang pour le servir, le libérant de ses ennemis ici et à l'étranger, mettant en jeu sa vie et sa liberté. Son destin était fait de ces injustices.

Il eut un demi-sommeil de quelques heures, entrecoupé de sursauts. Il se leva et demanda son petit déjeuner, avant de se raser. Puis, une fois habillé, il prit le taxi que lui avait retenu le gérant de l'hôtel Jaragua. À l'aéroport l'attendait une nuée de journalistes, de photographes et de cameramen, mais il refusa de faire la moindre déclaration et, heureusement, on le conduisit au salon VIP où il attendit le départ de l'avion.

La dernière photo de lui qui apparaîtrait dans les biographies, articles de presse et livres d'histoire (bien qu'il vécût encore quelques années ou davantage) fut prise ce matin-là, gagnant la passerelle de l'avion qui le conduisait au Canada. On le voit là, avec son chapeau, un peu moins gros et enflé que sur les photos précédentes, en civil, avec une cravate sombre et un veston ajusté à trois boutons, dont deux déboutonnés, une grosse valise à la main et de surprenantes chaussettes blanches qui confirmaient l'opinion du généralissime Trujillo selon laquelle son chef du SIM ne savait pas s'habiller avec la moindre élégance. Son visage est contracté en une grimace malséante, et son regard fuyant, angoissé, comme s'il devinait qu'il ne remettrait plus les pieds dans son pays. C'était le 10 juin 1961, onze jours après l'assassinat de Trujillo.

Il s'endormit peu après le décollage et se réveilla, sonné, alors qu'il restait un peu plus d'une heure avant l'atterrissage à Toronto. Il examina son billet pour Tokyo et vit qu'il avait quelque six heures de battement avant le départ du Toronto-Tokyo. Irait-il directement au Japon ? Bien sûr que non. Il appellerait sa femme à Mexico, son banquier en Suisse, et irait personnellement s'assurer que son compte secret était toujours à Genève et nullement menacé. Il ferma les yeux et pensa à son existence si incertaine depuis l'assassinat du Chef. Il pensa à Trujillo avec reconnaissance et tendresse : cet homme lui avait fait confiance en le chargeant des missions les plus délicates, qu'il avait menées à bien. Il avait trempé ses mains dans le sang pour le Chef, mais il l'avait fait par goût, par amour de cette figure surhumaine. Et Trujillo l'avait récompensé plus que de mesure. Il se rappelait sa générosité illimitée à son égard. Grâce à Trujillo il disposait de ces économies en Suisse, lui-même l'avait autorisé à ouvrir ce compte. Était-on au courant? Non, personne, en dehors du Chef, ne connaissait son existence, pas même Zita. Seulement Trujillo, et maintenant il était mort. Impossible que Ramfis l'ait su. Quelle somme avait-il exactement là-bas? Il ne se le rappelait pas. Plus d'un million de dollars, en tout cas. Avec cet argent, il avait de quoi tenir un bon moment.

À Toronto, sitôt descendu de l'avion il se rendit à la Pan American Airways et échangea son billet d'avion de Tokyo contre un billet Toronto-Genève-Paris-Tokyo en payant comptant plus de trois mille dollars. Il avait devant lui trois heures avant le vol de Genève. Il appela alors Mexico et, alors qu'il pensait lui faire la surprise, c'est Zita qui le surprit en lui disant qu'on avait publié ce matin dans la presse mexicaine une photo de lui prise à l'aéroport de Trujillo-ville, mais que personne ne savait où il se rendait. « On m'envoie comme diplomate au Japon. — Au Japon ? s'écria-t-elle, inquiète. Et qu'est-ce qu'on va y faire ? — On n'y restera pas longtemps. L'important c'est d'être en vie, ce qui est déjà beaucoup au train où vont les choses en République dominicaine. » Zita demeura silencieuse, comme toujours dans les situations difficiles : elle avait confiance en lui et était sûre que son mari résoudrait tous les problèmes. Il pensa : « C'est une bonne épouse. » Dommage qu'elle s'obstine tellement à vouloir des enfants.

Puis il appela son banquier en Suisse et il eut la chance de l'avoir lui-même au bout du fil. Il lui demanda de lui retenir un hôtel à Genève et ils convinrent d'une visite deux jours plus tard à son bureau. En raccrochant, il poussa un soupir de soulagement : son banquier, qui parlait un très bon espagnol, lui avait dit que son compte s'élevait maintenant à un million trois cent vingt-sept mille dollars et cinquante-six cents. Ce qui voulait dire que personne n'avait pu intervenir sur son avoir : l'argent dormait en paix, dégageant des intérêts, dans cette citadelle suisse. Pour la première fois depuis l'assassinat du Chef il se sentit content.

Douze heures plus tard, il atterrissait à Genève où l'on avait retenu pour lui une chambre dans le même petit hôtel près du lac où il était descendu trois ans plus tôt, quand il était venu ouvrir ce compte qu'il avait approvisionné par des versements réguliers. Il remplit sa baignoire et prit, comme la veille, un long bain moussant. Ce faisant, en éprouvant un agréable bien-être physique, il essaya d'imaginer sa vie à venir. Il savait pertinemment que ce consulat au Japon ne durerait guère. Tôt ou tard, quoi qu'il se passe en République dominicaine, personne ne l'appellerait. Il resterait « l'homme le plus détesté », celui à qui l'on imputerait tous les crimes, les disparitions, les tortures, les emprisonnements effectifs ou pas, ceux qu'il avait commis et ceux qu'on lui inventerait. De sorte qu'il valait mieux pour lui organiser son avenir dans un autre pays, accepter l'idée de vivre exilé à jamais. Il sentit soudain qu'il sanglotait. Les larmes s'étaient mises à couler jusqu'à sa bouche en lui laissant un goût salé. Pourquoi pleurait-il ? Pour le Chef. Il n'y aurait plus un autre Trujillo dans sa vie. Un homme aussi admirable, aussi intelligent, aussi malin et énergique qui, comme il le lui avait dit un jour, s'était envoyé plus de mille femmes dans sa vie, « par-devant et par-derrière ». Un homme qu'aucun obstacle n'avait jamais arrêté. Cela avait été providentiel. Un miracle qu'il lui ait autrefois écrit cette lettre en sollicitant une bourse pour aller à Mexico suivre une formation policière. Il lui avait donné un pouvoir auquel il n'aurait jamais songé. Ne disait-on pas de lui qu'il était, après le Chef, l'homme le plus redouté de la République dominicaine ? Oui, bien sûr, il y avait un avant et un après depuis qu'il avait eu le front de faire appel à Trujillo. Quoi qu'il arrive, cela avait été une chance de travailler pour le Chef, près du Chef, au service du Chef. Qu'ils étaient misérables ces Balaguer et Ramfis, ces deux traîtres ! Se vendre aux Américains quand le cadavre du Chef était encore chaud !

La conversation avec son banquier l'avait apaisé. Son compte resterait là, au secret, parfaitement protégé, mais impossible là aussi de changer l'argent dominicain qu'il avait sur lui car, en raison de l'instabilité politique sur les marchés des devises, le peso dominicain n'était plus coté. Le banquier lui conseilla de laisser ces pesos dans un coffre de la banque jusqu'à ce que la situation évolue. C'est ce qu'il fit et il sortit avec une liasse de cinquante mille dollars et vingt mille francs pour les dépenser à Paris.

Dans la capitale française, il logea à l'hôtel George-V, dans une suite, et loua une voiture avec chauffeur à qui il demanda le soir même de le conduire au bordel. Il n'avait jamais léché la fente d'une putain française et cette perspective l'excita. Le chauffeur le déposa devant un bar de Pigalle où, lui expliqua-t-il, il pouvait se choisir une femme et aller ensuite dans l'un des petits hôtels du quartier. Il s'exécuta et finit sa nuit dans le lit d'une Algérienne qui baragouinait l'espagnol et lui fit payer le double de ce qui était convenu car, lui expliqua-t-elle, on la payait pour faire une pipe et non pour qu'on la lui fasse, ce à quoi elle n'était pas habituée. Mais la nuit finit mal parce qu'en dépit d'une rapide érection il ne parvint pas à éjaculer. C'était la première fois que cela lui arrivait et il tâcha de se tranquilliser en pensant que la tension nerveuse depuis l'assassinat du Chef était la cause de ce fiasco, non qu'il soit devenu impuissant.

Le lendemain il avait décidé d'aller au Louvre – c'était sa seconde visite à Paris et lors de la première il n'était allé dans aucun musée –, mais, quand il monta dans la voiture qu'il avait louée, il demanda au chauffeur s'il connaissait un temple ou un monastère Rose-Croix à Paris. L'homme en fut déconcerté : « Rose-Croix, Rose-Croix ? » Il lui demanda alors de le conduire plutôt sur les quais de la Seine où l'on prenait ces bateaux-mouches qui faisaient découvrir, le temps d'une boucle sur le fleuve, les ponts et les monuments de Paris. La promenade lui prit deux heures, ce qui put le distraire un tant soit peu. Puis il demanda au chauffeur de l'emmener déjeuner dans le meilleur restaurant qu'il connaissait. Mais, à un feu rouge de la rue de Rivoli, il aperçut soudain un visage féminin qui lui sembla connu. Cucha ! Cuchita Antesana ! Sa petite fiancée de l'aube des temps. Il dit au chauffeur de faire un tour et de le reprendre au même endroit. Il descendit de la voiture et se hâta de rejoindre cette femme qui lui avait rappelé un amour de jeunesse. Pour incroyable que cela soit, c'était elle. Avec quinze ans de plus, mais vraiment elle. Cucha le regardait surprise, déconcertée, émerveillée : Johnny, c'est toi ? Ici, à Paris ? Cucha vivait dans cette ville depuis six mois et apprenait le français à l'Alliance française, boulevard Raspail. Était-elle libre pour déjeuner ? Oui, elle l'était. Ils allèrent à La Coupole, boulevard du Montparnasse. Et ce qui est incroyable, c'est qu'Abbes ne l'avait pas revue depuis leur lointaine amourette, alors qu'elle finissait le lycée et que lui était un jeune journaliste hippique qui avait une petite émission à la radio où il gagnait trois francs six sous.

Cuchita, en le voyant tirer son mouchoir rouge de sa poche, lui demanda s'il était encore Rose-Croix. « Eh bien, oui, à moitié, lui répondit-il en blaguant. Tu ne saurais pas non plus s'il y a un temple Rose-Croix à Paris, non ? » Elle n'avait pas eu d'autres amoureux depuis la rupture avec Johnny. Après la mort de ses parents, avec l'héritage qu'ils lui avaient laissé, elle avait passé une année aux États-Unis à apprendre l'anglais. Et maintenant, elle resterait une année de plus en France. Et lui, que faisait-il maintenant après l'assassinat du généralissime Trujillo ?

— Je serai quelque temps hors de la République dominicaine, lui dit-il – et il se mit à divaguer : Je vais œuvrer pour que tous les gouvernements de droite de l'Amérique latine s'unissent, collaborent et travaillent ensemble. Pour qu'il ne leur arrive pas ce qui se passe maintenant dans notre malheureux pays. Qui est tombé dans le chaos de la démocratie en se vendant aux États-Unis, ce qui, à plus ou moins long terme, fera le lit du communisme. Ils savent bien tirer les marrons du feu, les cocos, et ils finiront par faire main basse sur la République dominicaine pour la convertir en démocratie populaire, autrement dit en satellite soviétique.

Au fur et à mesure qu'il parlait, il se persuada que cette invention pouvait devenir réalité. Pourquoi pas ? Est-ce que tous les dictateurs latino-américains n'étaient pas menacés, eux aussi, de connaître le même sort que le Chef ? Il fallait les unir, les convaincre d'échanger des informations, de développer des stratégies pour écraser toutes les conspirations « démocratiques » qui n'étaient que le cheval de Troie des communistes. Et qui mieux que lui pouvait être le maillon capable d'unir tous ces gouvernements et les défendre contre leurs ennemis, ceux-là mêmes qui gouvernaient maintenant en République dominicaine avec la bénédiction de Washington ?

Quand il laissa Cuchita à son petit hôtel du Quartier latin, il était persuadé qu'il serait, pour tous les gouvernements de droite de la Caraïbe, de l'Amérique centrale et du Sud, ce qu'il avait été pour le régime de Trujillo : l'homme fort, l'inspirateur, le chaînon de la solidarité, la vigie.

Le reste de l'après-midi, tandis qu'il s'achetait vêtements, chaussures, cravates dans les bonnes boutiques de la Madeleine et des Champs-Élysées, il continua à fantasmer sur cette trajectoire future avec laquelle il avait voulu séduire la petite fiancée de son adolescence.

Cette nuit-là, il retourna au bar de Pigalle et, au lieu de l'Algérienne de la veille, il mena à l'hôtel une Africaine, qui n'eut aucun problème pour accepter ce qu'il lui demanda. Elle avait une chatte rougeâtre qui l'excita aussitôt, et tandis qu'il la léchait, il eut la satisfaction d'éjaculer sur le lit. À la bonne heure, encore heureux, sa queue fonctionnait toujours.

Deux jours après, il était à Tokyo où Zita était déjà arrivée. À l'ambassade – minuscule – le chargé d'affaires l'informa qu'on ne pourrait lui allouer de bureau, car il n'y avait pas d'espace disponible. Le ministère avait fait savoir que son consulat serait un poste seulement « formel ». Abbes García ne lui demanda pas ce que voulait dire exactement « formel ». Il ne l'imaginait que trop.

XXXI

Crispín Carasquilla était le fils d'un employé des Chemins de fer et depuis qu'il avait l'âge de raison, il rêvait d'être militaire. Son père l'encourageait dans ce rêve mais sa mère, en revanche, aurait préféré qu'il fût ingénieur ou médecin. Il était né dans un petit village de Huehuetenango, San Pedro Nécta, près de la frontière avec le Mexique. Il passa le plus clair de son enfance d'un endroit à l'autre car les Chemins de fer faisaient souvent changer son père de poste. Jusqu'à ce qu'enfin ils l'affectent à la Gare centrale, à Guatemala-ville, où Crispín put fréquenter un collège public meilleur que les petites écoles provinciales où il avait fait le primaire.

Il n'était pas très studieux, mais très bon en sport. Dès son plus jeune âge, il avait beaucoup pratiqué la natation parce que, lui disait-on, ce sport favorisait la croissance. Il craignait que sa petite taille fût un obstacle à son entrée à l'École polytechnique, car on exigeait des aspirants une taille minimale. Cette question l'angoissait beaucoup parce qu'il lui manquait quelques centimètres pour l'atteindre. Le jour le plus heureux de sa vie fut certainement celui où il sut qu'il était admis à l'École polytechnique, non parmi les premiers mais pas non plus parmi les derniers. Ainsi s'écoulèrent ses trois premières années comme cadet : ni excellent, ni mauvais élève, toujours en un point intermédiaire, assidu à l'étude et, surtout, très actif lors des manœuvres militaires et des exercices physiques. C'était un bon garçon, simple, un peu innocent, d'amitié facile, qui s'entendait bien avec tout le monde, tant avec ses condisciples qu'avec les supérieurs, pas turbulent, serviable, que les rigueurs de la discipline n'affectaient en rien – il aimait plus obéir que commander – et dont les camarades avaient une bonne opinion sans qu'il mérite beaucoup leur respect.

Mais cette personnalité plutôt vague changea quand, vers la fin de la présidence de Jacobo Árbenz, pendant la guerre, une des sulfateuses – c'est ainsi que les habitants de la ville désignaient les avions libérationnistes de Castillo Armas parce que, disaient-ils, leur présence mettait la peur à l'estomac des citadins désemparés – largua une bombe dans la cour d'honneur de l'École polytechnique. Elle ne causa aucune victime mais laissa plusieurs blessés, certains graves, et parmi eux Cristóbal Fomento, le Tétras. Crispín Carrasquilla sortait d'un cours de physique et vit, déconcerté, la bombe s'écraser sur l'un des toits de la cour d'honneur en le faisant voler en éclats tandis qu'une pluie de pierres et de gravats s'éparpillait dans toutes les directions, cassant les vitres alentour et le projetant lui-même à terre. Tout en se relevant et en vérifiant qu'il était indemne, il entendait les cris de douleur des blessés et voyait courir autour de lui des cadets, des officiers et des employés de service pleins de poussière, quelques-uns couverts de sang. Après quelques minutes, la stupeur et le chaos cessèrent et toute l'École se mobilisa pour emporter les blessés – parmi lesquels se trouvait son ami le Tétras – à l'infirmerie qui, par chance, n'avait que peu souffert.

Jusqu'à ce jour, Crispín ne s'était jamais intéressé à la politique. Il avait entendu parler de la Révolution d'octobre qui avait mis fin à la dictature du général Ubico Castañeda et à la junte que présidait le colonel Ponce Vaides sans lui accorder beaucoup d'importance – il était alors un écolier. Il en avait été de même avec l'élection à la présidence de Juan José Arévalo et celle de son successeur, le colonel Jacobo Árbenz, à l'époque où il était entré à Polytechnique. Il voyait tout cela comme quelque chose de lointain, des choses qui ne le concernaient pas. C'était, plus ou moins, l'attitude des autres cadets face à la politique. Il ne participait pas non plus aux discussions qui surgissaient parfois autour de lui quand le colonel Castillo Armas se fut soulevé au Honduras en traitant le gouvernement d'Árbenz de communiste. Mais cette neutralité – ou plutôt son indifférence – face à la politique disparut quand les sulfateuses commencèrent à voler audessus de la ville de Guatemala en lançant des tracts ou des bombes qui provoquaient des dégâts, des victimes, la panique, surtout à partir du jour où l'une d'elles bombarda l'École militaire. Que des pilotes ricains attaquent les Guatémaltèques, des forts militaires comme celui de Matamoros ou celui de San José de Buena Vista, et même l'École militaire, cela secoua son amour-propre, son idée du patriotisme, et le transforma en une autre personne. Cela lui parut un crime contre le pays, une chose que quiconque aimait le Guatemala et avait un peu de dignité ne pouvait accepter, surtout s'il s'agissait d'un cadet en formation pour devenir officier.

Depuis lors, il participait à toutes les discussions

politiques qui s'élevaient à l'École et, parfois, il les provoquait lui-même. Ni les cadets ni les officiers n'avaient de position commune ; ils étaient divisés à propos du gouvernement d'Árbenz et de ses réformes, en particulier la réforme agraire ; mais en général, les officiers comme les cadets jugeaient très sévèrement Castillo Armas pour avoir rompu l'unité des forces armées et attaqué son propre pays, appuyé et financé par les États-Unis.

Que Cristóbal Fomento, son ami et camarade de promotion, eût été un des blessés quand la bombe était tombée dans la cour d'honneur de l'École militaire l'affecta profondément. On le surnommait le Tétras. Il aimait beaucoup les animaux et il parlait à tout bout de champ d'espèces exotiques, inconnues au Guatemala. Un beau jour, il apparut avec une petite revue illustrée de photos d'une espèce de petit coq qu'en Espagne on appelle « tétras » ; le garçon était tellement excité par ces images que, dès lors, les autres cadets le surnommèrent ainsi. Quand Crispín alla lui rendre visite à l'hôpital militaire où on l'avait transféré depuis l'infirmerie de l'École, il trouva son camarade triste à pleurer. Les médecins n'avaient pu lui sauver un œil et, bien que demeurer borgne ne fût pas si terrible, c'était quand même incompatible avec la carrière militaire. Le Tétras allait devoir quitter l'École et se chercher une autre profession. Ils eurent une longue et douloureuse conversation, et Crispín vit à un moment les larmes rouler sur les joues de Cristóbal quand il lui dit qu'il se consacrerait peut-être à l'agriculture car un oncle lui avait offert de travailler avec lui, là-bas du côté d'Alta Verapaz, où il cultivait le café dans un petit domaine qu'il possédait.

Depuis que la bombe était tombée dans la cour

d'honneur, tous les cadets, et non seulement Crispín, avaient commencé à beaucoup parler de politique. Et quelque chose de surprenant se produisit : il changea de personnalité. Il devint un leader que ses camarades écoutaient au quartier, lors des repos ou la nuit, après le couvre-feu, quand, dans leurs lits superposés, ils échangeaient des idées. Enfiévré, vitupérant contre les « traîtres » à la patrie qui, pour se débarrasser du président Árbenz, s'étaient dressés contre leur propre armée en obéissant aux Yankees, comme si le Guatemala était une colonie et non un pays indépendant. Ses idées étaient confuses, bien entendu, émotion plus que raison, et s'y mêlaient l'amour de sa terre natale, de ses compatriotes, de son armée – choses qui pour lui avaient une auréole sacrée –, sa colère et son ressentiment contre ceux qui, guidés par des intérêts politiques, étaient disposés à attaquer leur propre pays, à l'image de cette armée libérationniste composée de mercenaires, dont beaucoup d'étrangers, qui maintenant bombardaient la ville de Guatemala avec des avions pilotés par des Yankees, comme la sulfateuse qui avait largué la bombe sur l'École militaire.

Quand, au début de juillet 1954, les cadets surent que tous devaient se rassembler à l'aéroport de La Aurora pour recevoir Castillo Armas, de retour du Salvador avec l'ambassadeur yankee John E. Peurifoy et les chefs militaires avec qui les libérationnistes avaient signé un traité de paix et nommé une junte qui gouvernerait le pays, dont le colonel Castillo Armas était lui-même un membre, Crispín Carrasquilla proposa à ses camarades de se mettre en grève.

Le jour même, il fut convoqué par le directeur de l'École militaire, le colonel Eufemio Mendoza :

— Au lieu de t'appeler à mon bureau, j'aurais dû t'envoyer au trou, lui dit le colonel, le visage froncé et d'une voix où la colère se mêlait à la surprise. Tu es devenu fou, toi, Carrasquilla ? Une grève dans une institution militaire ? Tu ne sais pas que c'est une rébellion ? Que tu pourrais être expulsé de l'École et aller en prison pour une telle énormité ?

Le colonel Eufemio Mendoza n'était pas un mauvais bougre. Il faisait beaucoup d'exercice et conservait une silhouette d'athlète. Il portait une petite moustache qu'il grattait sans arrêt. Lui aussi le bombardement de l'École militaire le rendait furieux et il comprenait que les cadets se sentissent scandalisés par ce qui s'était produit. Mais l'armée n'existerait pas sans la discipline et le respect de la hiérarchie. Le directeur rappela au cadet Carrasquilla, qui l'écoutait au garde-à-vous, sans ciller, que dans l'armée on obéit aux ordres sans hésiter ni broncher et que, s'il n'en était pas ainsi, l'institution ne fonctionnerait pas et ne serait pas en mesure de remplir sa mission, la défense de la souveraineté nationale, c'est-à-dire de la Patrie.

Le sermon fut long et, à la fin, le colonel, en s'adoucissant, dit qu'il comprenait qu'il y eût un sentiment de douleur et de colère chez les cadets. C'était humain. Mais, dans l'armée, les ordres de la hiérarchie s'exécutent, que cela plaise ou non à ceux d'un rang inférieur. Et l'ordre hiérarchique était d'une clarté méridienne : les cadets iraient en rangs à l'aéroport de La Aurora pour accueillir les chefs militaires, Castillo Armas et les libérationnistes qui avaient signé la paix au Salvador.

— Ça ne me plaît pas à moi non plus, confessa soudain le colonel Mendoza en baissant sensiblement la voix jusqu'à ce qu'elle devienne un chuchotis et en jetant un regard complice au cadet. Mais je serai là, à la tête de la compagnie de l'École, et j'exécuterai les ordres que j'ai reçus. Et vous y serez aussi, dans les rangs, avec votre uniforme de gala et votre fusil bien propre et huilé, si vous vous repentez à l'instant de cette idée stupide de proposer aux cadets de se déclarer en grève face à un ordre supérieur.

À la fin, Crispín demanda pardon et reconnut que le colonel Mendoza avait raison : il avait agi de manière irresponsable et il ferait cet après-midi même une autocritique devant ses camarades.

Les cadets allèrent à l'aéroport de La Aurora, avec beaucoup d'autres bataillons de l'armée et de la police, accueillir Castillo Armas et sa suite. Dans la gigantesque manifestation qui se rassembla – qui célébrait, plus que l'accord entre l'armée et les libérationnistes, la fin de la guerre, de l'insécurité, de l'incertitude et de la peur –, bien peu se rendirent compte que tout aurait pu capoter en raison du grave incident qui fut sur le point d'éclater entre les cadets de l'École militaire et le peloton de miliciens et de soldats libérationnistes qui se rendirent eux aussi sur la piste d'atterrissage pour accueillir les voyageurs. Dans cette énorme concentration, cela passa inaperçu de la plupart. Ni les journaux ni les radios, éblouis maintenant par Castillo Armas, ne dirent un mot sur les incidents, qui furent connus uniquement par le témoignage de ceux qui les avaient vécus.

C'était un des premiers contingents libérationnistes arrivés dans la capitale. On les avait alignés juste à côté de la compagnie des cadets de l'École militaire avec leurs uniformes sales, déchirés, mal tenus, une horde d'individus indisciplinés, armés de n'importe quoi, certains avec des fusils d'assaut, d'autres avec de simples fusils de chasse, d'autres encore avec des revolvers et des pistolets, portant des fanions, des visières ou des casquettes de pacotille. En plus, ils se permettaient de se payer la tête et de provoquer les cadets qui, impeccables dans leurs uniformes immaculés et repassés, figés, écoutaient, en sections bien alignées, les moqueries et les insultes de cette bande où, à côté d'authentiques Guatémaltèques, il y avait d'autres Centraméricains qui étaient là seulement pour la paye. Le comble était qu'ils brocardaient et disaient des grossièretés aux futurs officiers de l'armée du Guatemala.

Les lieutenants et sous-lieutenants à la tête des sections retenaient les cadets quand ceux-ci allaient répondre aux insultes et provocations des libérationnistes, mais seulement jusqu'à un certain point car, à l'ouverture de la porte de l'avion en provenance de San Salvador et quand apparut sur la passerelle l'ambassadeur John Emil Peurifoy, suivi de Castillo Armas, la multitude déborda et rompit les barrières pour s'approcher des arrivants. Il y eut désordres, anarchie et plusieurs cadets, appuyés par quelques lieutenants et sous-lieutenants, en profitèrent pour affronter les libérationnistes qui les insultaient en les traitant d'« arbenzistes » à coups de pied, de tête et de poing. C'est ce que fit Crispín lui-même, lui qui jusqu'à ce jour n'avait jamais été porté à la bagarre avec quiconque ; mais maintenant, doté de sa nouvelle personnalité, à peine le désordre commença-t-il qu'il fut des premiers à rompre les rangs et à se lancer, crosse brandie, pour cogner sur les mercenaires qui étaient le plus près de lui tout en les insultant.

Tout cela contribua à aggraver la tension et l'animosité entre l'École militaire et les libérationnistes. Cette même nuit où l'École polytechnique avait donné congé aux élèves pour qu'ils rejoignent leurs familles, il y eut un autre incident très violent avec un groupe de cadets qui étaient au cinéma Capitol, dans la 6e Avenue de la zone Un. Ils se heurtèrent à la sortie de la séance à une demi-douzaine d'envahisseurs qui les attendaient pour les agresser. Lors de la bruyante rixe qui en résulta, deux cadets de dernière année furent blessés et durent être soignés à l'infirmerie du quartier. Crispín n'y était pas, mais on lui en raconta les détails ; on ne parlait pas d'autre chose à l'École militaire. C'est ainsi que l'idée surgit chez les cadets – à l'initiative de plusieurs en même temps – d'aller régler leurs comptes avec les libérationnistes concentrés à l'hôpital Roosevelt, encore en construction. On parlait de l'affaire à voix basse, de façon confuse – on mènerait ça comme une opération militaire ou comme une guéguerre de guérilla ? –, quand un autre épisode encore plus violent vint exciter les ardeurs des cadets et également, cette fois-ci, de quelques officiers.

Cela se produisit dans le bordel du quartier de Gerona régenté par madame Miriam Ritcher, la Ricaine qui se faisait passer pour une Française (en vérité, elle était née à La Havane) et arborait une chevelure teinte d'un blond étincelant. Trois cadets qui étaient là à prendre un verre au bar furent encerclés par un groupe de libérationnistes ; une querelle éclata avec insultes et bris de bouteilles et de verres et, bien que les cadets se défendissent assez bien, leurs adversaires s'arrangèrent pour demander des renforts à l'hôpital Roosevelt. Quand tout paraissait s'être apaisé, six libérationnistes armés de mitraillettes firent irruption dans le bordel. Braquant leurs armes sur les cadets, les nouveaux venus les soumirent à des humiliations sans fin. Ils les déshabillèrent, les obligèrent à danser nus, à chanter et à faire les tapettes tout en leur crachant et en leur pissant dessus.

Mais la goutte d'eau qui fit déborder le vase fut ce qui arriva le 2 août 1954, pendant le soi-disant Défilé de la Victoire. Il avait été conçu comme une cérémonie militaire où les soldats de l'armée marcheraient au côté des brigades libérationnistes pour manifester l'unité des deux forces armées. Néanmoins, dans son discours, le président Castillo Armas rendit hommage uniquement aux forces anticommunistes et toutes les médailles et distinctions allèrent aux triomphateurs de la guerre. Le gros du public se permit même de siffler et d'insulter les sections de cadets pendant tout le défilé.

Cette nuit-là, les cadets de l'École militaire, appuyés par plusieurs jeunes officiers, attaquèrent l'hôpital Roosevelt, quartier général des libérationnistes. On avait convenu, à l'unanimité, que les cadets de dernière année, sur le point d'être reçus, ne participeraient pas à cette action afin de ne pas porter préjudice à leur carrière. Mais deux d'entre eux exigèrent d'en faire partie et les autres acceptèrent. D'un commun accord on décida (avec l'approbation de tous) d'enfermer le directeur, le colonel Eufemio Mendoza, et les officiers qui avaient décidé de ne pas intervenir dans l'attaque, dans la salle de direction, pendant que les cadets et les officiers volontaires prépareraient les armes, mettraient les casques et partiraient en autobus vers l'hôpital Roosevelt où un groupe d'éclaireurs inspectaient déjà l'endroit et espionnaient les activités des libérationnistes. Crispín Carrasquilla avait acquis un leadership incontestable et, d'une certaine manière, il se retrouva cette nuit-là à diriger les actions. Même le petit groupe d'officiers écoutait ses avis, les discutait et en général s'y conformait.

Par exemple, il eut l'idée que l'on demande à chacun des cadets de première année s'il voulait participer librement à l'attaque. Tous répondirent oui.

À quatre heures et demie du matin le combat commença. Les attaquants profitèrent de l'effet de surprise ; les libérationnistes ne les attendaient pas et se trouvèrent pris au dépourvu quand soudain, dans cette aube obscure où il pleuvait légèrement, ils commencèrent à recevoir des salves de fusil, des coups de bazooka et de canon. Crispín était aux avant-postes, sur le flanc droit d'une des deux colonnes qui attaquaient en ciseaux le bâtiment de l'hôpital Roosevelt. Presque immédiatement les morts et les blessés commencèrent à tomber autour de Crispín qui, étourdi par la déflagration des tirs, les cris et les gémissements qu'il entendait, avait des difficultés à se faire entendre de ses camarades les plus proches. Au milieu de la fatigue, de l'effervescence et de l'échange de tirs assourdissant, il sentit qu'il avait atteint ce dont il avait toujours rêvé. Il n'était même pas conscient, au moment où il conduisait un assaut contre la porte principale de l'hôpital Roosevelt, des balles qu'il recevait dans le corps.

Les libérationnistes, surpris et bousculés par l'attaque des cadets, ne tardèrent pas à réagir. Pendant une grande partie de la matinée, alors que le jour pointait, que la pluie cessait, que le soleil apparaissait et illuminait ce recoin extrême de la ville, l'échange de tirs s'éteignait par moments et renaissait avec plus de force, pendant que des familles de tout le quartier fuyaient leurs maisons en portant enfants, valises et paquets avec les objets indispensables, affolées par ce qui se produisait justement au moment où elles croyaient qu'enfin la paix était arrivée dans le pays.

À midi, les cadets reçurent une batterie de mortiers envoyés par la base militaire de La Aurora. Mais, après un court moment, ils entendirent et virent planer au-dessus de leurs têtes une de ces sulfateuses américaines qui, venue du Nicaragua, venait à l'aide des libérationnistes. Par la suite, on sut qu'elle était pilotée par Jerry Fred DeLarm le Cinglé. Ce dernier, cependant, ne put causer beaucoup de mal aux cadets parce que, obligé de refaire le plein, il atterrit à l'aéroport de La Aurora. Là, la garnison militaire l'arrêta et, prétextant qu'elle n'avait pas d'instructions de la hiérarchie à ce sujet, l'empêcha de redécoller. Quand il put enfin le faire, les actions militaires avaient cessé grâce à une trêve obtenue par la médiation de monseigneur Rossell y Arellano et de l'ambassadeur John Emil Peurifoy. Tous deux avaient été des ennemis déclarés du président Árbenz et avaient applaudi l'insurrection de Castillo Armas depuis le début ; c'est pourquoi les cadets, surtout Crispín, doutaient de leur impartialité. Mais les officiers insistèrent pour que leur médiation fût acceptée. Et l'archevêque – très amaigri, presque squelettique, avec ses longues mains distribuant les bénédictions alentour et une expression de contrition et de béatitude dans les yeux – leur assura qu'il serait absolument neutre ; son rôle consisterait uniquement à éviter que le sang continuât à couler et à garantir un arrangement honorable entre les combattants. Il s'engageait – il le jurait sur la tête de sa mère, qui l'écoutait depuis le ciel – à obtenir un règlement où il n'y aurait ni vainqueurs ni vaincus.

Tandis qu'on discutait cette trêve, le sous-lieutenant Ramiro Llanos s'approcha de Crispín et ce dernier vit que l'officier le regardait d'un œil inquiet. Il se proposa de l'emmener à l'infirmerie qui s'était installée dans une boulangerie proche.

— À l'infirmerie ? Pourquoi ? demanda Crispín.

À ce moment, il se rendit compte qu'il était couvert de sang. Il n'avait senti aucune douleur durant les heures de tirs, et il découvrait seulement maintenant qu'il avait été touché à l'épaule gauche et à la poitrine.

Le sous-lieutenant Llanos l'avait saisi par les bras – Crispín comprit qu'il était sur le point de s'évanouir – et appela deux autres cadets. Ils devaient être de première année car leurs casques étaient trop grands pour eux et ils avaient le visage en sueur et plein de poussière ; ils l'aidèrent à porter Crispín. Celui-ci découvrit qu'il n'avait plus son fusil dans les mains et il voyait tout à travers un brouillard. Les visages de son père et de sa mère étaient apparus et ils étaient là tous les deux, à le regarder avec tendresse, admiration et chagrin ; il aurait voulu leur dire quelque chose de gentil et d'affectueux, mais il n'avait pas la force de parler. Quand ils entrèrent dans la boulangerie transformée en centre de premiers secours, Crispín ne voyait déjà plus, mais il lui entrait encore par les oreilles une rumeur de voix qu'il distinguait à peine, parce qu'elles s'éloignaient inexorablement.

C'est pourquoi Crispín ne vit ni n'eut connaissance des négociations lors desquelles le rusé archevêque du Guatemala, monseigneur Mariano Rossell y Arellano, se débrouilla pour conduire une commission des cadets au palais du Gouvernement. Ils furent reçus par le président Castillo Armas en personne. Les cadets expliquèrent au dirigeant qu'ils ne pouvaient pas continuer à être humiliés comme ils l'avaient été ces derniers jours par les libérationnistes. Ils exigèrent que ces derniers, qui avaient perdu la bataille, reconnaissent leur déroute, sortent de l'hôpital Roosevelt les mains en l'air et remettent leurs armes aux autorités. La mine contrariée, Castillo Armas accepta. Crispín ne vit pas les libérationnistes sortir du bâtiment à moitié construit de l'hôpital Roosevelt les mains en l'air, ni remettre leurs fusils, carabines, pistolets et mortiers aux cadets.

L'accord promettait trois choses qui seraient intégralement inaccomplies : les vaincus remettraient leurs armes au gouvernement et rentreraient dans leurs villages et leurs pays ; les cadets rebelles ne recevraient aucune sanction pour les actions menées ce jour-là, celles-ci ne figureraient par sur leur feuille de service et ils retourneraient à l'École militaire pour continuer leurs études tout à fait normalement ; les officiers et sous-officiers qui les avaient appuyés resteraient dans l'armée sans aucunes représailles et les événements ne figureraient pas non plus sur leurs papiers militaires.

Comme Crispín mourut cet après-midi-là avant de pouvoir être transporté à l'hôpital, il ne sut pas que cet accord, comme lui-même et les autres cadets le craignaient, devint un chiffon de papier le jour même. En dépit de la victoire des cadets sur le terrain, les libérationnistes furent les vrais vainqueurs de l'affrontement qui, par la suite, apparaîtrait à peine dans la presse et les livres d'histoire, ou comme un fait dépourvu de toute importance. L'École militaire fut immédiatement fermée pendant plusieurs mois pour réorganisation. Tous les officiers et sous-officiers qui avaient soutenu les rebelles furent expulsés de l'armée sans droit à pension. Quant aux cadets, six d'entre eux seulement, qui avaient des parents militaires avec une certaine influence dans le gouvernement de Castillo Armas, se virent offrir de continuer leurs études dans des écoles ou des académies militaires de pays amis comme le Nicaragua de Somoza ou le Venezuela de Pérez Jiménez ; les autres furent chassés de l'institution, on leur refusa l'inscription quand l'École polytechnique rouvrit ses portes avec un nouveau directeur et une nouvelle équipe d'officiers.

Peu de temps après, le président Castillo Armas remit la plus haute distinction publique à l'archevêque Mariano Rossell y Arellano lors d'une cérémonie à la cathédrale, le désignant, dans un discours écrit par Mario Efraín Nájera Farfán, comme « un patriote exemplaire, un héros et un saint ».

Les parents de Crispín Carrasquilla essayèrent en vain de récupérer le cadavre de leur fils. La hiérarchie militaire les informa qu'il avait été enseveli avec d'autres victimes de cette tentative révolutionnaire dans une fosse commune, et dans un endroit secret, pour qu'il ne devienne pas du jour au lendemain un lieu de pèlerinage communiste.

XXXII

Il transpirait copieusement. Ce n'était pas la chaleur, car de son lit il voyait les pales du ventilateur tourner rapidement au-dessus de sa tête et il sentait sur son visage le vent léger qu'elles envoyaient. C'était la peur. Jamais auparavant, autant qu'il s'en souvienne, il n'avait éprouvé une peur pareille, pas même le jour où il avait appris l'assassinat du Chef et, probablement du même coup, son destin mis en pièces qui l'obligerait à vivre désormais sur le qui-vive. À fuir peut-être à l'étranger. Il avait alors éprouvé tristesse, rage et solitude, mais pas de la peur. La peur était ce qu'il ressentait maintenant, une peur qui lui donnait des sueurs froides imprégnant sa chemise et son caleçon et le faisait claquer des dents. Il était parcouru parfois de frissons en rafale qui le paralysaient et il devait se contenir, en prenant sur lui, pour ne pas pleurer à grands cris en demandant secours. Secours à qui ? À Dieu ? Mais est-ce qu'il croyait en Dieu ? Au frère Cristóbal, alors ?

Le jour se levait ; il voyait une mince lueur bleue là-bas à l'horizon qui irait croissant et éclairerait le jardin de sa maison à Pétion-Ville, avec ses arbres fruitiers, ses jacarandas et sa vigne vierge. Bientôt les poules allaient caqueter et les chiens aboyer. Le jour et la lumière venant, sa peur diminuerait et il devrait la surmonter tout à fait avant de se rendre à l'ambassade dominicaine, où il avait rendez-vous à onze heures du matin. Est-ce que l'ambassadeur daignerait le recevoir ou s'entretiendrait-il encore seulement avec ce consul au costume cintré, aux lunettes de hibou et à la petite voix flûtée ? Aurait-il maintenant une réponse de Balaguer ? Il pensa, honteux, qu'il n'aurait jamais imaginé qu'un jour, poussé par la peur, il recourrait à ce maudit gnome, le président Joaquín Balaguer, pour sauver sa vie, celle de sa femme et de ses deux petites filles. Balaguer lui répondrait-il en personne ? Aurait-il ce geste de magnanimité, « en lui pardonnant », et en les rapatriant lui et sa famille ? Balaguer pouvait être un traître, mais c'était un intellectuel, il avait le sens de l'histoire, il voulait passer à la postérité ; cela l'inciterait peut-être à sauver d'une mort atroce l'homme « le plus détesté de la République dominicaine », comme il le lui avait dit lors de sa dernière entrevue à Trujillo-ville, le jour où il l'avait obligé à quitter son pays avec cette fable du consulat au Japon.

« Quelle faribole ! » pensa-t-il. C'était un mensonge inique. Il se rappela ces jours horribles à Tokyo. On ne lui avait même pas donné de bureau. Il vivait avec Zita dans un hôtel qui leur coûtait les yeux de la tête et les frais d'installation qui devaient lui revenir comme diplomate flambant neuf ne lui étaient jamais parvenus, pas plus que son premier salaire. Deux semaines plus tard, le chargé d'affaires lui avait fait savoir que, « pour des raisons budgétaires », sa nomination avait été annulée et que, par conséquent, les autorités japonaises lui donnaient seulement deux semaines pour quitter avec son épouse le pays où ils n'avaient plus rien à faire. Ils durent retourner à

Paris, où ils vécurent près d'un an. Là, Zita donna le jour à la première de leurs filles, et c'est là qu'ils dépensèrent une bonne partie de ce million et quelques de dollars qu'il gardait à la banque suisse. Cela faisait une belle somme quand on n'y touchait pas et cela rapportait des intérêts, mais quand on vivait sans avoir aucun revenu, cette somme fondait comme beurre au soleil.

Qu'avait fait Abbes García pendant ces années d'exil ? Conspirer. Écrire des lettres et téléphoner à tous les militaires et policiers dominicains qu'il connaissait et croyait ses amis pour essayer de les engager dans une conspiration contre Balaguer. Ils disaient oui, mais ne remuaient pas le petit doigt. Ils voulaient tous des billets pour se rendre en Europe ou au Canada et le rencontrer, cela oui. Rien de sérieux n'était jamais sorti de toutes ces intrigues. Un jour, Abbes García se rendit compte que rien n'aboutirait si Ramfis Trujillo n'était pas partie prenante. Il passa donc sous les fourches caudines et lui écrivit. À sa grande surprise, Ramfis lui-même, qui vivait alors en Espagne, lui répondit et se rendit à Paris pour le rencontrer. Il se montra cordial et communicatif. Sa haine de Balaguer était aussi immense que celle d'Abbes García. Il s'était rendu compte enfin lui aussi – le fils aîné de Trujillo, rien de moins ! – qu'il avait été manipulé par ce renard astucieux et sans scrupules de Balaguer. Ramfis avait une telle soif de pouvoir, une telle envie d'être le maître de ce petit pays ingrat envers son père et sa famille, qu'Abbes García se jeta corps et âme, des mois durant, dans une conspiration qui, cette fois, en impliquant le fils du Chef, semblait sérieuse. Mais là encore la baudruche se dégonfla avant même de prendre corps, car les militaires pressentis firent marche arrière en disant que le coup d'État ne réussirait pas sans l'appui des États-Unis. Et tout finit en eau de boudin. Dès lors, Abbes García ne conspira plus qu'en imagination. Et en essayant de dépenser le moins possible, car en à peine deux ans son million et quelques de dollars s'était réduit de moitié et il savait bien qu'il ne retrouverait jamais de travail, lui qui ne connaissait que tortures, bombes, espionnages et assassinats. Qui, en Europe, pouvait l'engager à ces tâches ?

Lorsqu'ils décidèrent d'aller vivre au Canada en 1964, Zita était enceinte de sa seconde fille. Il voulut la faire avorter, mais elle s'y refusa et eut finalement gain de cause. La vie à Toronto était moins chère qu'à Paris, mais on n'accordait les cartes de séjour que pour six mois et quand il sollicita une prolongation, elle ne lui fut pas accordée, on lui fit valoir que l'argent dont il disposait n'était pas suffisant pour garantir un nouveau séjour de six mois dans le pays.

C'est dans ces circonstances que, de façon inespérée, Abbes García reçut la proposition de venir à Haïti comme conseiller du président François Duvalier en matière de sécurité.

Il avait connu à Toronto, chez des amis, un Haïtien qui parlait très bien l'espagnol, car il avait vécu en République dominicaine. Ce dernier le reconnut aussitôt : « Vous ici ? Et que peut bien faire à Toronto le colonel Johnny Abbes García ? — Des affaires », répondit celui-ci, en essayant de se défaire de lui. Le Haïtien se nommait François Delony et, à ce que l'on savait, il était journaliste. En réalité, il travaillait pour Papa Doc, le maître indiscutable d'Haïti depuis 1957. Delony, qui lui avait demandé son numéro de téléphone, l'appela quelques jours après pour l'inviter à déjeuner. Au restaurant de poissons auquel il le mena, il lui fit cette proposition déconcertante :

— J'ai réuni beaucoup d'informations sur vous, monsieur Abbes García. Je sais que le président Balaguer vous a chassé de votre pays et que, depuis, vous traînez de par le monde, devenu une sorte de paria. Seriez-vous intéressé par une proposition sérieuse ? Venir à Port-au-Prince travailler pour le gouvernement haïtien.

Abbes García fut si surpris qu'il tarda quelques secondes à répondre.

— Vous parlez sérieusement ? dit-il enfin. Est-ce que je peux vous demander si c'est une proposition du président François Duvalier ?

— De lui-même, en personne, acquiesça Delony. Cela vous intéresse-t-il ? Vous seriez conseiller du président en matière de sécurité.

Il accepta aussitôt, sans même savoir combien il serait payé, ni quelles seraient les conditions de son travail. « J'ai été idiot », pensa-t-il. Le jour s'était levé, les poules commençaient à caqueter, les chiens à aboyer et les trois bonnes à s'activer bruyamment dans la cuisine.

Une semaine après, Zita, les deux fillettes et lui étaient à Port-au-Prince, logés à l'hôtel Les Ambassadeurs. Ces premiers jours avaient été les meilleurs, se souvint Abbes García. La chaleur, le soleil radieux, l'odeur de la mer, la végétation luxuriante, les merengues le faisaient se sentir en Caraïbe. Il lui semblait que cette masse de gens allait se mettre soudain à parler le doux espagnol dominicain. Mais ces Noirs et ces mulâtres parlaient créole et français et il n'en comprenait pas un mot. Deux jours après, on l'emmena voir le président Duvalier qui le reçut dans son bureau au palais du Gouvernement. C'était la première fois qu'il le voyait, et ce serait aussi la dernière. Il s'agissait d'un homme énigmatique, médecin de profession, mais l'on disait surtout qu'il était sorcier. Les Haïtiens attribuaient son pouvoir au vaudou, qu'il pratiquait, et qui fascinait et terrorisait à la fois tout son peuple. Il était grand, mince, élégant et d'un âge indéfinissable. Il le reçut fort aimablement, en costume sombre et souliers vernis, et lui parla dans un espagnol fort bien prononcé. Il le remercia de venir collaborer avec son gouvernement en matière de sécurité, dont il savait qu'il était, lui dit-il, « un expert ». Il lui dit grand bien du généralissime Trujillo et lui confia que, heureusement, il s'entendait fort bien aussi avec le président Balaguer. Et il se permit alors une plaisanterie un peu énigmatique aussi :

— Maintenant, quand il saura que vous êtes ici à collaborer avec mon gouvernement, le président Balaguer deviendra pour le moins nerveux, vous ne croyez pas ?

Un bref sourire effleura son visage sombre et ses yeux profonds brillèrent un instant derrière ses grosses lunettes. Puis il lui expliqua que son ministre de l'Intérieur entrerait en contact avec lui pour tous les sujets pratiques. Il se leva, lui tendit la main et lui dit adieu.

Abbes García ne l'avait plus revu en privé, depuis deux ans qu'il était à Haïti, seulement de loin et dans des cérémonies officielles. Il avait sollicité une audience une douzaine de fois, mais, selon le ministre de l'Intérieur, le chef de l'État était toujours fort occupé et sans aucun moment pour le recevoir. Peut-être était-ce là une des raisons pour lesquelles Abbes García s'était mis, stupidement, à conspirer avec le gendre du président Duvalier, le colonel Max Dominique, l'époux de Marie-Denise, Dédé, la fille de Papa Doc. En pensant à Dédé, Abbes García sentit un petit fourmillement au pénis. Tel qu'il l'avait éprouvé les rares fois qu'il avait vu cette femme si grande et fière, au corps magnifique, dont le regard froid et dur traduisait ce tempérament implacable et tyrannique qu'on lui attribuait, fort semblable à celui de son père, disait-on. Comme il aurait voulu, lui, Abbes García, lécher la fente de cette déesse d'ébène et de glace ! En se souvenant du colonel Max Dominique, Abbes García se rappela sa situation. Une terreur glacée l'envahit à nouveau et il se mit à trembler des pieds à la tête.

Il avait connu Max Dominique à l'Académie militaire de Pétion-Ville, où il donnait des cours sur des questions de sécurité. Le colonel était un officier très jalousé, en raison de sa parenté politique avec Papa Doc, et s'était montré cordial envers le nouveau venu, qu'il avait invité un soir à dîner chez lui. C'est là qu'Abbes García avait connu cette femme aux belles et longues jambes, Dédé, la maîtresse de maison, qui enflamma tant le conseiller à la sécurité qu'aussitôt après le dîner il dut courir à un boxon de bas étage, au centre de la capitale, pour soulager son désir entre les cuisses d'une prostituée avec laquelle il s'était entendu seulement par signes. Ainsi avait commencé cette relation avec le colonel Max Dominique. Peu à peu, subrepticement, il s'était mêlé – « stupidement », pensa-t-il à nouveau – à une conspiration avec à sa tête nul autre que le gendre du président François Duvalier, pour empêcher que prenne le pouvoir, à sa mort, le frère cadet de Dédé, Jean-Claude, surnommé Baby Doc, que Papa Doc avait désigné comme son héritier. Étrange et absurde conspiration dont, dans les multiples réunions auxquelles Abbes García assista, on parlait parmi ces militaires qui entouraient Max Dominique tels des fantômes, sans fixer de dates, sans aucune précision sur les lieux, les armements ou les ramifications politiques, comme si tout cela avait été encore à un stade prématuré, prénatal. Jusqu'à ce qu'on apprenne soudain, par le téléphone arabe, sans que la presse y consacre une seule ligne ni que les radios le mentionnent, que le gouvernement de Papa Doc avait fait fusiller dix-neuf officiers de l'armée accusés d'une tentative de putsch.

Quand Abbes García fut un peu calmé, il se leva et alla se doucher. Il resta un long moment sous le jet d'une eau qui n'arrivait pas à être froide, seulement tiède. Puis il se lava les dents et se rasa avec soin. Et il s'habilla, en mettant son plus beau costume et une chemise à col. Si l'ambassadeur dominicain le recevait, il convenait de lui faire bonne impression. Tandis qu'il prenait son petit déjeuner – il ne toucha pas à l'assiette de fruits, dit qu'il ne voulait pas d'œufs et se borna à prendre une tasse de café avec une petite tranche de pain noir – il pensait jusqu'à l'obsession à l'ambassade dominicaine et à Balaguer. Comme il ne mangeait presque rien ces derniers jours, il avait dû demander aux domestiques de faire de nouveaux trous à sa ceinture. Il était seulement sept heures du matin et il s'apprêta à feuilleter les journaux qu'une des bonnes avait déjà laissés sur la table.

La presse ne disait pas un mot de la conspiration éventée, et parlait encore moins de l'exécution des dix-neuf militaires impliqués, pas plus que de la nomination du colonel Max Dominique comme nouvel ambassadeur en Espagne, ou du voyage, la veille, de ce dernier avec son épouse Marie-Denise à Madrid, pour prendre ses nouvelles fonctions.

Pourquoi le président Duvalier avait-il pardonné au chef de la conspiration, en le nommant ambassadeur en Espagne, au lieu de le faire fusiller comme les officiers qui avaient conspiré contre lui ? Par amour pour sa fille Marie-Denise, sans doute. Papa Doc savait-il que c'était elle, Dédé, qui avait mis dans la tête de son époux l'idée d'une conspiration pour le liquider et le remplacer ? Il le savait forcément. François Duvalier savait tout et ne pouvait ignorer le ressentiment et la peine de Dédé – tout Haïti était au courant – en apprenant qu'il avait choisi son dernier fils pour lui succéder à la tête du pays plutôt qu'elle. Et malgré tout, le sorcier avait pardonné à cette fille féroce, qu'il envoyait maintenant en Espagne avec Max comme ambassadeur, après avoir fait fusiller et enterrer en cachette les militaires impliqués dans la conspiration.

Pourquoi Duvalier ne l'avait-il pas fait fusiller, lui ? Lui réservait-il un châtiment spécial, enrichi de ces tortures qu'il enseignait depuis deux ans aux tontons macoutes à l'Académie militaire de Pétion-Ville ? La tremblote lui montait à nouveau des pieds à la tête et le faisait claquer des dents. Il avait à nouveau des sueurs froides qui avaient déjà mouillé sa chemise bien repassée et son pantalon. Il devait contrôler ses nerfs, il ne fallait pas que l'ambassadeur dominicain le voie dans cet état car il en informerait immédiatement le président Balaguer. Et quelle serait alors sa satisfaction en apprenant qu'Abbes García était terrifié à l'idée des châtiments que lui préparait Duvalier pour s'être fourvoyé dans la conspiration de son gendre et sa fille !

À huit heures du matin, il entra dans la chambre où Zita dormait avec les petites. Sa femme était déjà réveillée et prenait son petit déjeuner qu'elle s'était fait porter au lit par une des bonnes : une tasse de thé, une assiette d'ananas et de papaye, et des toasts avec du beurre et de la confiture. Elle avait l'air tranquille et serein : se rendait-elle compte du risque qu'ils couraient ? Sans doute, mais elle avait une confiance aveugle en lui et le croyait capable de tout arranger. La pauvre !

— Pourquoi les petites ne sont-elles pas debout ? lui demanda-t-il au lieu de lui dire bonjour. Ne vont-elles pas au collège ?

— Mais c'est toi-même qui as ordonné qu'elles n'y aillent pas, lui rappela Zita. Tu ne t'en souviens plus ? J'espère que tu as encore toute ta tête.

— Oui, c'est vrai, reconnut-il. En attendant que la situation s'éclaircisse, il vaut mieux que les petites ne sortent pas de la maison. Toi non plus.

Elle acquiesça. Il l'envia : qu'ils puissent mourir d'une mort atroce à tout moment ne l'empêchait pas de manger comme si ce jour était semblable aux autres. Il sentit de la compassion pour sa femme. Au long de toutes les réunions qu'il avait eues chez Dédé et Max Dominique, elle ne s'était jamais inquiétée. Quand elle avait appris que François Duvalier avait fait fusiller les dix-neuf officiers impliqués dans la conspiration, elle était restée muette, sans faire le moindre commentaire. Le prenait-elle pour un surhomme capable de les tirer avec bonheur du monstrueux bourbier dans lequel il s'était fourré ? Jusqu'à présent, tant bien que mal, il est vrai qu'il avait toujours trouvé moyen d'échapper aux situations les plus scabreuses ; mais Abbes García avait le pressentiment que cette fois il n'y avait plus d'issue pour se dérober au mauvais sort. Il se rappela vaguement le frère Cristóbal, là-bas à Mexico, racontant l'histoire des Rose-Croix, et regretta la sérénité et la paix qu'il sentait chaque fois qu'il écoutait ses sermons.

— Tu vas à l'ambassade ? Tu crois qu'on va nous rapatrier ? demanda-t-elle, comme si elle le considérait comme acquis.

— Naturellement, dit-il. J'espère que Balaguer comprendra que je lui ai fait une grande concession en lui demandant cette faveur.

— Et s'il ne le fait pas ? demanda-t-elle, avec une légère inflexion dans la voix.

— Nous verrons bien, dit-il en haussant les épaules. Ne bouge pas d'ici. Je reviendrai directement de l'ambassade à la maison pour te raconter.

Il sortit, le chauffeur n'était pas là. Mauvais signe : il lui avait recommandé la veille au soir d'être là de bonne heure. Aurait-il décampé ? Lui avait-on donné l'ordre de ne pas venir ? Il prit les clés de la camionnette et conduisit lui-même. Il le fit lentement, en évitant les piétons totalement irresponsables qui traversaient et retraversaient devant la camionnette comme si c'était elle et non eux qui devait éviter un accident. Une demi-heure plus tard il stationnait devant la légation dominicaine, au centre de Port-au-Prince. Il était onze heures moins quelques minutes et il attendit à l'intérieur du véhicule, en mettant l'air conditionné. Quand il vit onze heures sur sa montre, il coupa le moteur, sortit et frappa à la porte de la légation. La même brunette qui l'avait reçu trois jours plus tôt lui ouvrit.

— Monsieur le consul vous attend, dit-elle en souriant, fort aimable. Entrez, je vous en prie.

Autrement dit, l'ambassadeur n'allait pas le recevoir cette fois non plus. La jeune fille le conduisit au même bureau que la fois précédente. Le consul portait le même costume gris très cintré, trop étroit pour lui, qui semblait rendre sa respiration difficile. Il lui sourit avec le même petit rire forcé et ces yeux crépitants qu'il se rappelait fort bien.

— Alors, quelles nouvelles, Monsieur le consul ?

Abbes García était allé droit au but.

— Malheureusement aucune, mon colonel, lui répondit le consul en même temps que, de la main, il l'invitait à s'asseoir. Il n'y a pas encore de réponse.

Abbes García sentit son visage se couvrir de sueur ; son cœur battait fortement dans sa poitrine.

— Je voudrais parler avec l'ambassadeur, balbutia-t-il – et il y avait dans sa voix quelque chose d'implorant. Je ne lui prendrai que cinq à dix minutes. Je vous en prie, Monsieur le consul. C'est un sujet très sérieux. Je dois le lui expliquer en personne.

— L'ambassadeur n'est pas là, mon colonel, dit le consul. Il n'est pas à Haïti, je veux dire. Il a été appelé en consultation à Saint-Domingue.

Abbes García savait que le consul mentait. Il était sûr que s'il enfonçait d'un coup de pied la porte de son bureau il le verrait là, effrayé, derrière la table, qu'il lui donnerait des explications qui seraient aussi d'autres mensonges.

— Vous ne comprenez pas ma situation, ajouta-t-il en cherchant ses mots. Ma vie, la vie de mon épouse et de mes deux filles sont menacées. Je l'ai expliqué dans ma lettre au président Balaguer. Si on nous tue, ce grand scandale international retombera sur lui. Un scandale qui pourrait avoir des conséquences politiques gravissimes pour votre gouvernement. Vous ne le comprenez pas ?

— Je le comprends très bien, mon colonel, oui, je vous le jure, affirma le consul en hochant la tête. Nous avons exposé le sujet dans tous ses détails à la chancellerie dominicaine. Ils doivent à cette heure étudier votre cas. Dès que j'aurai une réponse, je vous avertirai moi-même.

— Vous ne le comprenez pas ou vous me mentez, dit Abbes García, incapable de se contenir. Vous croyez qu'on a encore le temps ? On peut nous tuer dès aujourd'hui, ce soir même. Les lois me protègent. Nous sommes dominicains. Nous avons le droit d'être rapatriés immédiatement.

Le consul se leva de son bureau et vint s'asseoir à côté de lui. Il semblait vouloir dire quelque chose, mais n'osait pas. Ses petits yeux effrayés regardaient à droite et à gauche. Quand il parla enfin, ce fut d'une voix si basse qu'on aurait dit un murmure.

— Permettez-moi un conseil, mon colonel. Demandez l'asile politique, n'attendez pas davantage. Par exemple, à la légation du Mexique. Je vous le dis comme ami, non comme consul. Aucune réponse à votre lettre ne viendra du président Balaguer. Je le sais. Je risque mon poste en vous disant cela, mon colonel. Je le fais par charité chrétienne, parce que je comprends très bien votre situation et celle de votre famille. N'attendez pas davantage.

Abbes García essaya de se lever, mais il s'était remis à trembler et il retomba sur sa chaise. Ce conseil avait-il un sens ? Peut-être que oui. Mais on l'avait expulsé du Mexique bien des années plus tôt comme indésirable. L'Argentine alors, ou le Brésil, ou le Paraguay. Malgré ses jambes tremblantes, il réussit la seconde fois à se lever. Sans prendre congé du consul, en marchant comme un automate, il gagna la porte et se retrouva dehors, sans répondre non plus à la jeune brunette qui lui disait adieu. Il resta assis dans sa camionnette, sans la mettre en marche, attendant que ses tremblements cessent. Oui, c'est ça, essayer d'obtenir l'asile politique dans une ambassade latino-américaine qui ne soit pas le Mexique. Le Brésil, oui, le Brésil. Ou le Paraguay. Ces pays avaient-ils une ambassade à Port-au-Prince ? Il consulterait l'annuaire téléphonique. Cet enfant de putain de Balaguer avait reçu sa lettre et ne voulait pas lui répondre. Pour brouiller les pistes. Il voulait que Papa Doc le tue, c'est sûr. Peut-être que le président Duvalier avait examiné son cas avec lui. « Qu'est-ce que je fais de lui, Monsieur le président ? » Et ce renard qui ne s'engageait jamais lui aurait répondu : « Je m'en remets entièrement à vous, Excellence, et à votre avis éclairé. » Il avait peur de le voir réapparaître en République dominicaine et mobiliser les nombreux partisans que devait avoir encore le Chef, et pas seulement dans l'armée. Il voulait que Papa Doc fasse le sale boulot et en finisse avec lui.

En passant devant l'Académie militaire de Pétion-Ville il se rappela le travail qu'il avait effectué là ces deux dernières années, les exposés incroyables qu'il faisait aux cadets sur la sécurité, les cas spéciaux qu'il rapportait aux officiers et à ces corps auxiliaires d'ex-bagnards et délinquants au curriculum éloquent qu'on appelait les tontons macoutes. Il parlait lentement, à partir de notes qu'un interprète traduisait ensuite en créole. Tout cela servait-il à quelque chose ? Du moins les officiers, les cadets et les auxiliaires semblaient intéressés. Ils lui posaient beaucoup de questions sur la façon de faire parler un prisonnier. Par la peur, leur expliqua-t-il mille fois. Il faut qu'ils aient très peur. Qu'on les châtre. Qu'on les brûle vifs. Qu'on leur crève les yeux. Qu'on leur défonce le cul avec un bâton ou une bouteille. Leur inspirer une terreur panique, comme celle qu'il ressentait, lui, à cet instant. Il avait même fait acheter une chaise électrique, semblable à celle qu'il avait installée à la Cuarenta, là-bas à Trujillo-ville, comme celle qu'avait le général Ramfis à l'Académie d'aviation. Avec une différence : la chaise électrique de Pétion-Ville n'avait jamais fonctionné comme il fallait. On ne pouvait pas régler le courant et elle électrocutait immédiatement les prisonniers, au lieu de les griller à petit feu jusqu'à ce qu'ils parlent. Celle d'ici, qui avait coûté si cher, les carbonisait d'entrée de jeu. Il se mit à rire, sans joie, et se rappela à quel point il avait fait rire ses élèves la fois où il leur avait raconté que, pendant les interrogatoires, là-bas à Trujillo, tandis que les prisonniers hurlaient ou demandaient grâce, il jugeait bon de toujours leur réciter des poèmes sentimentaux d'Amado Nervo ou de fredonner des airs d'Agustín Lara.

Mais quelle folie de se joindre à la conspiration du colonel Max Dominique ! Une folie stupide, malheureuse, pour laquelle il allait probablement se retrouver assis sur la chaise électrique de l'Académie militaire de Pétion-Ville qui, au lieu de faire se convulser peu à peu les prisonniers, les électrocutait à la première décharge. Cela avait été une erreur incommensurable, après celle d'être venu à Haïti, ce piètre pays où tout finissait mal. Pourquoi Papa Doc ne l'avait pas encore tué comme les officiers fusillés ? Quelles tortures lui préparait-il ? Et sûrement avec la bénédiction de son ami Balaguer. Quand il rentra chez lui, les pantalon, chemise, veston et même cravate d'Abbes García étaient trempés de sueur.

Zita était au salon avec les fillettes et leur lisait un conte. Mais en le voyant dans cet état, elle pâlit. Il fit non de la tête.

— L'ambassadeur ne m'a pas reçu, c'était encore le même scribouillard que l'autre fois.

Sa voix tremblait et il pensa que s'il se mettait à pleurer sa femme serait terrifiée, ainsi que ses deux petites. Au prix d'un effort surhumain, il réussit à se contenir. Il ajouta, très lentement, en sentant que sa voix trahissait sa peur :

— Il n'y a pas de réponse de Balaguer à ma lettre. Nous n'avons plus qu'à demander l'asile politique. Je vais appeler tout de suite l'ambassade du Brésil. Passe-moi l'annuaire téléphonique, veux-tu ?

Tandis que Zita allait le chercher, les deux fillettes restèrent assises, bien tranquillement, sur le canapé. Elles ressemblaient toutes deux à leur mère, pas à lui. Elles étaient très bien habillées, avec des tabliers bleus et des petits souliers blancs. Il y avait dans leur immobilité et leur sérieux comme la prémonition de quelque chose de grave et l'intuition qu'il valait mieux ne pas demander à leur père ce qui pouvait arriver.

Quand Abbes García vit Zita revenir au salon, il remarqua qu'elle n'avait pas l'annuaire téléphonique à la main, et il s'apprêtait à lui crier dessus quand la pâleur de sa femme et son regard terrifié l'arrêtèrent. Elle était grande et robuste, mais elle avait beaucoup minci ces derniers jours. Elle avait levé le bras et lui montrait la fenêtre. « Que se passe-t-il ? » murmura-t-il en même temps qu'il faisait quelques pas vers la grande baie qui jouxtait le jardin et la rue. Les camionnettes venaient de s'arrêter devant l'entrée. Il y en avait trois et, maintenant, une quatrième se rangeait à leur côté. Les hommes en salopettes, chemises et bérets noirs qui étaient l'uniforme des tontons macoutes, sautaient à bas des véhicules. Il en compta une vingtaine au moins. Ils avaient à la main des bâtons et des couteaux, et il était sûr – bien qu'il ne les vît pas – que des pistolets et des revolvers pendaient aux grosses courroies noires de leur ceinturon. Ils s'alignaient devant la clôture, sans entrer, attendant un ordre. « Les voilà », pensa-t-il. Il ne savait que faire, que dire.

— Qu'est-ce que tu attends, Johnny ? s'écria Zita dans

son dos. (Il se retourna et vit sa femme étreignant les deux fillettes qui s'étaient mises à pleurer, accrochées à leur mère.) Fais quelque chose, Johnny, fais quelque chose !

« Mon revolver », pensa-t-il, et il courut dans sa chambre pour le sortir du tiroir de la table de nuit où il le gardait sous clé. Il tuerait Zita, ses filles et ensuite lui-même.

Mais dans la chambre à coucher, il regarda par la fenêtre et les tontons macoutes (combien d'entre eux avaient été ses élèves à l'Académie militaire de Pétion-Ville ?) étaient toujours là, alignés devant la barrière et la porte qui conduisait au jardin. Pourquoi n'entraient-ils pas une bonne fois ? Oui, maintenant oui. L'un d'eux avait fait voler d'un coup de pied la petite porte en bois et les voilà qui se ruaient en désordre dans le jardin et se dirigeaient vers les poulaillers sans prêter attention aux aboiements des chiens qui couraient à leur rencontre. Sans arriver à en croire ses yeux, Abbes García, son revolver à la main, vit les tontons macoutes envahir le jardin, écraser les fleurs et les plantes, liquider les deux chiens à coups de pelle et de couteau et s'acharner ensuite sur les deux cadavres qu'ils piétinaient et foulaient aux pieds.

Il courut au salon et, en entrant, il vit les trois bonnes qui étaient là elles aussi, s'étreignant, leurs grands yeux cloués sur la fenêtre. Zita, hypnotisée par ce qui se passait au jardin, n'essayait même plus de calmer les fillettes qui hurlaient, accrochées à elle. Les envahisseurs, après avoir liquidé les deux chiens, tuaient maintenant les poules. Les plumes volaient et les caquètements tapageurs se mêlaient aux hurlements et aux cris assourdissants des assaillants.

— Ils ont tué les chiens et les poules, s'écria Zita. Maintenant c'est notre tour.

Les trois bonnes, à genoux, s'étaient mises à prier et

à pleurer. La tuerie n'en finissait pas, ni les hurlements. Abbes García donna aux bonnes l'ordre absurde de verrouiller la porte, mais elles ne l'entendirent pas ou n'avaient plus la force de lui obéir.

Quand il vit céder la porte d'entrée de la maison et surgir les premiers visages noirs et les yeux vitreux (« On les a drogués », pensa-t-il), il leva son revolver et tira. Mais en guise de tir, il sentit le coup sec du percuteur contre le barillet vide. Il avait oublié de mettre les balles et il allait mourir sans s'être défendu, sans tuer ne serait-ce qu'un de ces nègres répugnants qui, comme obéissant à une consigne très précise, au lieu de se lancer sur lui ou sur Zita et les fillettes, frappaient de leurs bâtons et poignardaient les bonnes, en criant des choses incompréhensibles, sûrement des insultes et des jurons. Il serra dans ses bras Zita et les petites qui, la tête incrustée sur sa poitrine, tremblaient sans plus de force pour pleurer.

Les tontons macoutes sautaient maintenant, comme dansant sur les cadavres des trois bonnes, ou ce qu'il en restait. Abbes García vit tout ce sang sur leurs mains, leur visage, leurs vêtements, leurs bâtons, et tout cela ressemblait, davantage qu'à une tuerie, à une fête barbare, à un rituel primitif. Jamais, même dans ses pires cauchemars, il n'aurait imaginé qu'il mourrait ainsi, massacré par une horde démente d'individus qui, alors qu'ils avaient des revolvers, préféraient se servir de leurs bâtons et de leurs couteaux, comme aux temps lointains des cavernes et des forêts préhistoriques.

Si Johnny Abbes, Zita et les fillettes ne purent voir la fin de tout cela, une évangéliste, Dorothy Sanders, leur voisine, avec qui ils n'échangeaient que de brefs saluts tout en vivant dans la même rue, fut le témoin de la scène.

Elle raconterait par la suite, encore sous tranquillisants et décidée à rentrer au plus vite aux États-Unis au mépris de sa tâche de missionnaire, qu'après avoir réalisé cette terrible tuerie les Noirs avaient arrosé d'essence toute la maison, à laquelle ils avaient mis le feu. Elle avait vu disparaître cette demeure en un tas de cendres, puis les assassins et pyromanes regagner leurs camionnettes et partir, probablement convaincus d'avoir accompli leur travail en bonne et due forme.

APRÈS

Elle vit entre Washington D.C. et la Virginie, non loin de Langley où, et ce pourrait être une simple coïncidence, se trouve la maison mère de la CIA, dans une zone résidentielle à laquelle on accède après s'être identifié devant une grille d'entrée. Il y a de grands arbres partout et l'endroit paraît un havre de tranquillité, surtout en cet après-midi de printemps, au ciel limpide et avec un doux soleil qui dore les frondaisons et met des couleurs aux fleurs du quartier. De petits oiseaux invisibles piaillent alentour et des grands, qui pourraient être des mouettes venues de la côte, croisent de temps en temps dans le ciel bleu. Les maisons sont spacieuses, avec de vastes jardins et des voitures de luxe dans les garages ; dans l'une d'elles, un ranch avec des boxes, une jeune amazone dont les cheveux volent au vent monte un poney. Mais la demeure de Marta Borrero Parra est petite et c'est la plus originale et excentrique que j'aie vue de ma vie. Une maison qui, à l'extérieur comme à l'intérieur, reflète comme un miroir la personnalité et les goûts de sa propriétaire.

Soledad Álvarez, une vieille amie dominicaine qui est, de plus, une magnifique poète, et Tony Raful, poète, journaliste et historien dominicain, ont, des mois durant, usé de toutes sortes d'acrobaties dialectiques pour m'obtenir un rendez-vous, et tous deux m'ont prévenu que cet après-midi me réserverait plus d'une surprise. Tony était passé ici avant car c'est un bon ami de Marta, l'expatriée guatémaltèque, si tant est qu'elle ait eu un jour de vrais amis. La maison est décorée au-dehors, des quatre côtés, de toutes sortes de plantes, d'herbes, de lierres qui doivent être aussi en plastique, comme les fleurs qui abondent et transforment en une forêt impénétrable l'intérieur du logis. Parmi cette végétation artificielle, il y a de petits animaux en carton, en bois ou en peluche qui escaladent les murs écarlates et le toit de tuiles vernissées. Il s'y trouve aussi des bougainvilliers mauves et roses qui, eux, semblent authentiques.

À peine entré, je me sens déconcerté par l'épouvantable pépiement des oiseaux. Ils sont dans des cages et leur vacarme agrémentera ma conversation d'au moins deux heures avec l'ancienne miss Guatemala (qui ne le fut jamais). J'avoue que je suis un peu nerveux. Cela fait deux ans que j'imagine cette femme, que je l'invente, que je lui attribue toutes sortes d'aventures, que je la défigure pour que personne – ni même elle – ne la reconnaisse dans mon affabulation. Je m'attendais à beaucoup de choses, sauf à cette volière bruyante et gigantesque. Il y a des canaris africains, des pigeons ramiers, des perruches, des cacatoès, des aras et d'autres espèces variées que je suis incapable d'identifier. Une sorte d'« horreur du vide » a fait que tout est occupé, qu'il ne reste aucun espace libre. On ne peut se déplacer dans la maison de Marta sans faire tomber un pot avec des plantes grandes ou petites qui s'amoncellent partout par dizaines ou par centaines. Les statues, bustes et figures religieuses – bouddhas, christs, vierges et saints – alternent avec momies et catafalques égyptiens, photos, tableaux et hommages à des dictateurs latino-américains comme le généralissime Trujillo ou Carlos Castillo Armas. Ce dernier fut le « grand amour de sa vie », m'avouera-t-elle un peu plus tard, et tout un mur lui est dédié avec une photographie géante et une lampe votive à sa mémoire qui flambe jour et nuit et qui doit être elle aussi en plastique, comme la vertigineuse quantité de fleurs – roses, glaïeuls, œillets, mimosas, orchidées, tulipes, géraniums –, jouets et souvenirs de voyage des endroits du monde où Marta Borrero Parra a un jour posé le pied. À en juger par ce que je vois, elle a dû faire plusieurs fois le tour du monde.

Notre conversation sera un peu à l'image de cette incroyable maison : anarchique, originale, confuse, surprenante. D'après tous les témoignages que j'ai ratissés dans des livres, des journaux et des biographies de personnes qui l'ont connue à différentes époques de sa vie aventureuse, elle avait été très belle, une femme inquiétante, avec un regard vert-gris qui semblait trépaner ses interlocuteurs et les laissait troublés et déconcertés. Elle doit avoir maintenant plus de quatre-vingts ans – je ne commets pas l'imprudence de le lui demander – et le temps doit l'avoir courbée et un peu arrondie, mais, même ainsi, en dépit de son âge avancé, il émane de sa personne quelque chose qui révèle l'ancienne gloire, la séduction qu'elle exerçait, les légendes qu'elle a fait naître, les hommes qui l'ont aimée et ceux qu'elle a aimés. Elle me reçoit vêtue d'un kimono noir plein de plis et de replis, maquillée avec beaucoup de soin, ornée de colliers et de boucles d'oreilles, les cils très allongés et les ongles des mains vernis d'un vert forestier.

Elle porte des sandales voyantes de velours citron vert. Elle a dû se faire opérer plusieurs fois, car elle a un visage très lisse où continuent à briller avec arrogance et un certain mystère ces yeux qui impressionnèrent tant les personnes qui la connurent jadis, surtout les hommes.

À peine assise dans une petite clairière de cette forêt inextricable, elle me dit qu'elle savait que «je détestais les pépins de fruit» (ce qui est vrai) et qu'elle savait aussi que ma chanson favorite était, depuis l'enfance, «Alma, corazón y vida», une petite valse péruvienne à la mode quand je suis arrivé à Piura en 1946, à l'âge de dix ans, et que j'ai entendue pour la première fois chantée par une sentinelle qui montait la garde à la préfecture où nous habitions (mon grand-père était préfet). Quand je lui demande comment elle est au courant de détails aussi intimes et exacts sur ma vie, elle sourit et me répond laconiquement, comme aurait fait la Símula de mon roman : «J'ai des pouvoirs.» Sa voix est chaude et posée, avec un accent centraméricain que le temps, l'exil et les voyages n'ont pu effacer tout à fait. Mais ce qui attire le plus mon attention, ce sont ses yeux, entre gris et vert, et sa façon de regarder, intense, audacieuse, pénétrante.

Presque sans transition, elle en vient à me dire qu'elle a eu dix maris et qu'elle les a tous enterrés. Elle parle avec douceur et sans vantardise, avec des pauses, un rythme musical, cherchant les mots appropriés. Elle ajoute que, petite fille, un communiste guatémaltèque qui était médecin l'a violée et que, depuis, elle est une anticommuniste passionnée et militante. Ça, je le sais déjà. Toutefois, je suis surpris qu'elle me dise que le grand amour de sa vie fut le colonel guatémaltèque et président de la République Carlos Castillo Armas, un «monsieur raffiné et délicat» qui essaya de divorcer de sa femme, Odilia Palomo, pour l'épouser, mais n'y réussit pas, « parce que, avant, et peut-être pour l'en empêcher, on le tua ».

Elle parle lentement, prononce toutes les syllabes sans attendre réponses ou commentaires à ce qu'elle dit et, par moments, elle me donne même l'impression qu'elle oublie que je suis là.

De ses relations avec le colonel dominicain Johnny Abbes García, chef de la Sécurité du généralissime Trujillo, assassin, tortionnaire et accusé de plusieurs assassinats et tentatives criminelles à l'étranger – parmi lesquels l'attentat avorté contre le président Rómulo Betancourt à Caracas et, d'après Tony Raful, celui, parfaitement réussi, contre Castillo Armas au Guatemala – Martita parle avec beaucoup de précautions, de façon évasive. Il s'agit aussi, me dit-elle, d'un « autre parfait gentleman », aux manières exquises et si aimable que, quand ils mangeaient ensemble, il lui coupait son escalope panée ou son bifteck en petits morceaux. Il adorait sa mère, il avait une photo d'elle dans son sac et une nuit où elle avait de la fièvre, Marta l'avait vu, agenouillé au pied du lit, lui masser les pieds. Qu'un fils aimât autant sa mère est un bon signe chez un être humain, n'est-ce pas ? Il avait, comme tout le monde, quelques manies, la principale étant qu'il cherchait des Rose-Croix partout, ce qu'il avait trouvé sans peine ici, car ils abondent dans ce pays. Abbes García était très amoureux d'elle et la couvrait tout le temps d'attentions et de cadeaux, d'abord au Guatemala, quand ils se connurent, ensuite à ce qui s'appelait alors Trujillo-ville, où elle avait passé quelques années de sa jeunesse en exerçant la profession de journaliste politique. Là-bas, Abbes avait l'habitude de l'emmener au casino et, une fois, il lui fit cadeau de trois cents dollars pour qu'elle joue à la roulette et il la pria de conserver les gains pour elle. Mais, m'assure-t-elle, jamais elle ne lui prêta attention ni ne coucha avec lui.

Quand je lui rappelle que, malgré tout, il court des rumeurs selon lesquelles elle a eu un fils de ce sbire trujilliste, que certains disent avoir connu personnellement et qui serait mort très jeune en République dominicaine, elle me réplique, sans se démonter le moins du monde : « Folles élucubrations des gens, sans le moindre fondement. »

Elle n'est pas très explicite non plus quand je lui rappelle ce qui est amplement documenté dans des reportages et des livres d'histoire : comment Abbes García la fit s'enfuir du Guatemala la nuit même de l'assassinat de Castillo Armas, le 26 juillet 1957, alors que les amis et camarades de ce dernier, les libérationnistes, et surtout l'un de ses probables assassins, le lieutenant-colonel Enrique Trinidad Oliva, la poursuivaient en l'accusant – pour égarer les recherches – d'être complice de la mort de leur chef :

— Des choses qui se sont passées et qu'ont emportées le vent et la mémoire, s'exclame-t-elle sans ciller et, en souriant, elle hausse les épaules et conclut, feignant l'indifférence : Pourquoi les ressusciter ?

Et elle ébauche un de ces grands sourires mystérieux qui durent être une de ses armes les plus ensorcelantes dans sa jeunesse.

— Est-il vrai que le tueur cubain Carlos Gacel Castro vous fit sortir en voiture de la ville de Guatemala la nuit du magnicide et vous conduisit à San Salvador ? lui demandé-je. Que le lendemain Abbes García vous emmena en avion privé de San Salvador en République dominicaine ?

Tous les livres d'histoire l'affirment. C'est vrai, ou ce sont aussi de folles élucubrations des gens ?

— Vraiment, je suis tellement célèbre que j'apparais dans les livres d'histoire ? sourit-elle, moqueuse. (Elle hausse à nouveau les épaules, avec grâce et coquetterie.) Alors, il y a sûrement du vrai dans tout ça. N'oubliez pas que je suis vieille et que je ne peux me souvenir de tout ce que j'ai vécu. Nous, les vieux, nous avons des pertes de mémoire et nous oublions les choses.

Et elle éclate alors d'un petit rire qui dément ce qu'elle dit, en posant sa main sur sa bouche.

Bien qu'elle paraisse saine et vigoureuse en dépit des années, elle se déplace avec difficulté, à l'aide d'une canne. Parfois, elle me donne l'impression que dans sa tête les frontières entre réalité et fiction disparaissent sans qu'elle s'en rende compte et, d'autres fois, qu'elle contrôle savamment elle-même ces confusions. Aussi qu'elle en sait beaucoup plus qu'elle ne me raconte, et que par moments elle divague, mais à sa guise. Comme quand elle me dit croire aux extraterrestres et m'assure qu'ils existent, mais elle n'en dit pas plus pour que je ne la croie pas folle, ce que, ajoute-t-elle avec un petit sourire coquin qui révèle sa parfaite dentition, « beaucoup prétendent là-bas ».

Enfin je me décide à aborder le thème principal, qui m'a amené jusqu'ici, qu'elle est la seule personne à soutenir dans des déclarations, articles de presse, entretiens et dans ce fatras autobiographique qui se renouvelle quotidiennement sur le web :

— Vous affirmez qu'il est faux qu'Abbes García soit mort à Haïti, avec Zita, sa seconde femme, et leurs deux filles, assassinés par les tontons macoutes de Papa Doc, qui tuèrent aussi leurs bonnes, leurs chiens et leurs poules, et qui brûlèrent ensuite leur maison. C'est ce qu'a affirmé le président Balaguer dans son autobiographie (*Memorias de un cortesano de la Era de Trujillo*) et ce qu'une missionnaire évangéliste américaine, madame Dorothy Sanders, a confirmé à la police. Elle était la voisine des Abbes García à Pétion-Ville et fut témoin des faits.

Maintenant, Martita m'écoute avec attention. Elle reste pensive un moment, après quoi elle me dit, de cette manière posée et avec ce calme que rien n'altère :

— Voilà une fiction montée par la CIA pour éviter des poursuites à Johnny et pouvoir l'emmener aux États-Unis de façon anonyme. Je n'ai rien dit de plus que la vérité. Ici, Johnny a vécu sous un nom d'emprunt après avoir subi une opération de chirurgie esthétique qui lui a changé le visage mais non la voix. Et c'est ici qu'il a vécu jusqu'à aujourd'hui.

— S'il vivait, Abbes García aurait maintenant plus de quatre-vingts ans, l'interromps-je. Et peut-être même près de quatre-vingt-dix.

— Ah oui ? s'étonne-t-elle. Je croyais qu'il avait plus.

— D'où avez-vous sorti semblable histoire, doña Marta ? insisté-je. Avez-vous vu Abbes García en personne, un jour, ici aux États-Unis ?

Elle ne se démonte pas cette fois non plus. Elle me scrute de haut en bas, comme si elle se demandait s'il valait la peine de perdre son temps à tenter de me convaincre d'une chose à laquelle personne ne croit mais qui, elle le sait, est une vérité qui crève les yeux.

Elle soupire et, après une longue pause pendant laquelle le jacassement et le vacarme des oiseaux semblent augmenter, elle reprend la parole :

— Je l'ai vu une fois, il y a pas mal d'années. Mais nous nous parlons par téléphone assez fréquemment. C'est toujours lui qui m'appelle, depuis des cabines téléphoniques, évidemment. Je ne connais ni son numéro ni son adresse. New York, Californie, Texas, qui sait ? Il fait très attention, c'est naturel. Il a eu beaucoup d'ennemis quand il faisait de la politique, vous le savez très bien. Mais aujourd'hui, le pire serait les journalistes, surtout ceux de la presse de caniveau, qui vivent des scandales.

Par une nuit d'hiver, il y a de nombreuses années de cela, elle sentit qu'on frappait à la porte de sa maison, celle-là même où nous sommes maintenant. Prudemment, elle alla ouvrir et trouva dans la rue un homme caché sous un grand pardessus, avec une écharpe qui lui descendait jusqu'aux pieds. Mais elle identifia aussitôt sa voix lorsqu'elle l'entendit dire : « Tu ne me reconnais pas, Martita ? » Stupéfaite, comme c'est naturel, elle le fit entrer dans cette salle où, à l'époque, il y avait moins d'oiseaux. Ils conversèrent pendant plusieurs heures, jusqu'à l'aube, en buvant de petites tasses de thé, revivant les aventures d'un temps révolu. Il lui avoua qu'elle était la seule personne, parmi ses anciennes connaissances, à qui il montrait qu'il était vivant.

Elle marque une longue pause et récite en anglais un vers d'un poème de Stephen Spender qui m'étonne vivement dans sa bouche : « Et à l'aube il partit, seul, comme partent les héros ». (Jamais je ne l'aurais imaginée lectrice de si belle poésie.) Il lui demanda, avant de partir, de garder le secret. Ce qu'elle fit, de nombreuses années durant. Maintenant, cela ne valait plus la peine de prendre tant de précautions ; tous les délits possibles dont il était accusé étaient prescrits et presque tous ses ennemis étaient morts et enterrés. Pour le reste, qui se rappelait encore d'Abbes García? « Vous êtes le seul, don Mario, à ce que je vois. »

Elle ne l'a pas revu, mais elle est sûre qu'il vit encore et qu'il l'appellera à nouveau un jour. Ou peut-être viendra-t-il frapper à la porte de sa maison une nuit, comme l'autre fois. Martita lui racontera notre conversation et que je suis en train d'écrire un roman plein de mensonges et d'inventions sur leur vie à eux. Les marierai-je à la fin, comme dans les histoires romantiques? Elle rit un bon moment, de très bon cœur, en faisant honneur à sa blague et en me clouant de son regard vert-gris.

Marta Borrero Parra vit avec une gouvernante péruvienne, de Huancayo, une femme preste et discrète qui, après nous avoir servi les boissons gazeuses, a disparu. Elle revient seulement pour lui faire prendre des médicaments avec de petites gorgées d'eau et quand la maîtresse de maison l'appelle pour lui demander quelque chose; en réalité, elle n'a pas l'air d'une employée, plutôt d'une secrétaire ou d'une dame de compagnie, une bonne amie.

Marta oublie rapidement la politique et, d'un air nostalgique, me raconte qu'elle vit très paisiblement aujourd'hui, entourée de ces souvenirs – sa main volette en montrant les fleurs et les objets alentour – qui lui rappellent ses aventures de par le vaste monde. Je retiens la question qui me vient aux lèvres : « Vous travaillez encore pour la CIA? » Bien qu'elle s'offre encore de « petites escapades de temps en temps », elle voyage peu dorénavant, pour des raisons évidentes. Mais grâce à la télévision et aux émissions sur les voyages, elle continue à parcourir le monde tous les soirs, pendant au moins une heure, avant de se mettre au lit. Certains de ces documentaires sont magnifiques. Hier soir, elle en a vu un consacré au royaume du Bhoutan, pures montagnes, et à son gros roi inexpressif, un totem vivant. Elle se souvient souvent du Guatemala, sa terre natale, avec ses bois, ses volcans, les vêtements multicolores des indigènes, les petits marchés de village le samedi, bien que cela fasse plus d'un demi-siècle qu'elle n'y a pas remis les pieds. Mais elle regrette de n'avoir jamais vu un quetzal vivant en vol, cet oiseau qui est l'emblème de son pays, seulement dessiné ou en photo. La dernière fois qu'elle y est allée, pendant une campagne électorale, l'état lamentable du Guatemala l'a remplie de tristesse. Les communistes le mettaient à feu et à sang, par les guérillas dans les montagnes et les terroristes qui posaient des bombes dans les villes, tuaient et séquestraient les gens comme il faut. Heureusement que l'armée restait solide et les affrontait. Que serait la pauvre Amérique latine s'il n'y avait pas l'armée ! C'est pourquoi elle lui rendait hommage tous les jours dans son blog. Le continent entier aurait suivi l'exemple de Cuba s'il n'y avait pas eu ces vaillants petits soldats, si mal payés et tellement calomniés par les Rouges. « J'ai les larmes aux yeux quand je pense à eux », chuchote-t-elle. Et elle se passe son mouchoir sur le visage en un geste théâtral.

Elle est assise près d'une grande photo où elle apparaît dans les bras de trois générations de Bush, les deux qui furent présidents des États-Unis et Jeb, l'ancien gouverneur de Floride. Elle me dit qu'elle a été une militante active du Parti républicain, qu'elle y adhère, de même qu'au Parti orthodoxe des exilés cubains, et elle travaille encore pour les républicains parmi les votants latinos dans toutes les campagnes électorales aux États-Unis, sa seconde patrie, qu'elle aime autant que le Guatemala. Elle est très heureuse actuellement, non seulement parce que

Donald Trump est à la Maison-Blanche et fait ce qu'il faut, mais aussi parce que des bons chinois qu'elle a achetés ou dont elle a hérité – ce n'est pas très clair pour moi – ont finalement été reconnus par Pékin. Ce qui fait que, si tout se passe bien, elle sera bientôt millionnaire. Cela ne lui servira guère vu son âge et ses maux, mais elle laissera cet argent à un fonds pour les organisations anticommunistes du monde entier.

Il ne fait pas de doute qu'une grande partie des choses que m'a dites d'elle Tony Raful, qui la connaît à fond et qui a fait des recherches sur son passé, doit être vraie. Il ne fait pas de doute non plus que, dès sa jeunesse, elle fut une femme à prendre les armes, audacieuse, vaillante, casse-cou, capable d'affronter quiconque et n'importe quel imprévu. Et aussi une femme intrépide, endurcie par la vie, qui a survécu à des choses terribles. Tony lui-même raconte, dans les premières pages de *La rapsodia del crimen. Trujillo versus Castillo Armas* (Saint-Domingue, Grijalbo, 2017), comment à Trujillo-ville, où elle se réfugia grâce à Johnny Abbes, le président fantoche, à l'époque, de la République dominicaine, Héctor Bienvenido Trujillo (surnommé le Negro et frère du généralissime), la fit amener à son bureau et essaya de l'acheter pour qu'elle couche avec lui : il lui signa un chèque en lui disant : « Mets le montant que tu veux », sans s'imaginer que, indignée, la Guatémaltèque lui sauterait dessus en criant : « Je ne suis pas une prostituée ! », le griffant et lui arrachant presque une oreille avec ses dents, jusqu'à l'intervention des gardes de l'escorte pour le séparer de cette bête féroce.

Je lui demande si cette histoire est vraie. Elle acquiesce, ravie comme une collégienne, et murmure, morte de rire :

— J'ai encore dans la bouche le goût de cette oreille

que j'ai mordue comme un bouledogue. Un miracle que je ne la lui aie pas arrachée !

Mais elle esquive la charge quand je lui demande comment la CIA s'est arrangée pour la sortir de Trujillo-ville avant que le Negro ou don Rafael Leonidas lui-même, son illustre frère, ne la tue :

— Je ne me rappelle plus comment cela s'est fait. Ça remonte à si longtemps !

À l'époque, me dit-elle en changeant de sujet, « j'étais une femme très séduisante. Et si vous ne me croyez pas, jetez un coup d'œil sur ces murs ».

Elle me désigne de très grandes photos où on la voit jeune et belle, en effet, coiffée de turbans aux couleurs tropicales ou déployant une chevelure serpentine qui balaie ses épaules nues.

Je ne sais pas comment la conversation s'oriente soudain vers Jacobo Árbenz, « un personnage que j'ai détesté de toute mon âme dans ma jeunesse », m'avoue-t-elle. Mais qui, « maintenant qu'il est mort et enterré », ajoute-t-elle en soupirant, mérite plutôt sa compassion.

— Ces années d'exil ont dû être terribles pour lui et sa famille, soupire-t-elle à nouveau. Où qu'il aille, la gauche et les communistes lui jetaient à la figure qu'il avait été un pleutre, qu'au lieu de combattre il avait démissionné et était parti à l'étranger. Fidel Castro s'est même payé le luxe de l'insulter en personne, dans un discours, pour ne pas avoir résisté à Castillo Armas en allant dans les montagnes organiser la guérilla. C'est-à-dire pour ne pas s'être fait tuer.

— Cela signifie-t-il que, maintenant, vous comprenez qu'Árbenz n'a jamais été communiste ? lui demandé-je. Qu'il était plutôt un démocrate, un peu naïf peut-être, qui voulait faire du Guatemala un pays moderne, une démocratie capitaliste. Même si, en exil, il s'est inscrit au Parti guatémaltèque du travail, il n'a jamais été communiste.

— C'était un naïf, oui, mais que les Rouges manipulaient à leur guise, me corrige-t-elle. Lui et sa famille me font de la peine seulement à cause des années d'exil. Allant d'un côté et de l'autre sans pouvoir plonger des racines nulle part : au Mexique, en Tchécoslovaquie, en Russie, en Chine, en Uruguay. Partout on le maltraitait et il semble qu'il ait connu la faim. En plus, les tragédies familiales. Sa fille Arabella, qui était si belle d'après tous ceux qui l'ont connue, tomba amoureuse de Jaime Bravo, un toréador très médiocre qui la trompait, et elle finit par se tuer d'une balle dans une boîte où il se trouvait avec sa maîtresse. On dit même que la propre femme d'Árbenz, la célèbre María Cristina Vilanova, qui se faisait passer pour une intellectuelle et une artiste, le trompait avec son professeur d'allemand, un Cubain. Il l'a su et il a dû se l'avaler sans rien dire. Pour couronner le tout, son autre fille, Leonora, qui est passée par plusieurs asiles de fous, s'est aussi suicidée il y a quelques années. Tout ça a fini par le détruire. Il s'est adonné à la boisson et lors d'une de ses cuites, il a fini par se noyer dans sa propre baignoire, là-bas au Mexique. Ou peut-être s'est-il suicidé. Enfin, espérons qu'avant de mourir, il s'est repenti de ses crimes et que Dieu ait pu l'accueillir en son sein.

Elle affiche une grande tristesse, se signe et de nouveau soupire profondément, plusieurs fois.

Je lui demande si, avec les années, elle a aussi fini par reconnaître quelques mérites à Juan José Arévalo.

— Aucun, affirme-t-elle de manière catégorique et maintenant furieuse. C'est lui comme président qui a préparé le terrain pour les malheurs que le gouvernement d'Árbenz a apportés. En plus, à la différence de celui-ci, qui était assez austère dans sa vie privée, il voulait se payer toutes les femmes. Vous ne vous rappelez pas, peut-être, qu'il a tué deux danseuses russes qu'avec un copain ils avaient emmenées faire la fête ? Ils étaient sans doute à moitié saouls quand ils ont eu cet accident sur la route dans lequel les deux filles sont mortes. Et, bien entendu, personne ne leur a demandé des comptes, ni à Arévalo, ni à l'autre dévergondé qui était dans la voiture avec lui.

Elle observe une longue pause pour prendre des médicaments. Quand sa gouvernante sort de la pièce, je lui demande :

— Pouvez-vous me parler de vos relations avec la CIA, doña Marta ? De nombreux amis de Castillo Armas croyaient que vous travailliez pour cette organisation quand les États-Unis ont cessé de soutenir le colonel parce qu'il leur paraissait incapable de diriger vraiment la contre-révolution et ont décidé de le remplacer par quelqu'un de plus énergique et plus charismatique comme le général Miguel Ydígoras Fuentes.

— C'est un sujet délicat, il vaut mieux ne pas l'aborder, me dit-elle, sans se fâcher mais fermement, en reprenant son sérieux.

Elle me fixe des yeux comme si elle voulait me crucifier sur ma chaise.

Malgré tout, craignant le pire, j'insiste :

— Le fait que vous ayez obtenu si vite votre entrée aux États-Unis quand vous avez dû quitter la République dominicaine, qu'ils vous aient concédé la résidence puis la nationalité presque immédiatement sont des arguments qu'utilisent ceux qui croient que vous avez rendu de grands services à la CIA, doña Marta.

— Si vous continuez sur cette voie, je devrai vous demander de prendre congé tout de suite, murmure-t-elle.

Elle n'a pas haussé le ton, mais elle a prononcé chaque mot avec un sérieux mortel. Elle se lève en faisant un grand effort et en s'aidant de sa canne.

Je lui présente mes excuses, je lui promets que je ne parlerai plus de ce sujet qui la met si mal à l'aise et elle finit par se rasseoir. Mais il est évident que j'ai touché un sujet sensible qui la dérange et la met en colère. À partir de cet instant, ses manières changent. Elle perd sa spontanéité, elle s'embourbe, son regard devient hostile et l'ambiance se refroidit. Me considère-t-elle dorénavant comme un ennemi ? Peut-être un communiste en embuscade ? Elle cessera de se montrer naturelle et de s'adonner aux blagues dans le reste de la conversation. Quand je vois que celle-ci s'enlise et qu'il n'y a pas moyen de lui arracher davantage qui vaille la peine, je n'ai d'autre ressource que de la remercier de m'avoir reçu et de prendre congé. Depuis la porte où elle m'a raccompagné, elle me dit en guise de point final :

— Ne prenez pas la peine de m'envoyer votre livre quand il sortira, don Mario. Je ne le lirai en aucun cas. Mais je vous avertis que mes avocats le feront.

Ce même soir, Soledad Álvarez, Tony Raful et moi allons commenter l'expérience dans un restaurant de Washington, le Café Milano à Georgetown, un endroit très animé, toujours plein et très bruyant où l'on mange de bonnes pâtes et où l'on boit d'excellents vins italiens. Nous avons réservé un salon où nous pouvons parler tranquillement. Soledad et moi sommes d'accord pour estimer que Tony a bien fait de ne pas lui envoyer son dernier livre car il est certain que sa lecture ne lui aurait pas plu. Tony la traite affectueusement et avec reconnaissance, mais il raconte beaucoup de choses sur elle que, sans doute, elle aurait préféré ne pas voir abordées ou, du moins, pas avec cette franchise.

Nous sommes d'accord tous trois sur le fait que ma visite chez la miss Guatemala originale valait la peine, même si elle m'a laissé avec plus de questions que de réponses. En fonction de ce que Marta m'a dit ou ne m'a pas dit, et surtout, de la manière dont elle me l'a dit et de sa colère finale, je conclus qu'en effet elle a dû travailler pour la CIA et fournir des services importants à la célébrissime organisation. Ils me donnent raison. Mais nous différons quant à sa participation à l'assassinat de Castillo Armas. Était-elle au courant à l'avance et intervint-elle consciemment dans les préparatifs du magnicide, ou s'y vit-elle entraînée peu à peu, sans s'en rendre compte, en raison de sa relation avec Abbes García et l'homme de la CIA au Guatemala ? Nous réfléchissons un moment là-dessus sans arriver à la moindre conclusion. Mais nous nous rejoignons sur le fait que, quand elle comprit que le colonel Enrique Trinidad Oliva voulait l'impliquer dans le magnicide, elle n'avait pas d'autre choix que de fuir, comme si elle était coupable, de même que Johnny Abbes et l'homme qui ne s'appelait pas Mike. Son amour déclaré pour Castillo Armas est probablement vrai, pas seulement un remords posthume pour sa possible implication involontaire dans son assassinat, bien que l'afficher représente, aussi, une autre façon de détourner les investigations, les pistes et les soupçons qui pouvaient conduire jusqu'à elle.

Nous nous accordons tous les trois pour dire que la

grande maladresse des États-Unis fut d'avoir préparé ce coup d'État militaire contre Árbenz en plaçant le colonel Castillo Armas comme homme de paille à la tête de la conspiration. Le triomphe qu'ils obtinrent fut éphémère, inutile et contre-productif. Il provoqua une recrudescence de l'antiaméricanisme dans toute l'Amérique latine et renforça les partis marxistes, trotskistes et fidélistes. Il eut pour effet de radicaliser et de pousser vers le communisme le Mouvement du 26 juillet de Fidel Castro, qui tira les conclusions le plus évidentes des événements du Guatemala. Il ne faut pas oublier que le second personnage de la révolution cubaine, Che Guevara, était au Guatemala pendant l'invasion à vendre des encyclopédies au porte-à-porte pour gagner sa vie. C'est là qu'il fit la connaissance de la Péruvienne Hilda Gadea, sa première femme, et lors de l'invasion de Castillo Armas, il essaya de s'enrôler dans les milices populaires qu'Árbenz ne réussit jamais à former et dut se réfugier à l'ambassade d'Argentine pour ne pas tomber dans les rafles déchaînées à l'époque par l'hystérie anticommuniste qui régnait dans le pays. Mais il tira probablement de là des conclusions qui furent tragiques pour Cuba : une véritable révolution devait liquider l'armée pour se consolider, ce qui explique sans doute ces exécutions massives de militaires à la forteresse de La Cabaña, dirigées par Ernesto Guevara en personne. Et de là viendrait aussi l'idée qu'il était indispensable pour la Cuba révolutionnaire de s'allier avec l'Union soviétique et d'adopter le communisme si l'île voulait se cuirasser contre les pressions, boycotts et autres agressions possibles de la part des États-Unis. L'histoire de Cuba aurait pu être différente si les États-Unis avaient accepté la modernisation et la démocratisation que tentèrent Arévalo et Árbenz, modernisation et démocratisation que Fidel Castro disait vouloir pour la société cubaine lors de l'assaut à la caserne de la Moncada le 26 juillet 1953 à Santiago de Cuba. Il était loin, alors, des excès collectivistes et dictatoriaux qui pétrifieraient Cuba jusqu'à aujourd'hui en une dictature anachronique et blindée contre toute forme de liberté. Son discours « L'Histoire m'absoudra », lu devant le tribunal qui le jugea pour cette tentative, en donne témoignage. Mais les effets de la victoire de Castillo Armas ne furent pas moins graves dans toute l'Amérique latine, et surtout au Guatemala, où, pendant plusieurs décennies, ont proliféré les guérillas, le terrorisme et les gouvernements dictatoriaux qui assassinèrent, torturèrent et pillèrent leur pays, faisant reculer l'option démocratique d'encore un demi-siècle. Tout compte fait, l'intervention américaine au Guatemala a retardé la démocratisation du continent pour des dizaines d'années et a provoqué des milliers de morts en contribuant à populariser le mythe de la révolution armée et le socialisme dans toute l'Amérique latine. Les jeunes d'au moins trois générations tuèrent et se firent tuer pour un autre rêve impossible, plus radical et tragique encore que celui de Jacobo Árbenz.

REMERCIEMENTS

À doña María Eugenia Gordillo, directrice de l'Hémérothèque nationale du Guatemala, qui a mis à ma disposition les journaux et revues de l'époque où se déroule ce roman.

À l'université Francisco Marroquín, du Guatemala, et tout particulièrement à son vice-recteur d'alors, Javier Fernández-Lasquetty, pour l'aide précieuse qu'ils m'ont apportée en me permettant de travailler dans leur excellente bibliothèque.

À mon ami Percy Stormont, excellent connaisseur de son pays, pour le voyage que nous avons fait en parcourant la frontière entre le Honduras et le Guatemala, en visitant les lieux où se déroulèrent les actions militaires de l'insurrection de Castillo Armas, et pour m'avoir dévoilé les secrets de la ville de Guatemala.

À Francisco Pérez de Antón, Maite Rico, Bertrand de la Grange, Jorge Manzanilla, Carlos Granés, Gloria Gutiérrez, Pilar Reyes et Álvaro Vargas Llosa, pour leur aide généreuse. Et tout spécialement à ceux à qui ce roman est dédié : Tony Raful, Soledad Álvarez et Bernardo Vega.

Œuvres de Mario Vargas Llosa (suite)

LE LANGAGE DE LA PASSION. Chronique de la fin du siècle
LA VIE EN MOUVEMENT
TOURS ET DÉTOURS DE LA VILAINE FILLE
LA TENTATION DE L'IMPOSSIBLE. Victor Hugo et *Les Misérables*
VOYAGE VERS LA FICTION. Le monde de Juan Carlos Onetti
LE RÊVE DU CELTE
THÉÂTRE COMPLET
DE SABRES ET D'UTOPIES
ÉLOGE DE LA LECTURE ET DE LA FICTION
LE HÉROS DISCRET
LA CIVILISATION DU SPECTACLE
ŒUVRES ROMANESQUES I – II
AUX CINQ RUES, LIMA
L'ATELIER DU ROMAN
LES CONTES DE LA PESTE
L'APPEL DE LA TRIBU
LA LITTÉRATURE EST MA VENGEANCE *avec Claudio Magris*

Gallimard Jeunesse

LE NAVIRE DES ENFANTS

Aux Éditions de l'Herne

UN DEMI-SIÈCLE AVEC BORGES
COMMENT J'AI VAINCU MA PEUR DE L'AVION
UN RASTA À BERLIN

Aux Éditions Plon

DICTIONNAIRE AMOUREUX DE L'AMÉRIQUE LATINE

Aux Éditions Terre de brume

ENTRETIEN AVEC MARIO VARGAS LLOSA, *suivi de* MA PARENTE D'AREQUIPA

Composition : Soft Office.
Achevé d'imprimer
sur Roto-Page
par l'Imprimerie Floch
à Mayenne, en juin 2021.
Dépôt légal : août 2021.
Numéro d'imprimeur : 98623.

ISBN 978-2-07-290386-1 / Imprimé en France.

369487